리벤지
바이
블러드

초판 1쇄 찍은 날 2017년 7월 31일
초판 1쇄 펴낸 날 2017년 8월 7일

지 은 이 | 오현리 외
엮 은 이 | 한국추리작가협회
펴 낸 이 | 서경석

펴 낸 곳 | 도서출판 청어람
등록번호 | 제387-1999-000006호
등록일자 | 1999. 5. 31
어람번호 | 제10-0023호

주소 | 경기도 부천시 원미구 부일로 483번길 40 서경B/D 3F (우) 14640
전화 | 032-656-4452 팩스 | 032-656-4453
http://www.chungeoram.com
E-mail | chungeorambook@daum.net
NAVER CAFE | http://cafe.naver.com/goldpenclub

ISBN 979-11-04-91409-6 03810

2017
올 해의
추리소설

GOLDPEN CLUB NOVEL 018

Revenge
By
Blood

리벤지
바이
블러드

오현리 박상민
홍성호 김재성
조동신 장우석
반대인 김주동
공민철 김재희
양수련 윤자영

황금펜 클럽
GOLD

::차례::

12개의 동물 인형(Twelve Little Animals) / 오현리 7

302호 병실의 비극 / 박상민 39

각인 / 홍성호 93

골유화(骨油畵) / 김재성 135

꿀벌의 비행 / 조동신 173

대결 / 장우석 203

암행어사는 명탐정 – 도둑맞은 편지 / 반대인 245

성형 살인 / 김주동 287

유일한 범인 / 공민철 327

주인 없는 양복 / 김재희 363

크리스마스의 주검 / 양수련 417

Revenge by Blood / 윤자영 451

리벤지
바이
블러드

12개의 동물 인형
(Twelve Little Animals)

오현리
출판 기획자 겸 자유 기고가.
추리 작품 외에도 전문 지식과 다양한 정보력으로 많은 인문서를 발간했다.
수천 종의 만화, 서적, 비디오 등을 보유한 컬렉터이기도 하다.

프롤로그

일본 혼슈(本州)의 최대 항 시모노세키(下關)를 출발하여 조선으로 향하는 선박에는 색다른 승객 두 명이 타고 있었다.

"홈즈 씨, 커피 드시죠."

통통한 체격에 밝은 인상의 젊은 사내가 키가 크고 다소 신경질적으로 보이는 중년인에게 손잡이도 없는 사기잔을 건넸다.

"허어, 조선으로 향하는 배에서 커피를 마실 수 있다니… 생각도 못했소."

"여행을 할 때는 조금씩 가지고 다니거든요. 주방에서 뜨거운 물을 얻어서 탔지요."

"고맙소, 존."

"그나저나 영국에 계셔야 할 선생께서 어떻게 일본으로 오셨는지 궁금합니다."

"의도적인 건 아니고… 어쩌다 보니 그렇게 되었소."

배가 나아가는 속도가 더해져 바닷바람이 꽤 차가웠다. 홈즈는 존이 건넨 뜨거운 커피를 한 모금 마시고 생각에 잠겼다.

1891년 홈즈는 범죄계의 나폴레옹이라 불리는 숙적 모리아티 교수와 싸우다가 스위스의 라이헨바흐 폭포에서 떨어졌다. 하마터면 그대로 익사할 뻔했으나 하늘이 의인을 도왔는지, 때마침 지나가던 상선에 의해 구조되었다.

크게 다친 곳은 없었지만 폭포에서 떨어지며 입은 충격으로 단기 기억상실증에 걸린 홈즈는 일주일 이상을 멍하니 지냈다. 그동안 선원들이 이끄는 대로 옮겨 다녔고, 문득 정신을 차려보니 일본으로 향하는 배에 몸을 싣고 있었다.

뜻하지 않게 일본에 도착한 홈즈는 몸도 추스를 겸 하릴없이 지내던 중 색다른 동양 문화에 흥미를 가지게 되었다. 특히 평소에는 관심이 없던 그림에 끌리게 된 것은 이채로운 일이었다. 아마도 고흐나 고갱에게 영향을 준 우키요에(浮世繪)의 강렬한 색채 때문일지도 몰랐다.

그날도 홈즈는 습관처럼 시장에 나가 이것저것 구경하고 있었는데, 존이 우연히 그를 발견하고 말을 걸어왔다.

"실례합니다만, 미국인이신가요?"

"아뇨, 영국인입니다. 셜록 홈즈라고 하지요."

"반갑습니다. 저는 미국인입니다. 존이라 불러주십시오."

"제게도 존이란 의사 친구가 있지요. 성은 왓슨입니다만."

"제 성은 허드슨입니다. 왓슨 씨는 만나보지 못했지만 왓슨에 한 번 가보긴 했지요. 뉴욕 동쪽에 있는 작은 마을입니다."

"저는 가보지는 않았지만 뉴욕에 허드슨 강이 흐른다는 사실은 알고 있습니다."

"하하—! 우린 서로 묘한 접점이 있군요."

선교사이자 의사인 존은 조선 최초의 서양 의료 기관인 제중원(濟衆院)을 운영하며 미국 공사를 겸하고 있는 앨런(Horace Newton Allen, 1858~1932)의 비서인데, 필요한 약품을 구하러 잠시 일본에 왔으며 모레 다시 돌아간다고 했다.

"이곳에서 지내면서 조선에 대한 이야기를 많이 들었습니다. 괜찮다면 저도 함께 갈 수 있을까요?"

존은 쾌히 승낙했다.

"물론입니다. 앨런 공사님께서도 무척 기뻐하실 겁니다."

이틀 후, 푸른 눈의 두 사람을 태운 증기선은 섬나라 일본을 뒤로하고 거친 물살을 가르며 신비로운 아침의 나라 조선으로 향했다.

임진년(壬辰年, 1892), 봄의 절정인 청명(淸明)을 이틀 앞둔 맑은 날이었다.

반가운 초대

"홈즈 선생, 더우시죠?"

공관 응접실에서 합죽선을 부치며 더위를 쫓던 홈즈에게 존이 물었다.

"견디기 힘들 정도요."

"시원한 바다 구경 가시겠습니까?"

"Really?"

"네, 병조좌랑이 초대를 했습니다. 뱃놀이를 가자고요."

"미스터 리가?"

병조좌랑(兵曹佐郎) 이정묵(李政默)은 전 무위대장 이경하의 육촌 동생으로, 별기군(別技軍) 교관인 일본 장교 노가다 겐세이(野方原生)와 함께 홈즈와 존에게 영어를 배우고 있었다.

"호조참판께 여러 차례 은혜를 입은 상인이 자리를 만들었답니다. 호위 겸 수행 역으로 동행하는 병조좌랑이 선생을 초청했고요. 일본 교관도 함께 간다는군요."

"모처럼 바람을 쐴 기회네요. 게다가 바다 구경도 한다니… 좋군요."

한 해 넘게 조선에 머물면서, 홈즈는 여러 가지 사건을 해결하여 사람들을 놀라게 했다. 그로 인해 포청의 종사관을 비롯한 조선 관리들과 친분을 쌓았고, 몇몇에게 영어를 가르치게 되었다.

홈즈와 존이 제물포(濟物浦: 인천의 옛 이름)에 도착하자 청색 관복에 색색의 패영(貝纓)이 늘어진 전립(氈笠)을 쓴 병조좌랑이 반갑게 맞았다.

"홈즈 선생, 영감(令監: 정3품 당상관의 품계를 가진 관인을 높인 칭호)님과 인사하시죠."

"안뇽하심니카? 영쿡에서 온 셜록 홈즈임니다."

홈즈가 어색한 조선말로 인사를 하자 얼굴이 넙데데하고 볼살이 축 늘어진 중년인이 다소 놀란 듯한 표정을 지었다.

"호조참판(戶曹參判) 민주원(閔周源)이오. 포청에서도 손을 든 수수께끼 같은 사건들을 모두 해결했다고 들었소. 어떻게 그럴 수 있는지 궁금하오."

"When you have eliminated the impossible, that which remains, however improbable, must be the truth."

존이 홈즈의 말을 통역했다.

"홈즈 선생은 '불가능한 것을 제외하고 남는 것. 아무리 있을 법하지 않아 보여도, 그것이 진실이다' 라고 말씀하시는군요."

"거위존진(去僞存眞), 거짓을 제거하고 진리를 보존한다는 것이로군. 허허-!"

참판이 후한의 왕충(王充)이 지은 '논형(論衡)' 을 인용하며 화답하는 중에 강퍅한 인상에 다부진 체격의 중년인이 다가왔다. 갓이 아닌 패랭이가 중인(中人)임을 나타내고 있었다. 하지만 중인 신분으로 양반, 그것도 당상관(堂上官)과 함께할 수 있다는 것은 그가 결코 평범한 인물이 아님을 충분히 설명하고도 남았다.

"이야기는 나중에 나누시고 일단 배에 오르시죠."

유성만(柳成萬)의 말에 모두가 배에 올랐다. 쌀 오백 석을 실을 수 있는 제법 큰 배였다.

계사년(癸巳年, 1893) 소서(小暑)가 사흘 지난 아침, 호조참판 민주원을 비롯하여 그의 조카 민재수(閔在洙), 병조좌랑 이정묵, 별기군 교관 노가다 겐세이, 매향(梅香)과 추월(秋月)이라는 기생, 영국인 홈즈와 미국인 존, 그리고 모임을 마련한 거상(巨商) 유성만까지 열 사람을 실은 범선은 서해의 푸른 파도를 가르며 힘차게 나아갔다.

"어디로 가는가요?"

"소물도(召忽島)라는 섬으로 갈 겁니다. 한 시진(時辰: 2시간)쯤 걸린다는군요."

병조좌랑 이정묵이 부연 설명을 했다.

"소물도는 자월도(紫月島)라고도 합니다. 인조 때 섬으로 귀양 간 이가 보름달을 보며 호소했더니 달이 붉어지며 폭풍우가 몰아쳤다고 합니다. 그래서 달이 붉어진 섬이라는 의미인 자월도라고 불렸다는 이야기가 전하지요. 근처에는 승봉도(昇鳳島), 대이작도(大伊作島), 소이작도(小伊作島) 등이 있습니다."

홈즈는 존의 통역으로 대부분의 내용을 알아들었지만, 영어도 조선말도 능숙하지 못한 일본인 교관 노가다 겐세이는 어색한 표정이었다.

"허허! 잘 알고 계시는군요. 초대에 응해주셔서 고맙소외다."

유성만이 일행이 있는 곳으로 와 인사를 했다.

"참판께서는 어디……?"

이정묵이 묻자 유성만은 슬쩍 턱짓으로 뒤쪽을 가리켰다.

"조카분과 벌써 술잔을 기울이고 계십니다. 탁 트인 바다에서 시원한 바람까지 부니 흥이 나신 게지요."

"게다가 꽃같이 어여쁜 아이들도 있고요."

이정묵이 유성만이 가리킨 쪽을 힐끗 보곤 맞장구를 쳤다.

"참, 여러분께 소개드릴 분이 있소."

유성만이 고개를 돌려 뱃전에 기대 서 있는 중년인을 불렀다.

"동재(東齋) 선생!"

동재라는 아호로 불린 중년인이 뒤뚱거리는 걸음으로 일행에게로 다가왔다. 다리가 불편한지 굵은 오죽(烏竹)으로 만든 지팡이를 짚고 있었는데, 창백한 안색과는 다르게 눈빛이 살아 있었다.

"정상인(鄭尙仁)이라고 합니다. 동재라 불러주십시오."

"동재 선생은 천문, 지리, 역술, 의학 등 온갖 학문에 달통한 분이시죠. 과거에 응시하면 장원급제하고도 남을 텐데 벼슬을 마다하고 초야에 묻혀 고고하게 지내고 계십니다. 북창 정렴 선생의 십육 대손이기도 하고요."

"북창 선생이라면 명종 때 우의정을 지내신 정순봉 어른의……?"

이정묵이 놀란 음성으로 묻자 동재 선생은 말없이 고개를 끄덕였고, 유성만이 덧붙였다.

"맞소. 조선 최고의 천재이자 도인으로 사흘 만에 육신통을 이루었으며, 귀신 곡할 예언도 하신 분이죠. 동재 선생도 그 학통을 이어받아 실력이 대단하십니다. 참판께서도 꼭 초대하라 하셨지요."

"무슨 과찬의 말씀을-!"

사람들이 이야기를 나누는 중에 어느덧 배는 섬에 이르렀다.

기묘한 시

하선한 일행은 곰솔과 잣나무가 가득한 숲을 지나 국사봉(國思峰)을 등지고 있는 외딴집에 다다랐다. 집은 아담했지만 마당은 상당히 넓었고, 한쪽에는 높은 정자가 있었다.

정자 밑에는 굵은 장작더미가 높이 쌓여 있고, 곁에는 커다란 솥을 얹힌 간이 화덕이 있었다.

"오르시지요."

유성만이 일행을 정자로 오르는 계단으로 안내했다.

"정말 좋구려."

절로 감탄이 나올 정도로 멋진 풍광이었다. 그리고 정자 한가운데에는 호사스러운 주안상이 준비되어 있었다.

"허어, 언제 이런 준비를 했소? 정말 빈틈이 없구려."

참판이 공치사를 하자, 유성만이 미소를 지었다.

"귀한 분들을 모시는 데 한 치의 소홀함도 있어서는 안 되지요. 사흘 전에 미리 두 사람을 보내 준비를 시켰습니다. 술과 음식은 넉넉하니 마음껏 드십시오."

그의 말처럼 늙수그레한 하인 부부가 음식을 나르느라 분주히 계단을 오르내리고 있었다.

"잠깐, 이것 좀 보시오."

동재 선생이 정자 기둥에 걸린 족자 앞에서 사람들을 불렀다.
족자에는 기묘한 내용의 칠언시(七言詩)가 적혀 있었다.

만하지절풍소소(晩夏之節風蕭蕭) 늦여름 바람 솔솔 부는데

십이금수승유선(十二禽獸乘遊船) 열두 마리 동물이 놀잇배를 탔다네

양광농파해음요(陽光弄波海吟謠) 밝은 빛 파도 간질이니 바다는 노래를 하고

유선도도상쌍타(遊船到島上雙打) 놀잇배는 섬에 도착했네

서피상조류십일(鼠被傷爪留十一) 쥐가 발톱을 다쳐 열한 마리가 남았네

우경전수류십두(牛耕田睡留十頭) 소가 밭을 갈다가 잠이 들어 열 마리가 남았네

호피봉철류구두(虎被蜂蜇留九頭) 호랑이가 벌에 쏘여 아홉 마리가 남았네

토당철정류팔두(兎撞鐵鼎留八頭) 토끼가 무쇠솥에 부딪쳐 여덟 마리가 남았네

용침열유류칠두(龍沈熱油留七頭) 용이 뜨거운 기름에 빠져 일곱 마리가 남았네

사락천애류육두(蛇落天涯留六頭) 뱀이 절벽에서 떨어져 여섯 마리가 남았네

마하시타류오두(馬下柴垜留五頭) 말이 장작더미에 깔려 다섯 마리가 남았네

양헌두제류사두(羊獻頭祭留四頭) 양이 제단에 머리를 바쳐 네 마리

가 남았네

후탕추천류삼두(猴盪鞦韆留三頭) 원숭이가 그네를 타러 가서 세 마리가 남았네

계명시아류양두(鷄鳴嘶啞留兩頭) 닭이 울다가 목이 쉬어 두 마리가 남았네

구교자수류일두(狗絞自首留一頭) 개가 스스로 목을 매어 한 마리가 남았네

저행주방류무두(猪行廚房留無頭) 돼지가 부엌으로 가서 아무도 남지 않았네

"열두 마리 동물이라… 배를 타고 온 사람이 열, 그리고 이곳에 둘이 있으니 모두 열둘… 이건 마치 우리를 가리키는 것 같군요."

이정묵의 말을 동재 선생이 받았다.

"잠깐! 확인할 게 있습니다. 각자 자기 띠를 알려주십시오. 저는 임자생(壬子生) 쥐띠올시다."

동재 선생의 말에 따라 모두 자신이 태어난 해와 띠를 밝혔다. 조선에 온 지 제법 된 존은 공관에서 일하는 노인에게 들어 자신의 띠를 알고 있었지만, 홈즈는 알 리가 없었다.

"그러면 홈즈 선생만 남았군요. 혹시 생년월일을 알려주실 수 있나요?"

"1854년 1월 6일에 태어났습니다."

동재 선생이 손가락으로 육갑을 짚더니 입을 열었다.

"음력으로 계축년(癸丑年, 1853) 섣달 여드레이니… 소띠로군요."

이렇게 모두의 생년과 띠가 밝혀졌고, 그동안 존은 홈즈에게 시의 내용을 설명했다.

동재 정상인 임자생(壬子生, 1852) 쥐띠

셜록 홈즈 계축생(癸丑生, 1853) 소띠

별기군 교관 노가다 겐세이 병인생(丙寅生, 1866) 범띠

병조좌랑 이정묵 기묘생(己卯生, 1855) 토끼띠

하인 칠득의 아내 무진생(戊辰生, 1844) 용띠

상인 유성만 을사생(乙巳生, 1845) 뱀띠

하인 칠득 병오생(丙午生, 1846) 말띠

참판 조카 민재수 기미생(己未生, 1859) 양띠

기생 추월 임신생(壬申生, 1872) 잔나비띠

기생 매향 계유생(癸酉生, 1873) 닭띠

호조참판 민주원 경술생(庚戌生, 1850) 개띠

통역관 존 계해생(癸亥生, 1863) 돼지띠

"참 희한한 일입니다. 시에 적힌 것처럼 우리는 모두 열두 명이고, 또한 각각 자축인묘진사오미신유술해 십이지(十二支)의 동물에 해당합니다. 이 시는… 혹시 참판께서 시키신 일입니까?"

"그런 적 없소."

참판 민주원이 얼굴을 찌푸렸다.

"혹시 다른 분은?"

아무도 대답하는 이가 없었다.

"네 이놈, 누가 이 해괴한 시가 쓰인 족자를 걸도록 했느냐?"

참판의 조카 민재수가 호통을 치며 다그치자 하인 칠득은 겁에 잔뜩 질린 음성으로 더듬거리며 말했다.

"쇠, 쇤네는 모, 모르는 일입니다. 사흘 전에 섬으로 가져온 짐 속에 있어서 거, 걸었을 뿐입니다. 까, 까막눈이라 글은 모르굽쇼."

"그게 어찌 자네 잘못인가? 당연히 할 일을 한 거지. 괘념치 말고 음식 준비나 하게."

보다 못한 이정묵이 끼어들어 하인을 감쌌고, 유성만이 가라앉은 분위기를 다독였다.

"심려를 끼쳐서 죄송스럽게 생각합니다. 우리가 이곳으로 온다는 소식을 듣고 놀라게 할 목적으로 누군가 이 시를 적은 족자를 짐에 넣은 모양입니다. 나중에 제가 따로 알아볼 테니 우선 자리에 앉으시지요. 애써 마련한 음식이 식겠습니다."

참극의 시작

모두가 음식이 차려진 상으로 걸음을 옮겼다. 그런데 동재 선생이 자신의 지팡이에 발이 걸려 넘어지고 말았다.

"어이쿠-!"

"저런, 선생! 괜찮으십니까?"

유상만이 달려가 동재 선생을 부축하며 물었다.

"으윽, 발목이 심하게… 아프네요."

“우선 앉으시지요. 자, 천천히–!”

동재 선생이 간신히 자리에 앉자, 이정묵이 대님을 풀고 발목을 살펴보았다.

“발목을 약간 접질린 것 같습니다. 뼈에는 이상이 없는 듯하니 조금 쉬시면 나을 겁니다.”

“다행이군요. 고맙소.”

동재 선생이 가볍게 고개를 숙이며 이정묵에게 고마움을 표했다.

“얘들아, 뭐 하고 있느냐? 참판님과 조카분께 잔을 올려라.”

기생들에게 술을 따르도록 한 유상만이 술병을 들고 홈즈에게 다가왔다.

“홈즈 선생이라 하셨죠? 한 잔 받으시죠.”

“Thank… 감사함네다.”

술을 한 모금 마신 홈즈가 얼굴을 찌푸렸다.

“Uh, A Bitter Taste!”

“맛이 쓰답니다.”

존의 통역에 유성만이 의아한 표정을 지었다.

“쓰다고요, 그럴 리가? 공들여 빚은 청주인데… 하긴 양인이라 입맛이 다를 수도 있겠죠. 자, 노가다 교관! 이리 오셔서 제 잔을 받으시지요.”

유성만의 부름에 그때까지 족자를 들여다보고 있던 일본 교관 노가다 겐세이가 자리로 와서 앉았다.

“あっ, 刺され(앗, 따가워)!”

방석에 엉덩이를 붙이던 노가다가 짧은 비명을 지르며 튕기듯 일어났다.

"아니, 왜 그러시오?"

유성만이 급히 다가와 노가다의 자리에 놓인 방석을 살펴보았다. 그때 방석 밑에서 뱀 한 마리가 꿈틀거리며 빠져나왔다.

"헉, 뱀!"

"꺄아악–!"

뱀이라는 소리에 여기저기서 비명 소리가 들렸다. 그러는 중에 뱀은 마루를 지나 난간을 타고 자취를 감췄다.

"무늬로 봐서 칠점사(七點蛇), 그러니까 까치독사 같은데요."

"どく… ヘビ(독… 사)……?"

노가다 겐세이는 말을 채 맺지도 못하고 바닥에 쓰러졌다. 얼굴은 금세 푸른빛으로 변했고, 입에서는 거품을 흘리며 몸을 부들부들 떨고 있었다.

"저런! 독이 퍼진 모양이군요. 마땅한 해독제가 있을까요?"

이정묵이 걱정스러운 음성으로 동재 선생에게 물었다.

"글쎄요, 이 섬에 뭐가 있겠습니까?"

"홈즈 씨가 독극물에 대한 지식이 깊으니……."

말을 하며 홈즈를 쳐다본 존은 깜짝 놀랐다. 홈즈가 앉은 채로 꾸벅꾸벅 졸고 있기 때문이었다.

"홈즈 씨–!"

존이 홈즈에게로 가서 상태를 살피는 동안 병조좌랑의 말소리가 들렸다.

"그래도 뭔가 해봐야 하지 않겠습니까? 제가 부엌에 가보지요."

이정묵이 계단 쪽으로 달려갔다.

"같이 갑시다."

그 뒤를 유성만이 따랐다.

"으이크-!"

쿵-!

"오마나-! 아악!"

뭔가 부딪치는 둔중한 소리와 함께 연이은 비명이 들렸다.

사람들은 모두 벌떡 일어나 계단에 한 발을 걸치고 엉거주춤한 자세로 있는 유성만 뒤에 모여 아래를 내려다보았다.

참담한 광경이었다. 계단 중간에는 하녀가, 계단 아래에는 병조좌랑 이정묵이 쓰러져 있었다. 뜨거운 국물을 뒤집어쓴 하녀는 비명조차 지르지 못하고 익은 얼굴을 감싼 채 계단 중간에 넘어져 있었으며, 마당으로 떨어진 이정묵은 인간이라면 절대 가능하지 않은, 뒤로 뻗은 다리가 자신의 뒷머리에 거의 닿은 모습이었다. 계단에서 떨어지면서 허리가 부러진 것 같았다.

정황을 알아내기는 어렵지 않았다. 급히 계단을 내려가려던 이정묵이 뜨거운 음식이 담긴 무쇠솥을 들고 올라오던 하녀와 부딪쳐 떨어졌고, 하녀는 솥에 담긴 뜨거운 국물을 뒤집어쓴 것이리라.

"어떻게 저런 일이-?"

난간에 손을 짚고 이 광경을 내려다본 호조참판이 비명에 가까운 소리를 질렀다.

"제가 살펴보지요."

계단 어귀에 멈춰 서 있던 유성만이 서너 계단 내려가더니 쓰러져 있는 하녀를 피해 몸을 훌쩍 날려 마당으로 뛰어내렸다. 중년이라는 나이를 생각하면 상당히 날렵한 몸짓이었다.

하지만 너무 높았을까? 유성만은 제대로 착지하지 못하고 비틀대는 몸을 바로잡으려 허둥대다가 정자 밑에 쌓아둔 장작더미에 부딪치고 말았다. 비에 젖지 않도록 정자 밑에 쌓아둔 어른 키보다 높은 장작더미가 무너져 내리며 멍하니 서 있던 칠득을 덮쳤다.

음식이 가득 담긴 커다란 쟁반을 들고 오던 칠득은 눈앞에서 벌어진 병조좌랑과 아내의 참사를 보곤 너무 놀라 움직이지도 못하고 그대로 서 있다가 머리 위로 쏟아지는 장작더미에 깔리며 단말마의 비명을 질렀다.

"크윽─!"

난간에서 이 광경을 본 모두가 놀라 어쩔 줄 모르고 있을 때, 동재 선생의 나직한 음성이 들렸다.

"정말 묘하지 않소? 모든 일이 족자에 적힌 시에 맞춰 일어나고 있으니 말이오."

사람들은 갑자기 몸이 굳은 듯 움직임을 멈췄다. 뭔가 미심쩍어하던 부분을 동재 선생이 정확히 짚어냈기 때문이었다.

"내 말 잘 들으시오. 저 시는 괜한 게 아니오. 여태까지 일어난 일이 시에 적힌 대로요."

"어찌 그럴 수가 있단 말이오?"

민재수가 현실을 부정하듯 악을 썼지만, 동재 선생은 침착한 음성으로 설명을 했다.

"첫 연부터 넷째 연까지는 우리 열두 명이 배를 타고 섬으로 왔다는 것이고… 다섯째 연부터 살펴봅시다. 쥐띠인 내가 발을 접질려서 부축을 받고 자리에 앉았죠? '서피상조(鼠被傷爪)', 쥐가 발톱을 다쳤다는 것과 일치하오. 여섯째 연 '우경전수(牛耕田睡)', 소가 밭 갈다가 잠이 들었다는 건데, 소띠인 홈즈 선생이 술을 마시고 잠이 들었지 않습니까?"

아무도 입을 열지 않았다. 침묵에 휩싸인 정자를 스쳐 가는 바람 소리가 사람들의 공포를 더욱 자극했다.

"다음 '호피봉철(虎被蜂蜇)'은 호랑이가 벌에 쏘였다는 것인데… 범띠인 노가다 교관이 방석에 있는 바늘에 찔려 죽었죠?"

"뭐라고… 뱀에 물린 게 아니라 바늘에 찔렸다고?"

"방석 밑에 있던 뱀이 사람을 문다는 게 말이 되나요? 자세히 보시오, 이 방석을."

동재 선생이 노가다 겐세이가 앉았던 방석을 들어 보였다. 과연 방석에서 뭔가 반짝이는 것이 보였다.

"누군가 미리 바늘을 꽂아두었다는 건가? 게다가 독을 묻혀서?"

참판이 의문을 표했지만 동재 선생은 거의 무시하는 듯 말을 이어 갔다.

"그건 차차 따져보기로 하고… 다음을 봅시다. 여덟째 연 '토당철정(兎撞鐵鼎)'은 토끼띠인 병조좌랑이 하녀가 들고 있던 무쇠솥에 부딪쳐 계단 아래로 떨어진 것이고, 다음 연 '용침열유(龍沈熱油)'는 용띠인 하녀가 솥에 담긴 뜨거운 기름을 뒤집어쓴 것 아니오? 정말 묘하지 않습니까? 시에 적힌 그대로 일이 일어나고 있으니……."

사람들은 점점 실체가 되어 엄습해 오는 공포감에 진저리를 쳤다.

"뱀띠인 유성만이 절벽, 아니, 정자에서 뛰어내린 것은 열 번째 '사락천애(蛇落天涯)'이고, 말띠인 칠득이 장작더미에 깔린 것은 열한 번째 '마하시타(馬下柴垜)'가 아니겠소?"

끔찍하고 놀라운 상황은 아랑곳하지 않고 이어지는 동재 선생의 말이 거슬렸던지 민재수가 목소리를 높이며 따지듯 물었다.

"그렇다면 다음 연의 '양헌두제(羊獻頭祭)', 양이 제사에 머리를 바친다는 대체 뭘 의미하는 거라 생각하오?"

"제단은 이미 마련되었으니… 제물 바칠 일만 남았다는 거지."

동재 선생은 말이 끝나기가 무섭게 자리에서 일어나더니 민재수에게로 다가갔다. 원래 다리가 불편한 데다가 접질리기까지 한 사람이라고는 믿어지지 않을 만큼 빠른 속도에 모두가 놀랐다.

게다가 민재수를 하대(下待)하고 있다는 사실을 아무도 눈치채지 못하고 있었다. 그리고 그의 다음 행동은 모두를 경악하게 만들고도 남았다.

동재 선생이 지팡이를 민재수의 턱 밑에 갖다 대고 천천히 들어 올리자, 그는 마치 홀린 사람처럼 몸을 일으켰다. 민재수가 일어서자 갑자기 지팡이가 그의 왼쪽 어깨를 강하게 찔렀다.

"으윽—!"

민재수는 낮은 비명을 지르며 오른손으로 왼쪽 어깨를 감쌌다. 그러자 동재 선생은 발을 들어 그의 몸을 밀듯이 걷어찼다.

민재수의 몸이 반 바퀴 회전하며 동재 선생에게 등을 보이고 식탁을 마주했을 때, 번쩍! 하는 섬광과 공기를 가르는 날카로운 소리가 났다. 지팡이 속에 숨겼던 칼이 빠져나와 그의 목을 벤 것이다.

민재수는 그대로 무너져 내렸고, 반쯤 잘린 목은 식탁에 걸쳐졌다. 건너편에서는 그의 턱만 식탁에 걸친 것으로 보이기에, 마치 제 사상에 올린 짐승 대가리 같다고 할 수 있었다. 열두 번째 연의 '양현두제'가 실현된 것이다.

살아남은 사람 가운데 정자 아래 있는 유성만을 제외한 모두, 깊이 잠든 홈즈를 살펴보던 존을 비롯하여 호조참판, 기생 추월과 매향까지 똑똑히 그 광경을 지켜볼 수 있었다.

"이제 신유술해… 넷만 남았군. 얘들아, 준비하거라."

동재 선생의 말에 추월과 매향은 정자 한 귀퉁이에 있는 상자에서 족히 한 필(疋: 약 20m)은 될 듯한 무명천을 꺼내더니 양끝을 난간에 묶어 드리웠다. 미리 손발을 맞춘 듯 두 사람의 동작에는 어색함이 없었다.

"자, 내려가자꾸나."

매향과 추월이 반쯤은 넋이 빠진 호조참판의 양쪽 겨드랑이에 손을 넣어 일으켰다. 참판 민주원은 너무 놀라 저항할 힘도 없는지 그녀들이 이끄는 대로 발을 움직여 정자를 내려갔다. 그 뒤를 따라 동재 선생도 지팡이를 짚으며 정자를 내려갔다. 민재수를 벤 칼은 어느새 지팡이 속에 갈무리되어 있었다.

드러나는 진실

참판과 함께 정자를 내려온 추월과 매향은 결연한 표정이었다. 그들은 정자 밑에 두었던 주전자에서 검은색 액체를 따라 한 잔씩을 마셨다. 맛이 쓴지 잠시 얼굴을 찌푸렸지만, 두 사람은 곧 평상시의 표정으로 돌아왔다.

"마당으로 내려왔으니… '후탕추천(猴荡鞦韆)', 잔나비가 그네를 탈 차례지요?"

추월은 정자 난간에 드리워진 무명천의 끝을 묶고는 그 위에 올라섰다. 발판은 없지만 그녀는 천에 몸을 싣고 그네처럼 흔들기 시작했다.

그네의 흔들림에 맞춰 매향은 구슬픈 음성으로 노래를 부르기 시작했다.

자비로우신 어머니 땅과 같고, 근엄하신 아버지 하늘과 같네

고루고루 펴신 은혜 똑같이 베푸시니 어버이의 아기 사랑 그 역시 한뜻일세

눈이 멀다 해도 미워하지 않고 손발이 불구라도 싫어함 없네

배 속에서 길러 친히 낳은 자식이라 온종일 아끼시며 사랑을 베푸시네

부모의 은혜에 대해서 감사하는 마음을 담은 '불설대보부모은중경(佛說大報父母恩重經)'이었다.

피로 물든 섬에 심금을 울리는 매향의 노랫소리가 울려 퍼졌다. 구슬픈 곡조는 듣는 이에 따라 진혼곡으로 들릴 수도, 또는 장송곡으로 여길 수도 있을 터였다.

끔찍한 살인이 벌어진 섬에서 들리는 슬픈 노랫소리에 끌린 존은 깊이 잠든 홈즈를 눕혀놓곤 난간으로 다가갔다. 대체 정자 아래에서 무슨 일이 벌어지고 있는지 궁금해서 참을 수가 없었기 때문이다.

"후우—! '계명시아(鷄鳴嘶啞)', 닭이 울다가 목이 쉬었으니… '구교자수(狗絞自首)', 개가 목을 맬 일만 남았구나."

동재 선생의 말에 참판 민주원이 정신을 차리고 그를 노려보며 물었다.

"모두 네가 꾸민 짓이로구나. 대체 무슨 연유로 저 많은 사람을 죽이고 나까지 살해하려는 것이냐?"

물끄러미 그를 쳐다보던 동재 선생은 한참 만에 입을 열었다.

"십 년 전의… 일을 기억하는가?"

"십 년 전이라면… 호, 혹시 군인들이 난을 일으켰던……?"

"그렇다. 너희 양반들이 임오군란(壬午軍亂)이라고 이름 붙인 그 사건 말이다."

"그, 그게… 지금 일과… 무, 무슨 관계가……?"

"임오년 유월 선혜청 도봉소(都捧所)에서 무위영 소속 옛 훈련도감 군병들에게 밀린 봉급을 지급했지. 열 달 치 중 한 달 치만, 그것도 겨와 모래를 섞어 정량의 절반 정도밖에 되지 않은 쌀을 주었어. 선혜청 당상 겸 병조판서 민겸호, 선혜청 창고지기까지 모두가 짜고 우리에게 지급할 쌀을 빼먹은 거지. 병사들은 격분했고, 옛 훈련도감 포수였던 김춘영(金春永)을 비롯하여 유복만(柳卜萬), 정의길(鄭義吉), 강명준(姜命俊) 등이 앞장서서 선혜청 창고지기와 무위영 영관(營官)에게 뭇매를 안겼지. 이 소식을 들은 선혜청 당상 민겸호는 주동자들을 체포하도록 명을 내렸어. 체포된 난 주동자들은 말로는 다 못 할 혹독한 문초를 당했고, 사형당할 위기에까지 처하고 말았지. 우리들은 구명 운동을 하고자 무위대장 이경하(李景夏)를 찾아갔지만, 그는 제 몸 사리느라 협조를 하지 않더군. 달랑 문서 하나 써주고 말았어. 궁리 끝에 우리는 대원군을 찾아갔지. 날개는 꺾였지만 정권을 되찾으려는 야심을 품고 있던 대원군은 우리 뒷배가 되어주겠다고 약조했어. 힘을 얻은 우리들은 동별영(東別營)의 무기고를 습격해서 무장을 한 뒤, 포도청을 파옥해 김춘영과 유복만 등을 구출하는 한편, 일부는 의금부를 습격해 척사론자(斥邪論者)인 백낙관(白樂寬) 등 정치범이라는 누명을 쓰고 갇혀 있던 사람들을 석방시켰지. 또 일부는 전직 선혜청 당상 김보현이 관찰사로 있던 경기감영에 쳐들어갔고, 나머지는 강화유수(江華留守) 민태호를 비롯한 외척 수구당들의 집을 습격했어. 나중에는 창덕궁 궐내까지 쳐들어갔지만, 분하게도 중전 민씨는 궁녀복으로 변복하고 충주목사 민응식의 집으로 도망친 뒤였지. 이 사건으로 대원군은 고종에게 복귀를 인정받고 중앙의 각 부서 관리들과 지방의 관찰사 등 요직을 차지하고 있던 민씨 척족들을 파직하고 척화파를 임명했어. 그리고 민심을 안정시키기 위해 군란 가담자들에게 해산을 명하고 대대적인 사면령도 내렸다. 그럼에도 우리가 계속 중전 민씨를 처단할 것을 요구하자, 대원군은 중전의 실종을 사망으로 단정하고 국모상(國母喪)을 공포했지. 그러나 민씨 외척들은 가만있지 않았어. 몰래 청나라에 원조를 청했고, 삼천에 이르는 청군들이 밀려왔지. 대원군은 천진으로 납치되었고, 왕십리와 이태원 일대에 주둔하던 군란 가담자들은 청군의 공격을 받아 대부분이 체포되어… 무려 열한 명이 사형을 당했다."

회한(悔恨) 가득한 음성으로 이야기를 마친 동재 선생은 잠시 숨을 고르더니, 참판 민주원을 살기 어린 눈으로 쳐다보았다.

"나는 군란의 주동자였던 정의길의 형 정상길이고, 여기 있는 유성만 역시 주동자의 한 사람인 유복만의 동생이다. 기생 추월과 매향은 형장의 이슬로 사라진 김춘영의 딸이고. 우리는 십 년 동안 신분을 숨기고 살며 복수의 칼을 갈았다. 십 년은 결코 짧은 세월이 아니야. 강산도 변한다는 기나긴 세월이지. 그래도 '군자보구 십년불만(君子報仇 十年不晩)', 군자가 원수를 갚음에 십 년도 길지 않다는 말을 되새기며 모두를 독려했지. 그동안 선혜청의 수장도 몇 차례 바뀌었고, 복수의 대상이라 할 수 있는 관료들도 죽거나 퇴직했지. 하지만 우리의 복수심은 눈덩이처럼 커져만 갔어. 우리의 한은 어쩌면 부패한 관리를 넘어 더러운 세상에 대한 것이었는지도 몰라. 그래서 늦더라도 복수를 포기할 수는 없었지. 짧지 않은 세월 동안 유성만은 상계에서 제법 자리를 잡았고, 김춘영의 여식들도 무탈하게 자랐지. 더 이상 복수를 늦출 수는 없었어. 나도 성만이도 나이가 들었거든. 그래서 우리는 복수의 대상을 좁혔어. 현 호조참판과 그 일당으로. 목표가 정해지자 상인을 가장한 유성만이 뇌물을 써서 네게 접근했고, 정렴 선생의 후손이라는 그럴듯한 구실로 나를 소개한 거야. 어쩌면 당신은 운이 나쁜 건지도 몰라."

"어, 어떻게… 시에 적힌 대로 사람들을 죽일 수 있었지?"

"치밀한 계획을 세워두었지. 약간의 운도 따랐지만."

"그, 그래도……?"

참판 민주원은 여전히 의아스러운 것 같았다.

"다섯째 연처럼 내가 발이 꼬여 넘어진 것은 부러 그런 거야. 그러면서 노가다 겐세이의 방석 밑에 독을 바른 바늘 뭉치와 뱀을 숨겼어. 일곱 번째 연을 실행하기 위한 준비를 한 거지."

"미리 준비해 두면 될 것을 왜 그랬지?"

"누가 어디 앉을지는 모르잖아. 어디 앉으라고 정해줄 수도 없고. 하지만 다른 사람들이 앉고 나면 당연히 빈자리가 남을 것이고, 노가다는 거기 앉겠지. 그러니까 빈자리에 놓인 방석에 바늘과 뱀을 숨긴 거야."

"치밀하게 계획했군."

"십 년의 한, 가족을 잃은 아픔을 치유하기 위해서 보다 극적인 장면이 필요했거든."

"저 홈즈라는 양인은 어떻게 된 것이냐?"

"여섯째 연을 위해 유상만이 홈즈에게 자불괴주머니(가짓과식물로 흰독말풀이라고도 한다. 영어로는 datura, jimsonweed. 부교감신경을 차단하는 atropine이나 scopolamine 성분이 중추신경에 작용하여 체온 강하 및 혼수, 호흡곤란 등을 유발한다) 가루를 탄 술을 마시도록 했어. 그리고 일본인 교관 노가다를 불렀어. 예상대로 빈자리에 앉다가 방석에 꽂아둔 독이 묻은 바늘에 찔린 노가다는 벌떡 일어섰고, 그 바람에 뱀도 놀라서 기어나온 거야."

"으음-!"

"다음에는 운이 좋았다고나 할까? 여덟, 아홉 번째 연이 거의 동시에 이뤄졌거든. 병조좌랑 이정묵이 솥을 들고 올라오던 하녀와 부딪쳤어. 하녀는 끓는 기름을 뒤집어썼고. 일석이조(一石二鳥)인 게지. 물론 유상만이 뒤에서 이정묵을 슬쩍 밀어 균형을 잃게 만들었지만 말이야. 그다음 열 번째 연은 목도한 대로야. 정자에서 뛰어내린 유성만이 미리 손봐둔 장작더미를 건드려 칠득이가 압사하도록 했고, 나는 당신 조카의 목을 제물로 바쳤지."

"조, 좋다. 나와 조카 놈, 그리고 병조좌랑은 죄가 있다 치고… 애꿎은 하인 부부는 왜 죽였느냐?"

민주원의 음성은 떨리고 있었다.

"칠득이는 선혜청 도봉소 창고지기 중 하나였어. 그 역시 우리 군량을 착복한 놈 가운데 하나지. 유성만이 칠득이 부부를 상단으로 끌어들여 수하로 부리다가 이번 일에 동참시킨 거야."

"외국인까지 다치게 하다니… 그들이 가만있을 줄 아느냐?"

"왜인(倭人)이야 우리를 내쫓은 별기군 소속이니 원한이 있지만… 양인(洋人)들은 죽이지 않았어. 홈즈는 약 탄 술을 먹고 잠이 들었을 뿐이야. 그나마 저들이 왜국이나 청국을 견제할 수 있다고 여겨 목숨은 붙여둔 거지."

"……."

"이제 복날이 되었구나! 추향과 매월, 아니, 갑순이와 을례는 개를 잡아라."

도저히 여인이라고는 여겨지지 않을 억센 힘에 참판 민주원은 잠시 그네가 되었던 무명천이 걸려 있는 곳으로 끌려갔다.

갑순은 참판의 손을 뒤로 돌려 단단히 묶은 다음 무명천을 그의 목에 걸었다. 그리고 정자 위를 쳐다보았다. 이미 정자에 올라가 있던 을례는 갑순과 눈빛을 교환하고는, 난간에 걸었던 무명천의 한쪽 끝을 잡고 뛰어내렸다.

"크흑-!"

을례의 몸이 내려온 만큼 참판의 몸은 위로 끌려 올라갔다. 을례의 발이 땅에 닿자, 참판의 몸은 난간까지 올라갔다. 천이 목을 감아 숨이 막힌 참판은 온 힘을 다해 발버둥을 쳤지만 이내 멈추고 말았다.

동재 선생은 그 광경을 놓치지 않고 끝까지 지켜보고는 고개를 돌려 존을 보고 말했다.

"개가 목을 맸으니, 남은 것은 마지막 연 '저행주방(猪行廚房)'뿐이로군. 존, 부엌으로 가면 북엇국이 있을 테니 가져다가 홈즈에게 먹이게. 그러면 정신이 들 걸세. 술에 탄 것은 저기에 핀 자불괴주머니를 말려 가루로 만든 것이었으니… 잠이 들었을 뿐 생명에는 지장이 없을 걸세."

"자불괴주머니……? 아, 짐슨위드(Jimsonweed)?"

의학 지식이 있는 존이 동재 선생이 가리킨 꽃을 보고 안도의 숨을 내쉬며 정자를 내려와 부엌으로 갔다.

홈즈는 그가 가져온 국물을 두세 모금 마시고서야 간신히 눈을 떴다.

"…What happened?"

"설명하자면 길어요. 몸이나 추스르세요."

동재 선생이 결연한 표정으로 유성만에게 말했다.

"성만이! 양인들을 데리고 나가도록 해라. 아직 배가 기다리고 있을 테니까."

"혀, 형님과 아이들은……?"

"원수를 갚긴 했지만 엄연히 국법을 어긴 몸. 뭍으로 간다 해도 정상적인 생활은 할 수 없을 테니 여기에 남아 있으련다."

"호, 혹시 자진을……?"

"어차피 얼마 가지 못할 몸이다. 의원이 나더러 반위(反胃: 위암)라고 하더구나. 그리고 아이들은 좀 전에 부자(附子, Aconitum carmichaeli Debx: 사약(賜藥) 재료의 하나. 독성이 강하다) 끓인 물을 마시는 것 보지 않았나? 얼마 버티지 못할 거야. 곧 관의 추적이 있을 것이니 너는 식솔과 함께 만주로 가거라. 장사 경험이 있으니 그곳에서도 살아갈 수 있을 거야."

정상인의 음성에는 처연함과 함께 아우를 생각하는 애틋함이 어우러져 있었다.

"혀, 형님-!"

에필로그

공관으로 돌아온 뒤, 존으로부터 섬에서 벌어진 기묘한 사건의 전말을 들은 홈즈는 무척이나 안타까워했지만 한편으로는 체념하는 기색을 보였다.

"…하긴 내가 깨어 있었더라도 별로 할 일은 없었을 거야. 워낙 짧은 시간에 벌어진 일이고, 범행의 이유나 수법도 범인이 스스로 밝혔으니까. 현장에 있었음에도 해결, 아니, 관여조차 하지 못한 사건이 되겠군. 사건명은 '열두 개의 동물 인형(Case of Twelve Little Animals)'으로 하지."

열 개의 인디언 인형 원시(原詩)

Ten little Indian boys went out to dine; One choked his little self and then there were nine.

열 명의 인디언 꼬마가 식사를 하러 밖으로 나갔다. 한 명이 목이 막혀 죽어 아홉이 남았다.

Nine little Indian boys sat up very late; One overslept himself and then there were eight.

아홉 명의 인디언 꼬마가 밤늦게까지 자지 않았다. 한 명이 늦잠을 자서 여덟이 남았다.

Eight little Indian boys traveling in Devon; One said he'd stay there and then there were seven.

여덟 명의 인디언 꼬마가 데번을 여행했다. 한 명이 그곳에 남아 일곱이 남았다.

Seven little Indian boys chopping up sticks; One chopped himself in halves and then there were six.

일곱 명의 인디언 꼬마가 장작을 패고 있었다. 한 명이 자기를 둘로 잘라 여섯이 남았다.

Six little Indian boys playing with a hive; A bumblebee

stung one and then there were five.

여섯 명의 인디언 꼬마가 벌집을 가지고 놀았다. 한 명이 벌에 쏘여서 다섯이 남았다.

Five little Indian boys going in for law; One got in Chancery and then there were four.

다섯 명의 인디언 꼬마가 법을 공부했다. 한 명이 대법원으로 가서 넷이 남았다.

Four little Indian boys going out to sea; A red herring swallowed one and then there were three.

네 명의 인디언 꼬마가 바다로 나갔다. 한 명이 훈제된 청어에게 먹혀 셋이 남았다.

Three little Indian boys walking in the Zoo; A big bear hugged one and then there were two.

세 명의 인디언 꼬마가 동물원을 걷고 있었다. 한 명이 큰 곰에게 잡혀 둘이 남았다.

Two little Indian boys sitting in the sun; One got frizzled up and then there was one.

두 명의 인디언 꼬마가 햇볕을 쬐고 있었다. 한 명이 햇볕에 타서 하나가 남았다.

One little Indian boy left all alone; He went and hanged himself and then there were none.

한 명의 인디언 꼬마가 혼자 남았다. 그가 스스로 목을 매어 아무도 남지 않았다.

302호 병실의 비극

1992년 대구 출생으로 한림대학교 의학과 4학년에 재학 중이다.
2016년 「은폐」로 한국 추리작가협회 미스터리 신인상을 수상하며 데뷔했고,
이후 〈계간 미스터리〉에 「황달」을 발표했다.

모두들 그런 눈으로 저를 쳐다보지 마세요. 부탁이에요……

기자님들은 제가 흉악한 살인마라도 되는 것처럼 매섭게 노려보고 계시네요. 수간호사 선생님은 경멸 가득한 표정으로 저를 보고 계시고요, 대학교에 갓 입학했을 때부터 7년을 함께해 온 동기들은 감정이라고는 찾아볼 수 없는 차가운 얼굴로 저를 바라보고 있네요.

저는 바보가 아니에요. 비록 조그마한 종합병원의 일개 간호사일 뿐이지만, 저도 여러분이 제게 보내는 시선에 담긴 분노와 증오, 배신감은 전부 읽어낼 수 있어요. 그러니 더는 그런 시선을 보내지 말아주세요. 제정신으로는 견디기가 무척 힘듭니다.

물론 이해해요. 여러분이 왜 저를 그런 눈빛으로 보는지 말이에요. 오늘 경찰들에게 둘러싸여서 이곳 회의실로 이송될 때 우연히 흘러나오는 뉴스를 들었어요.

'병실에 입원해 있던 환자 두 명에게 프로포폴을 과량 투여하여 살해한 혐의로 체포되었던 간호사 윤 모 씨가 오늘 오후 자신의 범행을 고백하기 위해서 국민의 앞에 선다'.

대략 이런 내용이었어요. 앵커는 제가 범인이라는 것이 마치 기정사실인 듯 특유의 힘 있는 목소리로 또박또박 말하더군요. 순간 저도 모르게 눈물샘이 터졌어요. 눈물이 볼을 타고 흘러내리는데 제가 할 수 있는 일이라고는 기껏해야 눈을 질끈 감는 것뿐이었어요.

마음 같아서는 제가 벌인 일이 아니라고 소리를 질러대고 싶었지만 그럴 수가 없었어요. 덩치 큰 장정들이 제 양팔을 거세게 붙들고 있어서 숨을 내쉬기도 어려울 지경이었거든요. 게다가 기자들이 터뜨리는 플래시 때문에 고개를 들 엄두조차 나지 않았어요. 저는 그저 조금이라도 빨리 그 자리를 벗어나야겠다는 일념으로 침묵을 지킬 따름이었죠.

여러분, 오늘 제가 이 자리에 서기로 결심한 것은 결코 저 자신에 대해 변명을 하기 위해서가 아니에요. 또한, 여러분의 너그러운 감정에 호소하고, 연민이나 동정심을 자극하기 위해서도 아니에요. 다만 제가 생각하는 이번 사건의 진실을 말씀드리기 위해서랍니다.

저는 302호 병실에 입원해 있던 환자 두 분에게 결코 어떠한 위해도 가하지 않았어요. 경찰 측에서는 병실 바닥에 떨어져 있던, 약물이 든 주사기에서 제 지문이 검출되었다는 이유 하나만으로 저를 살인사건의 주범으로 몰았지만, 그것은 오해일 뿐이라고 분명하게 말씀드릴 수 있어요. 지금부터 제가 시작할 이야기를 끝까지 들으신다면, 여러분도 이번 사건의 진상을 보다 확실하게 파악하실 수 있을 거예요.

우선 일주일 전의 일부터 말씀드려야겠군요. 그날도 저는 평소처럼 일기를 쓰고 있었어요. 다들 웃으시네요. 몇몇 분들은 제까짓 것이 무슨 일기냐 하는 듯한 조소 어린 눈길도 보내시는군요. 하긴 저와 함께 근무하는 동료나 의사 선생님 중에도 제가 일기 쓰는 것을 아니꼽게 여기는 분들이 있었죠.

하루하루 비슷한 환자들과 부대끼다 보면, 사람이 자신도 모르는 사이에 감정이 무뎌지거든요. 어쩌면 제 심장은 이미 차갑게 굳어버렸을지도 모른다는 경각심이 생긴 것은 몇 달 전이었어요. 병원 인근의 공사장에서 발생한 화재 때문에 수십 명의 인부가 병원으로 실려왔어요. 의사 선생님들이 응급처치하는 거 옆에서 보조하랴, 환자들 병실로 이송하랴, 병원에 와서 그렇게 많은 환자를 한꺼번에 접한 것은 처음이었어요. 불행하게도 그 인부 중 세 분이 기도까지 깊숙이 침범한 화상 때문에 호흡곤란이 와서 곧 세상을 떠났죠. 그런데… 제 눈에서는 눈물 한 방울도, 아니, 조그마한 감정의 동요조차 느껴지지 않았어요. 오히려 일거리가 덜어져서 한결 편해졌다는 생각이 가장 먼저 들더군요.

그날 이후였어요. 이렇게 일기를 쓰게 된 것은요. 일기라고 거창한 게 아니에요. 그저 초등학생 때 썼던 것처럼, 그날 하루 저에게 벌어진 일들과 그것들에 대한 간략한 감상을 기록하는 거죠. 매일밤 일기를 쓰다 보니까 여태껏 제 가슴속에 잠들어 있던 작고 아름다운 소녀가 오랜 잠에서 깨어나는 것이 느껴지더군요. 저로서는 새로운 경험이었죠.

 사족이 길었군요. 여하튼 제가 일기를 언급한 것은 이 일기장에
이번 사건과 관련해서 중요한, 돌아가신 두 환자분에 관한 사연이
담겨 있기 때문이에요. 지금 여러분이 보고 계시는 이 일기장에 말
이죠. 이번 사건에 대해서 직접적인 물증은 될 수 없겠지만, 충분히
정황 증거로는 활용될 수 있으리라 믿어요. 제가 치밀한 범행을 위
해 일기를 조작했다고 생각하신다면 안타까운 일이지만요.

 일기를 쓰고 있던 저는 어디선가 들려오는 정체불명의 소리에 고
개를 들었어요. 시계를 보니 이미 새벽 두 시가 넘어 있었어요. 모두
가 잠들어 있을 시간이었죠. 저는 고개를 갸웃하면서 자리에서 일어
났어요. 그 소리는 어둠에 잠겨 있는 3층 복도의 끝에서 들려왔는데
요, 누군가 흐느끼는 것 같기도 하고 차오르는 기쁨을 가까스로 억
누르는 것 같기도 했어요.

 저는 소리가 들려오는 복도 끝을 향해 조심스럽게 걸음을 옮겼어
요. 이미 모든 병실의 불이 꺼져 있었던 탓에 앞이 잘 보이지는 않았
어요. 그래도 저는 꿋꿋이 앞으로 나아갔어요. 처음에는 눈이 어둠
에 적응하지 못해서 몇 번이나 균형을 잃었지만, 얼마 지나지 않아서
제 눈은 올빼미의 그것처럼 어둠에 완벽히 적응할 수 있었어요.

 소리가 흘러나오는 곳과 조금씩 가까워져 오는 것을 느꼈지만, 복
도 어디에도 사람의 그림자는 보이지 않았어요. 그제야 깨달았죠.
누군가 복도 끝의 비상구로 가는 문 너머에 있다는 것을요. 저는 문
을 열어보지 않고도 곧 눈치챌 수 있었어요. 이틀 전에 302호 병실

에 입원했던 여자 환자였어요. 어떻게 목소리만 듣고도 알 수 있었느냐 하면요, 그 여자 환자분의 목소리는 제가 근무하던 조그마한 병원과는 어울리지 않을 정도로 우아하고 기품이 넘쳤거든요. 아마 여러분도 한 번 듣는다면 쉽게 잊기 어려울 만큼 그분의 음색에는 특이한 데가 있었어요.

문 건너편에서 들려오는 구슬픈 소리에 마음이 들뜬 나머지 저는 쉽사리 제자리로 돌아갈 수 없었어요. 지금까지 간호사 생활을 해오면서 환자들이 통곡하고 자신의 비참한 신세를 한탄하는 장면을 숱하게 봐왔던 저였지만 이번만큼은 달랐어요. 애절하고 간곡한 그분의 울음소리는 제 마음까지도 고통스럽게 만들어서 모른 척 뒤돌아서기가 몹시 망설여졌어요.

꽤 오랜 시간 고민하던 저는 결국 문을 열고 환자분과 대화를 나눠보기로 결심했어요. 그분과 사적으로 말을 섞어보지는 않았지만, 그분의 쓰디쓴 상처를 따뜻하게 어루만져 주고 싶다는 생각이 솟구쳤기 때문이에요. 그렇게 제가 문고리에 손을 가져가려던 그때, 낮고 굵직한 남자 목소리가 들려왔어요. 단어 하나하나가 정확히 기억나지는 않지만 분명 이런 내용이었어요.

"어쩔 수 없잖아……. 돌이킬 수도 없는데. 그냥 지금처럼 살아가자… 응?"

이게 어찌 된 일일까요. 저는 잠깐 멍해져서 그대로 동작을 멈출 수밖에 없었답니다. 그 남자다운 목소리의 주인공은 일주일도 전부터 302호 병실에 입원해 있던 남자 환자분이었거든요. 하지만 제가 의아하다고 생각한 이유는 다름이 아니라 그분은 아내가 따로 있었기 때문이에요. 아내분이 매일 아침 여섯 시만 되면 도시락을 정성스럽게 싸 들고는 그분의 병문안을 왔기 때문에 익히 알고 있었죠.

제 머릿속에서는 제대로 된 형상을 갖추지 못한 잡념들이 서로 부딪히면서 잡음을 내기 시작했어요. 한쪽에서는 절대로 문을 열면 안 된다며 저를 만류했고, 다른 쪽에서는 굳이 호기심을 참을 필요가 없다며 제 등을 떠밀었죠. 저는 그 자리에 서서 꿈쩍도 하지 않은 채 문고리만 주시했어요.

그러는 동안에도 문 너머에서는 여자분의 울음소리와 여자분을 달래려는 남자분의 온화한 목소리가 간헐적으로 들려왔어요. 저는 문을 열기가 망설여졌어요. 제 눈앞에 닥칠 남녀의 야릇한 그림이 선하게 보였기 때문일까요, 저는 결국 어떤 행동도 취할 수 없었어요. 하는 수 없이 발뒤꿈치를 들고는 아무런 일도 없었다는 듯이 자리로 돌아왔죠.

두 분은 그로부터 30분이 지나서야 302호 병실로 걸어 들어갔어요. 물론 함께는 아니었어요. 남자분이 화장실을 다녀온 듯 태연한 걸음걸이로 먼저 들어갔고, 잠시 후에 여자분이 초췌한 얼굴로 뒤따라 들어갔어요. 눈물을 많이 흘린 탓인지 평소보다 상당히 수척해져 있더군요. 그분은 제가 유심히 바라보고 있다는 것도 모르는 듯 몽롱한 눈빛이었어요. 그때가 아마 새벽 세 시쯤이었을 거예요.

기자님들, 자꾸만 그런 동작으로 저를 재촉하지 마세요. 여러분의 조급한 심정을 이해하지 못하는 것은 아니랍니다. 다만, 이번 사건의 진실을 말씀드리기 전에 이러한 정황들을 앞서 설명하는 것이 여러분의 이해에 더욱 도움이 될 것이라는 판단하에 말씀드리는 거예요. 조금 지루하더라도 제 이야기를 끝까지 들어주시면 감사하겠습니다.

두 분의 관계는 실로 미묘한 것이었어요. 3교대 근무로 일하는 저는 밤 열 시부터 다음 날 아침 일곱 시까지 근무했는데요, 그날 아침에도 퇴근 시간이 다 되어서 옷을 갈아입으려고 탈의실에 들어갔지요. 그곳에는 마침 데이 파트에 근무하는 두 명의 동료 간호사가 일찍 와서 아침을 함께 먹고 있더군요. 둘은 여느 때처럼 호들갑스럽게 수다를 떨고 있었는데, 언뜻 들어보니 병실 환자들에 대한 잡담이었어요.

처음에는 온몸이 녹초가 돼 있던 탓에 두 사람의 말에 귀를 기울일 정신이 없었어요. 그런데 차츰 그들의 대화 속에 등장하는 인물이 새벽에 목격했던 환자 두 분이라는 것을 깨달았어요. 저는 최대한 굼뜬 동작으로 다리를 바지 구멍에 끼워 넣으면서 둘의 이야기에 귀를 기울였어요. 평소에 환자의 프라이버시에 대해서 입방아를 찧는 걸 싫어하는 저였지만, 그 순간에는 워낙 호기심의 유혹이 강해서 어쩔 수가 없었어요.

두 사람의 대화를 그대로 옮기기는 어렵지만 대강 이런 내용이었어요. 302호 병실의 두 남녀 환자가 스스럼없이 병실 안에서 손을 잡고 있었다는 것, 담당 간호사가 농담조로 둘의 관계를 물었지만 양쪽 모두가 침묵으로 일관한 것, 서로를 바라보는 눈빛에 마치 오랜 연인을 보는 듯한 애절함이 묻어 있었다는 것 등 말이죠. 가만히 듣고 있던 저의 얼굴이 달아올라서 새빨개질 만큼, 두 환자분에 관한 농밀하고 요염한 내용의 대화가 그칠 줄을 모르고 오갔어요. 저는 그 이상의 얘기를 들으면 구역질이 날 것 같아서 서둘러 자리를 떴죠.

저는 도무지 이해가 가지 않는 부분이 있었어요. 사실 그날 아침 여섯 시에도 그 남자 환자의 아내분이 정성스럽게 마련한 도시락을 싸 들고서 병실을 찾아왔었거든요. 제가 알기로는 아내분이 병원에서 삼십 분 정도 거리에 있는 대학 병원의 간호사인데, 어떻게 그토록 뻔뻔하게 아내가 아닌 다른 여자와 손을, 그것도 병실 같은 공개적인 장소에서 잡을 수 있는지 이해가 안 되더군요.

저는 그날 내내 기분이 썩 좋지 않았어요. 물론 타인의 사생활에 대해서 제가 왈가왈부할 자격은 없지만요, 그래도 우리 사회에 지켜져야 할 관습, 미풍양속이란 게 있는 것 아니겠어요? 저는 그날 오후 열 시, 제 출근 시간이 되기만을 기다렸다가 병원으로 향했어요. 302호 병실의 두 환자분에 대한 궁금증이 참을 수 없을 정도로 증폭되고 있었거든요. 병원에 도착한 저는 간호 기록지와 그날 당직을 서게 된 의사 선생님과의 대화를 통해서 두 분에 대한 몇 가지 정보를 수집할 수 있었어요.

이런 내용을 여러분 앞에서 발설하는 것은 어쩌면 환자 개인정보 보호를 중시하는 의료윤리에 어긋나는 것일지도 몰라요. 아니, 잘못된 언행이 분명해요. 제가 간호대학을 졸업하면서 읊었던 나이팅게일 선서와도 정면으로 위배되는 것이니까요. 하지만 두 분은 이미

세상을 떠났고 더구나 이번 사건이 살인사건이라는 경찰의 확증이 있었던 만큼, 사건의 심각성을 고려해 볼 때 두 분의 사적인 정보를 공개해도 되리라 믿어요. 혹시 제 의견이 타당하지 않다고 생각하신 다면 지금 당장 말씀해 주세요.

그렇다면 허락하신 걸로 알고 두 분에 대해 보다 상세한 정보를 말씀드릴게요.

문제의 302호 병실에 입원해 있던 남자분의 이름은 박윤석으로, 30세에 이름만 들으면 알 만한 대기업에 다니고 있었어요. 며칠간 지속되었던 호흡곤란으로 병원에 입원해서 천식 판정을 받고, 기관지 확장제로 치료받던 중이었지요. 여자분이 병원에 도착했을 때는 이미 어느 정도 증상이 가라앉은 상태였고, 폐 기능 검사 결과도 꽤 호전된 상태였어요.

그분은 제가 지금껏 본 환자들 가운데 손에 꼽을 정도로 부드러운 성품을 가진 분이었어요. 보통 환자들의 경우에는 병원에 대해 불평도 하고, 주사를 놓을 때는 아프다고 인상을 찡그리는 경우가 부지기수인데요, 이분만큼은 그런 점에서 다른 환자들과 달랐어요. 어찌나 배려심이 깊은지 수액이 들어갈 정맥을 못 찾아서 쩔쩔매고 있는 저에게 서두를 필요가 없다며 따뜻하게 웃어주기까지 했으니까요. 그때는 정말 감사한 마음까지 들었지 뭐예요. 그분은 점잖고 과묵한, 세간에서 흔히들 말하는 멋진 남자의 표본이었어요.

여자분의 이름은 신혜영으로, 29세에 이 근처에서 화장품 가게를 운영하고 있었어요. 그리고 이건 인턴 선생님한테 들은 건데요, 응급실에 도착했을 때 여자분의 손목 동맥에서 출혈이 있었다고 하더군요. 네, 바로 자살을 시도했던 거지요. 자세한 정황은 모르겠지만, 남편분과 경제적인 문제로 마찰을 빚다가 그렇게 됐다고만 들었어요. 남편분은 아내가 수술을 무사히 마치고 병실에 입원했다는 말을 듣고는 안도하며 곧장 미국으로 출장을 가버렸다고 하더군요. 정말 어처구니가 없는 일이었죠.

여자분은 수술실에서 수술과 봉합을 모두 마친 뒤에 302호 병실로 옮겨졌어요. 이상하게 생각하실 수도 있겠네요, 남자와 여자가 같은 병실을 쓰다니. 하지만 그분이 입원했을 때는 유독 여자 병실이 환자로 가득 차 있어서 어쩔 수 없었어요. 어쨌든 그런 사정으로 302호 병실에 입원한 여자분은 당시에는 남자 환자분을 전혀 알아보지 못했던 것 같아요. 그저 큰 충격을 받은 듯 동그랗게 눈을 뜨고 천장만 바라보고 있을 뿐이었죠. 그분이 병실에 도착했을 때는 마침 제가 근무하던 중이라서 자세히 기억나요. 그분의 초점 없이 방황하는 눈동자와 누군가 쥐어뜯은 듯이 어지럽게 헝클어진 검은색 머리카락까지 전부 다요. 이제 여러분 모두 어느 정도 두 분에 관한 사적인 정보까지 파악하셨으리라 믿고 다음으로 넘어갈게요.

제가 앞서 언급한 정보들을 구체적으로 알아내려고 한 것은 단순히 호기심 때문만은 아니었어요. 그렇다고 두 분의 관계를 파헤쳐서 그분들의 배우자에게 이러한 사실을 폭로하겠다는 목적도 아니었어요. 다만 간호사이기 이전에 한 명의 여자로서 말이에요… 두 분이 어떤 사연을 지니고 있느냐가 제 마음을 끌어당겼어요. 저도 연애를 몇 번 해봤지만요, 영원한 사랑이라는 것은 결코 이 세상에 존재

할 수 없다는 어떤 신념 같은 것이 있었거든요. 그런데 두 분은 이전에 어떤 관계였기에 엄연히 각자의 배우자가 있는 상황에서도 저렇게 자연스럽게 멜로 영화를 찍을 수 있는 건지 도통 이해가 되지 않았던 거예요.

물론, 단순히 불륜이라고 치부해 버린다면 마음이 편하겠죠. 사실 불륜이라는 게 원체 흔하잖아요. 제가 평소에 책을 많이 읽는 편은 아니지만 『데카메론』이라는 세계 고전의 몇 장만 훑어봐도 숱하게 나오는 얘기니까요. 하지만 그것은 저에게 있어서는 그럴듯한 변명이 되지 못했어요. 남자분의 온화한 웃음과 반듯한 자세, 여자분의 기품 넘치는 동작과 우아한 목소리, 그것들 모두가 가식이고 위선이라고 생각하니까 이 세상이 어찌나 추하게 보이지 뭐예요. 그래서 저는 결심했어요. 두 분에 대해서 좀 더 알아보자고, 필히 어떤 사정이 있을 거라고 속으로 되뇌면서요.

그날 오후 열 시쯤, 병원에 출근해서 이른 아침 퇴근하기 전까지 아홉 시간을 지켜봤지만 특별한 일은 없었어요. 저희 간호사들은 일정한 주기로 환자분들의 혈압과 체온을 측정하고 기록해야 하거든요. 그럴 때마다 제가 담당한 302호 병실에 들렀지만, 두 분은 그날 따라 피곤한지 일찍 잠을 청했더군요. 저는 병실에서 두 분과 따로 대화를 나눌 기회가 없었어요. 두 분은 전날과는 달리 자정이 넘어서도 병실 밖으로 나오지 않았어요. 그저 남자분의 아내가 늘 그렇듯이 아침 여섯 시쯤 병실에 찾아온 게 전부였죠.

하지만 기회는 얼마 되지 않아서 저에게 찾아왔어요. 다음 날 아침 일곱 시, 항상 그래왔듯 모든 업무를 마친 저는 옷을 갈아입고는 엘리베이터를 타고 1층 로비로 내려갔어요. 주차장으로 향하기 위해서 정문으로 향하고 있는데, 묘하게도 저의 시선을 잡아끄는 것이 있었어요. 바로 신혜영 씨, 그 여자 환자분이었어요. 그분이 병원 구내 커피숍의 주문대 앞에 서서는 무료한 듯 휴대폰을 내려다보고 있더군요.

저도 모르게 걸음을 멈추고 잠시 그분을 살펴봤어요. 며칠 전에 자살을 시도했던 분이라고는 도저히 생각할 수 없을 정도로 그분의 안색은 좋아 보였어요. 저는 내심 들뜬 마음을 가라앉히려 애쓰면서 그분에게로 걸음을 재촉했어요. 그때였어요. 박윤석 씨가 뒤편에서 모습을 드러낸 것은요. 그분은 저를 스쳐 지나가더니 곧장 여자분을 향해 걸어갔어요. 불과 한 시간 전, 아내가 장만한 도시락을 맛있게 먹은 사람이라는 것이 믿어지지 않을 정도로 당당한 걸음걸이였어요.

괜한 분노가 걷잡을 수 없는 불꽃처럼 저의 심연에서 솟구쳐 올랐어요. 저는 두 사람에게서 시선을 뗄 수 없었어요. 마침 주문한 커피가 나왔고, 여자분은 남자분에게 하나를 건네주고는 함께 편의점으로 향했어요. 무슨 기분 좋은 일이라도 있는지 두 분은 시종일관 나긋하게 대화를 나누더군요. 서로의 눈을 지그시 마주 본 채로요.

두 분에 대한 자세한 사정을 모르는 사람이 보았다면, 틀림없이 연인 또는 부부라고 오해할 정도로 두 분의 뒷모습은 몹시 다정해 보였어요. 저는 이번에야말로 두 분의 관계를 파헤치고 말겠다는 모종의 사명감을 떠안고 그들에게 다가갔어요. 두 분은 편의점 안으로 들어갔어요.

이미 시곗바늘은 7시 20분을 가리키고 있었어요. 여느 때 같았으면 제가 사는 원룸에 도착해서 샤워를 마치고는 잠을 청하고 있을 시간이었겠죠. 하지만 저는 이대로 병원을 나설 수가 없었어요. 함께 있는 두 분과 대화를 나눌 수 있는 절호의 기회를 놓쳐 버릴 수는 없었으니까요. 저는 편의점 앞의 벽에 우두커니 기댄 채 두 분의 행동을 주시했어요. 남자분은 이미 아침 식사를 해서 그런지 따로 음식을 고르는 눈치가 아니었지만, 여자분은 허리를 굽히고 도시락을 고르는 데 열중하고 있더군요. 남자분은 그윽한 눈길로 그분을 바라보고 있었고요.

정말 구역질이 나서 견딜 수가 없었어요. 저는 애써 그쪽을 외면한 채 두 분이 한시라도 빨리 나오기를 기다렸어요. 다행히 그분들은 곧 편의점 밖으로 나왔어요. 남자분이 그제야 저를 발견하고는 놀라울 정도로 태연한 목소리로 물어왔어요.

"안녕하세요. 퇴근 시간인가 보죠?"

저는 대답 대신 고개만 끄덕일 뿐이었어요. 그분의 얼굴에서 당황한 기색이라고는 조금도 찾아볼 수 없었어요. 전혀 부끄러울 것 없다는, 자신감 넘치는 태도가 그분의 표정과 동작에 깃들어 있었어요. 여자분도 마찬가지였고요. 저는 일부러 쌀쌀맞은 목소리로 말했어요.

"두 분, 예전부터 알던 사이세요? 누가 보면 애인이라도 되는 줄 알겠어요."

괜히 변죽을 울리기가 싫었던 저는 최대한 직설적으로 두 분에게 인사말을 던졌어요. 일종의 도전이자 반항이었죠. 만일 제가 간호사 복을 입고 병원에서 근무하는 중이었다면, 그런 식의 질문은 문제가 되었겠지만 근무 시간이 아닌 이상은 별다른 문제가 되지 않으리라 생각했던 거지요. 그런데 제 질문이 너무 서툴렀던 걸까요, 남자분이 여자분에게 찡긋 눈웃음을 지으며 말했어요.

"혜영 씨, 우리가 남들 눈에 그렇게 잘 어울리나 봐?"

이전에 동료 간호사의 질문에는 침묵으로 일관했던 그분이 이번에는 능청스러운 말투로 어물쩍 넘어가려 했어요. 이후에는 별다른 말이 없고 그저 가벼운 미소만 짓고 있을 뿐이었죠. 웬일인지 여자분은 경직된 표정이었어요. 저의 언행이 무례하다고 생각했던 건지, 아니면 제 질문이 정곡을 찌른 것인지는 알 수 없지만요.

여자분은 조금이라도 빨리 이 어색한 자리를 뜨려는 듯 저에게 눈길조차 주지 않고 편의점에서 멀어져 갔어요. 그제야 일말의 죄책감이 그분의 가슴 한구석에서 되살아난 것인지도 모르죠. 남자분은 저에게 살짝 고개를 숙여 인사한 뒤, 바로 그분의 뒤를 쫓아갔어요. 난처하다는 듯 머리를 긁적이던 그분의 모습이 지금도 생생히 떠오르네요.

저는 멀어져 가는 두 분의 뒷모습을 그저 물끄러미 바라볼 수밖에 없었어요. 그때, 마치 영화에서나 나올 법한 광경이 펼쳐졌어요. 천장에 일렬로 장식되어 있던 전등의 기다란 행렬이 두 분의 등 뒤로 짙은 그림자 한 쌍을 만들어냈고, 그것이 제 발목까지 유유히 스며들어 온 거예요.

저는 무의식적으로 뒷걸음질 쳤어요. 어쩌면 제가 혼자서 착각한 것인지도 모르지만요. 그림자가 백사장을 잠식해 오는 밀물처럼 제 양쪽 다리 모두를 삼켜 버렸거든요. 흡사 앞으로 두 분에게 닥쳐올 불행을 암시하듯 말이죠. 저는 제가 보고 있는 광경이 도무지 믿기지 않았던지라 몇 번이나 눈을 깜빡였어요. 흐릿했던 시야가 맑아지기까지는 꽤 오랜 시간이 걸렸어요. 그제야 정신을 차리고 복도 저편을 바라봤지만, 두 분의 흔적은 어디에서도 발견할 수 없었어요.

당시 제가 느꼈던 당혹감에 대해서는 굳이 장황하게 설명하지 않아도 짐작하실 수 있을 거예요. 매일 두 분과 얼굴을 부대끼며 간호사 업무를 하는 저에게 그것은 굉장히 불편한 사건이었어요. 저는 더는 두 분에게 그날의 일은 물론이고 그분들의 사적인 관계에 대해서도 말을 꺼낼 수 없었어요. 이미 그날 아침, 남자분이 자신의 입으로는 서로의 관계에 대해 고백하기 어렵다는 것을 넌지시 알린 셈이었으니까요.

그렇다고 여자분에게 다시 질문을 던지는 것은 무모해 보였어요. 이전에는 제가 그분의 상태를 파악하기 위해서 커튼을 젖히고 들어가면, 특별히 사적인 말은 건네지 않더라도 '안녕하세요'라든지 '고마워요' 같은 형식적인 인사말은 했었거든요. 그런데 그분은 더 이상 저와는 말을 섞는 것조차 내키지 않는 듯 저만 들어오면 귀에다 이어폰을 끼더군요. 심지어 눈도 마주치려고 하지 않았어요. 그분의 그런 무례함이 저를 불쾌하게 만들기도 했지만 간호사인 제가 뭘 어쩌겠어요. 그저 그분의 심기를 건들지 않도록 조심할 수밖에요.

제 호기심도 더는 전처럼 강렬하지 않았어요. 그것은 뙤약볕 아래에서 말라 죽어가는 식물처럼 조금씩, 조금씩 사그라들었어요. 이때 제가 깨달은 놀라운 것은요, 어떤 종류의 호기심이라도 결코 오래 지속되지 않는다는 것이었어요. 저도 모르게 어느새 그분들의 일에 무덤덤해지더군요. 불과 며칠 전만 해도 두 분의 오묘한 관계에 대해 혼자서 온갖 상상을 하다가 늦게 잠들어 버린 적도 있었는데요, 시간이 지나고 나서 되새겨 보니까 그때는 왜 그랬었나 하는 생각뿐이더라고요. 본래 사람이라는 게 그런 건지는 모르겠지만요.

떳떳하지 못한 사랑은 언제나 끝도 불행한 법. 두 분의 행복은 그리 오래가지 못했어요. 편의점 앞에서 저와 마주친 지 이틀 만에 그분들에게 불행이 닥치고 만 것이죠. 그것에 대해 말씀드리기에 앞서 알려 드리자면, 그 이틀의 말미 동안에도 두 분은 병원 곳곳에서 달콤한 시간을 보냈어요. 동료 간호사들의 수다에는 언제나 그분들의 이야기가 섞여 있었어요.

저녁 시간에 밥을 먹으려고 지하 구내식당에 내려갔다가 함께 메뉴를 보고 있던 둘을 만났다는 둥, 아침 회진을 돌던 중에 비상구 계단에 나란히 앉아 있는 둘을 발견했다는 둥 말들이 많았죠. 이브닝 파트에 근무하는 한 친구는 두 분을 가리켜 아예 '환상의 불륜 커플'로 이름까지 지어 부르더군요. 여전히 두 분이 과거에 어떤 사이였느냐 하는 질문에 속 시원하게 답할 수 있는 사람은 없었어요. 그저 그분들이 지나갈 때면 뒤에서 쑥덕쑥덕할 뿐이었죠. 마치 텔레비전에 나오는 연예인들에 관한 가십거리를 떠드는 것처럼요.

그 사건은 제가 데이 파트에 근무하는 중에 벌어졌어요. 마침 원래 그 시간에 출근하는 언니가 집안 사정 때문에 나이트 파트였던 저와 순번을 맞바꾸었거든요. 하여튼 그날 점심시간이 가까워질 무렵이었는데요, 다른 분들은 모두 구내식당에 식사를 하러 갔었는데 저는 환자분 드레싱도 밀려 있고 마침 노인 환자분 심전도 검사하는 것도 도와줘야 해서 평소보다 늦어버렸어요.

할 일을 겨우 마치고는 그제야 점심을 먹으려고 엘리베이터로 향하는데, 병실이 위치한 복도 쪽에서 시끄러운 소리가 흘러나왔어요. 처음에는 그저 어떤 환자분이 괴성을 지르는 건가 싶어서 무심코 있었는데, 별안간 익숙한 목소리가 들렸어요.

"진정해, 제발. 여기서 이렇게 소란 피우지 말고."

박윤석 씨, 그 남자분의 목소리였어요. 아직 천식이 완전히 호전되지 않아서 그런지 까끌까끌한 목소리였죠. 마침 엘리베이터가 3층에 도착했지만 저는 갈팡질팡했어요. 다들 밥을 먹으러 간 건지, 다른 병실에 있는 건지 스테이션에 있는 사람이라고는 간호대학에서 파견 나온 실습 학생뿐이었거든요. 고함은 도저히 멈출 기미가 보이지 않았어요. 하는 수 없이 제가 그 사태를 무마해야 할 필요가 있었죠.

저는 302호 병실로 달려갔어요. 병실에 도착해서야 어떤 상황이 벌어진 것인지 알 수 있었어요. 바로 남자분의 아내가 병실에 들렀다가 그분과 말다툼을 하고 있었던 거예요. 평소대로라면 아침 여섯 시에 오고 이후에는 병원에 오지 않았겠지만, 그날은 어떤 연유에선지 정오가 가까운 시간에 병실을 찾아왔더군요.

고개 돌려 신혜영 씨를 살펴보니 침울함이 깃든 눈으로 자리에 가만히 앉아 있었어요. 몹시 긴장한 듯 경직된 자세였어요. 곧 곁에 있던 다른 환자분이 저에게 구체적인 사정을 귀띔해 줬어요. 남자 환자분의 아내가 진료차 병원에 들렀다가 병실을 방문했는데, 함께 자리에 앉아 담소를 나누고 있는 두 분을 발견하고는 머리끝까지 화가 난 모양이었어요. 아내분의 화는 결코 쉽게 가라앉을 것 같지 않았어요. 어느새 다른 병실의 환자분들도 제 뒤에 옹기종기 모여서 이 흔치 않은 광경을 지켜보고 있었죠.

저는 그분들에게 함부로 다가갈 용기가 나지 않아서 머뭇거렸어요. 남자분은 아내의 앞이라 그런지 꼼짝도 못하고 고개를 푹 숙인 채 잘못했다고만 중얼거리고 있었는데요, 마치 〈사랑과 전쟁〉 프로그램에나 나올 법한 장면이었어요. 저를 포함한 모두가 세 사람으로부터 시선을 떼지 못했어요. 그저 흥미롭다는 듯 눈을 동그랗게 뜨고 있을 뿐 말릴 생각은 하지 않았죠.

바로 그때, 남자분의 아내가 신경질적으로 남자분을 벽으로 밀치고는 그대로 저희를 향해 다가왔어요. 눈물을 많이 흘린 탓에 보기 흉할 정도로 눈이 부어 있더군요. 저희는 별안간 그분에게 걸리적거리지 않도록 문에서 떨어졌어요. 그분은 병실을 나와서는 복도에 비치된 의자에 걸터앉았어요. 저와 함께 구경하던 다른 환자분들은 서로의 눈치를 보다가 얼마 안 돼서 뿔뿔이 흩어졌고 그제야 병동은 이전의 고요함을 되찾았어요.

그분의 눈에 번뜩이는 살기가 어찌나 섬뜩하던지 저는 함부로 자리를 비울 수가 없었어요. 그저 다른 간호사나 의사 선생님이 조금이라도 빨리 식사를 마치고 돌아오기를 기다리는 것 외에는 별다른 방법이 없었죠. 그분은 더는 302호 병실에 들어가 행패를 부리지는 않았지만, 여전히 분이 풀리지 않은 듯 씩씩거리고 있었어요.

마음 같아서는 그분에게 다가가 따뜻한 위로의 말이라도 한마디 건네고 싶었지만요. 그분의 표정에서 우러나오는 분노와 원망을 두 눈으로 보았다면 그 누구도 가까이 가지 못했을 거예요. 아… 그때의 제 심정을 여러분은 이해하실 수 있으세요?

처음에는 어차피 저와는 아무런 관계도 없는 일이라고, 괜히 불구덩이에 들어갔다가 아무것도 못 건지고 욕만 잔뜩 들어먹는 게 아닌가 싶어서 잠자코 있었지만요. 시간이 흐를수록 그분에 대한 동정과 연민이 그분을 그렇게 만들어 버린 302호 병실의 두 사람에 대한 분노로 바뀌더군요. 순간 제 심장이 용광로에라도 빠진 것처럼 뜨거워졌어요. 저는 결국 저 자신의 울화를 참지 못하고 자리에서 일어났죠.

302호 병실에 들어섰을 때, 두 분은 아무런 상념도 엿볼 수 없는 허탈한 표정으로 각자의 자리에 앉아 있었어요. 누구 하나 떳떳하게 고개를 들고 있지 못하더군요. 병실 안의 다른 환자와 보호자들은 조금 전 일어난 뜻밖의 사태에 대해 작은 목소리로 쏙덕거리고 있었어요. 잠자코 있는 두 분의 눈치를 곁눈질로 살피면서요.

두 분은 자리에 편하게 눕지도 못하고, 그렇다고 일어나서 병실 안을 돌아다니지도 못한 채 그저 멍하니 있었어요. 언제 또 남자분의 아내가 발악하며 달려들지 몰랐기 때문이겠죠. 그런 사태를 자초한 두 분에게 마음 같아서는 험한 욕설을 내뱉고 싶었지만, 그게 생각만큼 잘 안 되더라고요. 두 분의 암울한 표정을 보니 가슴 깊숙한 곳에서 솟아나던 온갖 종류의 욕설들이 되레 움츠러들지 뭐예요. 저는 결국 아무런 말도 못하고 병실을 빠져나왔어요.

복도 의자에 걸터앉은 그분은 여전히 고개를 푹 숙인 채 세상만 사 포기한 듯 애처로운 눈길로 바닥만 뚫어져라 보고 있었어요. 보다 못한 제가 야식용으로 스테이션의 냉장고에 보관해 두었던 카스테라와 우유 한 병을 꺼내 들고는 그분에게 다가갔어요. 그분이 바닥에 비친 제 그림자를 보고 알아차렸는지 슬그머니 고개를 들었어요. 저는 아무 말도 없이 그분에게 음식을 내밀었어요. 이런 상황에서 그분의 심정에 대해서 어떤 말로 위로나 격려를 할 수 있겠어요. 그저 그런 식으로라도 그분에게 힘이 되어드리고 싶었던 거죠. 그분은 영문을 모르겠다는 얼굴로 저를 올려다봤어요. 초점이 맺혀 있지 않은 퀭한 눈이었어요. 무슨 까닭인지 저는 실어증에 걸린 환자처럼 한마디도 꺼낼 수 없었어요.

얼마나 오랜 시간이 지났는지는 기억나지 않지만요, 그렇게 한참을 바라보던 그분이 오랜 잠에서 깨어난 사람처럼 번쩍 눈을 뜨더니 제가 내민 음식에 시선을 고정했어요. 그제야 저는 가까스로 옅은 미소를 띤 채 '이것 드세요' 하고 그분의 손에 쥐어주었어요. 음식을 받아든 그분의 손은 경련이라도 인 듯 미세하게 떨리고 있었어요.

자리에 돌아온 이후로도 자꾸만 그분이 신경 쓰여서 업무에 집중할 수 없었어요. 여전히 302호 병실의 두 분은 바깥으로 나올 기미가 보이지 않았고, 복도 의자에 앉아 있는 그분은 제가 건넨 음식에는 입도 대지 않은 채 그저 오가는 환자들을 처량한 눈길로 바라볼

뿐이었어요. 마치 모든 것을 포기했다는 듯, 이 세상에 희망이라는 단어는 존재하지도, 존재한 적도 없다는 듯한 비통함이 고스란히 느껴졌어요.

그걸 보는 제 가슴이 얼마나 찢어질 듯 아팠는가 하는 점은 굳이 설명하지 않아도 되겠죠. 시간이 지나서 식사를 마친 간호사들이 하나둘씩 자리로 돌아왔지만, 제 발은 쉽사리 떨어지지 않았어요. 그분을 놔두고 혼자서 허기진 배를 채우겠다고 자리를 떠나는 것은 차마 제 양심이 허락하지 않았거든요.

명확한 이유를 대기는 어렵지만요, 그 순간 어린 시절의 제가 떠올랐다는 것이 믿어지시나요? 여덟 살 무렵이었어요. 갓 초등학교를 입학하고 얼마 되지 않은 때였죠. 같은 학급의 반장을 맡고 있던 아이의 생일 파티를 갔었는데요, 갑자기 우리 집으로부터 전화가 걸려 온 거예요. 당장 집으로 돌아오라는 어머니의 다급한 목소리에 뒤도 돌아보지 않고 집으로 달려갔죠.

집에 도착했을 때는 이미 온통 난장판으로 변해 있었어요. 바닥에는 웬 냄비가 굴러다니고 거실 소파의 시트는 갈기갈기 찢어져 있었어요. 안방에는 어머니 혼자 남아 있었는데요, 지금껏 한 번도 보지 못한 애처로운 표정으로 하염없이 눈물을 흘리고 있었어요. 저는 어떻게 해야 할지 몰라 발만 동동 굴렀어요. 베란다에서는 땅이 꺼져라 한숨을 내쉬는 아버지의 기척이 느껴졌어요. 어머니는 비록 소리 내어 울고 있지는 않았지만, 보는 사람이 두려움을 느낄 정도로 얼굴빛이 심상치 않았어요. 저는 용기를 내서 어머니에게 다가갔어요. 어머니가 목이 잠긴 듯 무거운 목소리로 말했어요.

"미안하다… 정말 미안하다……."

무엇이 그토록 미안했던 걸까요. 저는 어머니의 말에 어떤 대답도 할 수 없었어요. 어머니는 그 말만 남기고는 한동안 침묵을 지킬 뿐이었죠. 얼마 지나지 않아 아버지가 시끄럽게 헛기침을 해대며 방으로 들어왔어요. 저를 발견한 아버지는 전혀 예상하지 못했다는 듯 헉 소리를 내며 놀랐어요. 저는 어떤 말도 할 수 없었어요. 그저 서로를 잡아먹을 듯이 노려보는 두 분을 숨죽인 채 번갈아 보는 것 외에 제가 할 수 있는 일은 없었어요.

그날 저는 처음으로 부부싸움이라는 것을 직접 목격한 거예요. 당시에는 어떤 이유로 두 분이 그토록 소란스럽게 다투었는지 추측할 수 없었어요. 초등학교 졸업식이 있던 날, 학교를 찾아온 어머니와 함께 피자를 먹으면서 당시의 일에 대해 구체적으로 들을 수 있었는데요. 아버지가 같은 직장의 여후배와 주말에 따로 만나 공원에 간 것이 불씨로 작용한 거였어요.

제 또래 아이들이 세상 물정 모르고 천진난만하게 놀았던 것과는 달리, 저는 너무 이른 나이에 어른들의 세계를 경험하게 된 거예요. 물론 그때는 아버지와 여후배의 그런 부적절한 관계를 '불륜'이라는 단어로 부른다는 것조차 알지 못했죠.

친구 집에서 즐거운 시간을 보내고 있던 제게 어머니가 전화를 건 이유를, 저는 지금도 뚜렷하게 알지 못해요. 어머니는 무슨 의도로 그 전화를 걸었던 걸까요. 단지 제게 아버지라는 사람의 부도덕한 면모를 보여주려는 뜻이었을까요, 아니면 저는 이다음에 커서 어른이 되면 절대로 그런 일이 일어나지 않도록 미연에 방지하라는 뜻이었을까요. 저는 지금도 도무지 모르겠답니다.

아, 죄송합니다. 그럴 의도는 없었는데 또 이야기가 딴 데로 새고 말았네요. 어디까지 말했었죠? 아, 네. 그분을 보고 있자니 어린 시절의 제 모습이 불현듯 떠올랐다는 얘기를 하고 있었네요.

다시 그 이야기로 돌아가서, 저는 복도 의자에 앉아 있는 그분을 차마 모른 체할 수 없었어요. 물론 제가 예전에 겪었던 상황과 완전히 들어맞는 것은 아니었지만, 그분이 느끼고 있을 비통한 심정이 당시 저희 어머니가 감내해야 했던 그 슬픔과 다를 바 없다는 것에 제 짧은 생각이 미치자 도저히 그분 곁을 떠날 수가 없더군요. 결국, 저는 그분에게 다시 다가가서 함께 점심을 먹자는 제안을 했어요. 그분은 처음에는 황망한 눈길로 제 위아래를 훑더니 한참이 지나서야 알겠다며 자리에서 일어났어요.

그렇게 저희 둘은 지하 구내식당 옆의 작은 국숫집으로 들어갔어요. 구내식당은 붐비기도 하고 소란스러워서 대화를 나누기에 적절한 환경이 아니라고 판단했던 거죠. 식당에 들어간 저희 둘은 탁자에 마주 보고 앉았어요. 그분은 여전히 조금 전의 충격에서 헤어나지 못한 듯 멍해 보였어요. 저는 칼국수 두 그릇을 주문했는데요, 음식이 나오기 전까지 그분과 이런저런 얘기를 나누어보려던 제 계획은 아쉽게도 물거품이 되어버렸어요.

제가 뭘 어쩌겠어요, 그저 그분의 응어리진 가슴속 상처를 따뜻한 국수 한 그릇으로나마 달래줄 수 있기를 바랄 뿐이었죠. 저는 종업원에게 주문한 이후로는 휴대폰만 만지작거리며 시간을 보내고 있었어요. 그것 외에는 제가 할 수 있는 일이 없다고 생각했기 때문이죠. 저희 둘 사이를 지속적으로 맴돌고 있던 적막은 좀처럼 사라질 기미가 보이지 않았어요. 그것은 제가 주문한 음식이 나온 뒤로도 마찬가지였어요. 그분의 젓가락질이 너무나 무기력했기에 저의 동작도 그분과 마찬가지로 굼뜰 수밖에 없었어요. 가까이에 있던 다른 손님들의 말소리는 깊은 울림을 품은 채 자꾸만 고막을 간질였지만, 저희 둘은 약속이라도 한 듯 누구도 입을 열지 않았어요.

어느덧 오후 1시 30분이 가까워져 오고 있었어요. 점심시간이 끝나갈 무렵이었죠. 저는 수저를 내려놓고 차츰 자리를 정리하기 시작했어요. 마침 그분의 그릇도 비워질 무렵이었기 때문에 조금만 더 기다렸다가 병원 밖까지 그분을 배웅해 드리고 다시 병동으로 올라갈 생각이었죠. 곧 그분 역시 그릇을 깨끗이 비우고는 수저를 내려놓았어요. 저는 자리에서 일어났어요.

그때 생각지도 못한 일이 벌어졌어요. 여태껏 벙어리처럼 입도 뻥긋하지 않던 그분의 입에서 낮고 떨리는 목소리가 흘러나온 거예요. 저는 그분 가까이 몸을 밀착시키고는 다시 한번 말해보라며 다독였어요. 그분은 마음을 다잡으려는 듯 잠시 숨을 고르고는 흐트러진 자세를 바로잡았어요. 저 또한 긴장을 늦추지 않고 그분의 말에 귀 기울이려 노력했어요.

"선생님… 제 얘기 좀 들어보세요."

모든 것을 내려놓은 듯 체념한 목소리였어요. 저는 고개를 위아래로 힘차게 끄덕임으로써 그분을 재촉했어요. 그렇게 그분의 이야기가 시작되었답니다. 물론 남편분과의 사랑 이야기 말이에요. 멜로드라마를 많이 본, 저를 포함한 요즘 세대의 젊은이들이라면 어디선가 한 번쯤은 들어봤을 법한 그런 이야기요.

몇몇 분들은 식상하다면서 좀 더 참신한 이야기를 들려달라고 코웃음 치실 수도 있지만 제 생각은 달라요. 인류가 이 땅에 정착하기 전부터 '사랑'이라는 가치는 있었을 거 아니에요. 물론 지금처럼 '사랑'이라는 단어 자체가 사전 속에 명확하게 규정되어 있지는 않았겠지만요. 그런 '사랑'에 관해서 어느 누가 감히 식상함이나 참신함을 가려낼 수 있단 말인가요. 그렇게 떠들어대는 사람이야말로 사랑에 대해서는 눈곱만큼도 알지 못하는 게 분명해요.

이제 그분의 이야기로 다시 돌아가 볼게요. 이 이야기가 결국 이번에 일어난 비극적인 사건의 단초가 되었다는 걸 유념해 주시고 집중해서 들어주세요, 여러분.

이런 공개적인 자리에서 꺼내기는 다소 낯 뜨거운 얘기지만요. 그분이 302호 병실의 남자분, 그러니까 박윤석 씨와 소중한 인연을 맺게 된 것은 대학교에 입학하고 얼마 지나지 않은 초여름의 일이었어요. 그분은 1학기 교양과목으로 수상스키를 신청했기 때문에 여름방학을 맞아서 춘천에 있는 남이섬으로 2박 3일간 캠프를 떠나게 되었는데요, 그곳에서 같은 학교에 재학 중이었던 남자분과 만나게 된 거예요. 그분은 간호학과, 남자분은 경영학과로 전공이 달라서 이전에는 학교에서 마주친 적도 없었죠.

둘은 구식으로 말해서 첫눈에 서로에게 반해 버렸어요. 누가 먼저랄 것도 없었어요. 물론 처음에는 남자분 쪽에서 은근히 호감을 표현해 왔다고 하더군요. 이를테면 모두가 잠든 깊은 밤에 그분이 휴식을 취하고 있는 텐트 앞에다, 낮에 그분이 먹고 싶다고 말했던 귤을 보기 좋게 큰 그릇에 담아 놓고 간다거나 하는 것 말이에요. 그분도 그런 남자분이 마음에 쏙 들었던지 답례로 남자분이 텐트 바깥에 던져놓은 수건이나 양말 따위를 정성껏 손으로 빨래를 해줬다고 하더군요. 같은 여자인 저로서는 아무리 남자분이 마음에 들어도 그렇지 빨래를 대신 해준다는 것이 도통 이해가 되지 않지만요.

두 분은 수상스키 캠프를 마치고 각자의 집으로 돌아간 뒤, 다음 학기를 맞기도 전에 또다시 만났어요. 남자분이 마침 근처에 일이 있다면서 그분에게 연락하고는 서울에서 포항까지 그 먼 길을 열차를 타고 온 거예요. 그분이 말하기를 지금의 남편에게 처음으로 감동받은 것은 그때였다더군요.

두 분의 사랑은 여느 새내기들처럼 풋풋하고 열정적이었어요. 나이도 고작 한 살 차이였고 기숙사도 멀리 떨어져 있지 않았기 때문에 때와 장소를 가리지 않고, 서로가 서로를 원할 때면 언제나 만날 수 있었어요. 두 남녀는 사랑을 갈구했고 서로가 갖고자 하는 것을 탐닉할 수 있었으며, 그것에 따르는 결과 따위는 생각지도 않았죠. 그들의 행동을 통제할 수 있는 것은 하느님도 부모님도 신념도 아니었어요. 그저 뜨거운 육체와 정신으로 불타오르는 사랑만이 그들을 움직일 수 있었죠.

그들은 때로는 사랑의 열병을 앓기도 했답니다. 그 열병은 한 번은 남자로부터 피어올라 여자에게로 번졌고, 또 한 번은 여자로부터 격정적으로 피어올라 남자에게로 번졌죠. 열병의 기세는 가라앉을 줄 모르고 계속해서 두 분을 괴롭혔어요. 헤어날 수 없는 수렁에 빠진 기분이었다고, 그분은 말했어요. 열정적인 사랑과는 거리가 먼, 무미건조하고 권태로운 사랑만 줄곧 해왔던 저로서는 그런 그분이 부러울 따름이었죠.

남자분은 그분이 좋아할 만한 서정적인 노래를 온종일 외웠다가 통금 시간이 가까워진 기숙사로 함께 걸어가는 길에서 감미로운 목소리로 흥얼거렸고, 그분은 매일 밤 새롭고 황홀한 감동에 취한 채 잠자리에 들었어요. 여자라면 누구나 꿈꿀 만한 아름다운 나날이었죠.

하지만 그때 그분이 모르고 있는 사실이 있었어요. 바로 자신의 절친한 친구 또한 그분의 남자 친구, 박윤석 씨에게 연정을 품고 있었다는 것 말이에요. 네, 맞아요. 여러분이 생각하시는 대로 그 친구는 302호 병실의 여자 환자분, 신혜영 씨였어요. 처음 그 이야기를 들었을 때, 저는 너무나 막막하고 가슴이 저려와서 급히 곁에 있던 물을 속에다 들이부어야 했어요. 물을 두 컵 정도 마시니 답답한 느낌도 조금은 가시더군요.

하느님은 왜 그런 선택을 한 걸까요. 두 사람의 행복을 기원하고, 그분들이 앞으로 걸어갈 길에 비단을 깔아주거나 꽃가루를 뿌려주지는 못할망정 어찌 그토록 잔인할 수가 있나요. 어린 시절부터 학교를 함께 다닌 덕분에 절친한 사이였던 친구가 쉬쉬하면서 숨겨온 연정의 상대가 자신의 애인이라는 사실을 알게 되었을 때, 당사자의 심정이 어땠을지 여러분은 상상하실 수 있으신가요. 입에 담고 싶지도 않을 정도로 고통스러웠겠죠. 틀림없어요.

그분의 목소리는 걷잡을 수 없을 정도로 떨리고 있었어요. 저라도 마찬가지였을 거예요. 어떻게 그런 이야기를 아무렇지 않은 듯 남에게 말할 수 있겠어요. 저는 그분의 울음을 함부로 가로막을 수 없었어요. 그저 제 품에 지니고 있던 자그마한 손수건을 그분에게 건네는 것으로 만족해야 했죠.

몇몇 분들은 이렇게 생각하실 수도 있어요. 그 당사자인 여자분이 어쩌면 자신의 매력적인 연인에 대해 자부심을 느꼈을지도 모른다고요. 어쨌거나 자신이 다른 여성으로부터 오래도록 질투의 대상이 된 셈이니까요. 하지만 그분은 그렇지 않았어요. 초등학교 6학년 무렵 전학을 갔던 새로운 학교에서 처음으로 사귀게 된 친구인 그녀의 질투를 받는 것은 원치 않았던 거예요. 그분에게는 박윤석 씨보다 신혜영 씨가 훨씬 소중하게 다가왔던 것이죠.

같은 대학 경영학과에 재학 중이던 신혜영 씨가 박윤석 씨에게 이성으로서의 감정을 품게 된 것은 두 분의 사랑이 시작한 시기보다 훨씬 전인 대학교 동아리 모임에서였어요. 신혜영 씨가 검도 동아리를 들었던 바로 그 시기에, 그분은 같은 동아리의 선배였던 박윤석 씨에게 자신의 마음을 빼앗겨 버린 것이죠.

여름방학이 끝나고 새 학기가 시작되었을 무렵, 함께 대학교 가로수 길을 산책하고 있던 두 사람이 맞은편에서 걸어오는 신혜영 씨와 마주치면서부터 세 사람의 잔인한 운명이 시작됐어요. 당시 세 사람의 얼굴에 묻어났을 표정과 행동이 머릿속에 그려지는 듯해요.

그분은 아무것도 모른 채 반가워서 친구에게 손을 흔들었을 테고, 신혜영 씨는 속으로는 끝 모를 질투와 부러움을 숨긴 채 껍질뿐인 가식적인 미소를 지었을 테고, 남자분은 그런 신혜영 씨를 안타깝게 여기며 애써 시선을 돌렸겠죠. 그때는 이미 신혜영 씨로부터 고백을 받은 뒤였을 테니까요.

그분이 자신의 절친한 친구와 애인 사이에 미묘한 기류가 흐르고 있다는 걸 깨닫게 된 것은 그로부터 4년이 지난 후였어요. 즉, 4년 동안 그분은 두 사람을 단순히 동아리 선후배 관계라고만 알았고, 그 이상의 감정이 오갔다는 건 몰랐던 거예요.

물론 그동안 신혜영 씨가 애인을 전혀 사귀지 않았던 건 아니에요. 두 명 정도 만났다가 헤어지기를 반복했는데요, 그럴 때마다 신혜영 씨는 그분에게 자신이 마음속 깊이 담아둔 사람이 따로 있기 때문에 새로운 사랑을 쉽게 받아들일 수 없다고 했나 봐요. 그분은 그런 자신의 친구가 오래도록 짝사랑해 온 남자가 누구인지 호기심을 참으면서 매번 따뜻한 말로 보듬어주었어요. 어차피 물어봤자 솔직한 대답이 돌아오지 않을 것이라는 걸 잘 알았기 때문이죠.

그분이 신혜영 씨의 비밀을 알게 된 것은 순전히 우연이었어요. 대학교 졸업식이 있던 날 그분, 신혜영 씨, 그리고 박윤석 씨 이렇게 셋이서 축하 파티를 할 겸 밤늦게 대학교 근처의 호프집에서 만났는데요, 그곳에서 충격적인 장면을 목격하게 된 거죠.

평소 술에 약했던 그분은 얼마 안 있어 몸을 제대로 가누지 못할 정도로 취해 버려 테이블 위에 뻗었어요. 그렇게 필름이 끊겨 있는데 어디선가 익숙한 흐느낌이 들려왔어요. 처음에는 술에 취해 헛것이 들리는 건가 싶어 고개를 들 생각은 하지 않고 그저 숨죽이고 있었는데요, 곧 그것이 자신의 오랜 친구인 신혜영 씨가 내뱉는 울음이라는 것을 깨달았어요.

그분은 신혜영 씨가 왜 그토록 서럽게 우는 것인지 이유를 몰랐기에 흐릿한 의식을 헤집으면서 자신의 친구가 하는 말에 애써 귀를 기울였어요. 또 사랑 타령이구나… 혼자서 중얼거리면서요. 둘이서 기숙사 같은 방을 썼을 때도, 옛사랑이 생각나면 매번 그런 식으로 애간장을 태웠던 친구였기에 처음에는 그리 신경 쓰지 않았다고 하더군요.

술의 독한 기운 때문에 머리가 깨질 듯이 아파서, 자세한 내용은 알아듣지 못한 그분이 이상한 분위기를 감지한 것은 잠시 후였어요. 그때까지 끊이지 않고 귓가를 간질이던 신혜영 씨의 목소리가 어느 순간 뚝 끊긴 거예요. 그분은 자꾸만 잠 속으로 빠져들려는 자신을 채찍질하며 신경을 곤두세웠어요. 왜 갑자기 조용해진 건지 의아했던 그분은 고개를 들고 감았던 눈을 스르륵 떴어요. 그리고… 그 장면을 목격하고 말았어요.

그분의 시야에 서로를 포옹하고 있는, 아니, 정확하게 말하면 눈물을 삼키고 있는 친구를 감싸 안은 남자 친구의 듬직한 어깨가 들어왔어요. 그분은 자신의 눈앞에 오롯이 버티고 서 있는 참혹한 광경을 믿을 수 없었기에 고개를 세차게 흔들어봤어요. 하지만 그럴수록 그 광경은 더욱 선명하게, 생생하게 그분에게 하나의 실체로 다가왔어요.

그제야 그분은 깨달았어요. 신혜영 씨가 오래전부터 마음속에 담아두고 밤이 될 때면 몰래 꺼내서 어루만지고, 눈물 흘렸던 대상이 바로 자신의 연인이라는 것을 말이죠. 그분은 차마 소리를 낼 엄두가 나지 않았기에 그날 모임이 끝날 때까지 잠든 척했어요. 두 사람에게, 특히 신혜영 씨에게 상처를 주지 않기 위해서요. 어쩌면 여자로서 자신의 자존심을 지키기 위해서 끝까지 모른 척한 것일 수도 있지만요.

그 이야기를 꺼내던 그분의 목소리는 처음에는 회한에 젖어 있었는데요, 끝이 가까워질수록 그 회한은 점차 짙은 그리움으로 옮겨갔어요. 오래전의 가슴 아픈 추억을 하나둘씩 떠올리다 보니 자기 자신도 모르게, 어느새 퇴색해 버린 채 세월의 지층에 갇혀 버린 꿈 같은 나날들에 생각이 미친 것이었지요.

저는 더는 그분의 쓸쓸한 음성을 들을 용기가 나지 않아 그분의 두 손을 조심스럽게 붙들고는 제 볼로 가져갔어요. '이제 그만하셔도 돼요, 다 이해해요'라고 속삭이면서요. 하지만 그분의 이야기는 그칠 줄 모르고 계속됐어요. 한번 바깥으로 풀려나온 감정의 실타래를 다시 가슴속으로 집어넣기는 아무래도 어려웠던 모양이에요.

그날 이후, 그분은 완전히 변해 버렸어요. 언제나 그분의 얼굴에서 떠날 줄 모르던 상큼한 미소는 오래된 유물처럼 가죽 밑에 파묻혀 흔적도 찾아볼 수 없게 됐고, 예전 같았으면 별다른 생각 없이 넘겼을 사소한 일에도 언성을 높이며 흥분하게 됐죠. 그분은 더 이상 누구도 믿을 수 없게 돼버렸고, 누구에게도 자신의 속마음을 편하게 털어놓지 못했어요. 신혜영 씨를 보면 머릿속에 각인된 그날 밤의 악몽이 반복적으로 재생되고, 박윤석 씨를 보면 그날 밤 유독 따스하고 든든해 보였던 넓은 어깨가 떠올랐으니 그럴 수밖에요.

저라도 그랬을 거예요. 세상 누구보다 믿었던 두 사람이 그런 식으로 의리를 저버리고 말았는데 어떻게 아무렇지 않은 듯 태연하게 살아갈 수 있겠어요. 만일 제가 그분이었다면 격정적으로 피어오르는 분노를 스스로 주체하지 못해서 끝이 뾰족하고 날카로운 물건을 집어 들었을지도 모르겠네요. 그걸로 제 팔을 그어버리든 두 사람의 심장을 찔러 버리든 뭐라도 했을 거예요.

그분은 한동안 좌절감에서 벗어나지 못하고 사랑과 우정 사이에서 방황했어요. 더 이상 신혜영 씨에게 자신의 애인에 관한 이야기를 꺼내지 않게 된 것은 물론이고, 박윤석 씨에게도 자신의 절친한 친구에 관한 이야기를 꺼내지 않았어요.

그분은 자신이 모르는 사이에 두 사람 사이에 무슨 일이 벌어진 것인지 제대로 짐작할 수 없었던 까닭에 매일 밤 열병을 앓았어요. 이전과 다른 점이 있다면 그 열병의 속성이 사랑과 행복에서 질투와 불안감으로 바뀌었다는 것이겠죠. 당시 그분은 매일같이 친구는 언제 자신의 속마음을 그분에게 털어놓은 걸까, 술집에서가 처음은 아닌 것 같던데, 남자 친구는 그런 친구를 보면서 어떤 감정을 느꼈을까, 그날의 포옹은 단순히 연민으로부터 나온 것일까 아니면 애틋함이나 설렘에서 나온 것일까 하는 생각을 곱씹으면서 하루하루를 보냈어요.

저로서는 차마 짐작도 할 수 없을 만큼, 그분이 겪었던 감정의 굴곡은 실로 대단했어요. 속마음은 또 어찌나 여린지 일 년이 넘도록 남자 친구와 관계를 유지하면서 단 한 번도 그걸 입 밖으로 꺼내지 않았다더군요. 저 같으면 퉤 하고 침을 뱉고는 둘이서 잘해보라고, 악담을 퍼부으며 뺑 차버렸겠지만, 그분의 가슴은 여전히 연인을 향한 애정으로 뒤덮여 있었기에 그러지도 못했죠.

다행이라고 해야 할지는 모르겠지만 두 분은 곧 결혼하게 됐어요. 그 충격적인 날로부터 1년이 흐른 어느 봄날, 남자 친구와 함께 여행을 갔던 제주도에서 프러포즈를 받았다고 하더군요. 기대했던 것보다 화려하지도 담백하지도 않은 프러포즈였지만, 그분으로서는 받아들일 수밖에 없었어요. 괜히 자존심을 지키려고 어설프게 거절했다가는 남자 친구가 뒤도 돌아보지 않고 자신을 떠나 친구에게로 향할 것이라는 불안감이 그분을 한시도 떠나지 않았거든요.

그렇게 두 분은 서울의 한 고급 호텔에서 성대한 결혼식을 치렀고, 그분은 그날 세상에서 가장 아름다운 여인으로 불릴 만큼 우아하고 아름답게 차려입고, 결혼을 축하해 주기 위해서 찾아온 사람들과 여러 장의 사진을 찍었어요. 다만 신혜영 씨는 그 사진들 속에서 찾아볼 수 없었어요. 그저 두 사람의 결혼을 진심으로 축하한다는, 무미건조한 문자만을 남긴 채 결혼식장에 나타나지 않았거든요.

그렇게… 세 사람의 이야기는 일단락되었어요. 과거에 무슨 일이 있었든지 간에 어찌 되었든 두 사람이 결혼했으니까요, 모든 게 잘 마무리된 거 아니겠어요? 결혼이란 건 남녀가 서로를 영원히, 머리가 하얗게 변할 때까지 아끼고 보듬어주는 숭고한 것이니까요.

그분도 그렇게 차차 잊게 됐어요. 2년 뒤 신혜영 씨가 식품 사업을 크게 벌이고 있는 사업가와 결혼했다는 소식을 듣고는 안도의 한숨을 내쉬었지요. 이제 깨끗이 지워 버려도 되겠구나, 나 혼자 소심하게 과거에 얽매여 있었구나, 중얼거리면서 그분은 그림자처럼 따라붙던 그날 밤의 기억을 가까스로 지울 수 있었죠. 그분은 앞으로 남편과 단둘이 쌓아갈 소중한 추억에만 집중하기로 마음을 다잡았고, 이후에는 더 이상 신혜영 씨를 떠올리지 않게 됐어요.

그렇게 영원히 잊히는 듯했어요. 둘 사이에서 태어난 귀여운 아기는 어느새 세 살이나 먹어 어린이집에 다니게 되었고, 그분은 병원에서 퇴근하자마자 어린이집으로 가서 아기를 데리고 집으로 돌아왔어요. 비록 남편이 과도한 업무 때문에 며칠 밤낮을 새우고, 집에 들어오지 못해서 온 가족이 함께 있는 시간은 턱없이 부족했지만, 그럼에도 그분은 이런 상황에 만족했어요. 우리나라 어디에서나 볼 수 있는 평범한 가정을 이루고 있는 것에 감사했지요. 매일같이 부부싸움을 해대고 조금만 틀어지면 이혼 서류를 내미는 자신의 친구나 이웃, 드라마에 단골로 나오는 불륜 가정들과 비교하면 그야말로 행복한 축에 속했으니까요. 그분은 수다스럽지는 않지만 단란한 지금의 집안 분위기가 마음에 쏙 들었어요.

처음 남편이 증상을 호소했을 때만 해도 그분은 대수롭지 않게 생각했어요. 병원에서 천식으로 진단받고 입원하게 되었을 때도 그저 며칠만 치료받으면 될 거라고 생각했죠. 그렇게 심각한 상태는 아니었으니까요. 입원 둘째 날, 아직 어린이집에 갈 시간이 안 된 아기를 등에 업고, 한 손에는 집에서 마련한 불고기 덮밥 도시락을 쥔 채 병문안을 갔어요. 남편은 병실에 떠다니는 병원균에 아기가 옮을지도 모른다며 앞으로는 아기를 데리고 오지 말라고 당부했어요. 그리고 저녁에도 오겠다는 그분을 아침에 한 번으로 족하다며 만류했죠.

그분은 자신이 찾아오는 것을 반기지 않는 남편에게 섭섭했어요. 근 1년간 직장 일 때문에 얼굴도 제대로 못 보고 지냈기 때문일까요, 그분은 남편이 천식으로 당분간 직장을 쉬게 된 것이 못내 기뻤거든요. 원하면 언제든지 볼 수 있게 됐으니 말이죠. 하지만 남편은 그렇게 된 것을 그리 환영하지 않았어요. 가장으로서, 사회인으로서 해야 할 일이 산더미처럼 쌓여 있었으니 그럴 만도 했죠. 그렇게 그분은 매일 아침 여섯 시만 되면 도시락을 싸 들고 남편의 병문안을 왔어요.

그리고… 일주일이 지난 어느 날, 그분은 신혜영 씨를 발견했어요. 남편의 침대와는 대각선 맞은편에 있는 침대 위에서요. 처음 신혜영 씨를 발견했을 때, 그분은 자신의 두 눈을 믿을 수가 없었어요.

5년 가까이 서로 연락도 하지 않고 만나지도 않았기 때문에 생김새가 가물가물했지만, 남편이 입원해 있는 병실 한구석에 누워 잠들어 있는 여자가 신혜영 씨를 쏙 빼닮았다는 것이 분명했거든요. 처음에는 그냥 닮은꼴의 여자가 어쩌다가 입원했구나 정도로만 생각했죠. 예전과는 달리 별로 신경이 거슬리지도 않았어요. 어쨌거나 오래전에 기억에서 지워 버린 사람이었으니까요.

그런데 결국 이틀 뒤에 사실을 확인할 수 있었어요. 그날도 도시락을 들고 302호 병실을 찾았는데요, 글쎄 남편의 입에서 먼저 신혜영 씨가 튀어나왔지 뭐예요. 이틀 전에 신혜영 씨가 입원했다면서 신기하지 않으냐고 아무렇지 않게 묻는 남편의 얼굴은 아이처럼 순진해 보였어요. 그분이 고개를 돌려 신혜영 씨를 봤을 때는 아직 잠에 빠져 있어 말을 걸지는 못했지만, 그분은 내심 불쾌했어요. 같은 병실에서 매일 얼굴을 보고 지낼 두 사람을 상상했기 때문이겠죠. 하지만 그분은 우러나오는 불안감을 애써 내색하지 않고 남편의 말을 앵무새처럼 따라 했어요. 그것 참 신기하다고요. 여기서 지내는 동안 맛있는 것 좀 사주라고, 마음에도 없는 말까지 꺼냈어요. 그러자 남편은 알겠다며 환한 미소까지 지었다더군요. 마치 신혜영 씨와의 비밀스러운 교제를 허락받은 것이 꽤나 만족스럽다는 듯 말이죠.

그리고 그날 진료차 병원에 들렀다가 302호 병실에 들어선 순간, 서로의 손을 맞잡고 있는 두 사람을 발견한 거예요. 지금까지 억눌러 왔던 수년 전의 악몽이 또다시 발끝에서부터 스멀스멀 기어올라와 온몸을 내리누르는 기분이었다고, 그분은 말했어요.

정신을 차렸을 때는 자신도 모르는 사이에 거칠고 상스러운 욕설을 내뱉고, 신혜영 씨의 머리채를 붙잡은 상태였어요. 남편은 상황이 악화되기 전에 신혜영 씨로부터 그분을 떼어내고 그 앞에 무릎을 꿇었어요. 미안하다고, 앞으로는 절대로 이런 일 없도록 하겠다고, 오랜만에 대학 시절의 동아리 후배를 만나서 반가운 마음에 그랬다고 구차한 핑계까지 댔지요. 그다음의 상황은 이미 말씀드렸으니 더 말하지 않아도 되겠죠.

그분은 이야기를 마친 뒤 한숨을 크게 내쉬었어요. 지금껏 누구에게도 털어놓지 못했던 속사정을 다른 사람에게, 그것도 생판 남인 저에게 털어놓은 것이 부끄러웠던 것일까요, 그분의 볼은 어느새 붉은빛으로 물들어 있었어요.

저는 그분의 말을 단 한 번도 멈춰 세우지 않고 묵묵히 듣기만 했어요. 그저 중간중간 추임새를 넣듯 고개를 끄덕이고, 그분이 눈물을 흘릴 때는 제가 가지고 있던 손수건을 건네주는 게 고작이었죠. 저 또한 그분의 목소리에 깃든 슬픔에 전염됐는지 두 눈을 감지 않고는 참지 못할 정도로, 주체할 수 없는 슬픔에 잠겼어요. 그분의 눈에서 볼을 타고 적셔 내리는 눈물이 그칠 줄을 몰랐기에 카운터에 놓여 있는 휴지를 더 꺼내서 가져와야만 했어요.

우리 둘은 그렇게 한참 동안 자리에서 일어나지 못했어요. 시간은 이미 2시 반을 훌쩍 넘어가 있었어요. 그제야 생각난 제가 휴대폰을 꺼내 살펴보니 동료에게서 온 전화와 문자가 한가득 쌓여 있었어요. 병동으로 돌아가야 했음에도 그분의 이야기에 흠뻑 빠져 버리는 바람에 그만 진동음을 듣지 못했던 것이죠.

온몸에 힘이 빠져 비틀거리는 그분을 주차장까지 배웅하고 난 뒤, 저는 다시 병동으로 돌아왔어요. 302호 병실은 고요했어요. 마치 조금 전의 소동 같은 건 벌어진 적도 없다는 듯 말이죠. 자리로 돌아온 저는 한동안 마음의 갈피를 잡지 못하고 한숨만 내쉴 따름이었어요. 업무에 전혀 집중할 수 없었어요. 식당에서 그분의 작은 입을 통해 저에게 거침없이 흘러들어온 한마디, 한마디가 저의 의식은 물론이고 손발까지도 마비시켰기 때문이에요.

제가 품고 있던 막연한 불안감이 뚜렷한 실체를 가지게 된 건 그 순간이었어요. 비극적인 파국이 어딘가에서 세 사람을 기다리고 있을 거라는 생각, 그것이 저를 한시도 마음 놓을 수 없게 만들었어요.

그리고… 안타깝게도 제 생각은 정확히 들어맞았어요. 그 소동이 일어나고 이틀도 채 지나지 않아서 그 끔찍한 사건이 터진 거죠.

　이야기 전개에 박차를 가해서, 바로 사건 당일로 넘어가 보도록 할게요.

　그날은 토요일이었기 때문에 오후 2시도 안 돼서 이미 모든 외래가 마감되었고, 이후로는 병동에 새로운 환자들이 입원하지 않았어요. 그날 나이트 파트였던 저는 한결 수월하게 업무를 볼 수 있었죠. 주말을 맞아 대부분의 의사 선생님들은 일찍 퇴근하고 당직을 맡은 몇몇 분들만 남아서 병동을 지키고 있었어요. 제가 담당한 3층 병동의 복도 역시 평소보다 훨씬 분위기가 가라앉아 있었어요. 간간이 문틈으로 새어 나오는 노인 환자분의 잠꼬대만이 복도의 한적한 기운을 상쇄하고 있을 뿐이었죠.

　저 역시 조금은 나태해져 차트를 정리하다 말고 자판기에서 캔 음료를 뽑아 마시면서 복도를 산책하듯 거닐었죠. 요즘 한창 인기를 얻고 있는 여가수의 노래를 흥얼거리면서요. 다음 날인 일요일에 잡힌 소개팅 자리에 입고 나갈 옷을 마음속으로 간추리고 저울질하다 보니 저도 모르게 시간이 훌쩍 지나가더군요.

　그렇게 무료한 시간을 보내고 있던 그때, 제 시선을 잡아끄는 것이 있었어요. 바로 하얀색 복장의 누군가가 제 눈앞을 스쳐 지나간 거예요. 저는 한쪽 귀에서 이어폰을 뺀 다음 그 사람이 사라진 방향으로 촉각을 곤두세웠어요. 무슨 소리가 들리는 건 아닌가 싶어서 집중해 보았지만, 아무런 소리도 들려오지 않았어요. 시계를 보니 새벽 세 시가 가까워져 있었어요. 그 시각에 잠에서 깨어나 화장실을 들렀다 오는 환자분이 없는 건 아니었지만 저는 뭔가 의아했죠. 방금 제 눈앞을 스쳤던 그 사람의 걸음걸이가 심상치 않다고 느꼈거든요.

제가 막 집중해서 자세히 관찰한 것은 아니지만요, 제가 봤을 때 그 걸음걸이는 뭔가를 숨기는 듯한, 말 못할 비밀을 품고 있는 것 같은 날렵한 움직임이었거든요. 저는 어쩌면 그 사람이 환자가 아닌 간호사일지도 모른다는 데 생각이 미쳤어요. 그런데 그것도 참 이해가 가지 않는 부분이 있었어요. 왜냐하면, 3층 병동의 나이트 근무를 맡고 있던 간호사는 저를 포함해서 둘뿐이었는데, 나머지 한 명은 휴게실에서 라면을 먹고 있었거든요.

10분, 20분이 지나도록 그 사람은 돌아오지 않았어요. 처음에는 그저 배가 아파서 화장실에 큰일을 보러 갔다가 시간을 지체하고 있나 보다고 가볍게 넘겨 버렸는데요, 차츰 보랏빛 불안이 제 가슴속에서 불쑥불쑥 고개를 내밀지 뭐예요. 저는 자꾸만 솟아나는 불안을 내리누르면서 화장실이 위치한 우측 복도를 보지 않으려고 애썼지만, 결국에는 행동하기로 마음먹었어요.

저는 이어폰을 주머니에 집어넣고 방금 보았던 그림자가 사라진 우측 복도로 살금살금 걸어갔어요. 어두컴컴한 복도를 재빠르게 가로질러 갔을 그 사람을 떠올리니 왠지 모를 섬뜩한 기운이 제 등줄기를 오싹하게 했어요. 그가 어느 방향으로 향했는지 알 길이 없었기에 저는 우측에 있는 301호부터 305호까지 병실마다 멈춰 서서는 고개를 들이밀고 정황을 살폈어요. 하지만 저는 병실에서 누구도 발견할 수 없었답니다.

참으로 귀신이 곡할 노릇이었죠. 답답한 마음에 화장실에도 가봤지만 역시 아무도 없었어요. 도대체 그가 왜 3층 복도를 거닐었던 걸까 생각해 봤지만, 마땅한 해답을 찾을 수가 없었어요. 뭔가에 홀린 듯한 기분이 들어 때마침 자리로 돌아온 의사 선생님에게도 말해봤지만, 도통 뭐가 뭔지 모르겠다는 얼떨떨한 표정으로 저를 빤히 쳐다볼 뿐이었죠.

　제가 그 끔찍한 광경을 목격한 것은 그로부터 한 시간 뒤인 새벽 네 시였어요. 언제나처럼 환자분들의 체온과 혈압을 측정하기 위해서 저는 우측 복도로, 다른 한 명은 좌측 복도로 나뉘어 향했죠. 302호 병실에 들어서던 저는 서늘한 기운을 피부로 느끼고 걸음을 멈췄어요. 무엇인가가 제 신경을 거슬리게 하고 있었거든요. 처음에는 그것이 무엇인지 고개를 갸웃하면서 맨 앞의 환자부터 차례대로 기록하면서 걸어갔죠. 그러다가 구석에 위치한 박윤석 씨에게 다가가서야 제가 이상하다고 느낀 것의 정체를 알게 됐어요. 바로 베드 바깥으로 늘어뜨려진 팔이 제 시선을 붙들었던 거예요.

　저는 그제야 깨달았어요. 남자분이 전혀 의식이 없다는 것을요. 그리고 뭔가 심상치 않은 일이 이곳 302호 병실에서 벌어졌다는 것을요. 저는 혹시나 하는 마음에 주변을 살폈어요. 어릴 적에 종종 보았던 추리 만화에 나오는 탐정처럼, 단서가 될 만한 것들을 눈에 담기 위해 눈을 부릅떴어요. 그리고 그분의 발치에서 멀리 떨어지지 않은 곳에서 회색빛 쓰레기통을 발견하고는 천천히 다가갔어요. 밤늦게 청소를 마친 뒤라 쓰레기가 거의 들어 있지 않은 덕분에 안이 잘 들여다보였어요.

뭔가가 그 안에서 빛을 반사하면서 희미하게 반짝이고 있더군요. 손을 뻗어 만져보니 딱딱한 감촉이 전해져 왔어요. 곧 저는 그것이 주사기라는 것을 알아채고는 놀란 마음을 가라앉히려고 애썼어요. 이 상황을 어떻게 납득해야 할지 몰랐어요. 저를 포함한 누구도 302호 병실에서 밤늦게 주사기를 사용하지 않았기 때문이죠. 주사기 안에 맺혀 있는 약간의 물기는 이곳 병실에서 무언가가 은밀하게 이루어졌다는 인상을 심어주었어요.

저는 주사기를 든 채로 다시 남자분을 돌아봤어요. 그분에게서 생명의 징후는 찾아볼 수 없었어요. 바이탈을 표시한 모니터 상에서 산소 포화도는 60%대로 떨어져 있었고, 혈압도 80/40으로 심각한 상태였어요. 불현듯 한 시간 전에 복도에서 목격했던 정체불명의 인물과 관련된 것이 아닐까 하는 의혹이 떠올랐어요. 그 수상한 사람이 간호사라면 환자의 생명에 치명적인 성분이 들어 있는 용액을 주사기에 집어넣고는 병원 안을 자유롭게 활개 치고 돌아다닐 수도 있다는 끔찍한 생각이 든 거죠. 저는 곧바로 병실을 뛰쳐나와 당직을 서고 있던 의사 선생님에게 이 사실을 알렸어요.

신혜영 씨도 박윤석 씨와 마찬가지로 중태에 빠졌다는 것은 병실에 다른 의사 선생님들이 오신 뒤에야 알게 됐어요. 그전까지는 온 정신이 박윤석 씨에게 쏠려 있어서 대각선 맞은편에 누워 있던 신혜영 씨에게는 신경을 쓸 여유가 없었거든요. 다른 층에서 당직을 맡고 있던 몇몇 의사 선생님들이 응급 호출을 받고 이곳으로 몰려드는 바람에 저는 자연스레 뒤로 밀려났고, 그제야 여자분이 누워 있던 베드를 살펴보게 된 거죠. 그분도 남자분과 마찬가지로 온몸에 힘이 빠져 있었고 호흡이 없었어요.

저는 어쩔 줄 몰라 발만 동동거렸어요. 한쪽에서는 의사 선생님들이 교대로 남자분에게 심폐 소생술을 시행하고 있었고, 또 한쪽에서는 다급한 목소리로 누군가와 통화를 하고 있었기 때문에 저는 이 사실을 다른 분들에게 알리지도 못한 채 신혜영 씨의 차가워진 손을 어쭙잖게 잡고 있을 뿐이었죠. 이미 302호 병실의 환자들은 모두 잠에서 깨어나 졸린 눈으로 저희를 물끄러미 보고 있었어요. 순간 온몸의 피가 거꾸로 흐르는 것을 느꼈어요. 저는 그대로 자리에 주저앉고 말았어요.

제가 정신을 차렸을 때는 이미 두 분의 베드가 병실을 빠져나간 뒤였어요. 동료 간호사에게 물어보니 신혜영 씨는 이미 숨을 거두었고, 박윤석 씨는 처치실로 옮겨졌다고 하더군요. 처치실은 의사 선생님과 간호사로 가득했어요. 여전히 그분들은 교대로 심폐 소생술을 시행하면서 모니터에 나타나는 심장 리듬을 지켜보고 있었어요. PEA(무맥성 전기 활동)를 의미하는 불규칙한 파동이 모니터 속에서 춤추고 있어서 제세동은 시행하지 않더군요. 시간은 야속할 정도로 금방 흘러갔고, 결국 박윤석 씨의 심장은 본래의 상태로 돌아오지 않았어요. '사망 시각 2017년 2월 15일, 04시 40분'이라고 의사 선생님이 엄숙하게 선언했어요.

그렇게… 죽음은 예기치 않은 시각에, 예기치 않은 방식으로 두 사람을 덮쳤어요.

그날 오전 10시쯤, 제가 사는 원룸으로 경찰들이 찾아왔어요. 정신없이 곯아떨어져 있던 제가 잠에서 깨어났을 때는 네 명의 경찰이 저를 둘러싸고 있었어요. 그중 형사로 보이는 다부진 체격의 남자가 제 면전에 대고 윽박질렀어요. 302호 병실 바닥에 떨어져 있던 주사기 안에 프로포폴이 미량 남아 있었고, 주사기 겉면에서 채취한 지문이 제 지문과 일치하기 때문에 체포하겠다고요. 지문은 스테이션에 놔두고 왔던 제 볼펜에서 얻었다더군요.

　어처구니가 없었던 저는 새벽에 수상한 사람을 목격한 것과 쓰레기통에서 주사기를 우연히 발견한 것을 알렸지만, 형사님은 코웃음치면서 제 양손에 수갑을 채웠어요. 저는 찍소리도 못하고 그 자리에서 바로 경찰서로 끌려가야 했어요. 3층 복도의 CCTV를 확인해 달라고 거듭 요청했지만, 형사님은 CCTV가 설치된 지 오래된 탓에 제대로 작동되지 않는다며 가볍게 넘겨 버렸어요. 병원 정문이나 후문에 설치된 CCTV도 확인해 달라고 요청했지만, 그곳에 있는 사람들은 더 이상 제 말을 들으려는 노력조차 하지 않았어요. 그저 제 지문이 주사기에 묻어 있으니까 그들의 입장에서 범인은 저인 게 자명했던 거예요. 저로서는 그 자명한 과학에 반기를 들 명백한 물증이 없었기에 그들의 논리를 반박하지 못했어요. 다만 사건 현장에서 그런 부주의한 행동을 한 저 스스로를 탓할 뿐이었죠.

　저도 처음에는 사건의 진상을 파악하지 못했어요. 아니, 사건이 실제로 발생했다는 것조차 믿기지 않았어요. 어제까지만 해도 그렇게 팔팔하던 두 사람이 세상을 떠났다니… 전혀 실감이 나지 않았어요. 저 혼자 다른 세상으로 툭 튀어나온 기분이었어요. 두 사람의 난데없는 죽음 때문인지 저는 경찰서로 끌려 온 뒤로도 한동안 멍하게 있었어요. 이성적인 사고를 하기가 어려웠어요.

평소의 저였다면 제가 범인이 아닌 이유와 그날 새벽에 무엇을 하고 있었는지 등을 논리정연하게 설명하며 맞섰겠지만, 저에게는 그럴 만한 힘이 남아 있지 않았어요. 경찰서에 도착하고 얼마 지나지 않아 또 다른 비보를 접했거든요. 바로 박윤석 씨의 아내분이 집에서 수면제를 과량으로 복용해서 사망했다는 소식이었어요. 그분은 병원 측으로부터 남편의 사망 소식을 접하자마자 미리 준비했던 수면제를 입안으로 털어 넣었던 모양이에요.

경찰 측에서는 그 부분에 대해서 별다른 의심을 하지 않더군요. 그저 남편을 끔찍이 아끼고 사랑하던 아내가 남편의 죽음에 충격을 받은 나머지 충동적으로 자살을 시도했다고만 여길 뿐, 그날 병실에서 발생한 두 사람의 죽음과는 무관한 별개의 사건으로 취급했어요. 하지만 저는 그분의 죽음을 전해 듣자마자 이번 사건의 이면에 감춰진 진실을 더욱 뚜렷이 알게 됐어요.

여러분, 그 슬픈 진실을 제 입으로 말해야만 하나요?

저는 누구에게도 그것을 알릴 수 없었어요. 저로서는 지독하고 구구절절한 그 사연을 남들이 이해하기 쉽게 설명할 말주변도 없는데다가 말이 아닌 글로써 표현할 자신은 더더욱 없었거든요.

처음과 끝을 가늠할 수 없는 기다란 만연체의 문장들이 제 머릿속에서 분주하게 떠다녔지만, 저는 입을 꾹 다물고 있을 수밖에 없었어요. 더구나 모두가 저를 잡아먹을 듯이 눈을 부라리고 있는 그곳에서 제가 어떻게 그 이야기를 꺼낼 수 있었겠어요. 아마 형사님은 제 이야기가 시작된 지 십 분도 채 되지 않아서 개수작 부릴 생각은 꿈에도 하지 않는 게 좋을 거라고 날카롭게 외쳤을 게 분명해요.

결국, 저는 이번 사건과 관련해서 제가 알고 있던 사실들을 조금도 밝히지 않고 유치장 안으로 들어갔어요. 그 안에서도 어떻게 진술해야 할지 몇 번이나 고민해 봤지만 떠오르지가 않더군요. 깊은 수면 아래에 감춰져 있어 맨눈으로는 볼 수 없는 진실을 조리 있게 설명할 방법 말이에요.

다음 날 붉은 햇살이 제 목덜미를 부드럽게 어루만지고 있는데, 한 가지 잊고 있던 게 떠올랐어요. 제가 맨 처음에 말씀드렸던 그 일기장이요. 아무런 희망도 없이 바닥에 엎드려 있던 저는 얼른 손으로 바닥을 짚고 몸을 일으켜 세웠고, 앞을 가로막고 있는 철창을 두 손으로 붙잡고 마구 흔들어댔어요. 비록 기력이 쇠한 탓에 손에 악력은 부족했지만, 다행히 그 소리가 들렸는지 저편에서 경찰 한 분이 천천히 다가왔어요.

저는 이번 사건의 전모를 알려주는 단서가 제가 사는 원룸의 책상 서랍에 들어 있다고 말했어요. 곧 형사님이 굳은 표정으로 들어섰어요. 그분에게 그것을 말할 때, 제 눈가에는 어느덧 눈물이 잔뜩 맺혀 있었어요. 그런 식으로 애잔한 분위기를 연출할 마음은 조금도 없었지만, 저도 제 감정을 주체할 수가 없었어요. 형사님은 의혹에 가득 찬 눈초리로 저를 위아래로 훑더니 알겠다며 발길을 돌려세우고 멀어져 갔어요.

그로부터 2시간쯤 뒤에 형사님이 한 손에 제 일기장을 거머쥔 채

다시 저를 찾아왔어요. 저는 기쁜 마음을 숨기지 못하고 자리에서 벌떡 일어났어요. 그런데 형사님의 얼굴은 평소처럼 어두웠어요. 그분이 단호한 어조로 말했어요.

"이런 건 법정에서 증거로 채택될 수 없습니다. 단순한 해프닝으로 일어난 일을 두고 그런 식으로 억측하는 것은 자유지만, 누구도 당신의 말을 액면 그대로 받아들이지 않을 겁니다. 모든 물증이 당신을 범인으로 지목하고 있습니다."

형사님은 일기장을 둘둘 말아서 제가 갇혀 있던 방으로 집어넣었어요. 조금 전까지만 해도 희망에 부풀어 있던 제 가슴이 그분의 한마디에 터진 풍선처럼 쪼그라들었어요. 저는 바닥에 내팽겨쳐진 일기장을 무기력하게 집어 들고 사건이 발생하기 일주일 전의 기록을 찾기 위해 페이지를 넘겼어요. 곧 익숙한 제 글씨가 눈에 들어왔어요.

일기장에는 제가 302호 병실의 두 환자분의 밀회를 처음으로 목격한 한밤중의 일부터 간호사들의 수다에 두 분이 매번 오르내린 것, 매점 앞에서 데이트를 즐기는 두 분과 설전을 벌인 것, 아내분이 병실에 들렀다가 대판 싸움을 벌인 것까지 거의 모든 내용이 상세하게 기록돼 있었어요.

비록 제 글솜씨가 형편없어서 잘 읽히지는 않았겠지만, 충분히 이번 사건이 발생한 까닭을 유추할 정도는 됐을 거예요. 하지만 형사님은 제 생각과는 달리 그것의 가치를 인정하지 않았어요. 그리고 사건에 대해 다른 방향으로 수사할 생각도 없어 보였어요.

제가 이 자리에 서겠다고 결심한 것은 그 때문이에요. 이대로 저까지 침묵해 버린다면 그 누구도 세 사람의 죽음에 얽힌 진실을 파헤쳐 내지 못할 것이라는 조바심, 그것이 저를 이곳으로 내몰았어요.

물론 그럴듯한 변명이라고 생각하실 수도 있어요. 그저 제가 뒤집어쓴 살인 누명으로부터 어떻게든 벗어나려고 죽을힘을 다해 발버둥 치고 있는 것으로 비칠 수 있다는 건 저도 잘 알아요. 그런데 어쩌겠어요, 이렇게라도 하지 않으면 사람들은 이번 사건을 그저 '미친 간호사가 환자 둘을 살해했고, 충격을 받은 남자 환자의 아내는 자살했다'고만 여기겠죠. 그리고 세 사람의 죽음은 하루가 멀다 하고 발생하는 여러 사건에 묻혀서 한 달, 아니, 일주일만 지나도 사람들의 기억 속에서 흐릿해지고, 결국은 완전히 잊히겠죠.

저는 그렇게 되는 것을 원치 않았어요. 사실 저에게는 오늘 같은 방식 외에 다른 선택지도 있었어요. 이를테면 변호사를 선임해서 정식으로 재판을 받는 것이지요. 그렇게 되면 경찰 측이 수용하지 않았던 병원 내외의 CCTV 영상을 모두 획득할 수 있을 테고, 제가 진범이 아니라는 것이 결국에는 밝혀지겠죠. 아직 영상을 보지 못해서 단언할 수는 없지만, 저는 그날 밤 병원에서 어떤 일이 벌어진 것인지 전부 알 것만·같아요.

간호사복으로 갈아입은 그분이 조심스럽게 병원 안으로 들어서는 장면, 어두컴컴한 로비를 가로질러 계단을 올라가는 장면, 3층에 이르러서는 복도에 있는 저의 시선에 잡히지 않기 위해 빠르게 걸음을 재촉하는 장면, 그리고 마침내 302호 병실 앞에 다다라서는 주머니에 넣어두었던 주사기를 장갑 낀 손으로 확인하는 장면, 이 모든 장면이 한 편의 영화를 보는 것처럼 눈에 선해요.

이제 다들 눈치채셨겠죠. 302호 병실에서 일어난 살인사건의 진범이 누군지 말이에요. 저는 도무지 믿기지 않아요. 저와 국숫집에서 마주 앉아 오래전의 추억과 쓰라린 사랑을 토로하던 그분의 사슴 같은 눈망울이 지금도 유채화처럼 선명하게 떠오르거든요. 그분이 자신의 남편과 친구의 팔에 흐르고 있는 푸른 정맥에 프로포폴이 든 주사기를 꽂고 피스톤을 조심스럽게 밀어 넣는 장면은 차마 상상할 수가 없어요.

　이야기 중간에 제가 그분이었다면 격정적으로 피어오르는 분노를 스스로 주체하지 못해서 끝이 뾰족하고 날카로운 물건을 집어 들어, 제 팔을 그어버리든 두 사람의 심장을 찔러 버리든 뭐라도 했을 거라고 말했었잖아요.

　결국, 그분도 어쩔 수 없는 여자였던 거예요. 그분이 그날 오후 병실에 들렀다가 느꼈을 수치심과 분노는 집으로 돌아간 이후로도 가라앉을 줄 모르고 계속해서 풍랑을 일으켰고, 결국 그분은 격렬하게 휘몰아치는 내면의 풍랑을 다스리지 못해 두 사람을 죽이고 마는 극단적인 행위로까지 치닫고 만 거예요. 아마도 프로포폴은 그분이 근무하는 대학 병원에서 구해왔겠죠. 그 약물은 흔하게 마취제로 쓰이니까 몰래 가져오는 건 어렵지 않았을 거예요.

　하지만 두 사람에게 프로포폴을 주사하고 재빨리 병원에서 빠져나와 집에 도착했을 때, 그분은 어두컴컴한 거실과 마주했고, 이제 더는 이곳에서 자신의 첫사랑이자 하나뿐인 남편을 볼 수 없게 됐다는 데 생각이 미쳤을 거예요. 그리고 눈물 흘리며 기도했겠죠. 제발 남편이 죽지 않았기를… 한때 절친한 친구였던 그녀가 비록 밉지만 죽지 않았기를… 이 모든 것이 자신의 꿈속에서 벌어진 일이기를… 다시 눈을 뜨면 평소처럼 따스한 햇살이 자신의 눈가에 어른거리기를……

그러나 기적은 일어나지 않았어요. 얼마 뒤 병원에서 걸려온 전화를 받고는 자신이 품고 있던 희망이 헛된 것이었다는 걸 깨달았죠. 세상은 끝까지 그분에게 모질었어요. 너무나 가혹했어요. 지난 세월 동안 그분이 남에게 말 못하고 홀로 품고 있었을 불안, 부끄러움, 자괴감, 질투… 차마 헤아릴 수 없을 정도의 무수한 감정의 경계에서 그분은 얼마나 힘겨웠을까요, 또 얼마나 외로웠을까요.

어느덧 그로부터 5년이라는 시간이 흘러 겨우 담담해졌을 무렵, 대학교 졸업식 날의 악몽이 또다시 자신의 눈앞에 재현되었을 때, 그분의 내면에 살인 충동이 일어난 것을 누가 욕할 수 있을까요. 어디 한번 말씀해 보세요. 그분이 그런 끔찍한 생각을 품은 것이 잘못됐다는 분 있으면 지금 이 자리에서 말씀해 보세요.

물론 저는 그분이 저지른 살인이 정당방위였다고 생각하지는 않아요. 그리고 살인을 저지른 걸 잘한 일이라고 감싸고 싶은 마음도 없어요. 비록 같은 여자로서는 동정과 연민을 품게 되고 이해가 되지만, 그분의 극단적인 행위가 옳은 것이라고 생각하지는 않아요.

그렇지만… 저는 그분을 비난하고 싶지 않아요. 어쨌거나 이제 그분은 이 세상에 없으니까요. 비록 한순간의 광기로 두 사람의 목숨을 앗아갔지만, 결국 죄책감을 견디지 못하고 수면제를 자신의 입안에 털어 넣었으니까요. 자신의 과오를 깨닫고 그 죗값을 치렀으니까요. 이제 세 사람 모두 우리의 말을 들을 수 없을 만큼 저 멀리 가 있을 테니까요.

　제가 재판이 아닌 이런 식의 공개 회견을 선택한 것은 이 때문이었어요. 법정이었다면 오늘 제가 늘어놓은 장황한 말들은 모두 거부됐겠죠. 검사님은 권위적이고 위협적인 어조로 저에게 '네, 아니요'라고만 대답하라고 제 이야기를 끊었을 테고, 높은 자리에 앉은 판사님은 저를 엄숙하게 내려다보면서 피고인은 사건과 무관한 이야기는 하지 말라고 경고했겠죠. 안 봐도 뻔해요. 그리고 마지막 순간 변호사 측에 의해서 진범은 박윤석 씨의 아내라는 것이 밝혀지고, 법정은 순간 경악과 혼란으로 들썩이겠죠. 진범에 관한 충격적인 사실은 얼마간 매스컴을 타고는 다시 잠잠해지겠죠. 저는 한동안은 일상으로 돌아오기 힘들겠지만, 결국에는 본래의 자리를 찾아 돌아가겠죠.

　그런데… 그러면 말이에요… 그분이 마지막 순간까지 흘렸을 눈물은 어떻게 되는 거죠? 지난 수년간 부끄러움과 수치심에 남에게 말도 못하고 외롭게 흘렸을 그분의 눈물은 누가 기억해 주나요? 또 그분의 분노는 어떻고요. 남편과 친구에게 프로포폴 치사량을 주사할 만큼 가슴 깊이 사무친 그분의 분노마저 이대로 지나쳐야 하나요?

　어쩔 수 없이 저는 오늘과 같은 선택을 할 수밖에 없었답니다. 여러분께서 이번 사건을 어떻게 생각하실지 모르겠으나, 지금까지 제 말을 중단시키지 않고 진지한 눈빛으로 듣고 계시다는 것은 제 말에 어느 정도는 동조한다는 뜻이겠지요.

　이제 제 이야기는 모두 끝났어요. 남은 것은 여러분, 특히 기자님들의 날카로운 질문과 사건의 명확한 진상 규명뿐이겠죠. 지금까지 제 이야기를 들어주신 여러분 모두에게 진심으로 감사드립니다. 말 주변이 없는 탓에 논리를 갖추지 못하고 이리저리 장황하게 이야기한 점 정말 죄송하게 생각합니다.

마지막으로 이 자리를 빌려 며칠 전 세상을 떠난 세 분과 유가족에게 죄송하다는 말씀을 전하고 싶습니다. 어쩌면 이번 사건은 미연에 방지될 수도 있었다는 생각이 지금도 제 머릿속에 붙박여 있거든요. 그날 그분이 흘린 눈물의 의미를 미리 짐작했어야 하는 건데, 그러지 못해서 안타깝습니다. 조금만 깊이 생각해 보았더라면 그분이 극단적인 행동을 취할 수도 있다는 걸 눈치챘을 텐데… 하지만 시간은 이미 되돌릴 수 없을 만큼 멀리 가버렸네요. 휴…….

이제 여러분의 질문에 대답할 시간이군요. 질문 있으신 분은 손을 들어주세요.

각인

홍성호

2011년 「위험한 호기심」으로 〈계간 미스터리〉 신인상 수상.
이후 단편소설 「B사감 하늘을 날다」, 「핏빛 인연」, 「추리소설가를 미치게 하는 것」,
「아름다움이라는 이름의 늪」, 「각인」 발표.
2014년 「각인」으로 한국 추리작가협회 황금펜상 수상. 최근작으로 「셜록 홈즈의 증명」(공저).
현재 법원조사관으로 근무 중.

사진 속 은행잎은 아직 노랗게 물들지 않은 채 바닥에 떨어져 있었다. 길게 뻗은 길에 떨어진 은행잎을 로우 앵글로 찍은 사진. 휑한 벽에는 사진 액자만이 외롭게 걸려 있었다.

　"종일 책하고 TV만 보니 지루하지?"

　"괜찮아요. 약은 안 드세요?"

　"약? 이제 안 먹어도 된다."

　"안 먹으면 아프잖아요."

　"먹어도 아파."

　"어떻게 해요. 아파서……."

　"이제 집에 갈 때가 된 것 같다. 우리가 만난 지 벌써 한 달이 지났구나."

　"……"

"그간 고생했다. 나를 용서해 줘라."

"아니에요. 더 있어도 돼요."

"아니야. 많이 있었어. 나도 가볼 데가 있고. 집은 혼자서 찾아갈 수 있겠지?"

남자는 뭔가 생각난 듯 안방으로 들어갔다. 잠시 후 남자는 손에 카메라를 들고나왔다.

"뭐예요?"

"카메라다. 저 사진을 찍은 카메라."

"아! 저번에 말했던 그 카메라예요?"

"그래. 이걸 너에게 선물로 주마. 나에게 소중한 물건이지만 이제 는 가지고 있을 수가 없겠구나."

"제가 잘 보관할게요."

"그래. 고맙다."

그때, 익숙한 멜로디가 흘렀다. 현관문 벨소리다.

"누구지?"

* * *

"생사만이라도 확인하고 싶다고!"

울부짖는 소리와 함께 탁자를 내려치는 둔탁한 소리가 사무실을 순간 정적으로 만들었다.

"죄송합니다. 저희도 최대한 노력을 다하고 있습니다만……."

형사과장은 남자와 눈을 마주치지 못하고 탁자에 초점을 맞춘 채

말을 흐렸다.

"우리가 일부러 안 잡는 것도 아니고 너무한 거 아니에요. 매일같이 찾아와서 어떤 날은 화내고, 어떤 날은 울고불고."

김원식의 목소리가 컸는지 고준영은 자신의 입술에 손가락을 대며 원식을 쳐다봤다.

"이해할 만하지. 눈에 넣어도 안 아플 외동딸이 납치됐으니."

탁자를 내려치던 남자가 자리에서 일어났다. 남자는 사무실 출입문을 향해 걸으면서 괴성을 질렀다. 사무실에 있는 형사들은 그를 쳐다보지 못했다. 사무실 문을 열고 나가는 남자의 혼잣말이 사무실을 떠다녔다.

"얼마나 똑똑하고 눈치가 빠른 아이인데⋯ 얼마나 살가운 아이인데⋯⋯."

제네시스가 지하 주차장으로 들어왔다. 차는 엘리베이터가 연결된 출입문 바로 앞에 섰다. 곧 뒷문이 열리고 여자아이가 나와 출입문 쪽으로 걸어 들어갔다. 여자아이를 내린 차는 출입문에서 조금 떨어진 공간에 주차했다. 차에서 트렌치코트에 스카프를 두른 여자가 토트백을 들고 내렸다. 그녀는 아이가 들어간 출입문 쪽으로 걸음을 옮겼다.

그때, 주차된 차 뒤편에서 남자가 뛰쳐나왔다. 모자를 깊게 눌러 쓰고 마스크를 착용한 남자는 여자를 부르는 듯했고 여자는 뒤를 돌아봤다. 남자는 여자에게 마스크를 쓴 채로 말을 건네는 것처럼 보였다. 여자는 고개를 저으며 출입문 쪽으로 몸을 돌렸다.

남자는 CCTV의 위치를 아는 듯 흘끔 쳐다보더니 CCTV를 등지고 선 다음에 출입문 쪽으로 가려는 여자의 어깨를 잡고 자신을 향해 돌려세웠다. 깜짝 놀란 여자는 방어 자세를 취했다. 갑자기 남자가 모자를 벗고 마스크를 내렸다. 둘은 몇 마디를 더 나누는 듯했다. 곧 여자의 얼굴이 심하게 일그러지더니 들고 있던 토트백을 놓치며 뒤돌아 뛰었다. 사파리 점퍼 안에 손을 넣어 쇠 파이프를 꺼낸 남자는 여자를 뒤쫓았다.

여자를 따라잡은 남자는 쇠 파이프로 인정사정없이 내려쳤다. 여자는 충격에 날아가듯 쓰러졌다. 쓰러진 여자의 목과 머리 부분을 몇 번 더 내려친 남자는 아무 반응이 없자 쇠 파이프를 내던지고 아이가 들어간 출입문으로 뛰었다.

잠시 후, 축 늘어진 아이를 어깨에 진 남자가 출입문에 나타났다. 쓰러져 있는 여자를 지나치면서 얼굴을 축구공 차듯 발로 내지른 남자는 성이 덜 풀렸는지 피투성이가 된 얼굴을 다시 발로 짓이겼다. 널브러져 있는 여자에게 분풀이한 남자는 모든 일이 끝났다는 듯 주변을 한번 둘러보더니 주차된 차 사이를 가로질러 CCTV 화각에서 사라졌다.

다른 각도에서 찍은 화면에는 남자가 아이를 싣고 도주한 차량의 번호판이 정확히 찍혔다. 하지만 범인의 대략적인 인상착의조차 파악할 수 없었다. 범인의 얼굴은 여전히 모자와 마스크로 철저히 가려 있었기 때문이다.

괴한의 습격을 받은 서연의 할머니는 다행스럽게 목숨을 건졌지만 한 달이 지난 지금까지 혼수상태에 빠져 있었다. 서연이 납치된

지 3일 만에 집으로 전화가 왔다. 정체 모를 사람으로부터 걸려온 전화에서 들리는 건 숨소리뿐. 아무 말도 없었다. 그다음 날도 마찬가지였다. 전날과 같은 번호로 전화가 왔으나 어떤 말도 하지 않고 있다가 끊었다. 대포폰으로 걸려온 정체불명의 전화 두 통. 납치와 관련되었다고 추정되는 전화는 그것이 전부였다.

"원한 때문이겠죠?"

CCTV 녹화 화면을 본 원식이 덥수룩한 뒷머리를 손으로 꾹 쥐면서 말했다.

"남자가 많이 화났어."

준영이 구레나룻을 손가락으로 긁었다.

"수사 내용을 요약한 걸 보니 역시 범행 동기를 원한으로 보고 지금 혼수상태로 누워 있는 심영숙 씨의 주변을 샅샅이 조사했어."

"결과는요?"

"아무 소득이 없었지. 심영숙은 남편과 함께 자영업을 했어. 나중에 장사가 잘되자 남편이 직원을 고용해서 장사를 전담하고 심영숙은 전업주부로 돌아섰지. 특별한 채권, 채무 관계도 없어. 그렇다면 남자 문제? 그것도 아닌 것 같아. 남편을 교통사고로 잃고 5년 전부터 아들 집에서 함께 사는데, 조사 결과 따로 만나는 남자는 없었어."

"CCTV에 나온 용의자는 피해자에 대해 몹시 분노하고 있잖아요. 원한이 아니면 설명할 수 없는 행동을 보이고 있던데요."

준영은 고개를 끄덕였다.

"원한은 맞는 거 같은데, 원한이라고 가정하면 설명할 수 없는 게 하나 있어."

원식은 손가락으로 딱 하고 소리를 냈다.

"아이 납치! 그것도 미리 시나리오를 짠 것처럼 준비된 행동을 보였죠. 아이가 있는 곳으로 들어가자마자 축 늘어진 아이를 어깨에 지고 나온 걸 보면 알 수 있어요. 거기에는 CCTV가 설치되어 있지 않아 단언할 수는 없지만, 아마도 클로로폼 같은 걸로 아이를 기절시켰을 거예요. 그렇지 않고서는 아무리 아이라도 그렇게 빨리 제압해서 어깨에 질 수 없죠. 분명히 아이를 납치하는 것도 목적이었어요."

"내가 의아하게 생각하는 것도 그거야. 만약 여자에게 원한이 있다면 그 여자만 죽이면 될 텐데 아무 상관도 없는 아이까지 납치하다니. 도대체 이해가 안 돼."

"더군다나 아이를 납치한 후 돈을 요구하는 전화도 없었잖아요. 말없이 끊기만 한 전화가 있었을 뿐이라는데."

"그래, 아이를 납치해 놓고 아무 요구도 없었던 것도 이상한 점 중 하나지. 돈 때문에 아이를 납치했다면 구체적인 요구 조건을 가지고 전화로 협박했을 텐데 말이야."

"이상한 점이 한두 가지가 아니에요. 그러니까 여태껏 미제로 남아 있는 것 아니겠어요?"

준영과 원식은 사건이 장기화될 조짐이 보이자 일주일 전 인력 보강 차원에서 수사 팀에 합류했다. 수사 팀의 전체적인 분위기는 어두웠다. 모두 입 밖에는 내지는 않았지만 실종된 서연이 이미 죽었으리라 생각하고 있는 것 같았다.

"아마, 그 아이는 죽었겠죠?"

원식이 물었다.

"글쎄……."

준영의 미간에 주름이 잡혔다.

수사본부가 들썩였다. 고덕동의 한 아파트 단지 이면 도로에서 범행에 사용된 차가 발견된 것이다. 애당초 수사본부에서는 CCTV에 차의 번호판이 정확히 찍혀서 용의자와의 연결 고리를 금방 파악할 수 있을 거라고 생각했다. 하지만 차량의 명의는 도산한 회사였다. 이른바 대포차였다. 수사본부는 대포차의 유통 경로를 찾으려 노력했지만, 음성적으로 거래되고 계약서를 정확히 작성하는 것도 아니어서 여태껏 실소유주를 찾지 못하고 있었다. 그런 차를 경찰의 순찰 과정에서 차적 조회를 통해 우연하게 발견한 것이다.

"과학수사 팀이 먼저 도착했네요."

원식이 차를 세우며 말했다. 뒤늦게 도착한 준영과 원식은 과학수사 팀의 스타렉스 뒤에 차를 주차했다.

과학수사 팀은 차를 샅샅이 뒤지며 채증 작업을 하고 있었다. 준영은 작업하는 차에 바짝 다가가 차를 살폈다. 준영이 차를 살피는 동안 원식은 범행에 사용된 차가 주차된 주변을 스마트폰으로 찍었다.

준영은 어느새 원식에게 다가와 원식의 어깨너머로 촬영하고 있는 스마트폰 화면을 바라봤다.

"선배님, 벌써 끝났어요?"

"차에 있는 증거는 과학수사 팀이 찾아주겠지."

준영은 차가 서 있는 주변을 둘러보았다.

"장소가 아주 적합한데. CCTV도 없고 지나가는 차나 사람도 별로 없잖아."

"그러게요. 차를 버리기 딱 좋은데요."

지하철역이 있는 4차선 도로에서 우회전하면 왼쪽에는 아파트 단지, 오른쪽에는 다세대 주택 밀집 지역이 있는 2차선 도로로 바뀐다. 2차선 도로가 끝나는 지점은 나지막한 산으로 가로막혀 있었다. 차가 발견된 곳은 2차선 도로가 끝나는 지점에서 동서로 연결되는 이면 도로였다. 이면 도로는 산과 아파트 단지, 주택 지역 뒤편을 끼고 도는 1차선 도로였다. 도로에는 주차구획선이 따로 없는데도 많은 차가 주차되어 있었다. 길가에는 아무렇게나 버려진 건축 폐자재도 눈에 띄었다. 구청에서 특별히 불법 주차나 쓰레기 불법 투기 같은 걸 단속하지 않는 것 같았다.

"이 동네 사람이거나 예전에 살던 사람이 아니면 이런 장소를 알 수 없겠지?"

준영이 말했다.

"그렇겠죠."

"아이가 납치된 강남 아파트에서 여기까지 차로 몇 분이나 걸릴까?"

원식은 손에 쥐고 있던 스마트폰으로 바로 검색했다.

"30분! 올림픽대로를 타고 오면 그렇다는 거예요. 근데 범인은 길 찾기 프로그램이 가르쳐 주는 최단 코스로 오지 않았어요. 샛길 위주로 왔죠. 도로에 설치된 CCTV로 차의 이동 경로를 추적했는데, 송파구쯤에서 자취를 감췄어요. 그때부터 차의 행방이 오리무중이된 거예요. 아무리 강남이라도 모든 길에 CCTV가 설치된 건 아니니까요. 그리고 보니 이곳 지리에 상당히 밝은 놈인가 보네요."

"그럼 샛길로 여기까지 오면 얼마나 걸릴까?"

"대략 1시간 정도? 신호도 있고 길도 좀 막혔을 테니까요. 그런데 범인은 차를 여기에 두고 어디로 갔을까요?"

"사건 발생이 4시 경이었으니 여기 도착은 5시쯤. 그렇다면 아직 밝았을 텐데 여기 야산에 암매장하진 않았을 거고. 도대체 어디로 사라진 거지……."

＊　＊　＊

"많이 아파요?"

"아니, 별로 안 아파. 밥을 못 먹어 배고파서 그래."

여자아이는 남자 머리맡에 있는 커다란 약봉지를 바라봤다.

"저 약 모두 먹어야 하는 거잖아요. 몸이 많이 아프니까 병원에서 약도 많이 주는 거 아니에요?"

"너한텐 거짓말도 못 하겠구나. 넌 어쩜 그렇게 눈치도 빠르니. 맞아, 많이 아파."

"얼마만큼 아픈데요?"

"아주 많이……."

"혹시 죽는 병이에요?"

"그래."

"죽는 건 무서워요. 죽지 마세요……."

"무섭기는 하지. 그런데 기대도 된단다."

"기대요? 왜요?"

"지울 수 있으니까. 그리고 가족도 만날 수 있고."

"아……."

"우리가 만난 지 삼 주가 조금 넘었구나."

"맞아요. 삼 주 됐어요."

"이 주일만 더 같이 있어주겠니?"

"좀 더 있어도 돼요."

"아니다. 지금까지 같이 있어준 것만 해도 고맙다. 한 달이면 네 엄마, 아빠가 너의 소중함을 충분히 알 수 있는 시간이야."

"……."

"그리고 헤어질 때 선물을 하나 주고 싶은데."

"선물이요?"

"그래."

＊ ＊ ＊

범행에 사용된 차의 발견으로 잠시 달아올랐던 수사본부의 분위기는 급속히 차가워졌다. 사건을 해결할 만한 결정적인 단서를 발견하지 못했기 때문이다. 차에서 발견된 것은 뒷좌석에서 발견된 서연의 머리카락 한 올이 전부였다. 그 외에 단서가 될 만한 지문 같은 건 발견되지 않았다. 대대적으로 인원을 동원하여 근처 야산도 수색해 봤지만 헛수고였다. 수사는 앞으로 한 발짝도 나아가지 못했다. 다만 차가 발견된 장소가 그 지역에 연고가 있던 사람이 아니면 알 수 없는 장소이기 때문에 그 지역에서 탐문 수사를 진행했다.

"제가 너무 부정적인가요?"

원식이 덥수룩한 머리를 손으로 탁탁 털었다.

"왜?"

"이거 보세요. 이게 뭐예요. 스무고개도 아니고."

원식이 준영에게 스마트폰을 들이밀었다. 스마트폰에는 CCTV 캡처 화면 중 가장 선명하게 나온 사진이 담겨 있었다. 하지만 화면만 선명할 뿐 모자와 마스크에 가려진 범인의 얼굴은 신통한 점쟁이가 아니면 알 수 없을 만큼 철저히 가려져 있었다.

"범인 추정 나이 40대 초반에서 50대 초반! 이것도 문제죠. 모자 밑으로 듬성듬성 드러난 흰머리를 토대로 나이를 추정했다나 봐요. 요즘같이 과학수사가 발달한 시절에 그게 무슨 뚱딴지같은 추정이 랍니까."

"워낙 얼굴을 철저히 가렸으니까 도리가 없었겠지. 나도 탐문에서 뭘 건질 수 있다고 생각하지는 않아. 그래도 사무실에 가만히 앉아 있는 것보다야 낫겠지."

차가 발견된 장소에서 몇 블록 떨어진 아파트 단지를 탐문하는 준영과 원식의 발걸음은 무거웠다. 동마다 들러 경비원에게 사진을 보여줬지만 돌아오는 건 좌우로 젓는 고개뿐이었다.

"이제 세 동만 들르면 끝이지?"

"네. 물론 건질 건 없겠지만요."

"여기 편의점에서 커피나 한잔하자. 사진도 보여줄 겸해서."

편의점에 들어간 두 남자는 신분을 밝히고 사진을 보여줬다. 곧 두 남자는 서로 바라보고 씩 웃을 수밖에 없었다. 아르바이트를 하는 아줌마로부터 어제부터 편의점에 출근했다는 대답을 들었기 때문이다.

천 원짜리 커피를 들고 편의점 앞 의자에 앉은 준영과 원식은 한숨을 내쉬었다.

"정말 의욕 안 나네."

원식이 말했다.

"그래도 다행이다. 시원한 바람이 불고 적당히 따뜻하니까. 여름에 이 짓 하려고 해봐라, 등에 땀방울이 쉴 새 없이 흐르고 팬티까지 땀에 다 젖는다니깐."

"선배님은 너무 긍정적이어서 탈이에요. 어쨌든 날씨는 좋네요. 바야흐로 천고마비의 계절이라! 저 하늘 보세요. 정말 새파랗고 높네요."

둘은 하늘을 쳐다봤다. 하늘은 티끌 하나 없이 맑았다.

"이렇게 좋은 날에는 애인과 함께 놀러 가야 되는데. 어휴, 이게 뭐람."

원식의 목소리가 한탄 조로 바뀌었다.

"그래, 이런 날엔 가족이나 애인과 야외에 나가는 게 최고지."

준영의 얼굴에는 차를 타고 해안 도로라도 달리는 듯 미소가 그려졌다. 하지만 금세 미소는 사라지고 이마에 주름이 잡혔다.

"이렇게 좋은 날씨에는 실종된 아이가 더 생각날 거야."

"가족사진을 보니까 정말 행복해 보이던데요."

"사진 봤어?"

"네. 혹시 사건 해결에 도움이 될까 해서 서연이 아빠 블로그를 검색해 봤어요."

"생각보다 열정적이네. 그런 것도 검색해 보고."

준영의 칭찬에 원식은 어깨를 으쓱했다.

"이거 보세요."

원식은 자신의 스마트폰을 준영에게 건넸다. 스마트폰에는 김이 모락모락 피어오르는 연못을 배경으로 서연이를 무릎에 앉힌 할머니와 양옆에 서 있는 부부가 보였다. 서연이네 가족이었다. 사진 속 가족은 함박웃음을 짓고 있었다.

내용을 읽어보니 일본 벳부 온천에서 찍은 사진이었다. 서연의 아버지인 이근수의 개인 블로그는 해외 여행지를 소개하면서 자신이 가족과 함께했던 일정과 사진 등을 올렸다. 여행이 취미인 듯 블로그는 꼼꼼하게 정리되어 있었다. 여행을 준비하는 사람한테 많은 도움이 될 것 같았다.

여행을 다닌 곳도 꽤 많았다. 여행지 목록을 보니 40여 개국이 넘었다. 탄자니아의 세렝게티도 목록에 있는 것으로 봐서 여행 전문가라 불러도 손색이 없었다. 블로그에 달린 댓글에는 그를 여행 칼럼니스트라 칭하는 사람도 있을 정도였다. 게다가 블로그에 오른 대부분 글은 조회 수가 상당히 많았다. 그 덕분에 베스트 글로 뽑혀 검색하면 검색 목록 최상단에 노출되는 여행지 리뷰가 많았다.

"정말 좋은 취미를 가졌군. 돈을 꽤 버는 모양이야. 이렇게 여행을 자주 다니는 것 보니."

"네, 이근수 씨가 경영하는 돈가스 체인점이 우리가 생각하는 그런 규모의 사업이 아니에요. 이근수 씨가 운영하는 본점하고 직영점

2개에서 나오는 연 매출이 웬만한 중소기업 연매출액보다 낫더라고요. 거기에 전국에 체인점이 40개가 넘으니깐 거기서 들어오는 로열티랑 식자재 공급 마진까지 하면 엄청나게 벌 겁니다. 그러니까 강남의 고급 아파트에 살면서 이렇게 해외여행을 다니죠."

"서연이의 아버지 쪽 원한 관계를 조사해 본 거야?"

"네, 맞아요. 분명히 사건은 원한 때문에 일어난 것 같은데, 범인에게 습격을 당한 서연이 할머니가 원한을 질 만한 일을 하지 않았다면 결국 남는 건 아버지밖에 없잖아요. 그래서 서연이 아버지 쪽을 파헤쳐 보기로 했죠. 여태 수사한 기록도 검토해 보고, 제가 직접 발로 뛰어 조사해 봤는데……."

"그런데?"

준영이 턱을 약간 내밀며 대답을 재촉했다.

"결론은 아버지 쪽도 아니었습니다. 전 사업을 하는 사람이라 금전 관계 쪽에서 원한을 살 만한 일이 있을 거로 추측했죠. 그런데 정반대였어요. 금전 거래가 깨끗하다고 소문이 나 있더라고요. 거래처 결제를 어음이 아닌 현금으로 해줄 정도니 말 다했죠. 그리고 여자 문제도 깨끗하고요. 체인점 사업은 아버지 밑에서 배웠고, 아버지가 교통사고로 죽자 자동으로 물려받은 건데 아까 말씀드린 것처럼 사업이 번창하고 있습니다. 체인점 홈페이지도 한번 보세요. 엄청나다니까요."

준영은 자신의 스마트폰으로 이근수가 운영하는 돈가스 체인점 상호를 검색했다. 홈페이지는 그의 블로그만큼 깔끔하게 디자인되어 있었다. 아마도 사장의 의사가 반영된 것 같았다. 준영은 홈페이지의 여러 메뉴를 클릭해 보았다. 체인점 현황, 돈가스 메뉴 소개, 회사 연혁······.

"으음······."

준영의 입에서 낮은 신음이 배어 나왔다.

"왜요?"

원식의 물음에 준영은 대답하지 않았다. 대신 스마트폰만 뚫어지게 보고 있었다.

준영에게 어떤 직감이 찾아왔다. 이번 사건과 전혀 무관하지 않을 거라는 직감.

왜 하필이면 차가 발견된 곳이 여기였을까. 범인은 남의 눈을 피하기 위해 은밀하면서 자신에게 익숙한 곳이 필요했을 것이다. 분명히 심사숙고해서 고른 장소이리라.

"이거 심상치 않은데."

준영이 말했다.

"선배님, 뭣 때문에 그러는 거예요?"

원식은 미동도 않는 준영의 옆으로 가서 준영이 뚫어지라 쳐다보고 있는 스마트폰 화면을 봤다.

"회사 연혁? 이게 어쨌다는 거예요."

"이 돈가스 체인점이 여기서 시작했네."

홈페이지에는 체인 사업의 성공을 자랑이라도 하듯이 회사 연혁이 자세히 정리되어 있었다. 회사 연혁은 5평짜리 작은 가게에서 서연이의 할아버지, 할머니가 돈가스 가게를 개업한 것부터 시작됐다.

"선배님, 뭐라도 찾은 거예요?"

"아니, 찾은 건 아니야. 다만 뭔가 느낌이 오는 게 있어. 그 느낌이 정확히 뭔지는 모르겠지만……."

준영의 시선은 여전히 스마트폰에 머물러 있었다.

"범행 당시 CCTV를 보면 범인은 서연이 할머니에게 불같은 분노를 표출했어. 축구공을 차듯이 머리를 내지르는 것만 봐도 알 수 있지. 우리는 여태 모종의 원한 관계가 이 사건의 동기라고 추측했지만, 어떤 원한인지는 아직 파악하지 못하고 있어. 왜일까?"

"글쎄요? 그걸 알면 사건이 이렇게 답보 상태는 아니겠지요."

"그건 원한 관계를 너무 최근에만 초점을 맞춰 조사해서 그랬던 거야."

원식이 입을 약간 내밀며 말했다.

"그럴 수도 있겠죠. 그런데 그게 이 회사 연혁하고 무슨 관계가 있나요?"

"우리는 차가 발견된 후미진 위치 때문에 범인은 이 동네를 잘 아는 사람. 즉, 현재 이 동네에 살거나 과거에 이 동네에 살았던 사람이라고 가정하고 있어. 그런데 우연하게도 서연이 할머니와 할아버지가 운영하던 돈가스 가게는 바로 이 동네에 시작했어. 이 회사 연혁을 보라고!"

준영이 스마트폰 화면을 손가락으로 벌려 회사 연혁을 확대했다.

사업 시작: 1986년 강동구 고덕동 ××번지에서 5평짜리 '돈가스 파티' 개업.

사업장 이전: 1991년 강남구로 사업장 확장 이전. '돈가스 파티'에서

'별난 돈가스'로 명칭 변경.

"난 이게 우연이라고 생각하지 않아. 내 생각으로는 범인과 서연이 할머니는 같은 동네 사람이었어. 범행 당시 CCTV 화면을 잘 생각해 봐. 범인은 처음에 마스크를 쓴 채로 피해자와 몇 마디를 나눈 듯 보였어. 피해자는 곧 몸을 돌려서 자기가 갈 길을 가려고 했지. 그러자 범인은 피해자를 돌려세운 후 자신의 모자와 마스크를 벗고 피해자에게 얼굴을 노출했어. 그때는 그런 돌발 행동의 이유를 몰랐는데, 이 회사 연혁을 보고 깨달았어! 범인은 자신의 얼굴을 보여주면서 피해자의 기억을 상기시키려고 하거나 자신의 정체를 알려주려고 한 거야. 피해자가 무슨 일 때문에 복수를 당하는지 알려주고 싶은 거였어."

"흠……."

원식은 준영이 하는 말을 선뜻 부정도 긍정도 할 수 없었다.

"이 사건의 동기인 원한은 좀 더 과거로 거슬러 올라가야 찾을 수 있을 것 같아."

준영이 의자를 박차고 일어났다.

"가볼 데가 있어!"

"선배님, 이 동네 부동산을 다 돌아볼 심산인가요? 벌써 서른 곳은 돌았겠어요."

원식은 허리를 굽히고 종아리를 어루만졌다.

"오늘 너무 많이 걸었어요. 해도 떨어지려고 하네요."

준영은 원식의 퉁퉁 불은 입에서 나오는 불만 섞인 소리를 들은 체 만 체했다.

"여기 괜찮은데."

준영의 눈이 빛났다. 준영의 시선은 낡은 빌딩에 걸려 있는 허름한 부동산 간판에 닿아 있었다.

"간판이 꽤 오래돼 보이지?"

원식은 머리를 절레절레 흔들었다.

준영과 원식이 찾은 부동산의 내부는 외양만큼이나 남루했다. 스프링이 푹 꺼진 소파에 앉은 노인은 조는 듯한 눈으로 TV를 보고 있었다. 노인은 언뜻 봐도 칠십은 훌쩍 넘어 보였다. 인기척에 노인은 안경을 콧잔등 위로 밀어 올리며 준영과 원식 쪽으로 몸을 돌렸다.

"뭣 좀 여쭤볼 게 있어서요."

준영이 신분증을 노인에게 보여줬다. 신분증을 본 노인의 눈에 경계심이 어렸다.

"사장님, 여기서 부동산을 오래 하셨죠? 간판을 보아하니 꽤 오래 영업하신 것 같은데."

"그렇소만."

"혹시 86년에도 여기에서 영업하고 계셨습니까?"

"86년? 그렇지. 내가 이 자리에서만 30년을 있었으니 그때도 당연히 영업을 하고 있었지. 도대체 뭘 묻고 싶은 거요?"

준영은 스마트폰을 꺼냈다.

"예전에 이 동네에 돈가스 집이 있었는데 기억하십니까?"

노인은 준영이 건넨 스마트폰으로 이근수가 운영하는 돈가스 체인의 회사 연혁을 들여다봤다.

"아! 이 사람들."

"아세요?"

"알다마다. 이 사람들이 가게를 구할 때, 내가 그 가게를 중개해 준 건데 왜 모르겠어. 내가 터 좋은 곳을 소개해 줘서 장사도 잘된다고 얼마나 고마워했었는데. 나도 이 집에 가서 밥도 먹고 왕래를 하는 사이였지."

"아!"

준영과 원식은 동시에 서로의 얼굴을 쳐다봤다.

준영은 입이 마르는지 입술을 혀로 핥았다.

"혹시 이 사람들이 여기서 장사하면서 누구에게 원한을 질 만한 일을 한 적이 있나요?"

"원한이라. 흠… 근데 뭣 때문에 옛날 일을 조사하고 다니는 거요?"

준영은 이근수 집안에 갑자기 닥친 불행을 설명했다.

"그런 일이 있었군."

노인은 안타깝다는 듯 한숨을 쉬더니 안경을 고쳐 썼다.

"가게를 이 동네에서 강남으로 넓혀간 건 장사가 잘돼서 그렇기도 했지만, 사실은 그 집 아들이 어떤 사건에 연루되어서 어쩔 수 없이 그랬던 거였지. 소문이 동네에 팍 퍼졌거든."

"사건이요?"

준영과 원식은 부동산 사장으로부터 과거에 얽힌 이야기를 듣고 바로 경찰서로 들어왔다. 원식은 바로 전산으로 돈가스 클럽 사장인

이근수의 범죄 경력을 조회했다.

"선배님, 이것 보세요. 부동산 사장이 말한 게 사실이었네요."

원식은 범죄 경력 조회서를 준영의 코 밑까지 들이밀었다.

범인은 이근수의 어머니를 잔인하게 폭행하고 딸을 납치했다. 원한에 의해 일어난 사건으로 추정했지만, 이근수 주변에는 잔인한 범행을 불러일으킬 만한 강렬한 원한은 없었다. 여태껏 수사가 진척이 없는 이유였다.

준영은 범행에 사용된 차가 발견된 지점과 이근수가 운영하는 회사의 연혁을 통해 이 사건의 발단은 생각보다 더 오래된 원한일 것으로 추정했다. 그리고 경찰의 공식 자료인 범죄 경력 조회서를 통해 그런 추정이 틀리지 않았다는 걸 확인했다.

묘한 쾌감이 찾아왔다. 하지만 묘한 쾌감에는 정체 모를 두려움이 묻어 있었다.

직감이 맞았다.

하지만… 사람의 복수심이라는 게 그렇게 끈질긴 생명력을 가지고 있는 것인가. 20년이 넘은 시간 동안 흉기처럼 날카로운 복수심을 가슴속에 품고 살 수 있는 것일까.

사건을 해결해 보겠다는 공명심 때문에 애꿎은 20여 년 전 피해자 가족을 의심하고, 다 아문 상처를 후벼내는 게 아닐까……

준영의 머릿속을 파고드는 두려움의 정체가 서서히 모습을 드러냈다.

"선배님, 이제 행동할 때가 아닌가요?"

준영은 아무 말이 없었다.

"부동산 사장의 말과 지금 조회한 범죄 경력을 종합해 보면 사건 발생은 지금으로부터 21년 전이에요. 이근수가 중학교 3학년 때죠. 이근수는 폭행 치사로 장기 3년, 단기 2년의 형을 받았어요. 같은 동네에 살면서 같은 학교에 다니던 학생이 피해자였고요. 가해자나 피해자 모두 16세였으니까, 그 부모는 그 당시에 대략 40세에서 50세 사이로 보면 될 거고요. 지금은 60세에서 70세 사이. 그 사건의 피해자 어머니는 사건이 확정되고 얼마 되지 않아 아들을 잃은 충격을 이기지 못하고 자살했고요. 가해자 부모였던 이근수의 부모는 가게 장사가 잘되었지만, 동네 주민 소문과 눈총 때문에 강남으로 가게를 옮겼죠."

원식은 준영을 슬쩍 쳐다보고 계속 말을 이었다.

"선배님이 말했던 오래된 원한! 이게 바로 그거 아닌가요. 그 당시 피해자 아버지의 소재를 파악해 봐야겠어요. CCTV에 찍힌 모자 밑에 드러난 흰머리! 기억하시죠. 어째 슬슬 들어맞는 느낌 안 드세요? 저도 이제 힘이 나네요."

*　*　*

"외로워 보여요."

구부정하게 앉아 창밖 풍경을 바라보던 남자가 허리를 펴고 일어나 여자아이를 돌아봤다.

"너도 외로운 걸 아니?"

"아뇨. 전 외로워 본 적이 없어서 아직은 잘 몰라요."

"외로운 게 뭔지 모른다면서 내가 외로운 건 어떻게 알았니?"

"책에서 봤어요."

"책?"

"네, 동화책에는 외로운 사람이 자주 나오거든요."

"동화책이라……."

"동화책 그림 속 외로운 사람들은 항상 혼자 몸을 동그랗게 말고 앉아서 먼 곳을 바라봐요. 지금 앉아 계신 모습처럼 말이에요."

"허허, 그것참……."

"저 사진 속에 혼자 떨어져 있는 낙엽도 외로워 보여요."

"그래, 내가 보기에도 그렇구나."

"조금은 용서할 수 있을 거 같아요."

"나를?"

"네."

"우리가 만난 지……."

"이 주일 됐어요."

"이 주일 만에 날 다 알아버렸구나. 널 진작 만났으면 좋았을 텐데……."

"근데, 저 사진은 누가 찍은 거예요?"

"응… 마지막 사진이지."

* * *

21년 전 사건 발생 시 피해자의 주소를 시작으로 주민등록지 이동과 가족 관계를 조회했다. 피해자는 외동아들이었다. 부동산 사장의 말대로 아들은 사망했고, 그다음 해 어머니도 사망했다. 가족 중 남은 사람은 한 명. 죽은 아들의 아버지이자 죽은 아내의 남편, 김종식.

그는 아들과 아내를 잃은 후, 곧 주소를 옮겼다. 가족을 모두 잃은 그곳에서 계속 살기란 어려운 일이었을 것이다. 그가 고덕동을 떠나 새로이 정착한 곳은 분당이었다. 신도시가 건설되고 한창 입주 붐이 일었던 때와 맞물려 있었다.

왜 하필 신도시였을까. 도시 곳곳에 배어 있는 갓 칠한 페인트 냄새와 시멘트 냄새. 모두가 새것이다. 그리고 그 도시 안에 채워질 사람들도……. 혹시 그는 모든 게 새롭게 만들어진 곳에서 과거를 지워가며 새 출발을 하고 싶었던 게 아닐까.

의자에 깊숙이 앉아 이런저런 생각을 하던 준영은 사이드미러를 통해 비친 자신의 얼굴을 보고 움찔했다.

"여깁니다."

원식이 차를 세웠다. 준영은 사이드미러에서 눈을 떼며 끙, 하고 차 문을 열었다.

"91년에 여기로 옮긴 후, 한 번도 주소를 옮기지 않았네요. 우리가 여기까지 찾아왔으리라고는 생각지도 못할 거예요. 후후."

원식의 들뜬 목소리가 귀에 거슬렸다.

"조심해야 할 것 같아."

"뭘요? 무기라도 들었을까 봐요? 그래 봤자 노인네인걸요."

"아니, 그게 아니고······."

"그게 아니면."

"범인이 아닐 수도 있다는 거야. 그러니까 조심스럽게 접근해야지. 이 사람은 21년 전 사건의 피해자 가족이었어. 깊은 상처가 있을 거야. 우린 과거 사건이 이번 사건과 관련이 있을 거라는 가설을 가지고 그 상처를 건드려야 하는 입장이고. 만약 우리의 가설이 틀렸다면, 이 사람한테 몹쓸 짓을 하는 거지. 아픈 기억을 건드리는 것도 모자라서 범인으로까지 의심하는 거니 조심해야 한다는 말이야."

"알겠습니다."

원식은 준영의 얼굴을 흘끗 쳐다봤다.

"근데, 선배님 컨디션 괜찮아요?"

"왜?"

"얼굴이 안 좋아 보여요."

"그래?"

준영이 손으로 얼굴을 쓸어내렸다.

"경비실에 먼저 물어보자."

준영은 그가 사는 아파트 경비원에게 깍듯이 인사했다. 육십 중반에 어깨가 약간 굽은 경비원은 준영의 신분을 확인하자마자 바로 입을 열었다. 할 말이 많아 보였다.

"501호 선생님께 무슨 일이 있는 건가요? 그렇지 않아도 요즘 도통 모습이 보이지 않아서."

원식의 얼굴이 환해졌다.

"언제부터인가요?"

"좀 됐죠. 안 보인 게 한 사 개월 정도 된 거 같습니다."

경비원이 걱정하는 표정으로 말을 이었다.

"아무 말 없이 그냥 사라져 버렸어요. 우리 경비원들한테 명절이면 따로 선물도 챙겨주고 틈틈이 담뱃값도 쥐여 주시던 정이 많은 분이 셨는데… 저희도 처음엔 느끼지 못했습니다. 그런데 날이 갈수록 우편함에 우편물과 고지서가 쌓이는 거예요. 그래서 저희가 나름대로 알아봤어요. 그랬더니 선생님께서 관리비는 자동이체로 해놓고, 배달되던 신문과 우유도 끊었더라고요. 어디 멀리 간 것처럼 말입니다."

경비원은 잠시만요, 하더니 경비실에 들어가 우편물 한 꾸러미를 들고나왔다. 가지고 나온 우편물 양이 상당히 많았다. 오래 집을 비운 게 사실인 것 같았다.

"이게 다 모아둔 우편물입니다. 정말 무슨 일이 생긴 건 아니겠죠? 최근엔 몸도 안 좋아서 근처에 있는 서울대병원에도 다니시는 거로 알고 있는데……."

준영의 얼굴이 납빛으로 변해가고 있었다.

"선배님, 집을 한번 봐야 하지 않겠어요?"

원식이 나지막하게 준영에게 말했다. 경비원이 원식의 말에 귀를 쫑긋했다.

"이게 법에 저촉되는 일이겠지요?"

원식이 준영에게 한 말을 경비원이 알아들었다는 듯이 끼어들었다.

"사실 너무 걱정돼서 선생님 집 번호 키를 누르고 들어가 봤습니다. 예전에 해외에 놀러 가셨을 때 한우 갈비 세트가 택배로 온 적이 있었거든요. 며칠 놔두면 상할까 봐 전화를 드리고 비밀번호를 받아서 갈비 세트를 김치 냉장고에 넣어드렸습니다. 우리에게 잘해주시니까 우리도 챙겨 드리는 게 예의라 생각해서 말이죠. 그때 받아 적은 비밀번호를 누르고 얼마 전에 집에 들어갔습니다. 혹시… 자살이나, 고독사 같은 게 아닐까 해서요. 옆 단지에도 얼마 전에 돈 많은 노인이 혼자 살다가 죽었는데 시체는 삼 주가 넘은 후에나 발견되었죠. 요즘 혼자 사는 노인들은 외로워요. 외로운 건 돈이 많은 사람이나 저처럼 돈이 없어 경비 일을 하는 사람이나 마찬가지죠. 흠……."

"집 안 상태는 어떻던가요?"

"멀리 떠나는 사람처럼 잘 정돈되어 있었습니다. 다시 돌아오지 않을 것처럼 말입니다."

분당 서울대병원의 접수 창구는 평일인데도 많은 사람으로 붐볐다. 원무과로 찾아간 준영과 원식은 김종식의 진료 기록을 요구했다. 처음에는 환자의 진료 기록은 경찰이라도 함부로 보여줄 수 없다고 버텼지만, 납치와 관련된 긴급한 사항이라는 원식의 엄포에 이내 태도를 바꿨다. 원무과 직원은 담당 의사에게 전화하더니 두 남자를 의사에게 안내했다.

의사는 진료 기록을 한번 훑어보더니 무표정한 얼굴로 물었다.

"이분이 무슨 범죄라도 저지른 겁니까?"

"확정적이지는 않지만 용의선상에 올라 있습니다."

의사가 고개를 갸웃거렸다.

"최근에 일어난 일입니까?"

"네. 한 달 조금 넘었습니다."

"글쎄요."

의사는 미간을 약간 찌푸렸다.

"이 환자가 지금 그런 상태가 아닐 텐데요."

"네?"

준영이 의사 쪽으로 몸을 기울였다.

"위암 말기 환자입니다. 여생이 얼마 남지 않은 분입니다."

준영이 아, 하는 탄식과 함께 마지막 진료를 받은 게 언제인지 물었다.

"마지막 항암 치료는 두 달 전이었습니다. 그 이후로 병원에는 내원하지 않으셨네요. 마지막으로 처방해 드린 약도 이제 다 떨어졌을 겁니다."

"얼마나 더 살 수 있나요?"

의사는 잠시 생각하더니 입을 열었다.

"확정적으로 말씀드릴 수는 없지만, 많이 살아봤자 한두 달입니다. 이분이 처음 병원에 오셨을 때 이미 암세포가 많이 퍼진 상태였습니다. 자신의 여생이 얼마 남지 않았다는 건 환자분도 잘 알고 있을 겁니다. 본인에게 알려 드렸으니까요."

"전혀 희망이 없는 상태였나요?"

의사는 천천히 고개를 끄덕였다.

종합병원의 분주함과는 상반되는 조용한 분위기였다. 준영과 원식은 간호사의 안내를 받아 원장실로 들어갔다. 준영과 원식을 맞이한 원장은 눈 밑이 지방으로 볼록 튀어나오고 머리는 백발인 사람 좋은 인상의 노인이었다.

"김종식 씨 때문에 왔습니다."

준영의 말에 원장이 의자를 당겨 앉으며 기다렸다는 듯이 물었다.

"종식이한테 무슨 일이라도 있습니까?"

"분당 서울대병원에서 오는 길입니다. 담당 의사가 문진 과정에서 김종식 씨가 항우울증 약을 처방받아 먹고 있다는 말을 들었다는군요. 그래서 여기를 찾아오게 된 겁니다. 김종식 씨가 사라졌습니다. 범죄 혐의를 받고 있기도 하고요……."

원식이 사건에 관해 설명했다.

"그렇군요……. 저도 연락이 안 돼서 걱정하고 있었습니다만……."

원장이 한숨과 함께 책상 위에 있는 물컵에 손을 가져갔다. 원장은 떨리는 손으로 물을 들이켜더니 다시 한숨을 쉬었다.

"종식이가 20년 전 우리 병원을 찾은 게 인연의 시작이지요. 아시다시피 종식이는 가족을 모두 잃었습니다. 우울증이었죠. 심각한 상태였어요. 형사님들도 잘 아실 겁니다. 범죄 피해자 가족들은 외상후 스트레스 장애나 우울증을 겪는 경우가 많습니다. 종식이는 나와 동갑이었고, 나도 종식이가 잃은 아들 또래의 딸이 있어서 종식이가 더 측은하게 느껴졌습니다. 다른 환자보다 더 많은 신경을 썼지요. 꾸준히 약을 처방해 주고 정기적으로 상담도 했습니다. 병원이 아닌 곳에서도 종종 만났습니다. 등산이나 바다낚시를 함께하곤 했죠. 종식이는 의지가 강한 사람이었습니다. 시간이 흐르자 상태가 많이 좋아졌고, 결국 아픈 과거를 극복했습니다. 종식이는 의지만 강한 게 아니었습니다. 의리도 있어서 저를 잘 챙겨줬습니다. 은행에

다니던 종식이는 좋은 상품이 있으면 제게 제일 먼저 알려주고, 급전이 필요하면 낮은 이율로 대출도 알선해 주었습니다. 재테크 담당이나 마찬가지였죠. 덕분에 돈을 차곡차곡 모아서 이 빌딩도 제 이름으로 등기하게 되었고, 젊은 의사들을 고용해서 원장 소리를 들으면서 편하게 지내고 있습니다만……."

준영과 원식을 바라보며 말하던 원장은 시선을 두 남자의 앞에 있는 책상으로 떨어뜨렸다.

"종식이에게 우울증이 재발했습니다. 은행에서 퇴직하고 혼자 있는 시간이 많아져서인지 몇 년 전부터 다시 항우울증 약을 처방해 주고 있었습니다. 우울증은 재발했지만 크게 걱정하지는 않았습니다. 요즘 퇴직 후에 우울증을 겪는 노인들이 많이 있거든요. 그런데 뜻하지 않는 곳에서 문제가 생겼습니다. 올해 1월이죠. 나와 종식이는 지인 몇몇과 함께하는 해외여행을 준비했습니다. 여행지 선정과 예약은 종식이가 하기로 했죠. 그런데 여행지를 알아본다던 종식이가 저를 갑자기 찾아왔습니다. 분노한 얼굴로 말이죠. 종식이를 만난 후 그렇게 화를 내는 건 처음 봤습니다."

"분노한 이유가 뭐였죠?"

준영이 물었다.

"사진 한 장 때문이었습니다. 종식이는 이번 여행을 일본에 있는 온천으로 갈 생각이었나 봅니다. 그래서 인터넷으로 일본 온천 여행을 검색하다가 망할 놈의 그 사진을 본 겁니다."

준영과 원식의 시선이 마주쳤다.

"혹시 여행지로 알아본 게 벳부 온천이었습니까?"

"네! 그런데 어떻게 아셨죠?"

원장은 놀란 표정으로 준영에게 반문했다.

"우리도 원장님이 말하는 그 사진을 봤습니다."

"네… 행복해 보이더군요. 종식이는 그 사진에서 가해자의 어머니인 심영숙의 얼굴을 정확히 알아봤어요. 나이 때문에 얼굴이 처지고 주름은 생겼지만, 그 얼굴은 평생 못 잊을 거라고 하더군요."

"가해자 본인도 아니고 하필이면 왜 그 어머니 얼굴을 기억하고 있었던 거죠?"

원식이 물었다.

"종식이 아들인 민재는 학교에서 상습적으로 폭행과 갈취를 당하고 있었어요. 집에서는 몰랐죠. 민재를 괴롭히던 놈들은 그 학교에서 제일 잘나가던 놈들이었습니다. 요즘 일진이라고 부르는 애들 말입니다. 민재의 취미는 사진 찍기였는데, 어느 날 방과 후에 사진을 찍으려고 카메라를 가방에 넣어 학교에 가지고 간 게 사달이 난 거죠. 그 녀석들의 눈에 띈 겁니다. 방과 후 아이들은 민재에게 따라붙었고, 사진을 찍고 있는 민재의 카메라를 며칠만 빌려달라고 했습니다. 하지만 민재는 알고 있었어요. 그게 빌려주는 게 아니라는 것을. 그 녀석들이 여태 빌려 간다는 명목으로 갈취한 게 한두 개가 아니었거든요. 다른 물건들은 집에다가 잊어버리거나 친구를 줬다고 둘러댔지만, 카메라만은 그럴 수 없었어요. 사진 찍기를 좋아하는 민재에게 카메라는 정말 소중한 물건이었거든요. 더군다나 카메라는 아버지가 일본에 다녀오면서 자신을 위해 비싸게 주고 산 것이었죠. 자신의 분신과 같은 물건인데 빼앗길 수는 없었습니다…… 민재는 그날 그 녀석들에게 처음이자 마지막으로 반항했습니다. 녀석들은 모두 세 명이었죠. 민재가 반항하자 아이들은 더 가혹하게 민재를 폭행했습니다. 민재는 그렇게 세상을 떠났습니다. 결국… 아버지가 사준 소중한 카메라를 지켜낸 대신 목숨을 잃은 겁니다……. 사건이 일어나자 가해자 부모들이 줄기차게 종식이네 집을 찾아왔죠. 합의를 보기 위해서 말입니다. 하지만 종식이와 그의 아내는 용서할 수 없었어요. 그들을 만나지도 않았죠. 문전박대에도 그들은 종식이네 문밖에서 무릎을 꿇고 머리를 조아리며 눈물을 흘렸습니다. 자신의 아들을 용서해 달라고요. 재판이 시작되었습니다. 1심에서 실형이 나왔습니다. 가해자 부모들이 피해 보상으로 금전 공탁을 했지만, 사건이 사건이니만큼 실형은 피할 수 없었죠. 이제 실형을 모면할 기회는 항소심밖에 없었습니다. 계속되는 읍소에 종식이의 마음이 조금은 동요했습니다. 가해자의 부모들을 만난 거지요. 가해자 부모의 대표인 심영숙 씨를 대면했습니다. 심영숙 씨는 거액을 제시하며 제발 합의를 봐달라고 울면서 애원했습니다. 종식이는 아내와 상의해 보겠다며 시간을 달라고 했죠. 그러나 종식이의 아내는 가해자들과 합의할 마음이 전혀 없었습니다. 죄의 대가는 반드시 치러야 한다는 생각을 하고 있었죠. 종식은 심영숙 씨에게 합의를 볼 수 없다고 통보했고 항소심 선고 공판 날이 되었습니다. 1심 판결 선고 후 사정 변경이 없었으니 항소심에서도 1심과 같은 실형이 선고되었습니다. 상고심은 양형에 대한 판단은 하지 않으니 2심이 사실상 마지막이었죠. 법정은 울음판이 되었습니다. 가해자 부모들의 눈물로 말입니다. 법정에서 나온 종식이와 그의 아내는 다시 한번 상처를 받았습니다. 심영숙을 비롯한 가해자 부모들에게 둘러싸여서 말이죠… 아이들끼리 싸우다 난 불상사로 앞길이 구만 리 같은 아이들을 교도소에 가둬놓고 전과자 만드니 좋으냐. 공탁금은 공탁금대로 다 처먹어놓고, 애 죽은 것으로 도대체 얼마나 돈을 챙길 심산이었느냐. 솔직히 애들끼리 싸우면서 때렸으면 얼마나 때렸겠느냐, 재수가 없으니 뒤로 자빠져도 코가 깨진 거지… 가해자 부모들은 자신의 자식들이 구금된 상태로 몇 년을 있어야 한다는 생각에 악이 받쳤는지 종식이와 아내에게 삿대질해 가며 저주 같은 말들을 쏟아냈습니다. 그리고 거기서 평생 잊지 못할 얼굴 하나를 머릿속 깊숙이 새겼습니다. 자식 대신 용서를 구하며 눈물을 흘리던 얼굴에서 재판 결과가 나오자마자 순식간에 돌변해 버린 그 얼굴! 그게 바로 심영숙의 얼굴이었습니다. 종식이는 그 순간 인간의 심연을 들여다본 겁니다. 애당초부터 그들은 피해자와 피해자의 부모에 대한 진정한 뉘우침은 없었어요! 단지 자기 자식이 구금되는 걸 막고 싶은 거였죠."

여행지를 검색하다 뜻하지 않게 가해자 가족의 행복한 모습을 보게 된 김종식은 주체할 수 없는 분노로 괴로워했다. 자신은 모든 것을 잃었지만, 그들은 잃은 것이 하나도 없어 보였다.

몇 년 전 재발한 우울증에 과거의 기억에서 시작된 분노까지 더하니 김종식은 잠을 이루지 못하는 밤이 많아졌다. 잠을 제대로 못 자니 머리는 계속 멍한 상태였고, 지웠다고 생각한 과거의 기억들이 무한 반복되었다. 그리고 반복되는 기억들은 또다시 잠 못 이루게 하고… 김종식이 먹어야 하는 약은 점점 늘어났다.

인터넷에서 사진을 발견하고 분노에 휩싸여 지낸 지 4개월이 지

날 즈음, 김종식이 원장에게 전화를 걸었다. 속이 더부룩하고 소화가 안 되는 게 늘어난 약 때문이냐는 전화였다. 원장은 처방해 준약이 소화에 지장을 주는 약은 아니라고 하면서 위염 때문일 수 있으니 내시경 검사를 받아보라고 권유했다. 그로부터 한 달 후, 김종식은 직접 원장을 찾아와 인터넷에서 예전 가해자의 가족사진을 발견했다는 것보다 더 충격적인 이야기를 했다. 위암 말기. 그리고 6개월 시한부 선고.

자신이 시한부 인생이라는 걸 말하는 김종식은 무척 차분했다. 분노가 가득 찬 눈으로 찾아왔던 5개월 전하고는 사뭇 다른 느낌이었다. 죽음의 공포에 질려서일까.

원장은 그렇게도 생각해 봤지만, 김종식은 죽음을 두려워하는 것 같지는 않았다.

김종식은 병원을 찾기 전에 은행에서 예금을 인출했다. 요양할 집, 그러니까 생을 마감할 집을 구할 예정이었다. 원장이 굳이 새로 집을 구할 필요가 있느냐, 잘 아는 요양원을 소개해 주겠다, 꾸준히 항암 치료를 받으면 나을 수도 있다고 설득했다.

하지만 김종식은 원장의 말에 뜻 모를 웃음과 함께 따로 계획이 있다고 말했다. 어떤 계획이냐고 캐물었지만, 김종식은 묵묵부답이었다.

그리고 그게 마지막이었다.

준영과 원식이 정신과 원장으로부터 얻은 김종식의 최근 사진 때문에 수사본부는 활기를 띠었다. 사진이 있으니 김종식을 체포하는 것은 시간문제였다. 다만 사진을 언론에 공개하면서 공개수사로 전환할지, 비공개수사를 계속할지에 대한 결정이 필요했다.

수뇌부에서 수사 방향을 논의하는 동안 아파트 CCTV에 관한 전면 재조사가 시작됐다. 범인의 얼굴이 드러났으니 사건 발생 전, 사전 답사를 위해 아파트와 그 주변에 출현했을 김종식의 모습을 찾아내기 위해서였다. 여태껏 범인의 철저히 가려진 얼굴 탓에 CCTV 분석이 무의미한 일이었지만, 지금은 상황이 달랐다. 여러 명의 형사가 분석에 투입되었다.

준영은 분석에 투입된 원식과는 달리 김종식이 인출한 예금을 조사했다. 김종식의 총 예금액은 15억이었다. 퇴직금까지 포함된 액수였지만 꽤 큰돈이었다. 그런데 인출한 금액은 7억뿐이었다. 7억. 준영은 7억의 돈이 들어갈 만한 곳을 곰곰이 생각해 보았다. 결국, 그 큰돈을 범행을 위해 사용할 만한 곳은 딱 한 곳밖에 없었다. 범행에 사용할 은신처 매입. 그것이었다.

그다음은 7억의 돈으로 살 만한 집을 생각해 보았다. 그 돈으로 살 만한 최적의 은신처는 어디일까. 아무래도 사람들 눈에 띄지 않는 경기도권의 전원주택이 좋을 것이다. 하지만 범행에 사용할 은신처 마련을 위해 7억의 돈을 사용한다는 것이 선뜻 이해되지 않았다. 아무리 시한부 선고를 받은 사람이라 하더라도 상식의 범위를 넘어가는 일이다. 더군다나 사람의 눈에 잘 띄지 않는 곳에 집을 구매하기 위해 7억이라는 돈을 쓰기에는 너무 금액이 많았다. 그 정도라면 양평이나 광주 쪽에 별장으로 쓸 만한 좋은 집을 구할 수 있는 금액이었다.

준영은 다시 처음으로 돌아갔다. 왜 꼭 7억이었을까?

결론은 하나였다. 정확히 7억 정도의 돈이 필요했던 것이다. 과거 은행원이었던 김종식은 자신이 필요한 금액만 정확히 인출했을 가능성이 많다. 그렇다면 김종식은 이미 은신처를 물색한 후, 그에 맞는 금액만 인출했다는 얘기가 된다. 그렇다면…….

준영이 생각의 끈을 길게 잇고 있을 때, CCTV 분석팀 쪽에서 탄성이 터졌다.

"찾았다. 찾았어!"

준영이 분석팀 쪽으로 다가갔다. 다른 형사들이 그곳으로 몰렸다.

"이 사람 맞지? 피해자 제네시스 앞에서 뭔가 확인하고 있는 사람 말이야."

"맞네, 맞아!"

모니터에 주차된 제네시스 앞에서 서성이고 있는 김종식이 나타났다. 번호를 확인하는 듯했다.

"이게 사건 발생 한 달 전 화면입니다. 비싼 아파트라서 화질도 좋지 않습니까?"

김종식을 화면에서 찾아낸 형사가 어깨를 으쓱였다.

그때, 준영의 머릿속을 파고드는 단어가 있었다.

비싼 아파트.

"이 아파트 얼마지?"

옆에 형사가 대답했다.

"15억에서 20억까지?"

"그래? 그럼 전세는?"

"전세는 7억에서 10억 정도요."

"여기다!"

사건 당일 아파트에 설치된 CCTV를 모두 다시 돌려봤다. 김종식의 얼굴을 알고 보니 범행은 간단했다.

학원에서 손녀를 싣고 오는 심영숙의 차를 어떤 차가 바짝 뒤쫓아 들어왔다. 범행에 사용된 대포차에는 아파트 주차장 출입 카드가 없기 때문이었다.

범행을 저지른 김종식의 대포차는 바로 도주했다. 범행이 발생한한 시간 삼십 분 후, 아파트에 등록된 김종식의 싼타페가 아무 일도 없다는 듯이 아파트 지하 주차장으로 들어왔다. 김종식은 싼타페의 뒷문을 열었다. 거기에는 큼지막한 화물용 캐리어가 들어 있었다. 김종식은 캐리어를 차에서 내리고 자연스럽게 옆 동 출입구를 통해 들어갔다. 그가 들어간 출입구는 범행 장소와 떨어져 있고, 기둥으로 가려져 잘 보이지 않았다. 그렇지만 그가 들어왔던 시간에 한창 경찰 조사가 진행 중이었다는 걸 생각하면 대담한 행동이 분명했다.

김종식은 예전에 대포차가 발견된 곳에서 미리 준비된 자신의 싼타페와 대포차를 바꿔 탔을 것이다. 거기에 실린 서연이도 마찬가지고…….

*　　*　　*

사진 속 은행잎은 아직 노랗게 물들지 않은 채 바닥에 떨어져 있었다. 길게 뻗은 길에 떨어진 은행잎을 로우 앵글로 찍은 사진. 휑한 벽에는 사진 액자만이 외롭게 걸려 있었다.

"종일 책하고 TV만 보니 지루하지?"

"괜찮아요. 약은 안 드세요?"

"약? 이제 안 먹어도 된다."

"안 먹으면 아프잖아요."

"먹어도 아파."

"어떻게 해요. 아파서……."

"이제 집에 갈 때가 된 것 같다. 벌써 한 달이 지났구나."

"……."

"그간 고생했다. 나를 용서해 줘라."

"아니에요. 더 있어도 돼요."

"아니야. 많이 있었어. 나도 가볼 데가 있고. 집은 혼자서 찾아갈 수 있겠지?"

남자는 뭔가 생각난 듯 안방으로 들어갔다. 잠시 후 남자는 손에 카메라를 들고나왔다.

"뭐예요?"

"카메라다. 저 사진을 찍은 카메라."

"아! 저번에 말했던 그 카메라예요?"

"그래. 이걸 너에게 선물로 주마. 나에게 소중한 물건이지만 이제 는 가지고 있을 수가 없겠구나."

"제가 잘 보관할게요."

"그래. 고맙다."

그때, 익숙한 멜로디가 흘렀다. 현관문 벨소리다.

"누구지?"

김종식은 인터폰을 확인했다. 경비원이었다.

앙상해진 손으로 문을 열었다.

경비원과 함께 인터폰 화면에는 보이지 않던 시커먼 남자들이 김종식을 덮쳤다. 그리고 감격에 겨운 목소리가 들렸다.

"아이가! 아이가 살아 있어요!"

＊　＊　＊

준영의 손에는 과일 바구니가, 원식의 손에는 음료수가 들려 있었다. 오래간만에 입은 정장이 어색했다. 준영과 원식은 특별한 임무를 부여받고 병원을 찾았다.

엘리베이터를 타고 10층에 내려 데스크에 병실을 문의했다. 맨 끝 방이었다. 조용한 복도에 들리는 소리는 두 남자의 구두 소리뿐이었다. 조심스럽게 복도 끝까지 온 준영은 침을 꼴깍 삼켰다. 범인을 체포하는 순간보다 더 긴장됐다. 상대방의 반응을 전혀 예측할 수 없기 때문이다. 똑똑, 노크 소리.

들어오세요, 하는 소리와 함께 문이 열렸다.

"안녕하세요."

준영과 원식은 밝지도 그렇다고 어둡지도 않은 정중한 표정으로 병실로 들어섰다. 침대에 누워서 TV를 보던 노인이 천천히 고개를 돌렸다. 초점을 맞추는 듯 눈을 찌푸리더니 이내 TV 쪽으로 다시 시선을 돌린다.

"의식을 회복하셨다고 해서 병문안을 왔습니다."

원식이 조심스럽게 물었다.

"몸은 어떠신가요?"

준영이 노인 옆에 앉은 남자에게 물었다.

"아직 말씀은 못하세요. 그런데 의사가 하는 말이 차츰 좋아질 거라고 합니다. 이 나이에 이렇게 깨어나는 건 기적이라고 하더군요."

"정말 불행 중 다행입니다."

원식이 들릴 듯 말 듯한 목소리로 말했다.

"형사님들도 그동안 고생 많이 하셨습니다."

"별말씀을요. 저희 일인데요."

라고 준영이 곰살궂게 대답하자마자 원식이 말했다.

"죄송한 말씀을 드려야겠습니다."

원식이 남자의 눈치를 살폈다.

"피의자 김종식 씨가 병원에서 투신했습니다. 저희가 제대로 계호를 못한 탓에……."

남자가 멈칫했다. 잠시 침묵.

"안타까운 일이군요……."

남자가 노인에게 다가가 발을 주물렀다.

"저희 어머니가 쉴 시간입니다."

두 남자는 인사와 함께 과일과 음료수를 테이블 위에 올려두고 병실을 나왔다.

두 남자가 인도를 수북이 덮고 있는 샛노란 은행잎을 밟으며 걸었다.

　"이런 소식을 피해자 가족에게 전해주는 건 정말 힘든 일이네요."

　"그러게 말이야. 나도 긴장했어."

　"그런데 그 남자의 '안타까운 일'이란 말, 무슨 뜻일까요?"

　준영이 걸음을 멈췄다.

　"본인만 알겠지."

　준영이 다시 걸음을 내디뎠다.

　떨어진 은행잎 위로 앙상한 은행나무 그림자가 드리워진다.

골유화(骨油畵)

김재성

추리 작가, 아동문학가, 치과 의사. 경찰청 과학수사대 자문 위원으로 활약하며
제주도와 서울을 오가면서 추리소설과 동화를 쓰고 있다.
2009년 추리작가협회 등단, 2014년 소천 아동 문학상 신인상 수상,
2015년 푸른 문학상을 수상했다.
저서로는 『불멸의 탐정 셜록 홈즈』, 『경성 좀비 탐정록』, 『경성 새점 탐정』,
『천상열차분야지도』, 『드래곤 덴티스트』, 『치과 의사가 쓴 치과 동화 시리즈』 등이 있다.

"왓슨 박사, 알고 있어? 지금은 용서의 계절이라는 것을!"

재미 교포 탐정 월서 홈즈가 수척한 몸을 둥글게 말아 의자에 파묻으며 소리쳤다.

두 손에는 낡고 두꺼운 책 한 권이 들려 있다. 창밖에는 함박눈이 포근하게 내려 백색 솜이불처럼 만물을 뒤덮었다. 벽난로에서 생나무가 송진을 내뿜으며 터질 때마다 독수리와 같은 얼굴이 날카롭게 빛났다.

"「푸른 석류석(The Adventure of the Blue Carbuncle)」에 나오는 대화군요. 셜록 홈즈 60편 중 유일하게 명절을 소재로 한 작품이죠."

라왓슨 박사가 라동식 치과에 진열된 크리스마스트리 앞을 거닐며 대꾸했다. 훤칠한 체격의 치과 의사 탐정의 창백한 피부 너머로 푸른 혈관이 내비쳤다. 조각상처럼 대칭을 이룬 얼굴에 아름다운 보조개가 나타났다.

"이 계절에 걸맞은 흥미로운 사건은 없을까? 거위의 모래주머니에 보석을 숨기는 도둑이라도 나타나면 좋겠군. 그렇지 않는다면 이 망할 놈의 권태에서 빠져나갈 길이 없어."

며칠간 의뢰인이 찾아오지 않자 무료함을 견디지 못한 월셔 홈즈가 셔츠를 걷어 올렸다. 그의 팔목에 정맥을 파고든 바늘 자국들이 드러났다. 가늘고 창백한 손가락이 『셜록 홈즈의 모험』이라는 유난히 두꺼운 책의 뒷면을 젖히자 비밀 공간에서 주사기가 나타났다.

순간 라왓슨 박사의 목울대가 거칠게 오르내렸다.

광기 어린 시선으로 주사기를 바라보는 월셔 홈즈,

그를 수심에 가득한 눈으로 바라보는 라왓슨 박사.

두 사람의 모습은 축복이 가득한 크리스마스에 어울리지 않는 광경이었다.

월셔 홈즈는 갈구에 가득한 얼굴로 주사기를 바라보다가 이내 머리를 내저으며 책을 닫았다. 그의 모습을 바라보던 라왓슨 박사가 안도의 한숨을 내쉬었다. 권태를 달래줄 다른 대상을 찾던 월셔 홈즈는 굽은 해포석 파이프로 독한 담배를 피우기 시작했다.

담배 연기를 내보내기 위해 창문을 열어젖힌 뒤 라왓슨 박사가 지난 육 개월 동안의 수사 일지를 펼쳤다.

한국에 오기 전 월셔 홈즈는 엘에이 한인타운의 중심부인 월셔가에서 사립 탐정 사무실을 운영했다. 그는 FBI가 포기한 미제 사건들도 척척 해결해 냄으로써 월셔가의 홈즈라는 애칭을 얻게 되었다.

6개월 전 법무부의 초청으로 한국에 온 그는 치아와 골격의 특징으로 사건을 추리하는 치과 의사 라동식 박사를 방문했다. 치아만 보고 모든 것을 맞추어내는 라 원장의 추리력에 탄복한 그는 라동식 원장에게 라왓슨 박사라는 애칭을 지어주고 그의 원장실에서 함께 사건을 해결했다.

이렇게 해서 윌셔 홈즈와 라왓슨 박사 콤비는 지난 6개월간 노끈 암호 살인사건, 사람과 로봇 살인사건, 앙코르와트의 흡혈귀 살인사건 등 수많은 난케이스의 미제 사건을 해결했다. 두 사람의 명성이 높아갈수록 사건일지에는 기묘한 사건 기록들이 가득 찼다.

라왓슨 박사의 치과 원장실에도 변화가 생겼다.

단출하던 원장실은 실내 인테리어 업자가 몇 주간 작업한 끝에 고급 호텔처럼 바뀌었다. 벽에는 안락한 벽돌 난로가 생겼고, 바닥에는 두꺼운 천연 대리석이 깔렸다. 창문은 고풍스러운 청동 창틀로 교체되었다. 221b Baker Street라는 황금빛 글자가 붙은 참나무 문이 현관에 매달렸다. 테이블과 가구들도 영국제 앤틱으로 바뀌었다. 지난번 사건 수임료로 사립 탐정 사무소가 업그레이드된 것이다.

"다소의 럭셔리가 사고의 흐름을 도와준다네."

라왓슨 박사와 사전 협의도 없이 실내 공사를 시작하며 홈즈가 내뱉은 말이다.

그가 즉흥적으로 냅킨에 도면을 그려가며 인테리어 업자들을 지휘할 때는 아프간 파병 장교의 모습이 상상되었다. 아프간을 누비던 미군 보병이자 사립 탐정 홈즈는 뛰어난 수완꾼이었다. 건물 주인과 협의를 끝낸 그는 비어 있던 옆 칸으로 원장실을 확장시키며 작은 화학 실험실도 갖추었다. 그의 첫 번째 취미는 색소폰 연주이고, 두 번째는 화학 실험이다.

"이 담배를 다 피우기 전에 흥미로운 의뢰인이 찾아올 거야. 나의 구세주인 셈이지."

윌셔 홈즈가 창밖을 내다보며 말했다. 라왓슨 박사도 창밖을 바라보았다.

그의 말이 끝나기가 무섭게 곰같이 덩치 큰 중년 남자가 치과 앞을 서성였다. 그 남자는 치과 문턱에 올라섰다가 돌아섰다. 공용주차장 쪽으로 한참 걸어가다가 다시 되돌아오면서 눈길에 엉덩방아를 찧었다.

"원장님, 이상한 환자가 왔어요. 접수도 거부하고 대뜸 원장님과 할 말이 있대요."

잠시 후 김 간호사가 입술을 뾰족하게 내밀고 원장실로 들어섰다.

"김 간호사, 들여보내세요. 그자를 기다리고 있었어요."

"이상한 환자를 기다리셨다고요?"

김 간호사가 두 눈을 동그랗게 뜨고 말했다.

잠시 후 진료실에 창밖에서 방황하던 남자가 기다리고 있다.

그는 소문난 사립 탐정 치과 의사에게 장난을 걸 만큼 나이가 어리거나 실없어 보이지는 않았다. 하지만 라왓슨 박사는 긴장을 풀지 않았다.

"치아가 불편하세요?"

그때 라왓슨 박사를 돌아본 남성이 말없이 희미한 미소를 머금었다. 하지만 라왓슨 박사는 남자의 미소가 포장된 상품임을 놓치지 않았다. 많은 사람을 상대하는 사람은 눈길이 마주칠 때마다 무의

식적인 미소를 형성한다. 아니나 다를까, 남자는 곧 가식된 미소를
소멸시켰다.

　"소문 많이 들었습니다. 치아만으로 사건을 해결하신다고요."

　"네? 진료를 받으러 오시지 않았나요?"

　"제 치아를 보고 저에 대해 맞혀보세요."

　커다란 덩치를 의자에 눕히며 남자가 입을 크게 벌렸다.

　라왓슨 박사는 환자의 진료 차트를 살폈다. 환자 정보란이 텅 비
어 있다.

　'역시!'

　라왓슨 박사가 환자 옆에 앉아 왼손을 내밀었다. 김 간호사가 진
료용 확대경인 루페를 건네주었다.

　"선생님은 경제적으로 윤택한 분이군요. 과시욕과 자존심이 강한
분입니다. 정치인에 걸맞은 성격이죠. 보수적인 성향을 가진 국회의
원, 여당 국회의원입니다."

　라왓슨 박사가 마우스 미러와 치과용 탐침으로 남자의 입안을 살
피며 말했다.

　"아니, 그것은 어떻게?"

　남자는 얼굴이 창백해지며 말끝을 올렸다. 신 내린 박수무당을
앞에 둔 듯 자라목을 움츠렸다.

　"최근 가족이 돌아가셔서 슬픔에 잠기셨군요. 따님의 시체가 도
난당해서 사건을 의뢰하러 오셨지요?"

　라왓슨 박사의 추리는 거침없었다.

　"당신, 내 뒷조사를 한 거야?"

남자가 의자에서 벌떡 일어서며 고함을 질렀다.

국회의사당에서 주먹을 휘두르던 국회의원 모습이 그의 얼굴 위로 오버랩되었다. 진한 일자 눈썹 아래로 돌출된 안구, 화살 코와 날카로운 치아들이 공격적이다.

"저는 국회의원 신상 조사를 할 정도로 여유롭지 않습니다. 따님 시체를 찾고 싶으시면 원장실로 들어오시지요. 김 간호사, 다음 환자 잠시 기다리게 하세요."

라왓슨 박사는 세면대에서 거품 비누로 손을 씻고 나서 원장실로 들어섰다. 남자는 한순간 우두커니 서 있다가 고개를 떨어뜨리고는 라왓슨 박사를 따라갔다.

원장실에서는 윌셔 홈즈가 앤틱 전화기를 들고 엘에이와 도쿄에 콘퍼런스 콜을 하는 중이었다. 윌셔 홈즈 사립 탐정소 본사가 있는 미국 엘에이와 도쿄 지사에 연말 메시지를 전달한 뒤 남자를 향해 미소 지었다.

"어서 오십시오, 백정상 의원님. 저는 윌셔 홈즈입니다."

다정한 친구를 대하듯 홈즈가 남자의 손을 잡아 소파로 이끌었다.

"반갑습니다, 홈즈 선생님. 제 이름을 어떻게 아셨어요?"

커다란 안구를 희번덕이며 남자가 말했다.

"저는 미제사건 해결을 지원해 달라는 법무부 초청으로 일 년간 한국에 머무르고 있습니다. 당연히 국회의원들과 각료들의 얼굴과 인적 사항은 제 하드디스크에 넣어두었죠."

윌셔 홈즈가 자신의 머리를 가리키며 말했다.

"놀라운 기억력을 가지셨군요?"

백정상이 놀라움으로 입을 크게 벌렸다.

"누구나 인간의 두뇌는 한정된 용량을 가지는 다락방과 같습니다. 저는 필요 없는 정보는 모두 비우고 꼭 필요한 사항으로만 채운답니다."

"아, 그러셨군요. 그런데 라왓슨 박사 선생님은 제 딸의 시체가 도난당한 것을 어떻게 아셨나요? 경찰에도 신고하지 않았는데."

남자가 라왓슨 박사를 바라보며 의문에 가득한 표정을 지었다.

"홈즈 선생님과 달리 저는 의원님에 대해 전혀 모릅니다. 제가 말씀드린 모든 것은 선생님의 치아와 정황을 통해 얻은 지식을 논리적으로 연결한 결과입니다."

라왓슨 박사는 벽난로 앞에 앉은 남자에게 뜨거운 얼 그레이 차를 권했다.

"이 찻잔에서 올라오는 수증기를 보고서 차가 뜨겁다는 것을 알아내는 것보다 간단한 일이죠. 추리의 결과만 들으면 놀랍지만 한 단계, 한 단계 추리 과정을 알고 나면 누구라도 할 수 있는 생각이죠."

"그렇다면 제가 여당 국회위원이라는 것은 어떻게 알았나요?"

남자의 인내심이 임계점을 넘어 끓어올랐다.

"의뢰인은 부분 틀니를 끼고 계십니다. 잇몸의 둥글고 풍융한 형태로 보아 잇몸 뼈가 튼튼합니다. 그런데도 임플란트를 하지 않고 부분 틀니를 하신 것으로 보아 극히 보수적인 성향을 가졌다고 생각했지요. 흔히 부분 틀니의 금속 몸체는 백색의 니켈 크로미움 합금으로 제작하는데 의뢰인의 부분 틀니는 황금으로 제작되어 있어요. 여기에서 윤택한 경제 상태와 과시욕을 동시에 알아낼 수 있었지요.

화룡점정은 황금 뼈대에 새겨진 무궁화 문양이었어요. 그것은 국회의원 배지에 새겨진 문양이죠. 이 모든 것을 종합해 볼 때 보수적인 성향을 가진 여당 국회의원이라고 추리했습니다."

"아, 그렇게 간단하게 알아내다니! 그렇다면 제가 가족을 잃은 사실, 그리고 시체가 도난당했다는 것은 도대체 어떻게 알았나요?"

백 의원의 얼굴이 붉게 끓어올랐다.

"의뢰인의 부분 틀니 갈고리에 미세한 음식 찌꺼기가 끼어 있었어요. 부분 틀니를 사용할 때 흔히 생기는 불편함이죠. 음식 찌꺼기는 삶은 고사리와 가늘게 찢은 고기였습니다. 입가는 국물로 붉게 물들어 있었죠. 육개장을 드셨더군요. 주로 장례식장에서 제공하는 음식이죠. 거기다 선생님의 몸에서 나는 진한 향냄새는 장례식장에서 오셨다는 것을 더욱 확실하게 해주었죠. 그런데 선생님의 덥수룩한 수염 길이를 볼 때 이틀 정도 면도를 하지 않았어요. 국회의원이라는 공인이 이틀 동안 면도를 못할 정도로 경황이 없었다면 그것은 분명 직계가족의 장례였을 것입니다. 그렇다면 장례도 마치지 않고 사건을 의뢰하러 왔다는 것인데 그 이유는 무엇 때문일까요? 그것은 바로 시체가 사라졌기 때문입니다."

"정말 대단하군요. 그럼 죽은 사람이 제 딸인 것은 어떻게 알았나요?"

"의뢰인이 치과 의자에 누울 때 바지 주머니에서 핑크빛 휴대폰이 밀려 나왔어요. 젊은 여성들이 사용하는 모델을 왜 중년 남성이 가지고 있을까요? 소녀들 액세서리 소품까지 달린 휴대폰이 사망한 직계가족의 것이라는 생각이 들었어요. 젊은 직계가족 여성이라면 과연 누구일까요? 우리 탐정 사무실을 찾는 의뢰인은 대부분 비밀 수사를 원하는 고객들이죠. 국회의원 선거가 얼마 남지 않은 시기에 비밀리에 사립 탐정을 찾아오려면 절박한 이유가 있어야 합니다. 사라진 젊은 여자의 시체가 친딸이 아니면 힘든 일이죠."

라왓슨 박사의 말이 끝나자 백 의원이 말없이 두 탐정을 돌아보았다. 잠시 동안 장작불 튀는 소리가 괴기스럽게 들려왔다.

"라왓슨 박사님의 추리가 정말 소문대로 놀랍군요. 홈즈 선생님과 라왓슨 박사님께 제 사건을 위임하겠습니다. 제발 제 딸아이 시체를 찾아주세요."

어느새 백 의원의 두 눈에 눈물이 맺혔다.

"의원님의 사건은 제가 수임하겠습니다. 이런 말씀드리면 어떻게 생각하실지 모르지만 제 흥미를 자극하는 케이스군요."

홈즈의 말에 백 의원이 한쪽 얼굴을 실룩거리며 말했다. 하지만 사건이 흥미를 자극한다는 말이 유쾌한 언사는 아니었는지 백 의원이 입술을 깨물었다.

"의뢰서에 탐정 비용이 쓰여 있지 않군요."

잠시 후 백 의원은 윌셔 홈즈가 제공한 사건 의뢰서를 읽어본 뒤 질문을 던졌다.

"미스터리한 사건을 비밀리에 해결해 드리는 것이 우리의 사명입니다. 사례비는 의뢰인이 책정하십시오."

백 의원은 의뢰서에 서명한 뒤 딸의 사망 경위부터 말하기 시작했다.

"어려서부터 선천성 심장 질환을 앓던 딸아이는 자신처럼 아픈 사람을 돕는 간호사가 되는 것이 꿈이었어요. 그리고 그 꿈을 이루었죠. 희망종합병원에 간호사로 취직되었을 때 얼마나 기뻤는지 모릅니다. 그런데 힘든 줄 모르고 간호사 생활을 하던 딸이 한 달 전 쓰러졌어요. 약한 심장 판막에 다시 이상이 생겼죠. 병원을 쉬며 요양했지만 하루하루 건강이 악화되기만 했어요. 그리고 삼 일 전 그 아이가 자살했어요."

"따님은 어디서 자살했나요? 현장은 보존되었나요?"

월셔 홈즈가 다급하게 물었다.

"딸아이 방이었어요. 경찰에는 자살로 신고하지 않았어요. 딸이 자살했다는 것은 정치인으로서 불리한 일이에요. 친구 의사에게 부탁해 심장 질환으로 인한 자연사로 사망진단서를 발급받았죠. 어차피 심장 질환을 앓고 있었으니까요. 하지만 현장은 건드리지 않고 방문을 잠가두었어요."

백 의원이 말했다.

"혹시 의심이 가는 사람이 있습니까? 따님을 따라다니던 스토커라든지?"

창백한 얼굴에 푸른 혈관을 돋우며 라왓슨 박사가 물었다.

"의심이 가는 녀석이 있기는 합니다. 장례식장에서 일하는 직원이죠."

백 의원이 두 눈을 치뜨며 말했다.

"장례식장?"

홈즈가 중얼거리듯 물었다.

"딸의 유언이었어요. 그 애는 작은 장례식장에서 서양식 장례를 치러달라는 유언을 남겼어요. 아름답게 복원된 시체를 관에 넣어 방문객들에게 보여주는 서양 장례 말입니다. 그런데 그곳의 이십 대 초반의 남자 직원의 인상이 영 안 좋더군요. 시신 위생 처리를 마친 뒤였어요. 침울한 표정으로 어깨를 떨어뜨리고 어기적거리며 걷는 직원 호주머니에서 무언가가 삐져나왔어요. 핑크빛 손수건 같은 거였죠. '효영이의 속옷이에요!' 집사람이 소리치며 직원 주머니에서 여자 팬티를 낚아챘어요. 순간 아내는 실성한 듯 직원의 뺨을 연거푸 때렸죠. '변태야! 내 딸에게 무슨 짓을 한 거니?' 흥분한 아내는 장례식장을 난리법석으로 만들었어요. 곧 장례식장 주인이 불려오고 직원에 대한 조사가 이루어졌어요. '경찰을 부를까요?' 주인이 물었지만 우리는 경찰이 개입하는 것은 원치 않았어요. 주인과 함께 직원의 지하 방도 조사했어요. 놀랍게도 지하 방에서 수십 개의 여자 속옷이 나오지 뭡니까?"

"정말 놀라운 일이군요. 그 직원은 어떻게 되었나요?"

라왓슨 박사가 매끄러운 턱을 어루만지며 말했다.

"그 남자는 현장에서 해고되었어요. 더 이상의 처벌은 원하지 않았기에 그것으로 종결되었죠. 그런데 그날 밤 효영이의 시체가 사라졌어요. 그놈이 효영이를 훔쳐 간 것이 분명해요. 죽은 여자 속옷을 수집하는 놈이 무슨 일인들 못하겠어요?"

백 의원의 얼굴에 절망과 공포가 가득했다.

"백 의원님, 현장 조사부터 시작해야겠군요."

잠시 침묵을 지키던 월셔 홈즈가 말했다.

백 의원의 집은 성북동의 대저택이었다. 산기슭을 따라 높은 담을 형성한 저택은 성채와도 같았다. 백 의원의 대형 벤츠가 주차장에 들어서자 뒷좌석에서 윌셔 홈즈와 라왓슨 박사가 내렸다. 주차장에서 엘리베이터를 타고 올라간 3층은 겨울 햇살로 따뜻했다. 온실처럼 사방이 유리로 만들어진 거실 좌우로 두 개의 침실이 있었다. 백 의원과 딸 효영이의 방이었다. 백 의원은 거실 서랍장에서 방 열쇠를 꺼낸 뒤 손수건으로 코를 풀었다. 죽은 딸의 방문을 열려니 눈물이 앞선 것이다.

"이 방이 바로 딸아이가 자살한 침실입니다."

백 의원이 울먹이며 말했다. 그는 두 탐정만 방에 들어가게 했다.

윌셔 홈즈와 라왓슨 박사는 미리 준비한 장갑과 마스크, 덧신을 착용하고 방 안으로 들어섰다. 라왓슨 박사는 한 손에 007가방보다 약간 큰 알루미늄 가방을 들고 있었다. 두 사람은 혹시나 미세 증거를 훼손할까 조심스럽게 발을 내디뎠다. 방 안에 들어서며 라왓슨 박사가 스탠드 조명을 밝히자 죽음의 현장이 드러났다. 백효영의 방은 자살 도구로 어지러웠다. 20cc 주사기와 수많은 주사 앰플이 방바닥에 흐트러져 있었다.

"프로포폴이군요."

주사 앰플 병 하나를 들고 라왓슨 박사가 말했다.

우유 주사로 알려진 중독성이 강한 우윳빛 수면 마취제였다. 마이클 잭슨을 비롯한 많은 연예인들의 목숨을 앗아간 약물이다.

라왓슨 박사는 알루미늄 가방을 열었다. 가방 안에는 혈흔을 확인하는 루미놀 시약을 비롯해 많은 시약이 들어 있었다. 증거 채취용 도구들과 지문, 족적을 채취하는 키트도 있었다. 상자 안에 든 물건 중 가장 특이한 것은 휴대용 치과 엑스레이였다. 앞면에 엑스레이를 방출하는 콘이 달렸고, 뒷면에는 LCD가 달려서 촬영 후 바로 영상을 확인할 수 있는 소형 장치였다. 라왓슨 박사는 먼저 치과에서 사용하던 확대경인 루페를 쓰고 방바닥을 기어다니며 샅샅이 미세 증거를 찾았다. 방 안에서 족적이나 특별한 자국은 발견되지 않았다. 한참 뒤 그는 핀셋으로 두 가닥의 머리카락을 집어 플라스틱 증거물 수집 통에 넣었다.

"따님이 그림을 그리셨나요?"

윌셔 홈즈가 벽에 걸린 다섯 개의 유화 액자를 둘러보며 물었다.

"효영이는 그림에 관심이 없었어요. 그런데 신기하군요. 딸아이 방에 못 보던 그림들이 걸려 있어요."

백 의원도 이상하다는 듯 유화를 만져보며 말했다.

"따님 방에 마지막으로 들어온 게 언제였나요?"

라왓슨 박사가 물었다.

"글쎄, 몇 개월 전인가? 다 큰 딸아이 방에 들어올 일이 별로 없으니까요. 그날은 벽지를 고른다고 해서 들어왔어요. 그때 벽에는 벽시계와 딸 사진밖에 없었어요."

세 사람은 벽에 걸린 유화를 자세히 들여다보았다. 모두가 똑같은 서명이 된 그림들이었다.

"박제?"

세 사람이 한 단어를 되뇌었다. 화가의 서명은 '박제'로 되어 있었다. 첫 번째 그림은 숲속의 아침을 그린 그림이었다. 두 그루 나무

사이로 개울물이 흐르고 한 줄기 아침 햇살이 그 위로 쏟아져 평화스러운 느낌을 주었다. 특이한 점은 나무줄기들이 실제 나무처럼 거친 질감을 가졌다는 것이다. 그림은 유화라기보다는 양각된 부조물 같았다.

두 번째 그림은 푸른 뱀을 그린 그림이었다. 역시 살아 있는 뱀처럼 입체로 솟아나온 그림이다.

세 번째 그림은 하늘을 나는 종달새였다. 날개를 펼친 새가 화폭에서 튀어나올 것 같았다. 3D 텔레비전을 보는 듯했다.

네 번째 그림은 한 뼘 크기의 소품이었다. 약속이라는 제목이 적힌 새끼손가락 그림이다. 역시 조각처럼 섬세한 입체 유화였다.

다섯 번째 그림은 덩그러니 걸린 커다란 프레임이었다. 나름대로 여백을 표시하려는 시도였을까?

그림을 살펴본 뒤 라왓슨 박사가 증거물 수집 통에서 머리카락 한 올을 집어 올렸다.

"이 집에 곱슬머리를 가진 사람이 있나요? 머리카락 길이는 십 센티미터 정도, 컬이 심하군요."

라왓슨 박사가 머리카락을 백 의원에게 보여주었다.

"곱슬머리를 가진 사람은 없어요. 모두 나처럼 말총머리죠."

라왓슨 박사가 들여다본 머리카락 끝에 선명한 노란색 물체가 묻어 있었다.

라왓슨 박사는 머리카락을 증거물 수집 통에 넣은 뒤 방바닥에 흩어진 주사 앰플과 주사기를 수집해 비닐에 넣었다. 그는 마지막 연장을 가방에서 꺼냈다. 갤럭시 탭 크기의 휴대용 엑스레이 기계였다.

라왓슨 박사는 무선 센서를 유화의 뒤에 두고 엑스레이 촬영을 시작했다. 기계 모니터에 떠오른 영상을 확인하는 라왓슨 박사의 표정이 굳었다.

"이상한 점이 있나요?"

지켜보던 백 의원이 물었다.

"증거물 분석이 끝나는 대로 알려 드리겠습니다."

의뢰인과의 말을 아끼는 것이 명탐정의 첫 번째 자질이다. 탐정의 섣부른 말 한마디에 의뢰인은 천국과 지옥을 오갈 수 있기 때문이다.

라왓슨 박사가 유화 엑스레이를 찍는 동안 월셔 홈즈는 백효영의 컴퓨터를 조사했다. 그녀의 컴퓨터 문서를 열었지만 특별한 일기나 메모는 없었다. 아이디와 비밀번호가 없어서 그녀의 메일을 체크할 수 없는 것이 아쉬웠다. 하지만 과거 방문 사이트 기록은 남아 있었다. 월셔 홈즈는 방문 사이트 기록을 디카로 찍었다. 마지막 증거 수집이다.

라 치과로 돌아온 두 탐정은 자료 분석에 들어갔다. 늦은 저녁 시간이었지만 라왓슨 박사 원장실의 벽난로는 활활 타올랐다. 두 사람이 먼저 한 것은 주사기와 주사 앰플에서 지문을 채취해서 경찰청으로 보내는 것이었다. 알루미늄 파우더를 지문 위로 뿌린 뒤 테이프를 붙여 지문을 채취하는 과정은 섬세한 손길을 필요로 했다. 이 작업이 끝나자 라왓슨 박사는 휴대용 엑스레이 촬영기에 저장된 이미지들을 컴퓨터에 옮겼다. 수십 장의 이미지를 확대하고 분석한 뒤 정리하는 작업에 많은 시간이 걸렸다. 월셔 홈즈는 백효영이 마지막으로 방문한 사이트들을 조사했다. 창 너머로 초승달이 높게 떠오른 후에야 기초 작업이 끝났다.

"라왓슨 박사, 이번 주말에 인사동에 다녀오겠나?"

"홈즈 선생님은 장례식장에 가시려고요?"

두 사람은 서로의 생각을 읽은 듯 마주 보며 웃었다.

토요일 오전 진료를 마친 라왓슨 박사는 인사동으로 향했다. 주말의 인사동 거리는 활기가 넘쳤다. 수많은 관광객이 갤러리와 기념품 가게에 가득했다. 한 손에 인사동 화랑 지도를 든 라왓슨 박사가 갤러리를 돌았다.

"혹시 이런 서명을 본 적이 있나요?"

라왓슨 박사는 갤러리 직원들에게 '박제'라는 서명이 된 유화 사진들을 보여주었다.

"들어본 적 없어요."

"특이한 서명이군요. 아쉽지만 모르는 화가예요."

갤러리 직원들이 고개를 저으며 말했다.

수십 곳의 갤러리를 돌았지만 백효영 방에 걸린 그림의 정체는 밝힐 수 없었다. 라왓슨 박사는 단념하지 않고 다시 몇 곳의 갤러리를 방문했다.

"글쎄요, '박제'라는 이름은 모르겠어요. 그런데 이 종달새 그림은 본 생각이 나요. 특이하게 부조처럼 그려진 유화니까요."

안국역에서 가까운 갤러리에서였다. 오피스 걸처럼 검은 양장을 입은 갤러리 직원이 라왓슨 박사를 바라보며 말했다.

"그 화가의 연락처를 아시나요?"

"연락처는 알 수 없지만 그 화가는 학생이라고 했어요. 일 년 전쯤이었나? 본인이 그린 그림이라며 헐값에 사달라고 하더군요."

"어느 대학 학생인지는 아세요?"

"미안해요. 그 이상은 아는 것이 없어요. 자, 이 그림은 어떠세요?"

키메라처럼 화장을 한 여직원이 눈꼬리로 웃으며 말했다.

여직원이 가리키는 그림은 뱀파이어라는 그림이었다. 끔찍한 표정의 흡혈귀가 그림에서 걸어나올 듯했다. 특히 위쪽으로 솟은 두 개의 송곳니는 자연 치아 같았다.

"이 그림을 그리기 위해 화가가 자신의 송곳니 두 개를 뽑았다고 하죠. 세상에 하나밖에 없는 그림이에요."

자세히 보니 송곳니가 약간 변색되고 미세 파절선도 있었다.

"섬세함이 자연치 같군요. 화가의 열정이 대단하군요."

라왓슨 박사가 말했다.

"글쎄요, 그것보다는 피를 팔아 물감을 사는 예술인의 현실이랄까요? 정말 싼값에 나왔어요. 후원하는 셈치고 사 가세요."

"그런데 치아의 길이가 길고 협측 풍융도가 부족하며 저작 날의 각도가 날카로운 게 사람의 치아 같지는 않군요. 진짜 뱀파이어 이빨이거나 개 이빨인 것 같은데요."

순간 직원의 하얀 얼굴이 더 창백해졌다.

"제 직업이 치과 의사입니다."

"아, 그러시군요. 사실은 개 이빨로 복제품을 몇 개 만든 걸로 알아요."

여직원을 너무 무안하게 한 것 같아 라왓슨 박사는 뱀파이어 그림을 사고 말았다. 그는 섬뜩한 그림을 안고 인사동 인파를 헤쳐 나왔다.

그 시각, 홈즈는 강북 수유리 재개발 주택가를 걷고 있었다. 숨죽이고 집행을 기다리는 사형수처럼 고요한 동네였다. 홈즈는 '영락장례식장'이라는 간판 아래에서 걸음을 멈추었다. 팔십 평쯤 되는 낡은 단층 상가였다. 퇴색한 청색 기와를 인 장례식장 내부는 바깥보다 더 을씨년스러웠다.

"혹시 경찰에서 나오셨어요?"

데스크 앞에 앉아 있던 남자가 홈즈를 바라보고 물었다. 검은 얼굴에 가득 주름이 잡힌 음산한 표정이다. 남자는 시체를 도난당한 뒤 바늘방석에 앉아 있었다.

"사립 탐정 월셔 홈즈입니다. 협조 부탁드립니다."

홈즈는 남자에게 손을 내밀었다. 형식적인 악수를 나눈 두 사람은 해고당한 직원과 사라진 시체에 대해 말하기 시작했다.

"탐정? 흥! 흥신소 직원이구먼. 홈즈란 이름은 그럴듯하네요."

장례식장 주인이 코웃음을 치며 말했다.

"해고한 직원에 대해 말씀해 주세요."

"내가 해고한 게 아니라 그 사람이 날 해고한 겁니다."

"네?"

"영세한 장례식장에서 일하려는 사람은 거의 없어요. 일 좀 배웠나 했더니, 쯧쯧. 속옷 좀 벗겼다고 대순가요? 다 구더기 밥이 될 건데. 진짜 피해자는 바로 저예요."

"그래도 그 직원 신상에 대해 아는 대로 말씀해 주세요."

"그 남자는 서울역 노숙자예요. 민증도 없고 과거도 없는 사람이에요. 장례식장 지하 방에서 코 박고 살며 죽은 여자 속옷이라도 만져야지 무슨 낙이 있겠어요?"

주인은 심드렁하게 말을 내뱉고 상체를 돌렸다.

"그렇다면 지하 방을 보여주시겠어요?"

"에이, 퉤."

남자는 대답 대신 걸쭉한 가래를 뱉고 지하 계단을 향해 걸었다. 십여 개 관 무더기 뒤편에 지하로 내려가는 계단이 있었다. 계단을 내려가자 침침한 지하 공간이 나타났다. 수명이 다 된 형광등이 희미하게 깜박였다. 습기 찬 바닥에 때 묻은 매트리스가 깔려 있고 악취 나는 이불과 옷가지가 어지러웠다. 그 위에 꽃잎처럼 흩뿌려진 것은 화려한 색상과 세련된 디자인의 젊은 여자 속옷이었다. 홀아비 냄새가 자극적이다.

라왓슨 박사가 지친 표정으로 원장실에 들어서자 고글을 쓴 윌셔 홈즈가 화학 실험실에서 나왔다. 홈즈는 백효영의 유화에서 채취한 물감을 분석하는 중이었다. 물감 가루를 번센 버너에 태워 발산되는 빛을 프리즘에 통과시키는 실험이다. 번센 버너를 발명한 번센이 이백 년 전에 개발한 실험 방법인데 이 실험으로 물질 성분을 정밀하게 알아낼 수 있다. 모든 원소는 불에 탈 때 각기 다른 파장의 빛을 발산하기 때문이다.

"실험을 거듭할수록 이 물감은 일반 물감과 확연히 달라. 일반 물감은 화학적으로 만들어진 반면에 '박제' 그림의 유화에는 유기물이 많이 함유되어 있어."

고글을 벗으며 홈즈가 말했다.

"가난한 화가가 물감에 천연 재료를 많이 섞었군요."

라왓슨 박사가 벽난로 위에 그림을 걸쳐놓으며 말했다. 인사동에서 사온 뱀파이어 그림이다.

"정확하게 어떤 소재를 섞었는지는 더 연구해 봐야겠어. 인사동에서는 진전이 있었나?"

홈즈는 벽난로 위에 걸린 뱀파이어 그림을 보며 말했다. 그림 속 뱀파이어도 송곳니를 반짝이며 두 탐정을 내려다보았다.

"미대 학생이 그림을 팔러 다녔다는 것 말고는 알아낸 것이 없어요."

"그렇다면 그 학생이 병원에도 왔을 거야."

"정말 그렇군요!"

"탐문 장소를 인사동에서 희망병원으로 바꿀 때가 되었어. 탐문 조사를 은밀히 진행하기 바라네."

홈즈가 다시 화학 실험실로 들어서며 말했다. 실험실 창문 너머로 색색의 불빛이 너울거렸다. 우주의 원소들이 비밀을 드러내는 순간이었다.

백효영과 같이 근무하던 정경희 간호사는 검은 피부를 가진 여성이었다. 얼굴이 길고 약간 턱이 돌출되었으나 늘씬한 몸매와 세련된 움직임이 돋보였다. 얼핏 보기에는 차가운 인상이었으나 대화를 하면서 부드러운 성격이 난로 옆의 버터처럼 녹아나왔다.

"저는 백효영 간호사의 외삼촌입니다."

라왓슨 박사가 희망병원 카페테리아에서 정경희 간호사에게 말했다. 백효영라는 이름이 나오자 동료의 죽음이 아직도 생생한지 손수건으로 입을 막았다.

"효영이는 항상 밝고 씩씩해서 그렇게 아픈 줄은 몰랐어요. 관 속에 천사처럼 누운 효영이를 보고 죽었다는 것이 믿어지지 않았어요."

"정말 밝은 아이였죠. 제가 가장 사랑하던 조카였어요. 그 애가 선생님과 가장 친했다고 해서 몇 가지 여쭤보려고 왔어요."

"제가 아는 거라면 얼마든지 알려 드릴게요."

정 간호사가 눈물을 추스르며 얼굴을 들었다.

"효영이가 최근에 그림을 많이 샀더군요."

라왓슨 박사가 조심스럽게 그림 이야기를 꺼냈다.

"후후."

그림 이야기가 나오자 정 간호사가 손등으로 입을 가리고 가볍게 웃었다.

"그림보다도 화가를 더 좋아했을걸요."

정 간호사의 얼굴에 홍조가 떠올랐다.

"그럼 화가가 잘생긴 남자였나요? 저처럼요?"

라왓슨 박사는 정 간호사에게 편하게 과거를 회상할 수 있는 분위기를 만들어갔다.

"글쎄요, 눈에 띄게 잘생긴 편은 아닌데 뭔가 사람을 끄는 데가 있어요. 예술가들이 가지는 뭔가가 있잖아요? 일상에 초연한 눈동자, 예술을 향한 집념을 표현하는 입매. 어쨌든 허름한 옷을 입고 헝클어진 머리를 한 미대생에게 효영이는 빠져들었죠. 육 개월 전쯤이었어요. 효영이와 점심 식사를 하고 병원에 들어가는 길이었죠. 한 남학생이 병원 로비에서 경호원과 실랑이를 벌이고 있었어요. 병원에서 그림을 팔게 해달라는 거였어요. 하지만 잡상인은 들어올 수 없다고 경호원이 막무가내였죠. 그때 효영이가 사준 그림이 '숲속의 평화'였어요. 효영이는 그 그림을 너무 좋아했어요. 핸드폰 번호도 알려주며 다음에도 그림을 가져다 달라고 했으니까요."

정 간호사가 잠시 말을 멈췄다. 라왓슨 박사가 부드럽게 대화를 이어갔다.

"그 학생과 효영이 사귀었나요?"

"효영이는 그런 이야기를 하지 않는 애예요. 제 짐작으로는 둘이 상당히 가까워진 것 같았어요. 전화가 오면 혼자 밖에 나가 받곤 했으니까요."

"그 학생이 누군가요? 혹시 효영이 죽은 후에 찾아온 적 있나요?"

"그 학생 이름은 저도 몰라요. 그림에 적힌 '박제'라는 이름으로 불렀으니까요. 어느 학교에 다니는지도 몰라요. 효영 걔가 통 말을 안 해서요. 그런데 그 학생이 두 달 전에 병원에 찾아왔어요. 참, 그때 이상한 점이 있었죠."

"이상한 점이요?"

"그 남자가 손가락에 붕대를 감고 있었어요."

"손가락이요? 혹시 새끼손가락이 아니었나요?"

"아니, 그건 어떻게 아셨어요?"

"그냥 짐작입니다. 그때 작은 그림을 받았겠군요?"

"맞아요. 소설책만 한 작은 그림이었어요. 그런데 어떤 그림인지는 알 수 없었어요. 효영이 그림 포장을 풀지 않았거든요."

"그 화가를 한번 만나고 싶군요."

"생각나는 게 하나 더 있어요. 그 학생이 학교를 휴학하고 산속에서 창작에 몰두한다고 들었어요. 효영이도 그곳에 갔다 왔다고 했어요. 앞에는 호수가 있고 뒤로 계곡물이 흐르는 경치 좋은 폐교라고 했어요. 그런데 어떡하죠? 다시 근무 시간이 된 것 같아요."

정 간호사가 시계를 보며 말했다.

"오늘 시간 내주셔서 감사합니다. 효영의 그림에 대해 궁금했는데 궁금증이 많이 풀렸어요. 미대생 이야기도 알게 되어서 좋았고요."

라왓슨 박사는 백효영의 외삼촌 역할을 훌륭히 마치고 카페테리아를 나왔다.

"뭔가 큰 성과가 있는 것 같군."

불에 그슬린 실험 가운을 입은 홈즈가 말했다. 그는 컴퓨터 모니터에서 항공 촬영 지도를 들여다보고 있었다.

"화가의 정체는 밝혀내지 못했습니다. 하지만 백효영과 화가와의 관계는 알아냈죠. 손가락 그림의 주인이 누군가도 알아냈어요."

벽난로 앞으로 다가서며 라왓슨 박사가 말했다.

"큰 성과군. 나는 유화 물감 분석을 끝냈어. 유화의 베이스에는 규석이 많이 섞인 점토가 섞여 있었네. 강원도의 특정 산악 지역에서 많이 검출되는 점토지."

윌셔 홈즈가 수백 개의 서랍이 달린 서랍장을 바라보며 말했다. 주말마다 설악산에서 한라산까지 등산하며 채취한 토양 샘플들이다.

"길에 뿌려진 한 줌의 흙도 이렇게 시스템화시켜 놓으면 유용한 자료가 될 수 있네. 내 토양 분석 시스템에 따르면 그림의 점토가 채취된 지역은 바로 이 근처야."

윌셔 홈즈가 모니터에 나타난 항공지도의 한곳을 가리켰다.

"강원도 소금강 지역이군요."

라왓슨 박사가 모니터 앞에 앉아 항공지도를 확대, 축소하며 한 위치를 찾았다.

"홈즈 선생님, 백효영의 시체가 있는 곳이 바로 여깁니다."

라왓슨 박사가 흥분된 목소리로 말했다.

"하늘초등학교라? 이곳은 어떻게 알았나?"

"그 화가가 산속 폐가에서 창작에 몰두하고 있다고 했어요. 앞에는 호수가 있고 뒤에는 계곡물이 흐르는 곳이라고 했지요. 유화의 점토가 채취된 소금강 지역 중에서 그런 조건을 충족시키는 곳은 바로 여기예요."

"훌륭하군. 자, 그럼 그 화가를 보러 갈까?"

두 탐정은 홈즈의 SUV에 몸을 실었다. LA에서 홈즈가 사용하던 허머가 중부 고속도로를 달려 강원도로 향했다. 두 사람이 하늘초등학교에 도착했을 때는 산속이 어두워진 뒤였다. 윌셔 홈즈와 라왓슨 박사는 자동차를 학교에서 멀리 주차시킨 뒤 달빛에 의지해 걸었다. 다행히 보름달이 떠서 앞길을 밝혀주었다. 하늘초등학교는 산속 작은 폐교였다. 버려진 학교에서는 더욱더 쓸쓸한 분위기가 느껴졌다. 수많은 학생들로 왁자지껄하던 학교가 텅 비었을 때 대조되는 적막감이 더 깊었다. 운동장은 잡풀과 야생화로 가득했다. 학교 건물의 한 면은 무너졌고, 문과 유리창도 대부분 깨져 있었다. 그런데 문과 유리창이 보수된 한 교실에서 불빛이 새어 나왔다.

"저 교실 안을 살펴보세."

윌셔 홈즈가 속삭였다.

두 사람은 불이 켜진 교실 아래로 살금살금 걸어갔다. 그 교실 안에서는 놀라운 일이 벌어지고 있었다. 교실 마룻바닥에 백효영이 누워 있었다. 인어처럼 미끈한 젊은 여자의 몸 위로 서너 개의 촛불이 너울거렸다. 그녀는 깊은 잠에 빠진 듯 평화로운 표정이었다. 그녀 옆에서 한 남성이 욕조 속에 무언가를 섞고 있었다. 욕조 속의 핑크빛 물질을 섞고 나자 남학생이 백효영을 들어 욕조에 집어넣었다. 숨진 여자의 포즈를 유지시키며 욕조에 넣는 손동작이 무척 섬세했다. 그렇게 몇 분이 지나자 백효영의 시체를 욕조에서 꺼냈다.

"욕조 안에 백효영의 몸 자국이 생겼군."

"저 핑크빛 재료는 치과에서도 쓰는 인상 재료입니다. 나체 전신 인상을 떴군요."

창문 밖에서 두 탐정이 속삭였다.

남학생은 욕조 안의 자국을 확인한 뒤 자국 안으로 석고를 부었다.

"효영아, 사랑해."

남학생은 여자의 맨몸을 수건으로 정성껏 닦으며 소리 내어 울었다. 그는 아름다운 여체에 눈물을 떨어뜨리며 입맞춤했다. 그러고는 커다란 유리 욕조에 몇 통의 용액을 부었다. 유리 욕조에서 증기와 악취가 올라왔다.

"독한 냄새군. 염산이야."

홈즈가 코를 막으며 말했다.

다음 순간 남학생은 백효영을 염산이 든 욕조에 밀어 넣었다. 순식간에 여자의 피부가 타올랐다. 푸르도록 투명한 피부가 녹으며 노란 지방과 검붉은 근육이 노출되었다. 잠시 후에는 새하얀 뼈대가 나타났다. 한 여자의 모습이 이렇게 한순간에 변형되는 것을 본 적이 없다.

"저런 미친놈이 다 있나?"

라왓슨 박사가 벌떡 일어서며 말했다.

"잠시 기다리게."

윌셔 홈즈가 라왓슨 박사의 팔을 끌며 나직이 말했다.

서울로 돌아오며 두 사람은 아무 말이 없었다. 수많은 범죄 현장을 접했어도 오늘 같은 기이한 모습은 본 적이 없었다.

라왓슨 박사는 범인을 체포하지 않은 홈즈를 이해할 수 없었다. 하지만 뭔가 납득할 만한 이유가 있으리라 생각했다. 홈즈를 이해하지 못한 것은 라왓슨 박사뿐만이 아니었다. 수사 진행이 느리다고 의뢰인이 불평을 하기 시작했다. 하지만 홈즈는 효영과 화가의 소재조차 알려주지 않았다. 백 의원의 성화가 점점 거세졌지만 홈즈는 묵묵부답이었다. 파트너 라왓슨 박사도 초조해지기 시작했다.

수사가 3개월째로 접어든 삼월의 어느 토요일이었다. 진료를 마치고 원장실에 들어선 라왓슨 박사에게 윌셔 홈즈가 입장권을 내밀었다.

"한국 유네스코 박물관에서 신년 미술대전 전시회가 있다고 하는군. 특별한 약속이 없으면 박물관 관람 어떤가?"

홈즈는 이미 체크무늬 양복을 입고 헌팅캡까지 쓰고 있었다. 라왓슨 박사에게는 선택의 여지가 없어 보였다.

"백정상 의원에게도 사건 보고서와 티켓을 보냈네. 지금 출발하면 박물관에서 백 의원을 만날 수 있을 거야."

월셔 홈즈는 검은 허머에 들어서며 라왓슨 박사에게 서류 봉투를 건넸다. 표지에는 「파트너 월셔 홈즈와 라왓슨 박사 수사 보고서」라고 적혀 있었다. 만년필로 긁어 쓴 홈즈의 필체가 선명했다. 노란색 비닐 봉투는 진공 상태로 밀봉되어 있었다. 조수석에 오른 라왓슨 박사가 봉투를 열었다. 봉투를 열자 깔끔하게 정리된 열두 페이지 보고서가 나왔다.

"백 의원에게 보낸 것과 같은 보고서야. 십오 분 안에 속독하게. 산소와 잉크가 접촉하면 15분 후에 색상이 사라져 버리지."

자동차를 운전해서 주차장에서 빠져나오며 홈즈가 말했다.

라왓슨 박사는 서둘러 보고서를 읽어 내렸다.

「백효영 사체 실종 사건 수사 보고서」

– 사립 탐정 월셔 홈즈와 라왓슨 박사

2012년 12월 24일 백정상 의원이 의뢰한 케이스는 2013년 3월 16일 수사 종료되었습니다.

2012년 12월 24일 15시 20분에 진행된 현장 조사 결과

백효영이 사망한 성북동 자택에서 열 개의 프로포폴 앰플과 한 개의 20cc 주사기가 발견되었습니다. 주사기와 앰플에서는 백효영의 지문밖에 검출되지 않았지만 길이 10㎝ 정도의 물감이 묻은 곱슬머리 모발 두 올이 현장에서 발견되었습니다. 가족들에게 곱슬머리가 없음을 감안할 때 백효영의 방에 외부인이 들어와 자살을 도왔을 가능성이 높습니다. 백효영의 자살 도구인 프로포폴과 주사기는 백효영이 근무하던 희망병원에서 비밀리에 가져온 것으로 추정됩니다. 벽면에 걸린 다섯 개의 그림을 조사한 결과 그림은 한 화가에 의해 그려진 것이 밝혀졌습니다. 엑스레이로 그림을 촬영한 결과 유화 안에서 각기 뱀, 새, 사람의 새끼손가락 뼈가 발견되었습니다. 그림을 그린 화가는 미대 휴학생이었는데 비싼 유화물감을 아끼기 위해 나무껍질을 붙인 뒤 그림을 그리곤 했습니다. 그는 이렇게 캔버스에 소품을 붙이고 그 위에 덧칠해 그리는 기법을 개발했습니다. 그림의 소품들은 나무에서 곤충, 개구리, 새와 뱀까지 확대되었습니다. 화가는 염산으로 처리한 동물의 뼈를 캔버스에 붙인 뒤 점토를 바르고 유화를 그렸습니다. 대상의 외면뿐만 아니라 본질까지 박제시키려는 독특한 기법이었습니다. 그림의 물감을 분석한 결과 강원도 소금강 지역의 점토가 다량 섞여 있음이 발견되었습니다.

2013년 1월 3일 정경희 간호사와의 인터뷰 결과

이날 라왓슨 박사가 희망종합병원을 방문, 정경희 간호사와 인터뷰했습니다. 라왓슨 박사가 자신을 효영 양 외삼촌으로 소개했기에 기밀 유지를 걱정하실 필요는 없습니다. 탐문 조사 결과 육 개월 전 그림을 팔러 온 미대 학생에게 그림을 사면서 두 사람이 사귀게 되었다고 합니다. 효영 양의 건강이 악화될수록 두 사람의 사랑은 애절해졌을 것으로 추측됩니다. 마침내 효영 양은 학생 화가에게 자신이 죽으면 자신의 몸으로 작품을 만들어달라고 부탁합니다. 영원한 예술 작품으로 남고 싶었던 것이죠. 화가는 여기에 대한 약속으로 자신의 새끼손가락 뼈를 넣은 유화를 효영 양에게 선물합니다. 그리고 텅 빈 액자를 마지막으로 선물하죠. 그 안에 효영 양이 들어갈 것을 암시하는 부분입니다.

같은 날 저녁, 강원도 소금강 지역에 있는 폐교 하늘초등학교를 월셔 홈즈와 라왓슨 박사 탐정이 찾아갔습니다. 폐교에서 한 젊은 남자가 백효영의 사체로 예술 작품을 만들고 있었습니다. 그 남자 친구는 '박제'라는 호를 가진 유명수라는 미대 휴학생이었습니다. 유명수는 욕조 안에 인상재를 넣고 백효영의 전신 인상을 뜬 뒤 염산이 든 유리 욕조에 사체를 넣었습니다. 염산으로 피부와 장기들을 제거하고 뼈도 가볍게 만드는 과정이었습니다. 이 과정이 끝난 후 강철 망으로 보강한 금속 액자에 강력 접착제와 점토로 뼈를 붙이고 그 위에 물감으로 채색을 했습니다. 미리 떠둔 전신 인상으로 만든 실리콘 표피를 그 위에 씌우면 내면의 색채가 비쳐 나오게 됩니다. 따님의 본질과 외면의 아름다움이 영원히 보존되는 과정입니다.

수사의 결론
백효영은 자신의 지병으로 삶이 얼마 남지 않았음을 알고 남자 친구 유명수의 도움으로 자살했습니다. 자살 전 그녀는 예술 작품으로 다시 태어나기 위해 유명수에게 자신의 몸을 훔쳐달라고 부탁했습니다. 백효영의 유언대로 모든 것이 진행되었습니다. 장례식장에서 백효영의 사체를 훔친 유명수는 강원도의 한 폐교에서 그녀를 예술 작품으로 변화시켰습니다. 그런데 왜 수사 진행 사항을 미리 알려주지 않았는가 하는 의문이 생기시지요? 백효영 양의 유언이 집행될 수 있는 시간을 주기 위해 백 의원께 수사 결과를 미리 알리지 않은 점을 양해 바랍니다.

따님의 사체가 있는 곳은 3월 16일 오후 5시, 한국 유네스코 박물관 현대 미술관에서 만나 알려 드리겠습니다.

이 문서의 글씨는 기밀 유지를 위해 십오 분 후 사라집니다. 유의하시기 바랍니다.

윌셔 홈즈와 라왓슨 박사 파트너로부터.

새로 개관한 유네스코 박물관은 한국의 문화유산으로 간직할 만한 현대 예술을 선정해 영구 보존하는 목적으로 건립되었다. 유네스코 현대 미술관에서는 제1회 유네스코 미술대전에서 선정된 작품이 전시 중이었다. 전시장에는 수많은 기자들이 한 젊은 화가를 둘러싸고 있었다. 혜성처럼 등장한 화가였다. 무명 화가를 하루아침에 매스컴을 빛내는 화가로 떠오르게 한 그림은 독특했다. 살짝 치뜬 눈으로 몽환적인 표정을 짓는 여인의 초상화였다. 이마에 잡힌 미세한 주름과 미소 짓는 볼 근육이 살아 있는 여자처럼 매력적이었다. 한국 여성의 평균치로 빚어낸 듯한 정감 있는 얼굴. 거리에서 마주칠 것 같은 얼굴이면서도 한번 사귀고 싶은 매력적인 여자였다. 백

육십오 센티미터 정도의 여자의 몸은 아무것도 걸치지 않았다. 여자의 오른손은 왼쪽 젖가슴 위에 놓여 있었다. 봉긋한 오른쪽 가슴은 완벽한 모습을 드러내 감탄을 자아냈다. 거대한 캔버스에 살아 있는 여자의 나체를 붙여놓은 듯한 입체적인 그림이었다. 섬세함이 너무나도 사실적이어서 관객들을 경악하게 했다.

"대상 수상 소감을 말씀해 주세요."

"땀구멍 하나, 솜털 하나까지 비너스의 아름다움을 박제한 작품이다, 뼈가 비쳐 보일 듯 투명한 피부의 질감을 표현했다는 찬사를 받은 작품인데 '영원한 약속' 이라는 작품을 만든 동기에 대해 말씀해 주세요."

"르네상스 시대의 부조유화들과 차별화되는 화법을 개발하셨는데 이 화법에 대해 알고 싶습니다."

기자들의 마이크 묶음이 화가의 얼굴을 향해 달려왔다. 하지만 젊은 화가는 한 손으로 마이크 세례를 막으며 잔잔히 미소 지었다.

"비켜!"

그때 한 남자가 기자들을 밀치며 화가에게 달려들었다. 멧돼지와 같은 질주에 기자들이 나뒹굴고 마이크와 카메라가 바닥에 떨어졌다. 얼굴이 붉게 상기된 백정상 의원이었다.

"다, 당신이 감히……!"

백 의원은 말을 맺지 못했다. 그는 화가의 손을 우악스럽게 거머잡았다. 새끼손가락이 잘린 손이다. 화가의 잘린 손가락 위로 백 의원의 눈물이 흘러내렸다. 두 사람은 벽에 걸린 여인을 올려다보았다. 영원한 포즈를 취한 얼굴 위에 행복한 미소가 깃들어 있다.

돌발 상황에 어리둥절해하던 기자들이 두 남자를 향해 셔터를 눌러댔다.

다음 날 조간신문에 백 의원과 화가의 기사가 실렸다. 예술 작품에 도취한 국회의원이 화가를 안고 감격의 눈물을 흘렸다는 내용이었다.

"사건이 해피 엔딩으로 끝났군요. 지금까지 처음 있는 일입니다."

라왓슨 박사가 신문 기사를 보며 말했다.

일반적으로 강력사건의 수사는 범인의 검거로 해결된다. 범인에게 죗값을 치르게 하는 것은 정의로운 일이지만 유쾌한 일만은 아니다. 하지만 이번 사건은 의뢰자를 만족시키면서 모든 사람이 행복한 결말로 종결되었다.

"모든 사건이 이렇게 끝난다면 얼마나 좋을까?"

홈즈가 벽난로에 장작을 던져 넣으며 미소 지었다.

"홈즈 선생님, 궁금한 점이 있습니다. 백효영이 화가에게 자살을 부탁했다는 것은 어떻게 아셨나요?"

"자네가 그 질문을 왜 안 하나 했네."

홈즈는 타오르는 장작불을 바라보며 한쪽 입꼬리를 올렸다.

"백효영이 마지막으로 방문한 사이트를 조사해 보니 유언 사이트가 있더군. 백효영이 그곳에 유언을 남기지 않았을까 하는 생각이 들었어."

"'Last will.com' 아니었나요? 저도 본 것 같아요. 그런데 백효영의 아이디와 비밀번호는 어떻게 아셨어요?"

"아이디 찾기 힌트를 잘 활용한 것뿐이야."

"홈페이지의 아이디 찾기 힌트 말인가요?"

"'그림에서 찾아봐'라는 힌트를 보면서 방 안에 걸린 그림에 해답이 있다고 생각했네. 네 개의 그림을 공통적으로 대표하는 아이디라면 무엇일까?"

"혹시 '박제'라는 서명 아닐까요? 모든 그림에 그 서명이 있으니까요."

"맞았네. 그러면 비밀번호는?"

홈즈의 질문에 답하기 위해 라왓슨 박사가 컴퓨터에 저장한 그림 사진들을 살펴보았다.

"그림에 적힌 날짜들을 조합한 것은 아닐까요? 누군가가 자신의 유언을 보기를 원했다면 접근하기 쉬운 암호를 설정했을 것입니다. 조금만 관심을 가지면 풀 수 있는 쉬운 암호란 무엇일까요? 그림이 그려진 날짜들을 순서대로 조합하지 않았을까요?"

"빙고! 맞았네. 그림이 그려진 날짜들은 6월 20일, 7월 30일, 9월 15일, 10월 23일이네. 그런데 또 하나의 걸림돌이 있지. 그 사이트의 비밀번호는 영자와 숫자를 섞어 만들어야 한다네."

"달을 영어로 하면 어떨까요? June, July, September, October의 첫 글자인 JJSO에 날짜를 더하면 JJSO20301523이라는 암호가 생기는군요."

라왓슨 박사의 말에 홈즈가 미소 지었다.

"그 암호로 로그인을 해보니 백효영의 유언장이 나왔네."

홈즈가 프린트된 종이 하나를 내밀었다.

유언장.

저는 선천성 심장 질환으로 죽음을 앞두고 있습니다. 사람은 누구나 죽습니다. 하지만 저는 죽음에게 끌려가 허무한 먼지로 사라지기 싫습니다. 죽음을 이겨내고 영원한 생명을 갖고 싶습니다. 셰익스피어의 소네트 안에서 많은 이야기가 살아 숨 쉬듯 저는 어느 화가의 작품이 되고 싶습니다. 계획대로 진행된다면 저는 강원도 소금강 지역 폐교에서 1월 3일 저녁 7시, 예술 작품으로 다시 태어날 것입니다. 이것은 저의 자유 의지이므로 화가에게 어떤 책임도 묻지 말기를 당부드립니다. 아름다운 영면을 꿈꾸며. 백효영.

"이 유언장으로 모든 것이 설명되는군요. 사랑하는 사람에 의해 영원한 작품이 되고 싶다. 그것이 백효영의 소망이었군요. 그러면 장례식장의 변태 직원은 어디에 있을까요?"

"장례식장 직원이 바로 유명수라네."

"네? 유명수 화가가 변태 직원이라고요?"

"자네가 인사동에 간 주말 나는 장례식장에 갔었네. 지하 방에 내려가 변태 직원의 숙소도 조사해 봤지. 지하 방에 있던 여자 속옷은 상태가 깨끗했다네. 그중 하나는 상표도 붙어 있었지."

"그렇다면 변태로 꾸미기 위해 속옷을 구입했다는 건가요?"

"맞아, 백효영이 '영락장례식장'에서 장례를 치러달라는 유언을 남겼고, 유명수는 그 장례식장에 미리 취직한 거야. 백효영의 시체가 사라지기 전날에는 변태 소동을 벌여 해고를 당하지. 하지만 장의사의 모든 열쇠는 이미 복사해 둔 뒤였어. 해고된 유명수는 갑자기 사라졌다는 의심을 받지 않았지."

"아하, 그렇다면 모든 퍼즐이 맞아떨어지는군요."

"죽음을 넘어서려는 백효영의 염원이 화가의 사랑에 의해 이루어졌어. 어떻게 생각하면 그녀가 가장 행복한 여자라고 할 수 있겠지."

월셔 홈즈는 골유화 사진을 바라보며 꿈꾸듯이 말했다.

꿀벌의 비행

조동신

2010년 단편 「칼송곳」으로 제12회 여수 해양문학상 소설 부문에서 대상을 수상했으며,
2012년 제1회 아라홍련 단편소설 공모에서 가작,
2017년 제2회 테이스티 문학상 공모에서 우수상을 수상한 바 있다.
발표한 작품으로 단편 「포인트」, 「프레첼 독사」, 「오를라」, 「클루 게임」, 「철다방」, 「보화도」,
「크리스마스의 왕」, 「금남의 구역」, 「불이 필요해」, 「해골 술잔」, 「절벽 위의 불」,
「용의 발자국」, 「검은 학 날아오르다」, 「기내 서비스에 포함되는 것」, 「등패」 등과
장편 『까마귀 우는 밤에』, 『내시귀』, 『금화도감』, 『필론의 7』 등이 있다.

인사동에 있는 한 작은 전통찻집 구석에 있는 조그만 방이었다. 이곳은 조대현이 외부와 소통하는 창 비슷한 구실을 하고 있으며 나 또한 이곳에서 주로 시간을 보내게 되었다. 우리 두 사람이 주로 하는 일은 책을 읽거나 시국을 두고 논의하는 일이다(주로 티격태격하게 되긴 하지만).

"저, 여기가 윤경식 탐정 사무소인가요?"

20대 후반 정도의 한 여자가 사무실 안으로 들어왔다.

"그렇습니다."

"윤경식 탐정님이 이·방면에는 최고라고 들어서요."

나 윤경식은 윤경식 탐정 사무소 소장이라는 신분의 소유자다. 하지만 사실 그 직책은 내게 짜증만을 줄 뿐이다. 조대현은 장애인인 자신이 탐정 자격증 따기는 어렵고 귀찮다며 나더러 따라고 했고,

그 덕에 내가 이 사무소 소장, 조대현은 그 '직원'이 되었다. 나는 속칭 바지사장이 된 셈이다.

"우선, 말씀해 주시죠."

조대현이 내 옆에 앉으며 말했다. 그녀는 조대현을 보자 조금 당혹스러운 표정을 지었다. 하긴, 조대현은 그리 남에게 믿음을 줄 수 있는 외모의 소유자가 아니다. 그는 키도 150cm밖에 되지 않았고 표정도 늘 흐리멍덩했다. 하지만 그의 능력은 누구보다도 확실하다. 수수께끼, 특히 보통 사람은 도저히 풀지 못할 오리무중의 사건을 푸는 데에는 그를 따를 사람이 없다.

"앉으시죠. 무슨 일로 오셨습니까?"

나는 늘 그렇듯, 그녀에게 접대 미소를 지었다.

"안녕하세요. 전 서희주라고 합니다. '메네스 드론' 대표님 비서예요."

"메네스 드론이면, 그 일 때문에 오신 건가요?"

나는 어느 정도 짐작하고 물었다. 언론에서 상당히 크게 보도된 사건이므로 경찰이나 사건 관계자가 찾을지도 모른다고 생각했는데, 역시 예상대로였다.

메네스 드론은 드론(Drone), 즉 무선 조종 무인 비행체를 생산하는 회사였다. 드론은 초기에는 군용으로 무인 정찰이나 폭격할 때 쓰였지만, 요즘은 화재나 사고 발생 시 구조대보다 먼저 가서 현장을 파악하거나 구급약 전달용, 농약이나 비료 살포용 등, '드론이 세상을 바꾼다'라는 말이 생길 정도로 여러 방면에서 사용된다. 특히 헬리콥터보다 띄우는 비용이 훨씬 적게 들어 방송국에서는 이미 촬영

할 때 일반적으로 쓰고 있다.

메네스 드론의 젊은 대표인 백준수는 야심작을 내놓았다. 탑승 드론, 즉 사람이 탈 수 있는 드론이다. 조종 방법은 간단하다. GPS에 목적지만 입력하면 드론이 저절로 거기까지 날아간다.

"탑승 드론을 처음 만든 게 우리 회사는 아니지만, 우리는 기존의 것보다도 더욱 발전시켰어요. 필름처럼 얇고 투명한 태양전지를 유리창에 붙였기 때문에 날면서도 충전할 수 있고, 100% 충전하면 햇빛 없이도 2시간 이상 날 수 있죠. 거기다 장애물이나 다른 비행기 같은 걸 센서로 잡아내고 피하는 장치가 어느 드론보다도 성능이 좋아요."

"2시간 이상이요?"

드론의 약점 중 하나가 장시간 비행이 불가능하다는 점인데, 그 약점을 효과적으로 극복한 셈이다.

"문을 열려면 스마트폰 앱에 깔린 바코드로 인증하거나, 보통 자동차처럼 차 열쇠로 열면 되고요. 거기다 물에 내리면 뜨고, 기존의 탑승 드론은 1인승인데 날라 호는 2인승이에요. 이걸 개발하느라 회사의 모든 걸 다 쓰다시피 했어요."

"날라 호라니, 이름 잘 지으셨네요."

백준수 대표는 드론의 이름을 '날라(ﻧﺤﻠﺔ)'라 지었다. 아랍어로 '꿀벌'을 뜻하는 말이다.

"대표님이 이름 짓는 데 센스가 있으셨거든요."

백준수 대표는 드론 비행장에서 이 날라 호를 시험했다. 건물이나 교량 사이를 빠져나가기, 다른 소형 드론이 여러 대 떠 있는데 그 사이를 전혀 충돌 없이 비행하기 등이었다.

문제는 최종 시험에서 일어났다. 백준수 대표는 자신이 직접 날라 호에 타고 해남에서 제주도까지 날아서 가기로 하였다. 실험을 목적으로 특별히 허가도 받았다.

실험은 대성공이었다. 날라 호는 제주도의 목적지에 무사히 착륙 했고, 업체 관련자들과 기자들도 모두 축하하며 그 드론을 둘러쌌다. 하지만 대표가 내리려 하지 않았다. 이상하게 여긴 회사 직원이 문을 열고 살펴보자, 백준수는 의자 앞에 있는 터치스크린 위에 푹 엎어져 있었다.

부검 결과, 백준수는 이륙하고 20분 정도 후에 죽었다. 즉효성 독인 니코틴 중독이었다. 누군가가 그것을 묻힌 바늘로 오른팔을 찔렀기 때문이었다.

"자살했다고 하지만, 대표님은 자살하실 분이 아니에요. 그 중요한 시험 비행 도중에 자살할 리는 더 없고요! 유서 한 장 남기지 않았어요!"

서희주는 얌전해 보였는데 대표의 죽음 이야기가 나오니 몸을 부르르 떨었다. 조대현은 잠시 있다가 물었다.

"자살 의혹이 왜 생겼습니까? 대표님이 보험 들어둔 게 있나요?"

"그 정도 보험이야, 사업하는 사람들은 다 들죠!"

"2인승인데, 시험 비행은 대표님 혼자 하셨나요?"

"대표님이 이런 일은 혼자 하는 게 좋다면서 자기는 왼쪽 좌석에 앉고, 오른쪽 좌석에 모래주머니를 놓고 가셨어요."

"균형을 맞추기 위해서입니까?"

조대현이 물었다. 관광용 소형 경비행기 업체에서는 탑승 전 승객들의 몸무게를 잰 뒤 그에 맞춰 자리를 배치하기도 한다. 비행기 균형 때문이다.

"아니요, 한 명만 타도 균형은 알아서 맞추도록 설계되어 있어요. 탄 다음에 좌석을 옮길 수도 있고요. 단지 두 명 몫의 무게를 싣고 제주도까지 가는 실험을 한 것뿐이에요. 바보 같은 대표님… 그래서 제가 같이 가자고 했는데……!"

서희주가 비통한 어조로 말했다. 그러자 내가 질문했다.

"아니, 잘못했으면 비서님도 당했을 수 있죠. 그런데 백 대표님이 오른손잡이였습니까?"

"네, 그런데요?"

"오른손잡이가 오른팔을 독침으로 찔러 자살하지는 않겠죠? 저라면 왼쪽을 찌르거나 아예 심장을 찌르겠습니다."

"역시, 그렇죠?"

서희주가 강한 어조로 물었다.

"아니지, 오히려 그렇게 찔러서 타살로 위장했을 수도 있어. 보험금 타려면 그렇게 하는 편이 낫지."

조대현은 가끔 이렇게 초를 치는 발언을 한다. 물론 상대방의 본심을 시험하려는 방법이기는 하지만.

"그러면, 그 안에 CCTV는 없었습니까?"

"없어요."

내가 묻자 그녀는 당장 반박했다. 하긴 자기 자가용에 CCTV를 설치할 사람은 없을 것이다.

"비상시에는 어떻게 합니까?"

"악천후 때는 드론이 알아서 안전한 곳에 착륙하고, 원래 자리로 돌아가라는 버튼을 누르면 마지막으로 이륙했던 지점으로 돌아가죠. 그리고 공중 정지, 비상 착륙 버튼도 있어요. 또 수동 모드로 전환해서 직접 운전하거나, 회사 서비스 센터로 연결하면 회사의 드론 기사가 원격 모드로 들어가 조종해 주기도 해요. 하지만 수동으로 조종하려면 드론 자격증이 있어야 하니까, 자격증 없는 고객에겐 아예 수동 모드를 제공하지 않는 게 방침이에요."

"대표님이야 당연히 수동 조종을 할 수 있었을 거고, 수동 모드로 전환하거나 비상 착륙, 공중 정지를 하면 본사에 기록이 남나요?"

"아니요. 서비스 센터 연결 기록밖에는 남지 않아요."

"공중 정지가 기록에 남으면, 차 브레이크 밟은 게 회사 기록에 남는 거나 마찬가지지."

조대현이 끼어들었다. 그는 아까부터 백 대표가 날라 호에 타기 직전에 찍은 사진을 보고 있었다.

"음료수 같은 걸 싣고 날 수 있나요? 이 안엔 화장실도 없을 텐데."

"음료용 소형 냉장고를 설치해 놓았어요."

"이거, 창문을 열 수 있군요?"

내가 서희주가 내민 날라 호 자료를 보고 말했다. 좌석 바로 옆에 고속버스의 그것과 비슷한 크기의 창문이 달려 있었다. 보통 비행기는 높은 하늘을 아주 빠른 속도로 날기에, 나는 도중에 창문이나 문을 열었다가는 안팎의 기압 차 때문에 비행기 안에 있는 모든 것이 그 문으로 빨려 나간다. 하지만 이 드론은 최대 속도가 140㎞ 정도고 낮은 곳을 날기 때문에 창문을 열어도 괜찮았다.

"착륙했을 때, 창문이 열려 있었나요?"

"그건 모르겠어요. 전 해남 쪽에 있었거든요."

그녀는 잠시 망설이더니 한마디 덧붙였다.

"하지만 대표님은 차 에어컨 바람을 별로 좋아하지 않아서 차를 운전할 때도 늘 창문을 열고 가셨어요."

그녀는 그 드론이 어떤 코스로 해남에서 제주도까지 갔는지 지도에 표시해 주었다.

"제주도까지 직선으로 가는 게 아니고, 추자도를 거쳐서 협재해수욕장 근처로 가는군요?"

"제주시 일대는 드론 금지 구역이라서요. 아시죠? 공항 반경 9.3km 내에는 드론 비행이 금지되어 있어요."

"좋습니다. 사건 접수하겠습니다. 하지만 우리 의뢰비는 꽤 비쌉니다."

조대현이 말했다.

"가격은 상관없어요."

그녀가 돌아가자, 나는 일단 백준수라는 사람에 대하여 알아보았다. 그는 대학 때부터 드론 경주 대회에서도 몇 번이나 입상했으며, 졸업 후 드론 전문가들과 뜻을 모아서 창업했고 젊고 유망한 기업인으로 잡지에도 몇 번 실렸다.

회사 이름인 '메네스'는 고대 이집트 파라오의 이름에서 따왔다. 기원전 3100년경, 상이집트의 왕이었던 메네스(나르메르라는 이름으로도 불린다)는 하이집트를 정복하고 처음으로 이집트를 통일하였는데,

그는 '꿀벌의 수호자'라고도 불렸다. 꿀은 '태양의 눈물'이라 불리며 신성시되었기 때문이다.

드론은 원래 '꿀벌이 윙윙대는 소리'라는 뜻이라 이름을 그렇게 지었다고 한다. 이번에 사운을 걸고 만든 탑승 드론 역시 앞서 언급했듯 꿀벌에서 이름을 땄다.

그건 그렇고 다음 날, 나와 조대현은 우선 사건 현장으로 가기 위해 제주도행 비행기를 탔다.

날라 호는 사건 직후 제주 경찰청으로 옮겨졌다. 하지만 보도된 대로 그 안에서는 아무것도 나오지 않았다. 안에 시한 발사 장치, 즉 시간이 지나면 독침이 발사되는 장치의 흔적이라도 있다면 수사에 진전이 있었겠지만 아무것도 없었다. 발견된 지문 또한 모두 회사 직원들 것뿐이었다.

"일단 범인이 회사 외부인일 확률은 낮지? 이런 일을 하려면 드론에 대해 잘 아는 사람이어야 될 테니까."

내가 말했다.

"나도 그렇게 생각해. 하지만 내가 보기에 범인이 왜 드론을 망가뜨리지 않고 안에 있는 사람만 죽였느냐, 그것도 문제야."

조대현은 역시 '왜'를 무엇보다 중시하고 있었다. 백준수를 죽일 생각이었다면 몰래 날라 호를 고장 내서 중간에 추락시키거나, 아니면 총이든 뭐든 써서 격추하는 편이 나을 것이다. 하지만 날라 호에는 긁힌 자국 하나 없었다.

"메네스 드론 사람들이 트레일러를 빌려 해남까지 날라 호를 가져갔고, 정수호와 몇몇 사원들이 제주도에서 미리 기다리고 있었고,

백준수 대표는 날라 호를 타고 모래주머니를 실은 다음에 제주도로 갔고, 해남에 있던 사람들은 거기서 기다렸다. 이렇게 되지? 그렇다면 우선 제주도에서 기다리고 있던 회사 직원들은 범인이 아니네. 해남에 있던 사람 중에 있겠어."

조대현이 말했다.

"아닐 수도 있지 않아? 공범이 있어서 한 명이 범행하고, 제주도에 있던 사람이 범행 도구를 치웠거나 할 수도 있잖아."

"제주도에 공범이? 그 많은 사람이 지켜보는 가운데서 증거 인멸을 할 수 있을까?"

"그리고 내 생각인데 범인이 피해자 옆에 있었던, 그 모래주머니 안에 숨어 있다가 피해자를 찌르고 중간에 낙하산 같은 걸 이용해 뛰어내렸거나 했을 수는 없을까?"

나는 나도 모르게 즉석에서 생각난 가설을 말해보았다. 범인이 중간에 물 위로 뛰어내린다면 가능성이 없지는 않다.

"그럴 리는 없지. 경찰에서 그 모래주머니 무게를 쟀는데 70kg이 맞았어. 거기다 그랬다면 드론 바닥에 모래 한 알이라도 떨어졌을 거야. 또 낚싯배가 근처에 여럿 있는데 낙하산이 떴다면 낚시하던 사람들 눈에 띄었을 테고. 무엇보다도 날라 호 문은 비행 중에는 열 수 없어."

"그렇구나, 용의자가 될 만한 사람은 누구누구 있어?"

내가 물었다.

"비서인 서희주 씨지. 마지막까지 백준수 대표와 같이 있었으니까."

"의뢰인이잖아?"

"의뢰인이 범인인 경우도 가끔은 있잖아. 그리고 한 명은 제주도에서 기다리고 있던 기술 담당 정수호 씨, 그런데 한 명이 더 있었어."

조대현이 말했다. 경찰에서는 날라 호의 비행 코스를 기록하여 그 시간에 근처 바다에서 조업하던 어선이나 낚싯배들을 조사하였다. 그런데 뜻밖에도 배를 타고 있던 사람 중에 메네스 드론 관계자가 있었다.

"그래? 누구야?"

"이명진 씨라고, 날라 호 개발할 때 참여했던 사람인데 실험 전에 백준수 씨랑 크게 싸우고 회사를 그만뒀다던데?"

"그래? 하지만 배를 타고 비행기에 탄 드론을 어떻게 공격해, 아니, 안에 타고 있는 사람만 죽여?"

나와 조대현은 제주도에서 돌아오자마자 쉴 틈도 없이 메네스 드론의 본사로 갔다. 본사는 수도권에서 조금 떨어진 벌판에 있었다. 드론 비행 학원을 같이 운영하고 있었기 때문이다.

"그러니, 여기 올 수는 없다고요!"

"무슨 소리! 난 이미 투자자들이랑 이야기도 하고 왔어! 여길 나가야 하는 건 당신이라고!"

가자마자 큰 소리가 들렸다. 나와 조대현이 그리로 가자 눈에 띈 인물이 있었다. 한 명은 의뢰인 서희주, 다른 한 명은 처음에는 남자인 줄 알았는데 목소리를 들어보니 여자였다. 머리도 짧고 키도 크고, 기가 세 보였다.

"실례합니다."

내가 나서자 서희주가 우리에게 왔다.

"어머, 어서 오세요. 혹시 단서는 찾으셨나요?"

"아직은 아닙니다. 본사에 단서가 있나 해서 왔죠. 그런데 그쪽 분은······?"

백준수 대표가 죽었을 때 추자도 앞에서 배를 띄우고 있었다던 이명진이 바로 그녀였다. 외모뿐만 아니라 이름까지 남자 같았다.

"이명진 씨라고 했죠? 그렇지 않아도 뵙고 싶었는데 잘됐군요. 혹시 잠깐 시간을 내주실 수 있습니까?"

조대현이 물었다. 이명진은 그를 한 번 위아래로 훑어보고는 누구냐고 물었다. 나와 조대현이 신분을 밝히자, 그녀는 서희주 쪽을 보았다.

"웃겨! 백 대표님이 자살한 거 가지고, 민간 조사원까지 고용해? 회사 돈으로 이래도 돼요?"

"자살일 리가 없다고 했잖아요! 일단, 사건 진실이라도 빨리 파악해야 회사가 어떻게든 안정을 찾을 수 있으니까요. 그리고 이건 내 돈으로 고용한 거예요!"

"당신 부모 돈이겠지, 그래서 내가 투자자들을 만났다고 하는 거잖아!"

이명진은 나와 조대현을 아주 깔보는 것 같았지만 결국 우리를 위해 약간의 시간을 내주었다.

"아니, 경찰서에서 벌써 여러 번 말했는데, 왜 자꾸 사람을 귀찮게 하죠? 회사 나오고 내 드론 업체 차리려고 시험 중이었어요!"

"사건이 빨리 해결되지 않는 편이 더 귀찮아질 겁니다. 왜 다른 곳도 아니고 추자도 앞바다에서 실험했나요?"

"여기저기 다니면서 수중 촬영 실험을 하고 있었거든요."

"그런데 왜 어선이나 다른 배를 빌려서 가지 않고, 당신이 직접 보트를 사서 갔나요?"

"수중 드론 실험을 여러 번 하려고 샀어요. 일일이 보트를 빌리기도 그렇고 해서요."

조대현은 잠시 주변을 둘러본 뒤 다시 말을 꺼냈다.

"메네스 드론 창업 멤버라고 들었습니다."

"네, 드론 날리기 대회에서 백준수 대표랑 만났고, 그러다가 사업 파트너가 되어 달라는 제안을 받았어요."

사무실에는 백준수 대표의 사진이 여러 장 있었다. 그중에 이명진과 함께 찍은 사진도 꽤 있었는데 대부분 대회나 교육장 사진이었다.

"듣자 하니 백준수 대표님이랑 불화가 있었고 그 때문에 퇴사하였다는데, 왜 그만두셨죠?"

"경찰에도 다 이야기했는데… 나는 수중 드론 개발을 하자고 했고, 백 대표는 탑승 드론에 사운을 걸자고 했어요. 하지만 요즘 세상에, 어떻게 하나에 모든 걸 걸 수 있나요? 달걀은 한 바구니에 담지 말라고 했는데… 거기다, 아시나요? 탑승 드론이란 게 이상적인 교통수단 같지만, 그건 한계가 있어요."

나는 그녀가 무슨 말을 하는지 알 수 있었다. 탑승 드론의 최대 장점은 탑승자가 직접 운전할 필요가 없다는 점이지만 이는 가장 큰 약점이기도 하다. 인공 지능에는 한계란 게 있는 법이고, 하늘에 나는 게 드론뿐이지는 않으니 사고의 위험은 언제나 존재한다. 예를 들어 드론이 공중에 날아다니는 종잇조각 같은 것만 보아도 피하려

한다면 기체가 마구 흔들리게 마련이다. 또한 항공법상 자유롭게 날아서 다닐 만한 장소도 많지 않다.

"그래서, 좌우간 그 때문에 백 대표랑 많이 싸웠지만 그래도 난 날라 호 개발에 대표님 못지않게 공헌했어요."

조대현은 잠시 사무실을 둘러보더니 유리 막 같은 걸 하나 가리켰다.

"저게 그 투명 태양전지인가요?"

"아, 네! 백 대표가 구했어요."

정말 신기했다. 저 얇은 필름이 태양전지라니, 전자 제품에 코팅하듯 붙이기만 해도 햇빛으로 충전할 수 있다는 말이 된다.

"그렇다면 하나 더 여쭤보고 싶은데요. 오늘 여기는 왜 오셨습니까?"

"비록 퇴사한 몸이지만, 이 회사는 내가 청춘을 바친 곳이기도 해요. 거기다 내가 투자한 돈도 아직 받지 못했거든요. 그래서 투자자들을 설득해서 회사를 살려보려고 했어요."

내가 보기에는 그녀가 오히려 대표 자리를 노리고 있는 것 같았다. 아무래도 창립 멤버인 만큼 투자자들만 설득하면 그녀는 해고 사원에서 대표로, 거의 인생 역전 급의 변화를 일으킬 수도 있을 것이다.

더욱이, 이명진은 동기가 있었다. 백준수는 드론 대회마다 번번이 그녀에게 우승을 빼앗기곤 했다. 그런데 그가 함께 드론 업체를 차리자는 제안을 했을 때 뜻밖이었지만, 회사가 궤도에 오르자 그녀는 사업을 하는 데 보람을 느꼈고 자신도 물심양면으로 회사 일에 힘썼다. 그런데 백준수는 그동안 회사 사원들에게도 속이고 그녀의 아이디어를 자신이 써버렸다.

그러던 어느 날 서희주가 메네스 드론에 거의 낙하산이나 다름없이 입사한 후부터 둘의 갈등은 심해졌다. 향후 회사의 제품 개발 방향에 대해서 의견 차도 심해진 데다 서희주가 백준수에게 추파를 보내기 시작하였기 때문이었다.

그러던 어느 날, 백준수가 이명진에게 회사에서 나가라고 했다. 서희주에게 홀딱 빠져 그러는 거냐고 따졌는데, 백준수는 서희주의 아버지가 투자자라는 핑계를 대고 일단 그녀를 달래야겠다며 적당한 때 다시 부를 테니 오라고 했다. 대표가 비서의 눈치를 보다니 말이 되는가 했지만, 일단 이명진은 그의 말대로 했다.

다음으로 우리가 만난 사람은 정수호였다. 그는 제주도에서 백 대표를 기다리던 사람으로서 시체의 첫 발견자이기도 했다.

"저도 할 말은 경찰에서 다 했습니다. 제가 첫 발견자라서 정말 집요하게 묻더군요. 전 그냥 대표님을 맞으러 제주도에 미리 가 있었고, 날라 호 문도 제가 열었죠."

"열었을 때 뭔가 이상한 점은 없었나요?"

"대표님이 쓰러져 있는 모습만 보았을 뿐입니다."

"핸드폰이 바닥에 떨어져 있었다고 했는데… 혹시 보셨나요?"

"대표님 깨우느라 정신없어서……."

"보아하니 서희주 씨랑 이명진 씨는 별로 사이가 좋아 보이지 않는데, 무슨 일이 있었나요?"

조대현이 물었다.

"이명진 씨는 우리 회사 전 부대표였고, 서희주 씨는 이번에 새로 들어왔는데 백 대표님이랑 개인적으로도 만나는 것 같았습니다. 하지만 둘이 잘된다고 한들 나쁠 건 없죠. 백 대표가 유부남도 아닌데… 거기다 사실 서희주 씨가 투자자 중 한 명의 딸이거든요. 그러니 낙하산이라고도 할 수 있죠. 하하하. 하지만 잘되면 회사에 큰 도움이 될 수도 있었거든요."

짐작하기는 했지만, 역시 서희주는 회사 차원이 아니라 개인적으로 우리에게 의뢰할 정도로 백 대표를 마음에 두고 있었던 것 같다.

"그런데 그때부터인지는 몰라도 이명진 씨랑 백 대표님이랑, 둘이서 자주 싸우곤 했습니다. 혹시 백 대표랑 이명진 씨가 원래 애인 사이였는지, 아니었는지는 모르지만요."

사원도 별로 없는 이 회사에서 그런 걸 알아차리지 못하다니 정수호는 꽤 둔감한 인물인 모양이다.

"서희주 씨가 백 대표를 죽였을 확률은 없나요? 아무래도 살아 있던 대표랑 제일 마지막까지 같이 있었던 사람이니까요."

내가 물었다.

"설마요! 대표님을 곤란하게 하려면 차라리 아버지를 설득해서 투자를 철회하도록 하든지 했겠죠!"

정수호는 어깨를 으쓱했다. 뜻밖이었다. 만약 그가 서희주에게 마음이 있거나 했다면 펄펄 뛰며 그녀를 감쌌을 것이다. 순간 조대현의 눈빛이 나와 살짝 마주쳤다. 틀림없이 '이 바보'라는 신호가 맞을 것이다.

조대현과 나는 정수호의 안내로 별채에 가보았다. 그곳에는 개발

중이거나 이미 만든 드론이 여러 대 있었다.

"드론도 여러 종류가 있군요."

"네, 이건 방송용 헬리 캠입니다. 그거 말고도 구조용, 농업용도 있죠. 우리나라에 드론 비행 금지 구역이 많기는 하지만 그렇지 않은 곳에서는 여러 분야에서 응용할 수 있습니다. 우리가 만드는 건 주로 촬영용이랑 레저용이지만요."

"그런데 드론이 이렇게 작으면, 악용될 수도 있지 않나요? 첩보나 범죄용으로요."

내가 선반에 놓인 상품들을 보며 슬쩍 질문을 던졌다.

"물론 그럴 수도 있죠. 미국 어느 대학 연구 팀이 만든 초소형 드론은 거짓말 하나도 안 보태고 동전만 해요. 나뭇잎에 앉을 수도 있습니다."

"대단하군요. 이명진 씨가 만들었다는 수중 드론은 어디 있나요?"

"여긴 없어요. 그건 이명진 부대표님이 혼자 만든 거라서요. 우리도 시장을 넓히기 위해서 수중 드론도 만들자고 했는데, 백 대표님은 몇 년째 탑승 드론에만 모든 걸 걸었거든요. 그래서 전 솔직히, 이번에 부대표님이 돌아와 대표가 되어서 회사를 어떻게든 안정시켰으면 좋겠습니다. 솔직히 백 대표님이 부대표님 내쫓은 건 부당했어요."

진심일까, 아니면 유력한 차기 대표인 이명진에 대한 아부일까, 나는 잠깐 생각해 보았다.

"응? 이건 뭡니까?"

조대현이 한편에 방수포에 싸여 있는 뭔가를 가리키며 물었다.

"아, 그건 날라 2호입니다. 두 대 만들었거든요. 1호랑 똑같습니다."

정수호는 방수포를 걷어 보였다. 그러자 날렵한 몸체의 드론이 드러났다. 프로펠러와 다리만 없다면 마치 스포츠카 같았다.

"멋지군요!"

"감사합니다."

정수호는 씩 웃고는 날라 2호 몸체를 두드려 보았다. 조대현은 슬쩍 한마디 했다.

"그런데 날라 2호는 창문을 열 수 없군요?"

"사실 그것 때문에 대표님이랑 부대표님이랑 많이 다퉜어요. 창문 열면 창문으로 뭘 떨어뜨리거나 몇몇 자각 없는 사람들이 창밖으로 뭘 버릴 수도 있다. 그리고 반대로 창문 열고 공중에서 바람 쐬는 것도 좋다, 하면서요. 그래서 일단 1호는 창문을 열 수 있게 하고, 2호는 열 수 없게 했어요. 둘 다 시험은 해야 하니까요. 사실 백 대표님은 자동차 에어컨을 별로 좋아하지 않아서 늘 차 창문을 열고 다니셨거든요. 그건 그렇고, 뭣하면 한번 타보시겠어요? 시험용 코스는 여기 입력되어 있습니다."

"경로를 설정할 수 있나요?"

"물론입니다. 목적지만 입력하고 알아서 가게 할 수도 있지만, 관광지나 국립공원 같은 데서도 쓸 수 있도록 코스를 정할 수도 있어요. 충전은 해놓았습니다."

정수호는 차 키 리모컨처럼 생긴 것을 눌렀다. 그러자 문이 열렸다. 조대현은 나를 잡아끌었다. 나는 조금 겁나긴 했지만 호기심이 생겼다. 이럴 때가 아니면 탑승 드론을 언제 타보겠는가.

"좋습니다. 터치스크린에 있는 A 코스를 눌러주세요."

내가 코스를 눌렀다. 그러자 드론은 자동차처럼 저절로 창고 밖으로 나갔다. 나가자마자 접혀 있던 날개 네 개가 일제히 펼쳐졌고 프로펠러들이 돌기 시작했다. 그 소리가 정말 작았다. 왜 드론의 어원이 '벌이 윙윙대는 소리'인지 알 수 있었다.

"와, 이거 괜찮은데?"

드론의 비행은 생각보다 훨씬 더 안정감 있었다. 날라 2호는 드론 비행장을 거쳐 산 위에까지 올랐다.

"이 안에서 샴페인이라도 한잔하면서 여행할 수 있도록 음료 냉장고도 설치되어 있는데? 거기다 라디오까지 있네."

내가 말했다. 산 정상에 가자 드론은 돌아섰고 호수 바로 위로 향했다.

"아니, 이게 뭐야? 왜 물 위에 내리지?"

내가 놀라기도 전에 바로 밑에서 다리가 펴졌다. 드론이 물에 내릴 수 있게 하는 보조 장치인 모양이었다.

드론이 호수에 내리자, 프로펠러의 방향이 뒤를 향했다. 그러자 날라 2호는 자동으로 모터보트처럼 달리기 시작했다. 호수 끝까지 가자 드론은 다시 날아올라 메네스 드론 앞뜰에 내렸다.

"정말 훌륭합니다!"

나는 엄지를 들어 올렸다. 국립공원 같은 곳에서 드론을 이용하여 코스 관광을 하면 꽤 인기를 끌 것 같았다.

"백준수 씨가 저걸 타고 가다가 중간에 바다에 내려서 이명진 씨랑 만났는데, 이명진 씨가 독침으로 그 사람을 죽이고 도로 드론에 넣은 다음에 날려 보낼 수도 있잖아."

"그것도 불가능해. 날라 호는 문이 열린 상태에서는 이륙할 수 없으니 이륙 버튼만 누르고 뛰어내릴 수가 없어. 그리고 내렸다면 그 근처의 다른 낚싯배들이 봤겠지. 거기다, 가는 길에 블랙박스에 다 찍혔잖아. 물에 내린 적은 없어."

"맙소사. 이거 원, 유령이 와서 살해한 것도 아닐 테고… 그렇다면 서희주 씨는 아니다, 아니다 해도 이건 역시 자살 아닐까? 타살로 위장한 자살."

"그렇다면 드론을 추락시키는 편이 낫겠지. 수동 모드로 바꾼 다음에 어디 산에라도 돌격하면 그만이지. 수동 모드는 기록에 남지 않으니 그편이 사망 보험금 받기도 더 좋잖아."

"자긴 죽어도 자기 드론은 죽이기 싫었던 건가?"

나는 한마디 했다. 그러자 조대현이 휙 나를 돌아보았다.

"잠깐, 뭐라고?"

"자긴 죽어도, 자기가 사운을 걸고 개발한 드론까지 망가뜨리기는 싫었던 거 아닌가 하고 말이야."

"그래, 그럴 수도 있겠네. 메네스 드론은 탑승 드론 개발에 사운을 걸었고 그 때문에 빚도 꽤 많이 얻어 썼지?"

"그런데?"

"흐음."

조대현은 잠시 생각한 후 내게 물었다.

"서희주 씨는 해남에, 정수호 씨는 제주도에, 그리고 이명진 씨는 추자도 앞바다에 있었어. 이 중에 누가 어떻게 했을까?"

"아무래도 드론을 잘 다룰 줄 아는 이명진 씨가 수상하지 않아? 서희주 씨는 이제 막 드론 자격증을 땄다고 했고, 정수호 씨는 드론을 잘 다루긴 해도 주 업무는 마케팅이었고, 이명진 씨는 국내에서 거의 정상급 드론 제작자이자 조종사라고 했어."

"음… 그럼 만약에 너라면 공중에 멈춘 헬리콥터를 총으로 격추할 때 어디를 공격하겠어?"

나는 잠시 생각한 뒤 대답했다.

"어디에서 쏘느냐에 따라 다르지만, 아무래도 프로펠러를 쏘는 게 좋지 않겠어? 약점이니까. 하지만 날라 호는 프로펠러 하나 정도는 망가져도 움직일 수 있도록 설계되었고, 물에 빠지거나 하면 자동으로 그 보조 장치가 펼쳐진다고 했잖아. 차라리 나라면 다른 걸 쓰겠어."

"다른 거라니?"

"이열치열, 드론은 드론으로 잡는 거야. 드론은 원래 군사용이었잖아. 소형 드론에 폭탄을 실어서 폭파하는 거지. 요즘은 구슬만 한 폭탄도 있으니까."

"소형 드론?"

조대현이 나를 보았다.

"전에 그, 정수호 씨가 그랬잖아. 동전만 한 드론도 있다고. 그렇게 작은 건 센서에도 잘 잡히지 않고, 잡혀도 새 같은 거로 인식되지 않을까? 그 드론에 폭탄을 달아서 터뜨리면 그만이지. 하지만 바보야, 시속 100km로 나는 드론을 드론으로 잡을 수 있겠어?"

말은 그렇게 했지만, 조대현은 나를 보았다.

"그래, 그 방법이 있다."

조대현은 씩 웃었다.

"응?"

나는 눈을 떴다.

"윤경식의 돌대가리도 가끔은 도움이 된다니까."

"뭐야?"

조대현은 전화기를 들었다.

"아, 고 형사님?"

다음 날, 조대현과 나는 메네스 드론 본사로 갔다. 들어가자마자, 조대현은 한 사람을 가리키며 말했다.

"범인은 당신입니다."

이명진은 펄쩍 뛰었다.

"뭐, 뭐라고요?"

사람들도 모두 놀랐다.

"당신이 백준수 대표를 죽였습니다."

"내, 내가 어떻게요! 백 대표가 죽었을 때, 나는 배를 타고 있었어요!"

"정수호 씨나 서희주 씨 등 다른 직원들에 비해서는 훨씬 가까이 있지 않았습니까?"

"그거랑 그게 무슨 상관이에요!"

"상관있죠."

조대현은 이명진을 보며 말했다.

"당신은 사건이 일어나기 며칠 전, 공장에 드론 부품 주문을 했던데요?"

"회사 그만두고 내 드론 업체를 차리고 싶어서 그랬다고, 몇 번이나 말했잖아요! 다 내가 설계한 거라고요!"

"그런데 초소형 드론도 있더군요, 손바닥 정도 크기의?"

"그게 뭐 어때서요? 그 정도 크기 드론은 뭐냐, 셀카 찍는 용으로도, 연습용으로도 흔해요! 그리고 그게 왜 문제가 되나요?"

이명진이 외쳤다. 조대현은 차분히 설명을 시작했다.

"간단합니다. '드론은 드론으로 잡는다!' 죠."

조대현은 말을 이었다.

"날라 호에는 날면서 음료수를 마실 수 있도록 작은 냉장고가 있었습니다. 바로 그 안에 당신은 초소형 드론을 설치해 놓았죠."

"뭐라고요?"

"전에 들으니, 미국의 어느 대학 연구 팀에서 개발한 드론은 동전만 하다고 하더군요. 그만은 못해도 조그만 걸 당신은 그 안에 숨겨 둔 겁니다. 그리고 백 대표가 냉장고 문을 연 순간 뭔가 센서 같은 게 가동되며, 그 드론에 달린 독침이 그 사람을 찌르도록 했죠."

"말도 안 되는 소리 하지 말아요! 아무리 작은 드론이라도, 그 안에 숨긴 걸 백 대표가 어떻게 못 알아차려요?"

"방법이 있습니다. 위장 전술이죠."

"네?"

조대현은 사진을 하나 꺼내 보였다.

"보세요. 이건 백 대표가 날라 호에 타기 직전에 찍은 사진입니다. 날라 호 안에도 음료수를 넣을 수 있는 냉장고가 있는데, 백 대표가 타기 전에는 음료 캔이 두 개 있습니다. 하지만, 제주 경찰서에 있는 보고서에 보니 음료가 한 캔밖에 없었습니다. 그게 무엇을 말하는 걸까요? 동전만큼 작지는 않아도 너비가 사람 손가락 두 개 정도인 초소형 드론이라면 음료 캔, 뚱뚱한 캔 안에는 들어갑니다!"

"헉!"

순간, 이명진의 표정이 달라졌다.

"당신은 미리 뚜껑을 도려낸 음료 캔에 드론을 숨기고, 밤에 몰래 날라 호에 접근해 냉장고 안에 그 음료 캔을 넣었죠. 당신은 메네스 드론 부대표였으니 CCTV 피하는 법은 물론, 들어가는 방법 등도 알고 있었을 겁니다. 그리고 그 드론에는 그 음료 캔을 매달았죠. 그리고 당신은 바다에서… 날라 호의 코스를 미리 알고 그 밑에 있다가, 자기 리모컨으로 그 소형 드론을 조종했지요. 당신은 백 대표가 차 문을 열고 달리는 버릇이 있다는 것을 알고 있었으니, 그 창문으로 드론은 물론 그 음료 캔까지 나오게 한 다음에 그대로 바다에 빠뜨려 버렸죠. 당신은 최고의 드론 제작자이자 조종사니까 충분히 가능했을 겁니다!"

"대, 대체!"

사람들은 모두 이명진을 보았다.

"당신이 대표를 죽이면서 날라 호를 건드리지 않은 이유는 간단합니다. 날라 호는 메네스 드론에서 사운을 걸고 개발한 겁니다. 당신은 투자자들을 구워삶아서라도 당신이 대표가 되려고 했죠? 그러려면 대표가 죽는다고 해도 날라 호 시험 비행이 실패해서도 안 되고, 드론 자체도 망가지지 않아야 했습니다. 실제로 우리가 탄 날라

2호는 시험 비행에 성공했죠. 그 때문에 당신은 밀실 살인을 계획했던 겁니다. 그러다 보면 결국 보험금 노려 타살로 위장한 자살로 처리되겠죠."

이명진은 기가 차다는 듯 조대현을 보았다.

"참, 정말 웃기는군요. 듣자 하니 그럴듯하지만 내가 그랬다는 증거 있어요, 난쟁이 아저씨? 키가 요만하니 머리도 요만한 거 아닌가요? 아니, 머리는 큰데 뇌는 조그만가?"

조대현은 몸집에 비해 머리는 꽤 큰 편이다. 나는 그 와중에도 피식 웃음이 나왔다. 조대현은 내게 눈짓을 했다. 나는 무슨 뜻인지 알 수 있었다.

"증거가 있죠!"

"아, 아니, 그게 무슨!"

"이 방법을 떠올리자마자 제주도 경찰관들을 총동원해서 사건이 일어났던 바다를 수색하라고 부탁했죠. 그 상황에서 당신이 드론을 처분하기는 어려웠을 것이고, 간단한 방법은 그냥 바다에 빠뜨리는 겁니다. 그런데 안타깝게도 이 음료 캔은 발견되고 말았습니다. 여기서 당신의 지문은 물론, 백 대표의 지문까지 나왔어요."

조대현이 비닐에 담긴 음료 캔을 들어 보이며 말했다. 이명진의 얼굴에 식은땀이 흐르기 시작했다.

"어, 어떻게 그런 짓을!"

서희주가 벌떡 일어나 이명진에게 달려들었다. 경찰관들이 가까스로 막았지만, 분노에 찬 그녀의 힘은 남자 경관들도 쩔쩔맬 정도였다.

"대표님 살려내!"

이명진은 분노에 찬 얼굴로 서희주를 보았다.

"대표님 살려내? 네가 몽땅 망친 거 아냐! 너만 없었어도 그 사람이 그렇게까지 하지는 않았을 거야!"

그녀는 절규했다.

"그 날라 호, 그 이름도 내가 지었고 투명한 태양전지 코팅도 내 아이디어였는데, 백준수 그놈이 그걸 모두 빼앗았어! 내가 이 회사에, 자기에게 청춘을 다 바쳤는데! 그래서 그놈을 없애고, 투자자들을 설득해 내가 여기 대표가 되려고 했어요!"

"정말, 부대표님이 그럴 줄은……! 제가 조금이라도 눈치가 있었다면 막을 수 있었을지도 몰라요! 아니, 내가 옆에 있기만 했어도 됐을 텐데요. 이럴 줄 알았으면 대표님을 설득하든지, 아니면 같이 퇴사하고 둘이서 새 드론 업체를 차릴걸……!"

이명진이 연행된 후, 정수호는 도저히 믿을 수 없다는 얼굴로 말했다. 나는 혹시 그가 서희주에게 마음이 있었던 걸까 생각했는데, 알고 보니 이명진에게 있었던 모양이다.

"앞으로 저 회사는 어떻게 될까?"

내가 물었다.

"그것까지 우리가 상관할 바는 아니지."

사실, 조대현이 방금 꺼낸 그 음료 캔은 백 대표가 드론에 타기 전에 찍은 사진을 바탕으로 내가 도려낸 것이다. 그 바다에서 음료 캔 하나 찾기란 거의 불가능에 가까운 일이다.

"드론이란 게 정말 대단한 것 같아. 사실 제대로만 한다면 아주 이상적인 자가용이기도 하지 않겠어? 교통 체증 없고, 가만히 앉아서 가기만 하면 되고. 막상 타보니까 생각보다 안정감도 있던데."

나는 탑승 드론을 타본 느낌을 솔직히 말했다.

"그랬어? 뭐, 그럴 수도 있겠네. 좌우간 드론이 세상을 바꾼다고 듣기는 했는데 이런 일까지 있을 줄은 몰랐다."

"그래도 말이야, 동전만 한 드론이라니, 주변에 뭔가가 윙윙대서 파리나 모긴 줄 알았는데 알고 보니 초소형 드론이고 자신을 촬영하고 있었거나, 아니면 아예 자기를 노리고 있었다면 어떨까? 소름 끼친다."

"뭐, 쓰기 나름이지."

조대현은 별거 아니라는 듯 말했다.

"그런데 참 이상하네, 드론은 꿀벌이 윙윙대는 소리에서 비롯되었고, 거기서 착안해 회사 이름을 메네스, 드론 이름은 날라라 지었는데. 꿀벌에서 시작해서 꿀벌로 끝난 셈이다."

내가 말했다. 그러자 조대현이 한마디 덧붙였다.

"그러고 보니 너, 파라오 메네스가 어떻게 죽었는지 알아?"

"모르는데?"

"여러 가지 설이 있어. 개에게 쫓기다가 물에 뛰어들었는데 그때 나타난 악어에게 물려 죽었단 말도 있고, 암살당했다는 말도 있고, 하마에게 물려 죽었다고도 해. 물론 실제로는 악어에게 물려 죽은 게 아니고 악어를 신으로 섬기던 지역 사람들에게 암살되었다고 해석하기도 하지만."

"저런, 편하게 죽지 못했네."

"그런데 그 설들 중 하나가 뭔지 알아?"

"뭔데?"

"말벌에 쏘여 죽었대."

"맙소사, 꿀벌에게 제일 무서운 적이 말벌인데, 메네스 드론이라더니 결국 죽음까지 비슷하게 됐네."

나는 씁쓸히 말했다.

대결

장우석

한국 추리작가협회에서 발간하는 추리 잡지 〈계간 미스터리〉 2014년 봄호에 「대결」로 등단,
이후 「안경」, 「파트너」, 「방해자」, 「영혼 샌드위치」, 「가로지르기」 등의
추리 단편을 발표해 왔다. 서울의 한 여자고등학교 수학 교사이기도 하다.

만남

'얘가 누구더라?'

스승의 날이 며칠 지나서 찾아온 제자와 대화를 하며 J는 계속 머리를 굴린다. 가끔씩 있는 일이지만 사전 연락 없이 학교로 찾아온 제자와 표정 관리를 해가며 이른바 비대칭 대화를 할 때가 있다. 제자는 나를 아는데 나는 눈앞에 있는 제자가 누군지 기억이 나질 않는 상황 말이다. 특히 학교를 졸업한 후에도 잊지 않고 모처럼 모교에 와 환하게 인사를 하며 다가오는 제자를 보며 '그런데 넌 누구?' 라는 질문을 던질 만큼 J는 자신의 인생을 막살지 않는 모범 교사이다.

낯익은 얼굴, 최소한 20대 중반 이상의 나이, 스스럼없는 자연스러운 모습. 부임 초기의 제자임에는 틀림없는데 도대체 기억이 나질 않는다.

"선생님, 여전히 아이들에게 썰렁한 농담 많이 하세요? 조종례 하실 때 참 재밌었는데……."

"으응… 뭐, 예전만큼은 아냐. 아이들의 개그 코드도 변해서… 넌 잘 지내지?"

"그럼요. 선생님이 이렇게 스스럼없이 편하게 대해주시니까 더 좋네요. 졸업하고 원래 진로와는 다른 쪽으로 취직했어요. 처음 몇 년은 힘들었는데 지금은 좋아요."

'편하다니, 이거야 원. 원래 진로가 뭔지 모르니 다른 질문을 하자.'

"벌써 그렇게 시간이 흘렀구나. 그건 그렇고 내 수업이 재밌었니? 이렇게 졸업하고도 찾아오다니 감동이다."

"선생님 수업도 좋았고, 특히 수업 시간에 해주시는 이야기들이 재미도 있고 아이들에게 도움도 되는 이야기들이 많았어요. 그런 이야기들은 어디서 얻으신 거예요?"

"주로 책에서 얻지. 잡다한 독서가 생각지 못했던 곳에서 많은 도움이 된단다."

"그때 저한테 읽고 독후감 써 오라고 하신 책도 좋았어요."

'독후감을 써 오라고 했다고? 음… 실마리가 될 뭔가가 나온 것 같다. 그런데 내가 학생들에게 책을 읽고 독후감으로 써 오라고 한 적이 있었나? 일단 책 제목 정도야 물어볼 수 있겠지?'

"그때 내가 읽어보라고 한 책이 뭐였더라?"

"…기억 못하시는구나. 아주 재밌는 책이었는데… 질문하는 법인지 질문의 힘인지 하는 제목이었어요."

질문의 힘? J는 학급 학생들 전체에게 읽게 한 기억이 없다. 당시 동아리도 맡지 않았고……

슬쩍 쳐다보니 X는 느긋하게 추억에 빠진 듯한 미소로 J를 쳐다보고 있다. 이렇게 시간이 지났는데도 찾아온 걸로 보아 J와 가까웠던 아이인 건 분명한데… 하지만 자부심 있는 모범 교사가 여기서 포기할 수는 없는 노릇이다.

"도움이 되었다니 다행이다. 내 수업 시간에 또 재미있었던 기억은 없니?"

"로그를 가르치실 때 기억에 남아요. 자연 현상에서 로그함수의 방식으로 변화하는 실례들을 들어주시면서 그래프와 수식, 그리고 개념을 연결하여 주셨거든요. 인상적이었어요."

"그랬구나. 로그 같은 개념은 다른 것에 비해서 가르치기가 상대적으로 수월해. 내용이 어렵지 않은 데다 실제적인 실례들을 제시하며 가르칠 수가 있거든."

로그는 2학년 내용이다. J는 무려 5년 동안 2학년 수업을 전담해 왔다. 범위가 너무 넓다. 웃는 표정으로 다음 질문을 생각하고 있는 J의 귀에 6교시 수업 시간 시작종이 들린다. J가 잠깐 고민하는 사이에 눈치 빠른 X가 먼저 말한다.

"선생님 수업 들어가셔야 되니까 전 다른 선생님들 몇 분 더 뵙고 수업 끝날 때 와서 인사드리고 갈게요."

"음, 그래. 그럼 좀 이따가 보자."

J가 자리에서 일어서는 순간, 질문 하나가 떠오른다.

"이제 곧 종례구나. 지금도 난 종례가 긴 편이거든. 그때 종례가 길다고 투덜거린 반 녀석들이 몇 명 있었지. 기억나니?"

"하하, 선생님 종례가 길긴 길었죠. 차라리 조례를 길게 하는 게 좋겠다고 저한테 와서 이야기하는 아이들도 있었어요. 그래도 전 재미있고 좋았어요. 기억나는 이름은… 오래전이라 잘… 아! 상은이가 특히 우리 샘 종례 너무 길다고 투덜거렸죠. 녀석, 지각도 많이 했으면서."

이제 50분의 시간이 확보되었다. 상은이라는 지각쟁이를 통해 X의 정체를 알아내야 하는 것이다. 교무실을 나서면서 X를 보니 여유롭게 살짝 웃는 모습이 왠지 이렇게 말하는 것 같다.

"50분 동안의 숙제입니다. 내가 누군지 맞혀보세요."

냉정하게 생각하면 수업이 중요하건만 지금 J에게는 모범 교사로서의 자긍심이 상처받지 않기 위해 미지의 제자 X의 정체를 파악하는 일도 수업만큼 중요한 일이 되어버렸다. 수업하는 중에 오상은이라는 아이가 기억났다. 2005년에 J가 담임을 했던 학생이다. 또 박상은이라는 아이도 있다. 2007년에 담임을 했던 아이다. 당시 모두 2학년이었으며 누가 지각 대장이었는지도 기억나지 않는다. 문제는 상은이들의 얼굴은 대충 기억나는데 X의 이름은 기억이 나지 않는다는 사실이다. 아니, 정확히 말하면 기억이 날 듯한데… 분명 낯선 얼굴이 아니다. 더구나 책을 읽어보라고 권해줄 정도로 친했던 아이를 왜 J는 기억하지 못하는 걸까?

수업이 끝난 2-8반 교실은 1층 끝에 있어서 2층에 있는 교무실과는 상당한 거리가 있다. 가급적 느린 걸음으로 교무실로 돌아오며 J는 X와의 대화를 천천히 되씹는다. 아까 대화 도중 어딘지 모르게 살짝 위화감을 느꼈기 때문이다. 아주 사소한 단어가 귓속을 맴돌며 명확하게 잡히질 않는다. 마치 X의 이름처럼… X는 J의 수업이 그래프와 수식, 개념을 연결해 준 좋은 수업이었다고 회상했다.

'…그래프, 수식, 개념, 현상……? 음… 그리고 또 뭐였지? 그래, 질문의 힘이라는 제목의 책을 읽었다고 했다. 그다음이 뭐였지? 상은이 이야기였다. 종례가 길다고 투덜거렸다고 했는데… 길지도 않았던 이 대화들 중 어딘가에서 X가 한 말 중에 어색한 단어가 있었다. 생각을 하자. 생각을……'

맞은편에서 지나가며 반갑게 인사하는 아이들을 건성으로 대응하며 갈지자걸음으로 가고 있는 J에게 뒤따라오는 K 교사가 말을 건다.

"야, 이제 한 시간 남았다. 선생님, 전 다음 수업이 없어서 오늘 수업 땡입니다. 그나저나 5월인데 무지 덥네요."

"그렇죠? 고생하셨습니다."

가급적 대화를 피하며 걷고 있는 J를 향해 K가 인사하며 빠른 걸음을 내닫는다.

"수업하는데 아이들이 에어컨 안 트냐고 그러더라고요. 그럼 선생님, 반 아이와 면담이 있어서 저 먼저 갑니다."

"예."

이제 곧 교무실이다. 몇십 초 안 되는 남은 시간마저 K와 대화하느라 놓친 J는 들키지 않고 X와 작별하는 쪽으로 방향을 바꾸기로 한다. 바로 그 순간, 조금 전 K가 한 말이 귀에 걸린다.

아이들이 에어컨 틀어달라고, 아이와 면담이 있어…….

아까부터 J가 느끼던 위화감의 정체가 서서히 드러나는 것 같다. X도 이 단어를 여러 번 사용했기 때문이다. 아이들에게 도움이 되는 이야기들이 많았다든지 종례가 길다고 자신에게 와서 이야기하는 아이들이 있었다든지 등등.

아이라는 단어는 교사가 학생들을 지칭하는 자연스러운 단어이다. 학생들끼리 지칭할 때는 친구들 또는 애들이라는 단어가 보다 자연스러운데 대화하는 중에 X는 친구들 또는 애들이라고 하지 않고 아이들이라는 단어만을 여러 번 사용하였다. '이게 단순한 우연일까?' 하는 생각과 함께 대화 중에 X가 한 말들이 주욱 스쳐 가며 생각이 조금씩 정리되어 간다.

그래프, 수식, 개념, 현상의 연결 등은 수학 전공자나 사용하지 일반인에게는 어려운 표현들이다. 여기까지 생각이 미치면서 J는 그제야 질문의 힘이라는 책을 읽은 이유를 기억해 낸다. 그 책에는 수업을 하는 사람이 수강자에게 적절한 질문을 해가면서 상호적 소통을 유지하며 동적으로 수업하는 기술이 담겨 있었다. 요컨대 자신의 수학 교수법을 개선하고자 J는 이 책을 사서 읽었던 것이다.

아이들이라는 표현, 수학 전공자, 질문의 힘이라는 책.

그렇다면……?

'아아… 그랬구나.'

이상의 단서들이 하나로 연결되며 7~8명의 얼굴이 순식간에 머릿속을 스쳐 가다가 2005년도 근처에 기억이 머물러 J는 자신이 얼마나 황당한 짓을 저질렀는지 깨달으며 오랫동안 기억 속에 봉인돼 있던 X의 이름을 끄집어낸다.

교무실 문을 열고 들어간 J는 자신을 기다리고 있는 X에게 조용히 다가간다.

"이제 끝나셨네요. 선생님, 다른 선생님들 몇 분께 인사드렸는데 잘 못 알아보시네요. 그래도 W여고는 사립이라 예전 선생님들이 다 계셔서 좋아요."

"……."

"이제 가봐야 할 것 같아요. 연락도 없이 불쑥 와서 죄송해요, 선생님. 그래도 선생님께 꼭 오고 싶었어요. 여전하신 모습을 뵈니 제가 다 힘이 나네요."

"……."

말없이 자신을 보고 있는 J에게 X는 약간의 긴장을 느낀다.

"선생님, 왜 그러세요? 어디 불편하세요?"

"알고 있었죠?"

"갑자기 존대를 하시니 이상해요. 선생님, 아까처럼 편하게 불러 주세요."

"내가 자기를 기억 못하고 있다는 걸 알고 일부러 테스트한 거죠?"

굳이 말하지 않아도 서로 통하는 순간이 있다. 바로 지금처럼 말이다. 몇 초 동안 서로 쳐다보며 침묵의 눈싸움을 하던 J와 X는 누가 먼저랄 것 없이 와락 웃음을 터뜨린다.

"예, 죄송해요. 그런데 역시 선생님이세요. 절 기억해 낼 줄 알았다니까요, 하하."

"이것 참, 선 선생님. 아무리 그래도 교생이었던 분이 학생처럼 연기를 하면 어떻게 해요? 깜빡 속았잖아요."

선다형(善茶形) 교생. J에게 학과와 담임 지도를 받은 여덟 명의 교생 중 한 명으로 2005년에 약 1달 동안 W여고에서 실습을 하였다. S여대 수학과 출신으로 작은 몸집에 활달한 성격에 웃는 모습이 인상적이었다. 8년이 지난 이 시점에, 그것도 스승의 날이 며칠 지나지 않은 날 불쑥 찾아올 줄 누가 알았으랴!

"사실 처음에 인사하고 바로 말씀드리려고 했어요. 그런데 선생님이 말을 놓으시더라고요. 절 제자들 중 하나로 생각하신 거죠. 이름까지는 기억 못하시더라도 제자와 헷갈리시다니… 약간 서운한 생각도 들었지만 워낙에 시간이 지났고 또 많은 제자가 찾아왔을 테니 그럴 수도 있겠다 싶어 이해하기로 하고, 대신 기억하실 수 있게 힌트를 드리는 쪽으로 생각을 바꿨죠."

"그래서 책 이야기를 한 거군요."

"예. 제게 그 책을 읽고 독후감을 쓰게 하셨잖아요. 수업하는 사람이 꼭 읽어봐야 할 책이라고 하시면서요. 독후감 제출하고 몇 분 동안의 짧은 시간이었지만 저랑 책에 대해 토론도 하셨으면서 기억 못하시더라고요. 그래서 또 로그 이야기로 힌트를 드렸죠."

"에이, 그건 힌트라기엔 너무 범위가 넓죠. 2학년 때 배웠다는 것 정돈데……."

"선생님, 정말 기억 못하시는군요. 제게 수업하라고 하신 내용이 로그였잖아요. 관련 자료를 3권도 넘게 주시고는 다 읽어보라고 하시고 지도안 내용을 두 번이나 수정하게 하셨으면서……."

"음, 그랬나요?"

갑자기 고개를 갸우뚱하며 X는, 아니, 다형은 말한다.

"그런데 선생님, 그러면 상은이 때문에 절 기억하신 건가요? 제게 읽게 하신 책이나 쓰게 하신 지도안 때문이 아니라 다른 학생을 통해서 간접적으로? 그렇다면 좀 서운한데요."

"아뇨. 제가 가르친 상은이가 한 명이 아니랍니다. 알 것 같으면서도 결정적인 부분에서 기억이 나지 않는 거예요. 그건 제가 아무런 근거 없이 선 선생님을 학생으로 규정하고 그 속에서 찾으려 했기 때문이죠. 그걸 깨닫는 순간 지금 이야기한 여러 가지 단서들이 자연스럽게 연결되면서 바로 기억나던데요, 뭘."

"그랬군요. 그래도 제 작전이 성공해서 선생님이 기억해 주시니 기분 좋네요."

"저야말로 오랜 시간이 지났는데 스승도 아닌 제게 인사하러 찾아와 주시니 고마울 뿐이죠."

"학생들을 사랑하고 또 사랑받으셨잖아요. 어두운 밤에 무서워서 교실에 놓고 온 책을 가지러 가지 못하고 있는 학생에게 책을 찾아다 주고 교문 앞에까지 데려다주신 주관식 선생님은 당시 교사를 희망하는 제 롤 모델이었어요. 졸업 후 꼭 스승의 날쯤에 찾아뵈어야지 하면서도 매년 그때마다 집안에 다른 일들이 생겨 못 뵈었어요."

주관식(周觀識)… J의 풀 네임을 처음 들은 사람들은 종종 진짜인지 되물어보곤 한다. 그건 선다형도 마찬가지이리라.

"원래 희망 진로와 다른 직장에 취직한 건 사정이 있었던 건가요?"

"예. 4학년 때 아버지가 큰 병에 걸려 입원하셨어요. 동생 학비도 문제고… 임용 시험에 바로 합격했으면 좋았으련만 보기 좋게 떨어져 버려 나중을 기약하며 우선은 취직해야 했죠. 어릴 때부터 범죄

소설을 좋아하고 관심이 많아서 아르바이트하면서 딱 두 달 공부하고 떨어질 각오로 본 순경 시험에 합격했어요. 그 해 응시자가 미달이었다던데 제가 생각해도 정말 운이 좋았던 거 같아요. 얼마 전에 경장으로 승진했어요. 아버지도 많이 좋아지셨고 저도 직장 생활에 만족해요."

"음… 그랬군요."

"다른 일이 있어서 이제 가봐야 할 것 같아요. 선생님, 오늘 제가 한 무례한 행동은 이해해 주실 거죠?"

"용서라뇨? 재밌었어요. 제가 문제 푸는 것을 좋아하는 거 아시잖아요. 담에 여유 있을 때 또 오세요. 차라도 한잔 사드릴게요."

"정말요? 야, 신난다. 그럴게요. 선생님, 그리고 부탁이 있어요."

다형의 부탁이 무엇일지 J는 궁금함과 기대감으로 눈빛이 빛난다.

"학생으로 착각하고 그러신 거지만 오늘 제게 말을 놓으셨잖아요. 처음에는 예상치 못해서 당황스러웠지만 대화를 할수록 오히려 편안하고 좋았어요. 앞으로도 편안하게 대해주시면 감사하겠어요."

한참 어린 제자뻘 나이이다 보니 그렇게 어색하지도 않을 듯싶어 J는 선뜻 수락한다. 다형이 J에게 말을 놓으라고 부탁을 하는 건 앞으로 종종 인사하러 와도 되냐는 완곡한 표현일 거라고 생각하며……

"그러죠, 뭐. 아니 …그러자!"

"예, 선생님. 감사해요. 담에 올 때는 미리 연락드릴게요. 오늘 감사했어요. 재미도 있었고요. 저도 수학과 출신이라 문제 내고 풀고 하는 거 좋아하거든요."

"하하, 그럼 다음에는 내가 문제를 내볼까? 오늘 만나서 즐거웠어."

때마침 마지막 7교시가 끝나는 종이 울린다. J는 예상치 못했던 다형과의 만남을 뒤로하고 2학년 11반 교실로 경쾌한 발걸음을 시작한다.

도난

이상하게 교실 앞 복도가 조용하다. 담임이 오기 전에 화장실을 갔다 오려고 나오는 아이, 복도 사물함 앞에서 슬리퍼를 운동화로 갈아 신는 아이, 각 층 복도에 2대씩 설치되어 있는 음수대에서 물 마시고 들어가는 아이 등, 종례를 하러 갈 때면 늘 있는 왁자지껄한 분위기가 없다. 스승의 날은 엊그제 지났는데 담임 놀랠 이벤트를 준비하는 것도 아닐 테고······.

교실 문을 열고 들어가는 순간, 모두가 말없이 J를 쳐다본다. J와 눈이 마주친 한 아이의 손에서 떨어진 볼펜이 바닥에 떨어져 앞쪽으로 굴러가는 소리가 들린다. 또르르르··· 그리고 침묵.

"회장, 무슨 일이지?"

지난 3월, 본인의 의지로 출마하여 1학기 학급 회장에 당선, 리더십을 발휘하며 친구들의 신뢰 속에서 학급 대표로서의 역할을 해온 권소영이 조용히 일어선다.

"선생님, 오후에 교실에서 도난 사고가 생긴 거 같습니다."

"누가 뭘 도난당했지? 구체적으로 이야기해 봐."

"지갑이 없어졌어요. 12시 20분까지는 있었는데……."

"누구 지갑이니?"

권소영이 머뭇거리며 말하려는 찰나, 주번인 윤민서가 분노를 머금은 표정으로 말한다.

"소영이 지갑이 없어졌어요, 선생님."

자신의 부주의로 학급 전체에 폐를 끼쳐서 민망한 마음과 지갑을 훔쳐 간 범인에 대한 분노가 뒤섞인 복잡한 표정으로 권소영이 이야기한다.

"12시 20분에 학생회실에서 2학년 회장 모임이 있었어요. 점심 먹고 교실에 있다가 모임에 갈 때까지는 지갑이 분명히 있었어요. 가는 길에 친구 빌려주려고 지갑에서 돈을 꺼냈거든요. 지갑을 서랍에 넣어두고 모임에 갔다 12시 35분쯤 교실로 돌아왔고 이후로 교실에서 오후 수업 받았어요. 6교시 직후에 매점에 가려고 지갑을 찾다가 없어진 것을 알았습니다."

W여고의 점심시간은 낮 11시 30분부터 12시 40분까지다. 수업 중에 남의 자리에서 지갑을 훔칠 수는 없으니 권소영의 지갑은 논리적으로 일단 다음 중의 어느 한 시점에서 사라진 것으로 볼 수밖에 없다.

※ 12시 20분 ~ 12시 35분쯤(점심시간)

※ 1시 30분 ~ 1시 40분(쉬는 시간)

※ 2시 30분 ~ 2시 40분(쉬는 시간)

쉬는 시간은 다른 반 아이들이 잘 들어오지 않는다. 들어와도 반 아이들이 교실에 많이 있기 때문에 서랍 속 물건에 손대기는 힘들다. 문제는 15분 동안의 점심시간이다. 꽤 길 뿐 아니라 아이들의 이동이 잦고 반 아이들이 거의 모두 밖으로 나가 있는 시간대이기 때문에 외부 범행이든 내부 범행이든 도난 사고가 생길 수 있는 가능성도 그만큼 커진다. 의심의 여지없이 도난은 점심시간에 일어난 것이다. J의 머리가 아파지기 시작하는 순간, 윤민서를 비롯한 몇 명의 아이가 뜻밖의 요구를 한다.

"선생님, 소지품 검사해 주세요."

학급 내에 범인이 있다는 강력한 정황 증거가 없는 상황에서 소지품 검사를 하기는 힘들다. 하지만 그렇다고 이대로 그냥 종례하고 집에 보내기도 찜찜하다. 지금 이 교실 안에 범인이 있을 가능성도 배제할 수 없기 때문이다. J는 표정 관리를 해가며 조심스럽게 말을 꺼낸다.

"음… 우리 반에 범인이 있다는 객관적인 근거 없이 소지품 검사를 하기는 어려울 것 같구나. 물론… 너희들이… 동의해 준다면… 모르지만 말이다."

J는 지금까지 학급 아이들의 소지품 검사를 한 적이 단 한 번도 없다. 몇 년 전 방과 후에 빈 교실에 들어와서 참고서와 교과서를 누가 훔쳐간 일을 제외하고는 도난 사고 자체가 없었기 때문이다.

"우리 반에서 도난 사고가 났으니 일단 교실 내에서 소지품 검사를 해보는 것은 당연하다고 생각합니다. 교실뿐만 아니라 복도 사물함 속까지 모두 다요. 그래도 안 나오면 거꾸로 다른 반에 범인이 있을 가능성이 커지는 거니까 해봐서 해로울 건 없을 거 같습니다."

언제나 명확하고 냉철한 부회장 유창희의 주장에 학급 아이들이 술렁거리며 분위기는 일순간 소지품 검사를 하는 쪽으로 기운다. 하지만 J에게 절차는 지켜져야 한다. 가르칠 것은 가르쳐야 한다.

"아무리 그래도 당사자의 동의 없이 소지품 검사를 할 수는 없단다. 얘들아, 다른 의견은 없니?"

귀가가 늦어져 불만이 있던 몇 명의 아이들도 이제 빨리 검사하고 털고 가는 쪽으로 가닥이 잡힌다.

"예, 없어요. 선생님, 소지품 검사해 주세요."

"음, 좋아. 그럼 가방, 서랍, 그리고 주머니에 있는 물건을 모두 책상 위에 내놓는다. 복도와 교실 뒤쪽의 사물함도 다 열어놓고."

검사가 빨리 끝나서 교실의 분노와 불안을 이름 모를 외부 범인에게로 날려 보내고 귀가하는 상황을 상상하며 J는 1분단 맨 앞에서부터 검사를 시작하려 한다. 그때다.

"선생님, 어떤 지갑인지 알고 찾으셔야 할 것 같은데요."

분위기와 어울리지 않게 터져 나온 아이들의 웃음소리에 모범 교사 J의 얼굴이 빨개진다.

"알았다. 소영아, 지갑의 특징을 말해다오."

"보통 크기의 녹색 가죽 지갑입니다. 아래쪽에 은색 나뭇잎 문양이 있어요. 새 거예요."

은색 나뭇잎 문양이 있는 녹색 가죽 지갑? 특징이 있는 만큼 발견할 가능성은 거의 없다는 생각을 하며 검사를 막 시작하려는 J의 귀에 4분단 중간쯤에서 웅성거리는 소리가 들린다.

"어?!"

"이거… 비슷한데."

"똑같은 거 아냐?"

심상치 않은 분위기를 감지한 J는 바로 소리가 나는 곳으로 한달음에 달려가 아이들이 쳐다보는 곳에 시선을 꽂는다.

은색 나뭇잎 문양이 아래쪽에 박힌 녹색 가죽 지갑이 거기에 있다.

지갑에 시선을 뺏긴 채 멍하니 선 J의 눈에, 마찬가지로 멍한 눈으로 서 있는 이지선의 모습이 들어온다. 순간적으로 멘붕이 된 J의 영혼과는 달리 지갑은 이지선의 책상 위에서 새 것 같은 자태를 뽐내고 있다. 예상 밖의 전개이다. J는 호흡을 가다듬고 터질 듯한 교실 분위기를 지탱하며 조용히 입을 뗀다.

"지선아, 소영이가 도난당한 지갑과 유사하게 생긴 지갑을 가지고 있구나. 지갑이 좀 특이해서 그러니 상황이 상황인 만큼 오해의 소지를 스스로 없애주는 게 어떨까 한다."

멍한 눈으로 J를 쳐다보던 이지선은 잠시 고개를 숙이고 입을 꽉 다물더니 고개를 들어 최대한 또박또박 천천히 말한다.

"예, 선생님. 이 지갑은 제 거예요. 속에 든 것도 물론 제 거고요. 소영이 이야기를 듣는 순간 저도 너무 놀라 당황했어요. 이런 지갑을 가진 아이가 설마 우리 반에 있을 거라곤 생각 못 했거든요."

곧이어 웅성거리는 아이들. 소란 속에 아무 말 없이 이지선을 쳐다보는 권소영의 눈빛은 놀라움과 의혹, 그리고 또 다른 무엇인가를 말하고 있다.

증거

"그러니까 이 지갑은 중학교 때 친구가 엊그제 지방으로 전학가면서 선물하고 간 거란 말이지?"

모두 퇴근하고 아무도 없는 교무실에서 J는 이지선과 일대일 면담을 하고 있다. 교실에서 이지선의 지갑을 확인한 이후에도 혼란과 침묵 속에서 초인적 인내를 발휘하며 다른 아이들의 소지품 검사를 끝내고 모두 귀가시킨 후였다. J는 지금 몸의 피로함을 무릅쓰고 앞으로 있을 교실 분위기에 대한 걱정 속에서 자신과 학급 아이들 모두가 만족할 만한 해답을 위해, 할 수 있는 최선을 다해 사건을 마무리해야 한다. 이지선과의 면담은 그 시작일 터이다.

"예. 선물로 받고 너무 좋아서 이틀 정도 가지고 있다가 오늘 처음 가져온 거예요. 그런데 어떻게 이런 일이······."

이지선은 성적도 우수하고 교우 관계도 좋은 편이지만 평소에 조용하고 말이 없는 편이라 그 존재가 잘 드러나지 않는 학생이다. 자신의 해명에도 불구하고 귀가하는 몇몇 친구의 눈빛과 표정 속에서 자신에 대한 의심을 읽은 지선은 억울함과 기막힘을 눈물로 토로한다.

"제가 소영이 지갑을 가져갔다면 제 서랍에 넣어뒀겠냐고요? 아무리 간이 부었어도 그렇게는 못해요. 흔히 볼 수 있는 지갑도 아니잖아요."

일리 있는 이야기이다. 하지만 그렇다고 그게 증거가 될 수 없다. 과도한 의심일 수도 있지만 가능성을 가지고 이야기하자면 거꾸로 그걸 노리고 그럴 수도 있기 때문이다. 소지품 검사를 예상하지 못했을 수도 있고……. 침묵이 둘 사이를 오간다. 지금 여기서 더 나올 무언가는 없다고 생각한 J는 권소영과 이야기해 보기로 마음을 정하고는 일단 이지선을 보낸다.

"알았다. 지선아, 아이들 반응은 조금 시간이 지나면 가라앉을 테니 너무 염려 말고 다른 할 일도 많을 테니 집에 가보거라."

"선생님도 제가 거짓말한다고 생각하세요? 만약 누구 지갑을 보고 맘에 들었다면 전 그것보다 더 상위 모델을 찾아서 제 돈으로 사거나 아예 무시할지언정 개 걸 훔치는 유치한 짓을 하지는 않아요. 저도 자존심이… 있지 않겠어요, 선생님?"

억울함과 억누른 분노를 담은 이지선의 표정은 단호하면서도 한편으로는 금방이라도 울음을 터뜨릴 듯이 격앙되어 있다. 이지선을 보낸 후, 옆방에 대기하고 있던 권소영을 불러 마주한 J는 방금 이지선에게 받아놓은 지갑을 권소영의 눈앞에 보여준다. 중요한 순간이다.

"소영아, 천천히 잘 살펴보아라. 아까 교실에서 지선이가 가지고 있던 지갑이다."

지갑을 받아서 여기저기 살펴본 권소영이 고개를 갸우뚱한다. 만약 소영이가 자기 것이 아니라고 말하면 여기서 상황 끝이다. 혼란은 시간이 지나면 정리될 것이다. 하지만 만약 반대로 말하면? 갈등, 왕따, 처벌, …상상하는 것만으로도 J는 머리가 지끈하다. 저 지갑은 이지선의 것이어야 하는 것이다. J는 기대에 찬 눈빛으로 권소영을 보며 문득 자신이 진실보다는 문제의 원만한 해결만을 원하고 있다는 사실을 깨닫지만 곧 마음을 다잡는다. 진실과 원만한 해결이 일치하기를 바란다고 자위하며…….

"선생님, 저도 오늘 처음 가지고 나와서 확신을 가지고 말할 순 없지만 아무래도 제 것 같아요."

설마하며 조용히 기다리던 J는 예상치 못한 말에 놀라 자신도 모르게 '뭐?' 하며 몇 초간 황당한 눈길로 권소영을 쳐다봤지만 곧 표정 관리를 하며 조심스럽게 말한다.

"소영아, 그게 어떤 의미인지는 알고 있지?"

"예, 선생님. 그래서 조심스럽게 말씀드리는 거예요. 찬찬히 살펴봤구요. 표면에 흠 하나 없는 깨끗한 상태고 무엇보다 제 지갑에 나뭇잎이 약간, 아주 약간이지만 비스듬하게 박혀 있었는데 이것도 그래요."

설득력 있는 말이긴 하지만 아직은 이지선을 범인으로 보기에는 미진한 무엇인가가 있다. 이미 조기 해결은 물 건너갔으며 '사건'으로 변해 버렸음을 깨달은 J는 허망하면서도 불안한 마음을 달래며 권소영의 표정을 살핀다.

"물론 제 기억이 미묘하게 틀릴 수도 있겠지만 제 직관은 맞다고 말하고 있거든요. 지선이가 정말 그랬다면 왜 그랬는지 이해가 안 가요. 선생님, 지선이가 왜 그랬을까요? 걘 그럴 애가 아닌데……."

혼잣말을 하는 것처럼 조금은 멍하니 말하며 목소리가 잦아들더니 조금씩 가늘어지며 끝내 목이 멘다. 늘 보던 학급 회장으로서의 늠름한 모습이 아닌 약하고 소심한 모습이다.

"그냥 제 착각이었으면 좋겠어요."

"소영이는 지갑을 직접 샀었니?"

"아뇨. 인터넷 설문 조사 경품에 당첨됐어요. 예상치 못한 선물이라 정말 좋아했었는데······.”

“그랬구나. 하지만 네 말대로 착각일 수도 있으니 다시 한번 잘 살펴보렴.”

다시 봐도 결과는 같았다. 아무리 봐도, 아니, 볼수록 더 자기 것 같다는 것이다. 더 시간을 끌다가는 이대로 이지선이 범인이 되어버릴 것 같아 J는 일단 권소영과 헤어진다.

혼자 남은 교무실에서 J는 생각에 빠진다. 가장 좋은 전개인 제 3자 범인설은 물 건너가고 두 학생이 범인과 피해자라는 구도 속에서 서로 대립하고 있다. 그렇다면 분명히 둘 다 진실을 말하고 있지는 않다는 결론을 내릴 수 있다. 이지선이 지갑을 훔쳤거나 아니거나 둘 중의 하나이다. 이지선은 아니라고 말하고 권소영은 맞다고 말하고 있다. 하지만 동시에 어느 쪽도 확실한 증거를 가지고 있지는 못하다. 둘 중의 어느 쪽으로 결론을 내지 못한다면 이 스캔들은 꽤 오래 가리라. 그 과정에서 자칫하면 교실 분위기가 회복 불가능 상태가 될지도 모른다는 공포에 기초한 의무감에 시달리던 J는 답답한 마음에 교무실을 왔다 갔다 하다가 CCTV를 생각해 낸다. 만약 권소영이 자리를 비운 점심시간의 12시 20분에서 35분 사이에 이지선이 교실에 들어오지 않았다면 용의자에서 벗어나게 되며, 그러면 범인이 아니라는 증거가 될 수 있다! J는 잔뜩 긴장된 얼굴로 교감선생님 자리에 놓인 CCTV 앞으로 간다.

작년에 옆 반 담임이었던 T 교사가 보던 것을 구경하면서 그 작동법을 간단히 어깨너머로 알게 된 J는 CCTV의 날짜와 시간을 맞추고 해당 장소인 중간동 2층의 복도 중앙에 있는 카메라를 클릭한 후 한껏 기대에 찬 눈으로 들여다본다. 이지선이 해당 시간에 나타나지 않기를 바라면서……

2학년이 점심을 먹는 11시 45분경 교실에서 아이들이 우르르 나오는데 그 속에는 권소영과 이지선도 섞여 있다. 일단 나간 것을 확인하고 12시 20분 조금 앞에 맞춘다. 정확히 17분에 권소영이 복도로 나오는 모습이 잡힌다. 다른 반 아이들을 포함한 많은 아이들이 교실을 왔다 갔다 하지만 그 속에 이지선은 없다. 아직은… 12시 28분, 29분, …31분이 되자 적어도 이 화면 속에서만큼은 보고 싶지 않은 얼굴이 나타난다. 이지선이 화면에 나타나서 교실로 성큼성큼 들어가는 것이다.

이지선이 교실에 있던 시간은 매우 짧았다. 기껏해야 30초 정도의 시간이지만 지갑을 가지고 나오기에는 충분한 시간일 수도 있다. 기대가 물거품으로 날아가면서 J는 CCTV를 끄고는 자리로 돌아온다.

만약 이지선이 해당 시간대에 교실로 들어오지 않았다면 훔치지 않았다는 증거가 된다. 하지만 해당 시간대에 교실로 들어왔다고 해서 훔친 증거가 될 수는 없다. 아이들은 점심시간에 자기 교실에 들락날락하기 때문이다. 두 녀석과 내일 다시 이야기해 봐야겠다고 다짐하며 J는 피곤한 몸을 이끌고 계단을 내려가는 도중에 다시 올라와 교과서를 가방에 다시 넣는다. 예상에 없던 사정 청취와 CCTV 시청 및 생각을 정리하느라 수업 준비를 하나도 못 한 것이다. 지하철로 가는 발걸음이 무겁고 졸리다.

갈등

아침에 J가 교실에 들어서자마자 2분단의 권소영 주변에 상기된 얼굴로 조용히 이야기를 하고 있는 그룹과 4분단의 이지선 주변에 마찬가지로 모여서 대화를 나누고 있던 또 다른 그룹이 황급히 자리로 돌아간다. 지난밤 동안에 얼마나 많은 문자가 오갔으며 얼마나 많은 대화가 이루어졌겠는가? 아침의 교실 분위기는 예상대로 흉흉하다. 문제는 회장인 권소영의 편에서 이지선을 도둑으로 규정하는 쪽과 이지선을 옹호하며 권소영을 비난하는 쪽의 두 그룹으로 나누어지려 한다는 것이다. 분위기가 좋지 않더라도 결론이 어느 정도 난 상태면 시간이 지나면서 정리가 되겠지만 어설픈 상황에서 상대방을 비난하며 학급이 쪼개지는 것은 지옥으로 가는 가장 빠른 길임을 J는 잘 알고 있다. 합리적으로 정리해야만 한다. 가능한 빨리…….

"지선아, 오해하지 말고 잘 들어주기를 바라. 소영이는 아무래도 네 책상에 있던 지갑이 자기 지갑 같다고 했단다. 새 지갑이었으니까 그렇게 생각할 수도 얼마든지 있어. 난 말이다, 보다 확실한 증거가 없는 한 너희 둘의 의견 모두를 존중할 수밖에 없었고 동시에 둘의 의견 모두를 의심할 수밖에 없단다. 그래서 어제 너와 이야기한 후, 보다 확실한 증거를 찾기 위해서 CCTV를 확인했다."

어떻게 수업을 했는지도 모르게 하루 일과가 지난 J는 교무실에서 이지선을 향해 결심한 듯 말한다.

"12시 31분에 지선이 네가 교실에 들어가더라. 이런 질문이 우습지만 난 확인해야겠다. 지선아, 뭘 하러 들어갔는지 말해주겠니?"

이지선은 J가 무슨 말을 하는지 알겠다는 표정으로 잠자코 고개를 끄덕이더니 조용히 말한다.

"예. 선생님, 전 이해해요. 말씀드릴게요. 지갑을 가지러 들어왔어요. 물론 제 지갑이요. 음료수 사려고요. 어제 좀 더웠잖아요."

"교실에 들어왔을 때 아이들이 몇 명이나 있었니? 네가 잘못이 없다는 걸 증명해 줄 아이는 없니?"

"거의 다 나가고 한 서너 명이 공부하고 있었어요. 또 두세 명은 엎드려 자고 있었고요. 전 조용히 제 지갑을 갖고 나와서 아마 모를 수도 있을 거예요."

하긴 증인이 있었다면 교실이 갈라지기 전에 먼저 J에게 달려왔을 것이다. 고민하는 J에게 이지선이 묻는다.

"선생님, 선생님은 제가 소영이 지갑을 가져갔다고 생각하세요?"

"……."

"이렇게 꼼꼼하게 조사하시는 건 제가 범인이 아니었으면 하고 바라셨기 때문일 거라고 생각해요. 그런 점에서 쉽게 판단해 버리지 않으신 선생님께 감사해요."

"이해해 주어 고맙구나."

"우리 반 일부 아이들이 절 의심하는 거 같아요. 물론 절 믿어주는 아이들도 있고요. 이런 애매한 상태가 앞으로 얼마나 지속될지 모르겠어요. 그때 지갑을 가지러 교실에 안 들어갔더라면……."

사그라지는 목소리와 함께 고개가 조금씩 숙여진다. 이윽고 고개를 드는데 눈물, 콧물 범벅에 민망해서 어쩔 줄 모르는 모습… 평소와는 다른 어린아이 같은 모습에 J가 화장지를 쥐어주며 보내려 하자 이지선은 콧물을 훌쩍거리며 뜻밖의 말을 한다.

"소영이를 원망하지 않아요, 선생님. 그 상황이면 저라도 그렇게 생각했을 거 같아요. 게다가 새 지갑이라 비슷하기도 하고요. 다만 몇몇 친구의 시선이 좀 힘들어요. 자기들 일도 아닌데 오히려 소영이보다 더 절 미워하는 거 같아요. 하지만 이것도 시간이 지나면 해소되겠죠. 괜히 번거롭게 해드려 죄송해요."

"……"

이지선을 보내고 조용한 교무실에 남아 멍하니 컴퓨터 화면을 쳐다보는 J에게 권소영이 다가와 조용히 인사를 한다. 이지선과의 면담이 끝날 때까지 밖에서 기다린 것을 안 J는 황급히 접었던 의자를 편다.

"교실 분위기가 말이 아니지?"

"예. 분위기가 좀 그래요. 선생님, 지선이가 뭐라고 하던가요? 사실 전 걔한테 나쁜 감정이 없어요. 다만 이 일로 아이들의 패가 갈려서 교실 분위기가 나빠질까 걱정이에요."

권소영의 말속에서 J는 여전히 권소영이 이지선을 범인으로 생각하고 있으며 그 사건은 우발적으로 일어난 해프닝 정도로 생각하고 있다는 것, 또한 학급 회장으로서 도난 사고 그 자체보다는 학급 전체의 신뢰 관계를 걱정하고 있음을 깨닫는다.

"나도 그게 걱정이다."

J는 이지선에게 했던 말―확실한 증거가 나타나기 전까지는 담임인 자신도 힘들지만 어느 한쪽 편을 들어주기 힘들다―을 반복한다. 답답하고

힘들지만 J는 학원에 갈 시간이 지났는데도 가지 못하고 담임인 자신에게 스스로 와서 속 이야기를 하는 권소영의 이야기를 더 들어보고 싶은 생각이 든다.

"시간이 지나가면서 점점 후회가 돼요. 우선 제가 지갑 간수를 잘못한 책임이 있고요. 또 일이 커지려 할 때, 아예 지갑을 잃어버린 셈치고 차라리 지선이 지갑이라고 했더라면 아이들이 이렇게 갈라지지 않았을 텐데 하는 생각이 떠나질… 않아요."

"……."

학급 회장으로서 자신의 역할을 자각하지 못하고 학급 아이들을 둘로 나누어 버린 자신의 좁은 소견에 실망한 건지 목소리가 조금씩 잦아들며 끝내는 울먹거린다.

"시작이 좋은 만큼 잘하려고 했어요. 처음 해보는 학급 회장이거든요. 그런데 바보같이……."

"아니다. 소영아, 넌 학급 회장이지만 도난 사고의 피해자이기도 해. 교실에서 똑같은 지갑을 보고 너도 모르게 놀라서 쳐다본 거고 또 자기 물건 같으니까 솔직히 말한 거야. 이런 일은 회장의 역할과는 무관해."

"하지만 전 회장이잖아요. 그런 제가 의도했건 아니건 결과적으로 아이들을 편 갈라놓았어요, 흑흑."

두 학생의 눈물에 전염된 J는 같이 울고 싶은 충동을 느끼면서 권소영을 달래어 보낸다.

거듭된 면담은 J를 극도로 지치게 했지만 동시에 자연스러운 결론으로 이끌었다. 우선 지갑 도난 사고의 범인이 누구인지는 알 수 없다는 사실이다. 정황상 이지선이 의심을 받을 만하지만 그건 정황뿐이다. 조금 특이하지만 같은 지갑을 가질 수 있으며 점심시간에 이지선이 자기 교실에 들어가는 것도 자연스럽다. 우연이 조금 겹치긴 했지만 신뢰와 관계된 문제는, 특히 도난 사고와 같은 경우는 확실한 증거가 필요하다.

점심시간 또는 쉬는 시간 중 교실에 들어온 외부 범인이 가져간 것으로 정리가 되니 J의 마음은 한결 편해진다. 더구나 두 아이 모두 상황을 이해하고 상대방을 배려하고 있지 않은가? 이렇게 좋은 아이들을 한때나마 의심했던 자신의 불민함을 탓하며 내일 아침 조례에서 학급 아이들에게 솔로몬과 같이 단호하게 '근거 없이 반으로 쪼개지면 모두 죽는 지름길'이라는 메시지를 전하고, 사태를 논리적으로 정리해 주는 상황을 그리면서 지하철로 발걸음을 옮긴다. 물론 오늘도 J의 가방에는 교과서가 들어 있다.

접점

아침 조례가 끝난 이후에도 아이들의 표정에는 변화가 없다. 여전히 갈라진 느낌. 더구나 2교시 수업을 하는 와중에도 권소영과 이지선은 상대방 방향을 단 한 번도 쳐다보지 않은 채, 입을 다물고 굳은 표정으로 앞을 응시한다. 때때로 지친 표정을 짓고 고개를 푹 숙이기도 하며⋯⋯. 어제 자신에게 이야기하던 어른스러운 모습과는 또 다른 교실에서의 둘의 모습에 J는 어색함을 넘어선 불균형을 느끼며 뭔가가 있다고 확신한다. 아직 끝나지 않은 것이다.

방과 후 혼자 남은 교무실에서 J는 어제의 대화를 곰곰이 생각한다. 둘 다 사태를 이해하며 자신의 탓으로 잘못을 돌리고 상대방을 배려하는 이야기를 했다. 그런데 오늘 교실에서의 날 선 모습은 무엇이란 말인가? 혹 그 두 아이들은 결코 상대방을 이해하지 않았으며 그럴 생각도 없었던 것이 아닐까? 어느 누구도 논리적으로 우위를 차지할 수 없으니 도덕적 우위를 점함으로써 상대방에게 부담을 주려고 한 것이 아닐까 하는 생각에 미치자 J는 순간적으로 오한을 느낀다.

만약 그렇다면 일종의 악의(惡意)이다. J는 내친김에 좀 더 상상력을 발휘해 본다. 둘 사이에 악의가 존재한다면 도난 사고의 결과일까? 아니면 원인일까? 결과라면 범인이 누구인지 모르는 상태이므로 어쩔 수 없지만, 만약 악의가 원인이 되어 도난 사고가 발생했다면 이지선은 범인이거나 반대로 권소영의 범인 만들기의 희생자일 수 있다는 이야기가 된다. 여기까지 생각한 J는 권소영과 이지선의 생활기록부를 살펴보기로 한다. 둘 사이에 혹시 있었을지도 모를 과거의 접점을 찾기 위하여.

시간이 오래 걸리지는 않았다. 둘은 1학년 때 같은 반은 아니었지만 같은 동아리에 있었던 것이다. 둘의 생활기록부에서 둘 모두 연극반 활동을 했다는 사실을 확인한 J는 즉시 당시 담당 교사였던 S에게 전화를 건다.

"선생님, 안녕하세요. 주관식이에요. 늦은 시간에 죄송합니다만 작년에 동아리 지도하신 학생 중에 권소영과 이지선에 대해서 질문할 게 있어서요."

─예, 괜찮아요. 선생님. 어떤 질문이신데요?

"둘의 동아리 활동에 무슨 문제는 없었나요? 활동 기록에 특이한 사항은 없습니다만……."

─문제요? 글쎄요. 특별한 기억은 없는데…….

"예를 들어 둘이 다툰 적이 있다든지……."

─제가 알기로 싸운 적은 없어요. 지선이도 소영이도 매우 적극적이고 모범적인 학생들이었거든요. 동아리 친구들이나 선배들 평도 좋았고요. 둘 사이에 무슨 문제가 생겼나요, 선생님?

"예. 사소한 일이 생겨서요. 죄송하지만 그건 제가 나중에 뵙고 상세히 말씀드릴게요. 그럼 혹시 둘의 연극반 활동에서 기억나는 사건은 없으세요?"

─특이한 사건은 없어요. 아! 작년에 학년 말 발표회를 했잖아요. 안네의 일기를 공연했는데 주연인 안네 역을 하려고 하는 아이들이 많아 오디션을 해서 주인공을 뽑았거든요. 지선이가 뽑혀서 주연을 했죠.

그때 강당에서 안네 역할을 했던 그 학생이 이지선이었단 말인가? 이제 겨우 40대 초반이건만 J는 나이가 들수록 무뎌지는 자신의 감각에 속으로 혀를 찬다.

"신 선생님, 그때 주인공 뽑는 그 오디션에 소영이도 지원했나요?"

─예. 소영이도 그중에 있었어요. 지선이와 점수 차가 크지 않았는데 주인공은 한 명이라 어쩔 수 없이 지선이를 뽑았죠. 소영이가 아쉬워해서 제가 달래줬던 기억이 나네요.

"이 이후에도 둘이 별일 없이 잘 지냈나요?"

—다툴 이유가 없죠, 선생님. 호호, 무슨 일이실까?

과거의 접점을 찾았다는 생각에 J는 서둘러 감사의 인사를 하고 수화기를 놓는다. 만약 연극반 오디션이 이지선에 대한 권소영의 악의를 만들어냈다면 과거의 사건으로 자존심에 상처를 입은 권소영이 자신의 지갑이 아닌데도 우연히 벌어진 도난 사고의 범인을 이지선으로 만들어 버린 걸까? 아니면 당시 주연에서 탈락한 권소영에게 지속적으로 괴롭힘을 당한 이지선의 악의가 지갑을 훔치는 결과로 나타난 걸까? 지금으로서는 어느 쪽도 확인 불가능하다. 확실한 것은 과거에 둘 사이에 경쟁 관계가 존재했다는 것뿐이다. 머리가 서서히 익어가는데 휴대폰 벨이 울린다.

—선생님, 저예요. 다형이요. 집에 가는 길에 보니 교무실이 환해서 혹시 계신가 해서 전화드렸어요. 커피 한잔 사주신다는 말이 갑자기 생각나지 뭐예요? 하하.

며칠 전 재회했던 옛 교생 선다형의 활달한 목소리가 귓가를 때린다. 머리가 아플 땐 커피 한 잔이 최고라고 그 누가 말했던가. J는 피곤도 잊은 채, 근처 던킨 도너츠에서 다형을 만나기로 하고 가방을 싼다.

수색

"어쩐지 선생님 표정이 어둡다 했더니 그런 일이 있었네요."

이런저런 이야기를 하다 눈치 빠른 다형에게 그동안의 사정을 결국 다 이야기하고 말았지만 내뱉고 나니 J는 한결 마음에 여유가 생긴다.

"내가 너무 지나치게 생각하는 것 같기도 하고. 아이들을 순수하지 못하게 보는 나 자신이 이상하기도 하고… 그래, 생각하면 할수록 어지럽고 정신이 없어."

"그럼 여기에서 정리하실 거예요?"

"뭐 하나 확실한 게 없으니 그래야 되지 않을까 싶어."

"……."

한참을 생각하다 다형이 조용히 입을 연다.

"선생님, 오늘 저녁에 시간 좀 내실 수 있으신가요?"

"응? 지금 내고 있잖아."

"말고요. 여기서 나가서 같이 가볼 데가 있어요."

"안 그래도 머리 아픈데 너까지 왜 이러니? 맛있는 저녁 사달라는 건 아닐 테고. 무슨 말인지 이해할 수 있게 말해다오."

"별건 아니고요. 조금 이상한 부분이 있어서요. 전 다른 부분보다 지갑의 출처가 조금 의심스러워요."

"지갑의 출처가 이상하다니. 무슨 말이야?"

"누군가에게 선물을 받았다거나 경품에 당첨되었다는 게 좀 자연스럽지가 않아요. 고등학생에게 지갑을 경품으로 주나요? 좀 이상해요. 그리고 지방으로 전학 가는 친구에게 지갑을 선물로 받나요? 오히려 잘 가라고 선물해 주는 게 자연스럽지가 않나요?"

그제야 J는 다형이 경찰이라는 사실을 새삼 자각하며 흥미와 일말의 기대감으로 머리가 서서히 뜨거워짐을 느낀다.

"지갑의 출처를 추적하기 힘들게 만들었다는 말이구나. 물론 거짓이라는 전제하에서 그런 거지만 말이다."

여기까지 말하다가 J는 문득 어떤 가능성을 떠올리며 숨을 흑 들이켠다.

"혹시……"

"예. 아이들이 만약 출처를 거짓말한 거라면 거꾸로 백화점이나 쇼핑몰 같은 데서 샀을 가능성이 있어요."

참신한 생각이지만 거기에는 중대한 모순이 있다.

"다형아, 그건 아닌 것 같아. 만약 아이들이 가게에서 샀다면 둘 다 영수증을 내보이며 증거를 제시하면 별개의 지갑이란 게 완벽히 증명되는 건데 뭐 하러 더 의심하게끔 거짓말을 하겠니?"

다형은 대답 대신 미묘한 웃음을 지으며 말한다.

"예. 맞아요, 선생님. 그래도 발품을 팔다 보면 예상치 못한 진실을 알게 될지도 모르잖아요. 심심하기도 하고요. 한번 해봐요."

"그래도 쇼핑몰이 한두 개도 아닌데 어떻게 돌아? 이것 참."

말하면서도 J는 가방을 들고 계산을 치르고 있다.

"아이들 주소지와 가까운 곳부터 돌자는 말이지?"

다형의 부탁으로 다시 교무실로 들어가 가져온 학급 사진 한 장을 들고 J는 다형과 함께 C 아파트에서 가까운 백화점부터 가기로 한다. 다행히 이지선과 권소영은 같은 아파트 단지에 살고 있으며 이 아파트 근처에는 백화점 한 개와 큰 지하 쇼핑몰이 있다.

"그런 지갑은 동네 가게에서 사기 힘들어요."

백화점에서 허탕을 치고 건물 밖으로 나오면서도 다형은 주변을 두리번거리며 지갑 가게를 찾는다.

"이제 지하 쇼핑몰로 가보자. 거긴 워낙 커서 체계적으로 움직이지 않으면 몇 시간은 헤매게 될지도 몰라."

"염려 마세요. 제가 많이 다닌 곳이라서 지갑 매장은 금방 찾을 수 있을 거 같아요."

어차피 기대는 거의 접었지만 J는 평일 저녁에 없는 시간을 내어 자신을 도와주는 다형에게 크나큰 고마움을 느끼며 일말의 가능성이 있더라도 무시하지 않고 체크해 보는 부지런하고 강인한 경찰의 모습을 본다.

쇼핑몰 내의 세 번째 지갑 매장에 들어가 주인과 대화를 시작할 때, J의 몸은 지쳐 쓰러질 지경이었다. 지갑에 대해서 간단히 설명하고 곧 몸을 돌리려 할 때였다.

"음… 그 지갑 저희 가게에 있어요. 잘 찾는 모델은 아니라서 저기 안쪽 진열대에 따로 몇 개 보관하고 있습니다."

주인의 안내를 따라 안쪽 진열대로 갔다. 바닥 쪽의 잘 보이지 않는 곳에서 꺼낸 지갑을 본 순간 J는 탄성을 지른다. 권소영이 도난당한 지갑, 이지선의 책상 위에 있던 지갑과 동일한 모양의 지갑이 거기에 있다.

다형은 J에게 의미 있는 눈짓을 보내며 주인에게 질문을 던진다.

"아저씨, 혹시 최근에 이 녹색 지갑을 사러 온 사람이 있었나요?"

"음… 예, 있었죠. 며칠 전에 한 여학생이 사 갔어요. 늦은 시간이었는데 문 닫기 직전이었죠. 안쪽까지 와서 유심히 살펴보다 사 갔기 때문에 똑똑히 기억해요."

그때까지도 혹시나 했던 J는 주인의 놀라운 증언에 피곤도 싹 잊은 채, 떨리는 손으로 학급 사진 속의 권소영을 보여준다.

"이 학생이 맞나요?"

유심히 보던 주인은 대번에 고개를 끄덕인다.

"예. 맞아요. 그날은 사복을 입고 왔지만 이 학생이 분명해요."

놀란 J를 외면한 채, 사진을 계속 유심히 보던 주인은 한 가지 사실을 더 말해준다.

"그날 이 학생도 같이 왔는데… 여기 이 학생이요. 둘이 한참 고르더라고… 사기는 한 명이 샀지만… 사진을 보니 같은 반 친구들이었나 보네."

충격에 입을 다물지 못하는 J와 달리 다형은 주인이 가리킨 사진 속의 얼굴이 누구인지 예상하고 있었다는 표정으로 조용히 J를 바라본다.

추리

방에 설치한 에어컨에 문제가 생겼다는 하숙집 아주머니의 전화를 받고 다형과 헤어져 급히 집으로 가던 J는 곰곰이 생각에 빠진다.

'지갑은 결국 하나였고 거짓말은 두 학생 모두가 했다. 이 사기극의 목적이 뭘까? 그리고 선다형은 마치 예상했다는 듯이 주인의 말에 조용히 고개를 끄덕였다. 그 친구는 어떻게 이걸 예상할 수 있었을까?'

—에어컨 문제는 해결됐나요, 선생님? 아까 너무 고생하셨죠? 그래도 몸을 움직인 보람이 있어서 다행이에요.

귀찮은 문제를 해결하자마자 J는 다형에게 전화를 걸었다.

"두 녀석이 같은 가게에서 지갑 한 개를 사갔다는 사실이 말하고 있는 진실을 오늘 밤 안에 정리 못해내면 나에게 내일은 없어."

—해결이 눈앞이니 힘내세요, 선생님.

마치 진실을 알고 있다는 말투로 다형은 J를 자극한다.

"먼저 말할 수 있는 건 지갑이 과연 도난당했는가겠지?"

—그 답은 이미 알고 계시잖아요.

"그래. 지갑이 진짜로 도난당했다면 두 녀석 모두 지갑의 출처를 거짓으로 말할 리가 없지. 고로 지갑 도난사건은 없었던 거야."

—맞아요. 선생님, 그럼 다음 질문으로 넘어가겠습니다.

"그럼 두 녀석이 왜 지갑 도난사건을 꾸몄는가야. 그 사건의 가해자와 피해자가 됨으로써 교실 분위기를 엉망으로 만들면서까지 걔들이 뭘 얻으려 했던 걸까?"

—정말 모르시겠어요, 선생님?

"응, 아직 모르겠어."

—선생님이 이미 찾으셨잖아요. 선생님이 저와 만나기 전에 발견하신 사실을 아까 저와 함께 발견한 사실과 맞추어보면 그 학생들이 왜 가해자와 피해자가 되어 서로 싸웠는지 그림이 그려져요.

"둘이 서로 싸웠다면 과거의 연극반 오디션의 악연이 원인일 수 있겠다는 게 내 생각이었어."

—예, 맞아요. 선생님, 바로 그거예요. 연극반. 거기에 답이 있어요.

"……."

—실은 저도 대학 때 연극 동아리에 있었거든요. 그래서 선생님 얘기를 듣다 그런 생각을 할 수 있었는지도 몰라요.

"그런 생각이라니?"

—보이는 게 진실은 아니라는 거요. 선생님, 엄마가 부르세요. 혹시 전화 주시려면 30분 이후에 해주세요. 전 선생님이 해결하시리라 믿어요.

갑자기 끊어져 버린 전화기를 들고 멍하니 벽을 보던 J는 타이머를 30분에 맞추어 놓고 화장실로 들어간다. 몇 달 전 시험지 분실사건을 도난사건으로 오해하고 아침 출근길 지하철 객실에서 이리 뛰고 저리 뛰며 난리를 치던 자신의 마음을 안정시켜 주던 해우소를 생각하며…….

가만히 앉아 조금 전에 다형과 나누었던 말들을 되씹어 본다. 도난사건은 존재하지 않았다. 가해자와 피해자가 되어 싸운다. 연극반 오디션 사건……. 보이는 게 진실은 아니다. 좁은 화장실 안의 어둠 속에 앉아 조용히 생각을 집중하던 J에게 자신 앞에서 눈물을 흘리며 고통스러운 이야기를 하던 두 학생의 얼굴이 스쳐 가던 순간, 머리를 맴돌던 단어들이 하나로 연결되며 한 번도 생각해 보지 못했던 이야기가 마침내 모습을 드러낸다.

대결

"지금까지는 한 사람씩 면담했지만 오늘은 두 사람과 같이 이야기하고 싶구나."

권소영과 이지선은 사뭇 긴장하며 상담실 안쪽 의자에 나란히 앉아 J를 마주하고 있다.

J는 잠시 뜸을 들이다 결심한 듯, 둘의 눈을 정면으로 보며 말한다.

"어제 내가 ×× 쇼핑몰에서 녹색 지갑을 보았단다. 아주 낯익은 지갑 말이다."

예상치 못했던 J의 말에 권소영과 이지선은 입을 다문 채, J를 쳐다본다. 잽이 통하지 않자 J는 곧바로 스트레이트를 날린다.

"그리고 거기 주인에게 너희들 이야기를 들었다. 물론 우연히 말이다."

이쯤에서 포기하고 털어놓으리라는 예상과는 달리 둘은 고개를 들고 미동도 않은 채, 정면을 응시하며 J의 다음 말을 기다린다. 역시 그 정도 일을 벌일 만한 담력을 가진 녀석들이라는 감탄 속에서 J는 오히려 자신의 생각이 틀리지 않았다는 확신을 하고 결정타를 날린다.

"둘 중에 누가 이겼니?"

마침내 담임이 다 알고 있다는 사실을 확실히 알게 된 두 학생은 동시에 대답한다.

"아직까지 무승부… 예요. 죄송해요, 선생님."

"너희들 연기에 깜빡 속을 뻔했다. 이 녀석들아, 아무리 그래도 그렇지 교실에서 그런 방식으로 연기 대결을 하는 놈들이 어디 있냐?"

연기 대결. 그렇다. 어제 해우소에서 J의 머릿속에 새겨진 단어,

이 모든 것을 무리 없이 설명할 수 있는 단어였다. 작년 겨울 연극 발표회 오디션에서 아깝게 주연 자리를 이지선에게 빼앗긴 권소영은 2학년에 같은 반이 된 이지선을 보고 설욕할 수 있는 기회를 만들려고 했을 것이다. 따라서 도난 사고를 소재로 한 연기 대결이라는 스토리를 만들고 먼저 제안한 것은 아마도 권소영이었으리라. 또 둘이 같이 지갑을 사러 간 건 너무 특이한 지갑이나 평범한 지갑은 어느한쪽에게 불리하니 모양을 보고 서로 합의해서 골라야 했기 때문일것이다.

"예, 선생님, 제가 하자고 했어요. 처음에는 잊고 회장 일을 열심히 해서 만회하려고 했죠. 지선이가 다른 반이었다면 잊고 살았을지도 몰라요. 그런데 같은 교실에 있으니까 자꾸 그 기억이 나는 거예요. 다른 건 몰라도 연기로 지선이에게 졌다는 건 도저히 용납이 안되었거든요. 그래서 결심하고 하자고 했어요."

"그런데 소영아, 왜 지선이를 도둑으로 만들었니? 그러면 지선이가 거절할 가능성이 큰데."

이지선이 예상 밖의 답변을 한다.

"소영이가 가져온 원래 시나리오에는 제가 피해자였어요. 소영이가 도둑 역할이었죠. 먼저 하자는 쪽이 위험을 감수해야 한다나요. 나 참, 사람을 뭘로 보고……. 전 다른 건 몰라도 연기에서는 연극반 그 누구보다도 한 수 위라는 확신이 있어요. 그리고 만약 거절하면 소영이가 일 년 내내 시합하자고 피곤하게 졸라대는 게 눈에 빤히 보이더라고요. 그래서 저도 이참에 승부수를 던졌죠."

"승부수?"

"지는 쪽이 아무 말 없이 전학 가기요."

기가 막히다 못해 무섭기까지 하다. J의 어이없는 표정을 본 권소영이 설명한다.

"사건 발생 후, 3일 동안 담임선생님을 포함한 교실의 여론을 연기력으로 자신이 의도한 방향으로 이끄는 사람이 이기는 거예요."

"그래서 내 앞에서 눈물 콧물 흘리며 그 난리를 쳤구나, 이 녀석들아. 응?"

"…죄송해요. 선생님이 거기에서 지갑을 발견하실 줄은 꿈에도 몰랐어요."

J를 바라보는 두 학생의 눈은 아직도 누가 더 연기를 잘했는지 묻고 있는 것 같다. 이제 결론을 내려야 할 때다.

"너희들, 둘 중에 누가 더 연기를 잘하는지 난 잘 모르겠다. 하지만 서로 상대방을 이기겠다고 교실의 친구들과 담임인 나까지 자신의 비뚤어진 승부욕의 수단으로 이용한 건 분명히 잘못된 일이야. 그 과정에서 교실 분위기가 어떻게 되었는지, 그리고 너희들 자신이 어떻게 되었는지 생각해 봐."

"저희도 시간이 흐르면서 교실 분위기가 극단적으로 만들어지니까 겁도 나고 이제 와서 고백할 용기도 없고 해서 어떻게 하지도 못하고 있던 중이에요. 정말 죄송해요, 선생님."

두 학생 모두 고개를 푹 숙이고 잘못을 고백하고 있지만 어쩐지 무거운 짐을 내려놓고 홀가분해하고 있는 것 같기도 하다.

"너희들 중 누가 더 연기를 잘하는지는 모르겠지만 이것 하나는 분명해. 너희 둘 모두 내게 졌다는 사실 말이다."

두 녀석 모두 고개를 끄덕이며 웃는다. 이제 처분을 내릴 타이밍이다.

"졌으니까 내가 말하는 대로 해야지?"

"예, 선생님."

"우선 내일 아침에 교실에서 친구들에게 사실대로 모든 것을 고백하고 용서를 빌어라. 이건 너무나 당연한 절차다."

"예. 선생님."

"연기는 제대로 된 무대에서 멋진 팀워크로 하는 거지? 그렇다면 시나리오를 좀 더 손봐서 올해 서울시 고교 연극제에 이 작품을 출품하는 건 어떠니? 물론 주연은 소영이와 지선이가 되어야겠지? 제대로 된 무대 위에서 너희들이 멋진 앙상블을 만들어 봐."

생각지 못한 J의 제안에 권소영과 이지선은 꿈을 꾸는 듯한 표정을 지으며 서로를 쳐다본다.

에필로그

—정말 선생님다운 제안이세요. 아이들이 혼나면서도 시원했겠어요.

"졌다 싶으면 아무 말 없이 전학을 가기로 했다니, 원. 서약서도 보여주더라고. 무조건 경쟁 상대를 이겨야 내 자존심이 서고 내가 산다는 이 시대의 자화상의 한 단면이라고 생각해. 아이들이 뭘 보고 배우겠어? 연극은 그 무엇보다 조화가 중요한데 말이야. 아니, 연극만이 아니지. 두 녀석이 이번 기회에 확실히 깨달았으면 좋겠어. 아무튼 오래도록 기억나는 사건이 될 거야."

–잘 해결되서 다행이에요, 선생님.

다형을 만나지 못했다면 해결은커녕 J는 오늘도 빈약한 상상력으로 힘든 밤을 보내고 있을 게 분명하다.

"이번에 다형이에게 신세 졌어. 도와줘서 고마워. 다음에는 ×× 쇼핑몰에 지갑 구경 말고 아이스크림 먹으러 가자고."

–별말씀을. 그래도 아이스크림은 좋은걸요? 하하, 그럼 다음에 또 연락드릴게요. 안녕히 주무세요.

"음, 잘 자."

정다운 전화를 끊고 앞으로 있을 다형과의 만남을 생각하며 흐뭇한 웃음을 짓는 J의 머릿속에 어두운 그림자가 언뜻 지나쳐 간다.

암행어사는 명탐정
– 도둑맞은 편지

반대인

전업 작가를 꿈꾸는 직장인.
2013년 「시체는 엘리베이터를 타지 않는다」로 한국 추리작가협회 신인상을 수상하며 데뷔.
이후 「바텐더 탐정-밀실의 열쇠」, 「망자의 제보」, 「작전명 트러스트」, 「시간의 화살」, 「악귀」
등의 단편소설을 발표했으며, '북팔'에 장편 「초과학수사대」를 연재한 바 있다.
수수께끼 풀이라는 추리소설 본연의 가치에 주목하는 한편,
인간의 본성에 깃든 어둠을 조명하는 작품을 추구한다.
필명 '반대인'은 '반전을 꿈꾸며 데가주망한 삶을 사는 인간이 되자'라는 좌우명에서 유래했다.

1

"이리 오너라."

길가에 멈춰선 젊은 남자가 대문을 두드렸다. 해진 도포에 구겨진 갓을 쓴 모양새가 영락없는 가난한 선비였지만, 하인이 끄는 말까지 타고 온 걸 보면 어딘지 예사롭지가 않았다. 그러나 고즈넉한 시골 마을에 발을 디딘 그를 반기는 사람은 아무도 없어 보였다.

"무슨 일이시오?"

"지나가는 과객인데, 하룻밤 신세를 졌으면 하오만."

"여긴 빈 방 없으니 딴 데 가서 알아보쇼."

굳게 닫힌 문을 바라본 남자가 탄식을 내뱉었다.

"허어, 어찌 이리들 박정하단 말인가."

"아무리 흉년이라지만 이 마을 인심은 도가 지나친 것 같습니다."

함께 온 듯한 중인 복색의 사내가 혀를 내둘렀다.

"날이 어두워지기 전에 마을 유지를 한번 찾아가 보십시오."

그 말을 들은 남자는 산 아래 자리한 마을을 둘러봤다. 옹기종기 자리한 초가 너머 우뚝 솟은 기와지붕을 발견한 그는 일행과 함께 그리로 발걸음을 재촉했다.

땅거미가 지기 시작할 무렵, 솟을대문 앞에 선 남자가 목청을 높였다.

"이리 오너라!"

한참 만에 문이 삐걱 열리더니 청지기처럼 보이는 자가 얼굴을 내밀었다.

"뉘시오?"

"나는 여기서 멀지 않은 고을에 친척을 뵈러 가는 선비니라. 길을 가다 날이 저물어 하룻밤 묵어가고 싶다고 주인께 아뢰어라."

"주인어른은 지금 안 계시오."

"어딜 가셨느냐?"

"그건 댁이 알아서 뭘 하려고 그러쇼."

그러면서 청지기는 경계의 눈초리로 남자와 일행을 살폈다. 그때 누군가의 뱃속에서 꼬르륵 소리가 울렸다. 잠시 주저하던 남자가 문으로 다가섰다.

"알겠네, 그럼 주인이 올 때까지 안에서 기다리지."

그렇게 말하고는 다짜고짜 문을 밀어젖혔다.

"아니, 여보쇼. 이러면……."

"밖에 누가 오셨느냐?"

집 안으로 뛰어든 남자는 목소리가 들려온 쪽으로 고개를 돌렸다. 안채로 이어지는 문이 열리더니 소복 차림의 여인이 계집종의 부축을 받으며 나타났다.

"길 가던 나그네랍니다, 마님."

청지기가 그녀를 향해 머리를 조아렸다.

"어쩔까요, 내쫓을깝쇼?"

"인정이 그래서야 쓰나. 하지만……."

그때 열린 대문으로 누군가 들어섰다.

"낯선 분들이 행차하셨다고 해서 와봤더니."

갓을 쓴 나이 든 노인이었다.

"윤 초시 댁 손님들인가?"

"길손이랍니다, 존위어른. 주인어른이 안 계신다고 해도 막무가내로 들어오는 통에……."

"내가 알아서 함세."

청지기의 말을 가로막은 노인이 행랑채 마루에 걸터앉은 남자에게 다가갔다. 어느 틈에 여인과 종년은 안으로 사라져 버렸다.

"나는 이 마을 존위이오만, 젊은 양반은 어디서 오는 뉘시오?"

몸을 일으킨 남자가 공손하게 허리를 굽혔다.

"나도일이라고 합니다. 집안 어른을 뵙기 위해 한양에서 오는 길입니다."

"한양?"

눈썹을 꿈틀한 노인이 남자의 행색을 위아래로 훑었다.

"보아하니 글을 읽는 선비 같은데, 묵을 곳이 마땅치 않다면 내 집으로 가는 건 어떻소?"

그러고는 대문 밖에 있는 남자의 일행을 돌아봤다.

"함께 오신 분들이오?"

"그렇습니다. 저놈은 제 집 종살이를 하는 홍주라 하고."

말고삐를 잡은 하인을 가리킨 나도일이 그 곁에 있는 사내와 눈을 맞췄다.

"그 옆은 길 안내를 맡은 의생 조온이라 합니다."

두 사람을 소개하던 그는 등 뒤에서 누군가의 시선을 느꼈다.

"자, 사양 말고 내 집으로 가십시다."

노인이 재촉했다. 안채로 통하는 문틈 사이로 어른거리는 그림자를 의식한 나도일은 천천히 걸음을 옮겼다.

2

"엊저녁부터 굶어 염라대왕을 만나기 직전이었는데, 이게 웬 횡재랍니까."

밥상을 마주한 홍주가 반색을 했다. 가져온 양식이 떨어져 거의 이틀 동안 곡기라고는 입에 대보지도 못한 그들이었다. 다행히 방을 내준 노인의 집에서 저녁까지 차려준 덕에 간만에 제대로 된 식사를 할 수 있었다.

수저를 내려놓은 나도일이 아랫목으로 물러날 때였다. 문밖에서 귀에 익은 목소리가 났다.

"잠깐 실례해도 되겠소?"

"네, 들어오시지요."

장지문이 스윽 열리더니 망건과 바지저고리로 갈아입은 노인이 문지방을 넘어섰다.

"많이들 드셨소?"

"배불리 잘 먹었습니다. 이렇게 호의를 베풀어주시니 뭐라 감사를 드려야 할지."

인사치레를 마친 노인과 나도일은 방 가운데 마주 앉았다. 날이 캄캄해진 터라 조온과 홍주도 그들 곁에 엉덩이를 붙였다. 한양 사정에 대해 이것저것 묻고 난 노인이 조심스레 말문을 열었다.

"그래, 젊은 양반은 어딜 가는 길이오?"

"관서 지방에 수령으로 계시는 집안 어른을 찾아뵈러 가는 길입니다."

"수령이라, 무슨 일로 가는지 물어봐도 되겠소?"

노인의 눈이 반짝였다. 짐짓 모른 척한 나도일은 일행과 입을 맞춘 이야기를 늘어놨다.

"부끄럽지만 나이 들도록 제 한 몸 가눌 방도를 세우지 못해 흉년에 밥술이라도 얻어먹으려 가는 길입니다."

"그렇구려."

말은 그렇게 하면서도 노인은 어쩐지 의심스러운 눈초리였다.

"그런데, 요즘 같은 흉년에 말과 하인, 그리고 시종하는 의원까지 데리고 다니는 걸 보면 보통 분은 아닌 것 같소. 듣자하니 조정에서 각도에 암행어사를 파견한다는 소문이 있던데 혹 그 일 때문에 오신 건 아니오?"

순간 나도일은 가슴이 뜨끔했다.

"저는 총기가 없어 글도 못하고 기골이 약해 무예도 익히지 못했습니다. 이런 사람이 어떻게 벼슬을 하겠습니까. 그저 이리저리 다니면서 호구지책이나 세우려는 것뿐입니다."

낯빛을 가다듬은 그가 말을 돌리듯 물었다.

"그나저나 아까 그 집에는 무슨 일이 있는 겁니까? 안주인이 소복을 입고 계시던데, 가족 중 누가 상이라도……."

"그 집 사정이 참으로 딱하게 됐소."

혀를 찬 노인은 문제의 집 이야기를 하기 시작했다.

이 동네에서 대대로 부유하게 살아왔던 윤 초시 집에는 외동딸이 있었다고 한다. 부모의 극진한 사랑을 한 몸에 받고 자란 그녀는 어질고 총명한 데다 용모마저 수려해 이웃 고을에까지 소문이 자자했다는 것이다.

그런데 얼마 전, 바로 그 윤 초시의 외동딸이 동네 인근 정자에 목을 매 숨진 채 발견되었다. 졸지에 하나뿐인 자식을 잃은 윤 초시 내외의 충격과 슬픔은 이루 다 말할 것도 없고, 이웃 사람들 역시 그녀의 죽음을 애통해했다.

문제는 그다음이었다. 평소 행실이 바르고 음전하기로 소문난 그녀가 몰래 집을 나와 목을 맨 데는 뭔가 사연이 있을 거라는 말들이 돌기 시작했다. 귀신에 홀렸다는 둥, 숨겨놓은 남자가 있었을 거라는 둥, 심지어 스스로 목을 맨 게 아니라 윤 초시 집안에 원한을 품은 누군가에게 죽임을 당했다는 등의 소문이 밑도 끝도 없이 퍼졌다.

결국 장례까지 미룬 윤 초시는 딸의 죽음을 고변하기 위해 관아로 떠났고, 사람들은 언제 닥쳐올지 모르는 관원들 탓에 외부인의 출입을 극도로 경계해 왔다고 한다.

"동네 인심이 사나웠던 데는 이유가 있었군요."

"아무 잘못도 없는 자네들한테 미안하이."

노인의 사과에 나도일은 아닙니다, 하고 손을 내저었다. 곁에 앉은 조온이 끼어들었다.

"어르신은 처자의 시신을 보셨습니까?"

"그날 아침, 동네 사람들이 변고가 일어났다고 달려와서 함께 가 보기는 했네."

"어땠나요? 시신의 상태는?"

눈을 감은 노인은 미간을 찌푸렸다.

"정자 난간에 목을 매었더군. 차마 그대로 두고 볼 수 없어 줄을 끊어 내리게 시켰지."

"몸에 상처나 겁간을 당한 흔적 따위는 없었습니까?"

"그런 건 없었네."

노인이 단호하게 내뱉었다.

"목을 맨 자국 외에 다른 상처는 보지 못했어. 치마가 찢기거나 옷고름이 풀려 있지도 않았고. 다만……."

"다만, 뭡니까?"

듣고 있던 나도일이 재촉하듯 물었다. 미간을 모은 노인이 대구했다.

"난간에 묶인 매듭에 혈흔이 묻어 있었네."

"시신에 상처는 없었다면서요?"

"그랬지. 하지만 아무리 시신이래도 처자의 몸을 자세히 들여다본 건 아니니까……."

말끝을 흐리는 노인을 본 나도일은 수상한 낌새를 느꼈다.

"처자가 목을 맸다는 줄은 어찌 하셨습니까?"

"그게 귀신이 곡할 노릇이야. 분명 잘린 줄은 있는데 정자 난간에 묶인 매듭 부분은 시신을 옮기고 나서 보니 감쪽같이 사라졌지 뭔가. 치운 사람도 없다고 하고."

그 말을 들은 나도일과 조온이 서로를 마주 봤다. 뭔가 의심스럽다는 눈치였다.

"전후 사정을 모르는 저희가 들어도 누군가 처자를 해쳤을지 모른다는 의심이 드는데, 왜 곧바로 관아에 알리지 않으셨습니까?"

"말처럼 쉬운 일이 아니네."

한숨을 쉰 노인이 말을 이어나갔다.

"관아에 알리면 포졸이나 사령배들이 들이닥쳐 온 동네를 쑤시고 다닐 게 아닌가. 그들의 행패와 토색질이 얼마나 심한지 당해본 사람이 아니면 모르네. 눈에 거슬리거나 돈을 안 바치면 생사람도 잡아다가 물고를 내는 놈들일세. 지금 같은 농사철에 그런 일이 벌어진다면 우리 마을은 결딴이 나고 말게 뻔하잖은가. 그래서 내가 윤 초시더러 말미를 달라고 했네."

마을 존위로서의 고민이 느껴지는 대목이었다.

"그의 딸이 변을 당한 채 발견된 것이, 어디 보자, 오늘이 그믐이니까… 그래, 지난 스무이틀 날이군. 다음 달 초 관아에 정소를 하라고 했지. 그사이 서둘러 모내기를 끝낸다면 마을의 피해를 줄일 수 있지 않은가. 그런데 그 망할 놈의 소문 때문에……."

애초부터 자식이 목을 맬 이유가 없다고 믿어왔던 윤 초시의 귀에 딸과 자신의 명예를 더럽히는 소문이 들어갔다면 다른 걸 돌아볼 여유는 없었으리라.

"에구, 내가 주책일세. 갈 길 바쁜 나그네한테 쓸데없는 소리나 늘어놓다니."

밤이 깊었다는 걸 깨달았는지 노인은 자리에서 일어섰다. 그가 사라지자 나도일을 비롯한 세 사람은 잠자리에 들 준비를 했다. 먼 길을 온 탓에 다들 지친 기색이 역력했다.

등잔불을 끄고 누운 나도일이 몸을 뒤척이는 조온에게 말을 걸었다.

"내 능청이 통한 것 같은가?"

"노인이 깜빡 속은 거 같습니다. 암행어사 이야기가 나왔을 땐 저도 조마조마했습니다만."

윗목에 누운 홍주가 그 말을 들었는지 킥킥대며 웃었다.

"이런 곳까지 그런 소문이 난 걸 보면 앞으로는 더욱 주의를 해야겠네."

베개를 고쳐 누운 나도일은 노인에게서 들은 이야기를 되새겼다. 내일은 아침부터 분주한 날이 되리라. 홍주의 코 고는 소리를 자장가 삼은 그는 서둘러 잠을 청했다.

3

지름길을 가르쳐 주겠다면서 나도일 일행을 이끈 노인이 숨을 헐떡거렸다. 산기슭에 올라 하늘을 가릴 정도로 빽빽하게 솟은 대나무 숲을 빠져나오자 허물어져 가는 집이 그들 앞을 가로막았다. 자세히 보니 팔각형의 2층 정자였다.

"처자의 시신이 발견된 곳이 바로 저길세."

계단을 오른 노인은 난간으로 다가섰다.

"여기 묶인 줄에 목을 매단 채 숨져 있었어."

나도일은 노인이 가리킨 곳을 바라봤다. 과연 난간에 줄을 묶은 흔적이 남아 있었다. 그걸 본 조온이 품에서 뭔가를 꺼내 들었다.

"목을 맨 줄은 어디서 난 걸까요?"

"나도 그 점이 궁금해 사람들한테 물었더니 비바람에 꺾인 대나무가 길을 막지 않도록 동여매 놓은 줄이라고 하더군."

"시신을 맨 먼저 발견한 자는 누굽니까?"

"아랫마을 사는 소쿠리 장수였지, 아마? 아침 일찍 소쿠리 삼을 재료를 구하러 왔다가 시신을 보고 놀라 달려왔다니까."

수상한 점은 없었느냐고 묻자 노인은 고개를 저었다. 마을 존위인 노인이 처자의 죽음을 알게 되기까지의 과정과 그와 관련된 자들의 행적을 차례차례 묻고 난 나도일이 조심스러운 물음을 던졌다.

"윤 초시 댁에 원한을 가질 만한 사람은 없습니까?"

"원한이라……."

노인은 돌연 정자 입구 쪽으로 걸음을 옮겼다. 그러고는 대나무

너머로 보이는 마을을 지그시 응시했다. 곁으로 다가선 나도일은 노인의 안색을 살폈다.

"짐작 가는 게 있으십니까?"

"이 정자의 이름이 뭔지 아는가?"

노인의 말에 나도일은 머리 위를 쳐다봤다. 낡고 빛바랜 현판이 눈에 들어왔다.

"죽림정이라, 과연 대나무 숲 가운데 자리한 정자로군요. 이름도 그럴 듯하지만, 그보다 현판을 적은 솜씨가 예사롭지 않아 보입니다."

"서체를 구분할 줄 알다니, 자네 글공부를 헛한 건 아니로구면."

노인이 나도일을 향해 의미심장한 눈빛을 던졌다.

"이 정자는 일찍이 관직을 버리고 낙향한 선비들이 곧은 절개를 상징하는 대나무를 닮자는 뜻에서 세웠네. 그 뒤 주변 마을 사람들 사이에서 이곳 대숲하면 죽림정으로 통했지."

후학 양성에 힘쓴 그들 덕분에 마을에서는 해마다 과거 급제자가 나왔고, 가르침을 받으려는 사람들이 줄을 이었다고 한다. 그러던 어느 날, 역모가 일어났다는 소식이 들려왔다. 그리고 얼마 안 돼 군사들이 들이닥쳐 마을 선비들을 굴비 두름 엮듯이 잡아갔다는 것이다.

결국 선비들은 역적과 한패라는 죄목으로 교수형에 처해지고 말았다. 그들이 쓴 시문이 당시 조정의 혼란상을 풍자하고 권신들의 부패를 조롱했다는 이유에서였다.

그 일이 있고 나서 한동안 이곳 정자 주변에는 억울하게 죽은 귀신들이 나타난다는 소문이 퍼져 사람들의 발길이 뚝 끊겼다. 얼마 전 죽은 처자 역시 귀신이 술수를 부린 탓이 아니냐는 말들이 돈다고 했다.

"남의 일이라고 함부로 떠들다니, 고약한 사람들이로고."

"영 근거가 없는 소리는 아닐세."

잠시 뜸을 들인 노인이 말을 이었다.

"당시 시문을 발고한 자가 윤 초시의 조부거든."

"그래도 황당하잖습니까. 귀신이 처자를 해쳤다는 건⋯⋯."

"시골 노인 말이라고 함부로 무시하지 말게."

노인이 일갈했다.

"귀신이 사람 목을 매달 수 없다는 이치쯤은 나도 아니까. 그러기에 더 걱정스러운 거네."

"무엇이 말입니까?"

"처자가 자진한 게 아니라면 누군가 해쳤을 게 아닌가. 그것도 목을 매다는 잔인한 수법으로 말일세. 지난 일과 관련이 없는 자의 소행이라고 단정할 수 있겠나?"

노인의 말에는 일리가 있었다. 딸을 잃은 윤 초시가 억하심정에 그 일을 거론하거나 공을 노린 관원이 예단을 갖고 몰아붙인다면 모진 형신 끝에 엉뚱한 죄가 짜 맞춰질 수도 있는 노릇이었다. 그렇게 된다면 또다시 마을에 풍파가 일 게 뻔했다.

"나는 그만 가봐야겠군."

농사일이 한창인 들녘을 바라본 노인이 계단을 내려섰다.

"날도 이르니 천천히 구경이나 하다 가게. 저 윗길로 반나절쯤 걸어 고갯마루를 넘으면 바로 관서 땅이니까."

"여러모로 감사했습니다, 존위어른."

노인의 뒷모습을 눈에 담은 나도일이 몸을 돌렸다. 아까부터 서책에 고개를 파묻은 조온은 뭔가를 고민 중이었다.

"뭘 그렇게 열심히 보고 있나?"

그제야 얼굴을 든 조온이 겸연쩍게 웃었다. 곁으로 다가간 나도일은 그가 손에 들고 있는 책 표지를 훑었다.

"무원록? 원통함을 없애주는 기록이라는 뜻인가?"

"네, 관아에서 시신을 조사할 때 쓰는 일종의 법전 같은 책입니다."

그렇군, 하고 머리를 끄덕이는 나도일을 향해 조온은 펼친 책을 들이밀었다.

"보시면 이런 내용이 나옵니다."

나도일은 그가 가리킨 책 내용을 훑었다.

[…서까래, 들보, 시렁, 지도리 등 목을 맨 장소가 어디든, 남은 흔적은 먼지가 많은 데라면 어지럽게 줄 자국이 있어야 스스로 목을 맨 올가미의 흔적이라 할 수 있다. 만일 한 줄로만 올가미의 흔적이 있고 먼지가 어지럽혀져 있지 않으면 이는 스스로 목을 맨 것이 아니다…….]

"자액사에 관해 설명한 부분입니다. 그런데 여길 보십시오."

그가 조온의 손끝을 좇았다.

"시일이 흘러 먼지가 덧쌓이긴 했지만, 줄을 당겨 뭔가 끌어 올린 것처럼 난간 바깥쪽 나무가 패었습니다. 그것도 한 줄로요."

미간을 모은 채 서 있는 나도일을 흘끔 본 조온이 이번에는 정자 밑을 가리켰다.

"저 아래에서 이곳까지의 높이는 눈대중으로 어림잡아도 족히 한 길은 넘습니다. 여기 목을 매려면 사다리를 가져오지 않은 이상 정자에 오르는 수밖에 없겠지요."

아래층을 살피고 난 나도일이 허리를 폈다.

"설사 처자가 이곳에 올라 목을 맸다고 해도 숨이 끊어질 때까지는 몸부림을 치기 마련입니다. 하나 이 난간에는 줄이 흔들리거나 칠이 벗겨진 흔적은 없지 않습니까?"

"과연, 자네 말이 맞네."

"숨진 처자는 누군가에게 죽임을 당한 후 목이 매여 끌어 올려진 게 틀림없습니다."

"흠, 그렇지만 왜 이런 곳까지 와서 변을 당한 걸까?"

"거기까진 저도 모르겠습니다. 만약 처자의 시신을 살펴볼 기회가 있다면 좀 더 많은 걸 알 수 있겠지만."

머쓱한 표정을 지은 조온이 주위를 두리번댔다.

"그나저나 홍주는 어디 갔습니까?"

"내가 뭘 좀 시켰네."

그때, 두 사람이 지나온 숲길 쪽에서 누군가 나타났다.

"호랑이도 제 말 하면 온다더니."

"저만 두고 떠나신 줄 알았잖습니까!"

"밤마다 네놈 코고는 소리에 잠을 설쳐 그리하려던 참이었다."

정자에 오른 홍주가 이마에 맺힌 땀을 닦았다.

"그래, 시킨 건 좀 알아봤느냐?"

"기막힌 소리를 들었습니다요."

"무슨 소리?"

"차마 제 입으로 말씀드리기가……."

"허어, 이놈이. 죽은 처자의 행적을 알아보라 알렸거늘 어디서 무슨 소릴 주워들어 가지고."

"놀라지 마십쇼. 전 들은 대로 전해 드리는 것뿐입니다요."

홍주가 윤 초시 댁 하인에게서 들은 바에 따르면, 사건이 있기 얼마 전 아씨 방을 드나든 자가 있었다는 것이다. 어스름한 저녁, 사월이라는 종년이 물을 긷기 위해 우물로 가는데 아씨 방에서 두런두런하는 목소리가 들려왔다고 한다. 마침 주인 내외는 딸의 혼사를 의논하기 위해 이웃 마을 큰댁으로 가 집을 비운 참이었다. 호기심이인 사월이는 우물 뒤에 숨어 아씨 방을 지켜봤다. 잠시 후, 방문을 연 누군가가 품을 여미면서 나왔다. 마당으로 내려선 그의 얼굴을 본 사월이는 너무 놀라 자기 입을 틀어막았다는 것이다.

"그게 누구라고 하더냐?"

"그 집 종놈들 중 하나랍니다. 이름이……."

정자 옆 대나무가 부스스 흔들렸다. 바람 한 점 불지 않는다는 걸 깨달은 나도일은 손을 들어 홍주의 말을 가로막았다. 그러고는 대숲을 가리키면서 숨어 엿듣고 있는 자를 잡으라는 시늉을 했다. 의미를 알아차린 홍주가 발소리를 죽이면서 계단으로 다가갔다.

"저놈 말이 사실이라면, 종놈에게 수치를 당한 처자가 목을 맸다고 보는 게 맞지 않나?"

시선을 마주쳐 오는 나도일을 본 조온이 고개를 갸웃했다.

"누구냐, 거기 서라!"

홍주의 목소리가 들려왔다. 뒤이어 요동치는 대나무 사이로 홍주와 그에게 쫓겨 달아나는 누군가의 그림자가 어른거렸다.

"우리도 내려가 보세."

정자를 나선 두 사람은 인기척을 쫓아 대숲 안쪽으로 잰걸음을 옮겼다.

"잡았느냐?"

"놓쳤습니다요!"

조금 있자 홍주가 씩씩거리며 걸어 나왔다.

"그나저나 아까 그놈 이름이 무엇이냐? 죽은 아씨 방에 드나들었다는 놈 말이다."

"먹쇠라고 하던뎁쇼."

"먹쇠… 알았으니 넌 당장 윤 초시네로 가서 그놈과 사월이라는 년을 잡아두어라."

네, 하고 대꾸한 홍주가 대나무를 헤치고 사라졌다.

"갈 길이 먼데 여기 더 머무실 작정입니까?"

"단서를 얻었으니 우리만 알 수는 없는 노릇 아닌가. 마을로 내려가세."

두 사람이 숲을 벗어날 무렵이었다. 앞장서 걷던 나도일이 갑자기 걸음을 멈췄다.

"왜 그러십니까?"

"별일 아닐세."

발밑으로 손을 뻗은 그가 무언가를 집어 들었다. 흙먼지를 털어내자 술 끝에 달린 조그마한 날붙이가 눈에 띄었다.

"이건 여인들이 지니고 다니는 물건 아닌가. 그런데 이게 왜 여기……"

혼잣말을 중얼거린 나도일은 주변을 둘러봤다. 그러고는 의아한 눈빛을 보내는 조온을 외면한 채 바닥에 쌓인 댓잎을 헤치기 시작했다.

4

나도일이 가져온 은장도를 본 여인의 얼굴이 굳어졌다.

"맞습니다. 제 딸아이의 것이 틀림없습니다."

"확실합니까, 부인?"

"시집오기 전 제가 지니고 다니다 혼기가 찬 딸에게 준 것인데 어찌 못 알아보겠습니까."

그러면서 마룻바닥에 놓인 은장도를 쓰다듬은 여인은 끝내 어깨를 들썩였다.

"이렇게 슬퍼만 하고 계실 때가 아닙니다."

나도일은 홍주가 전한 이야기를 여인에게 들려줬다. 그렇지 않아도 병색이 짙던 그녀의 얼굴에서 핏기가 싹 가셨다.

"말도 안 되는 소립니다. 천한 종놈이 제 딸아이 방에 드나들다니요."

"저도 아랫것들의 말을 다 믿지는 않습니다. 하지만 진상을 밝히지 않으면 화를 불러오게 될 겁니다."

"화라니, 그건 또 무슨 소립니까?"

여인의 눈이 동그래졌다. 그녀를 마주 본 나도일이 짐짓 답답하다는 표정을 지었다.

"반상의 법도를 어긴 자에게 지엄한 국법의 심판이 따른다는 걸 모르십니까? 누군가 따님이 종놈에게 욕을 당한 수치심을 이기지 못해 목을 맸다고 발고할 경우 도망친 먹쇠라는 놈뿐 아니라 이를 숨긴 하인들, 자칫하면 바깥어른과 부인까지도 국문을 당하실 수 있습니다."

순간 여인의 얼굴에 당혹스러운 빛이 스쳤다.

"생전 귀댁 따님의 행실에 대해서는 저도 들어 알고 있습니다. 하지만 따님이 살아 돌아와 자신의 무고함을 입증할 수는 없는 노릇이잖습니까. 만약 그 먹쇠라는 놈이 사특한 마음을 품고 따님과 정을 통해왔다고 거짓말을 하거나 국문에 못 이긴 하인 중 하나가 헛소리라도 지껄이는 날에는 윤씨 가문에 씻을 수 없는 수치를 안겨주게 될지도 모를 일입니다."

"그, 그럼 어찌해야 좋단 말입니까? 바깥어른도 안 계신 데다 저마저 이렇게 병중이니."

"제게 맡기십시오."

나도일이 자신 있게 대꾸했다.

"산으로 달아났다는 먹쇠를 잡아오라 시켰으니 사월이라는 년과 대면시켜 문초를 하겠습니다. 만일 사월이의 말이 사실로 드러날 때는 놈을 가두었다가 관원들한테 넘기고, 사실이 아닐 때는 민망한 소문이 새나가지 않도록 하인들 입단속을 시키면 될 일이 아닙니까."

"선비님은 누구십니까? 무얼 하는 분인데 상관없는 남의 일에 나서시는 건가요?"

"군자유어의, 소인유어이라, 군자는 의를 따라 행동하고, 소인은 이익을 따라 행동한다고 했습니다. 비록 이름 없는 선비이나 불의를 안 이상 그냥 지나칠 수 없어 찾아뵈었습니다."

여인은 주저되는 모양이었다. 내친김에 나도일은 그녀를 좀 더 몰아붙이기로 마음먹었다.

"마침 여기서 멀지 않은 고을에 수령으로 계시는 집안 어른을 찾아뵈려던 길이었습니다. 그분께 이 일을 말씀드리기보다는 부인한테 알려 드리는 편이 낫다고 생각했지요."

그제야 여인은 굳게 다물었던 입술을 뗐다.

"선비님께 맡기겠습니다. 제가 도울 일은 없는지요?"

"우선 변을 당하기 전 따님의 행적에 관해 들려주십시오."

여인의 말에 따르면 언젠가부터 그녀의 딸은 말수가 적어지고 한숨을 쉬는 일이 잦아졌다고 한다. 그 까닭을 물어도 가슴이 답답하다고만 할 뿐 속내를 털어놓지 않더라는 것이다.

하루는 어디선가 들려오는 피리 소리를 듣던 딸이 무슨 생각에서인지 거문고를 가져와 뜯기 시작했다. 한참 흥이 나서 연주를 하고 난 딸은 손을 멈춘 채 멍하니 피리 소리에 귀를 기울이다가 다시 거문고를 당겨 앉았다. 이러기를 매일 대여섯 번씩, 그것도 울다가 웃었다가를 반복하면서 하니 여인은 딸의 정신이 이상해진 게 아닌가, 하고 걱정스러웠다고 한다.

"거문고라……. 흠, 그래서요?"

그렇게 거문고 연주에 열중하던 딸은 변을 당하기 얼마 전부터는 종이와 먹을 앞에 둔 채 제 방에 틀어박혀 좀처럼 나오지를 않았다. 돌이켜 생각해 보니 유서를 적고 있었던 게 아닐까 하는 의심도 들었지만, 당시 여인의 눈에 비친 딸에게서는 죽음을 앞둔 절망이나 비장함 따위는 느낄 수 없었다고 한다. 오히려 평소와 달리 어쩐지 들떠 보였다는 것이다.

"따님이 무슨 글을 적었는지 아십니까?"

대답 대신 여인은 힘겹게 자리에서 일어섰다. 안방으로 간 그녀는 잠시 후, 서찰 같은 걸 손에 들고 나왔다.

"그 일이 있고 나서 딸아이 방에서 찾은 겁니다."

여인은 아무것도 쓰여 있지 않은 봉투에서 종이를 꺼내 펼쳤다.

二糸間言下心.

"이사간언하심……. 이게 대체 무슨 뜻입니까?"

"저도 모릅니다."

고개를 저은 여인은 이번에는 또 다른 봉투에서 꺼낸 종이를 바닥에 내려났다.

有半月三星 木邊兩人開.

글깨나 읽었다고 자부하는 나도일도 도무지 그 의미를 알 수 없었다.

"처음에는 유서라고 생각했습니다. 그렇지만 자세히 보니 딸아이의 글씨가 아니었습니다."

"그렇다면 누가 이걸……."

나도일은 종이 위에 쓰인 글씨를 찬찬히 훑었다. 서툴기는 하지만 분명 똑같은 서체였다. 한 사람이 쓴 게 분명했다. 그러나 아무리 들여다봐도 그 뜻이 이해가 가지 않았다.

"…유반월삼성 목변양인개, 반월삼성이 있으면 나무 곁에 두 사람이 벌려 선다니, 거 참."

"누군가 딸아이를 꾀어낼 목적으로 이 글을 보내왔을 겁니다."

"그자가 따님의 죽음과 관련이 있다고 보십니까?"

나도일의 물음에 여인은 기다렸다는 듯이 고개를 끄덕였다.

"네, 제 딸은 자진한 게 아니라 이 글을 쓴 자에게 죽임을 당한 게 분명합니다."

"어찌 그리 단정하십니까?"

한숨을 쉰 여인이 눈을 내리깔았다.

"딸아이는 이런 수수께끼 같은 글을 주고받으며 규중 생활의 갑갑함을 달래왔겠지요. 그러면서 그자에 대한 호기심을 키워가다 결국 만날 결심을 하기에 이른 겁니다. 하지만 정작 딸과 만난 그자는 자기 욕심을 채우려 든 게 틀림없습니다. 그렇지 않다면 왜 제 딸이 이 은장도를 꺼내 들었겠습니까?"

"그럼 먹쇠라는 종놈은……?"

"잡아다가 문초를 해보시면 알겠지만 그놈은 제 자식의 죽음과 상관이 없을 겁니다. 딸을 욕보이거나 겁박했을 리는 더더욱 없고요. 만약 그랬다면 변을 당하기 직전 제 딸이 정인과의 만남을 고대하듯 그렇게 들떠 있지 않았겠지요."

여인의 말에 수긍이 간다는 것처럼 나도일이 머리를 끄덕거렸다.

"부디 딸아이의 순수한 마음을 짓밟고 목숨까지 앗아간 흉악한 자를 밝혀주십시오."

말을 마친 여인은 기력이 다했는지 숨을 몰아쉬었다. 나도일의 머릿속에 아침나절 조온과 나눴던 대화가 스쳐 지나갔다.

"걱정 마십시오, 부인. 제가 따님을 해친 범인을 반드시 잡아드리지요. 그러기 위해 한 가지 어려운 부탁이 있습니다."

별채 마당에 무릎을 꿇은 먹쇠가 몸을 떨었다. 곁에 선 사월이 역시 마찬가지였다. 마루 위에 우뚝 선 나도일이 매서운 눈초리로 그들을 노려봤다.

"먹쇠, 네 이놈. 돌아가신 아가씨가 널 가족처럼 대해줬다고 하거늘 이를 기화로 천인공노할 짓을 저질렀으니 그래도 살길 바라느냐!"

"나리, 전 잘못한 게 없습니다요. 믿어주십시오."

"네놈이 아씨 방에 드나드는 걸 봤다는 증언이 있는데도 그리 잡아뗀단 말이냐? 멍석말이라도 당해야 이실직고를 하겠구나."

"사, 살려주십시오. 전 정말 아씨한테 아무 죄도 짓지 않았습니다요."

땅바닥에 고개를 처박은 먹쇠는 두 손을 모아 빌었다.

"죄가 없다면 왜 산으로 도망쳤느냐?"

"그, 그건……."

"아침나절 대숲에 숨어 있던 자도 바로 네놈이렷다."

“……”

“안 되겠구나. 여봐라!”

마당에 둘러선 하인들이 네, 하고 대답했다. 그들은 나도일을 자신을 대하듯 따르라는 주인마님의 엄명을 받은 터였다.

“바른말을 할 때까지 저놈을 두들겨라.”

명을 받은 하인들이 몽둥이를 집어 들었다.

“용서해 주십시오, 나리. 전 죄를 짓고 달아난 게 아닙니다요.”

“그럼 무엇 때문에 산에 올라가 불러도 내려오지 않은 것이냐.”

“찾을 사람이 있어서 그랬습니다요.”

“그게 누구냐?”

먹쇠가 곤혹스러운 표정을 지었다.

“뭣들 하고 있느냐. 저놈을 어서 쳐라!”

“아이고, 살려주십시오. 다 말씀드리겠습니다.”

자신을 향해 날아드는 몽둥이를 가로막은 먹쇠가 머리를 조아렸다.

“전에 만난 피리 불던 사내를 찾아다녔습니다요.”

“피리 불던 사내? 그자를 네가 무슨 일로 찾았느냐?”

먹쇠는 작심한 듯 나도일을 올려다봤다.

“솔직히 아씨가 그렇게 되시고 나서 전처럼 일할 마음이 나지 않았습니다. 그래서 인적이 드문 대숲으로 가 시간을 때우다 오곤 했습죠. 오늘도 논일을 간다는 핑계를 대고 아침 일찍 거기 가서 빈둥거리다 우연히 나리들이 하시는 말씀을 들었습니다요.”

“무얼 말이냐?”

“아씨가 스스로 목을 매신 게 아니라 죽임을 당하셨다는 말 말입니다."

마당에 서 있던 하인들이 그 말을 듣고 웅성거렸다.

"조용히 해라. 그게 피리 부는 사내하고 무슨 상관이란 말이냐?"

"아씨를 해친 건 그놈이 틀림없습니다요."

"왜 그리 생각하느냐?"

"그건 이 자리에서 말씀드리기가……."

"허어, 저놈이. 어디서 되도 않는 핑계를 대고 빠져나가려고. 정녕 죽고 싶은 게로구나."

나도일이 목소리를 높였다.

"피, 핑계가 아닙니다요. 그놈이 아씨한테 편지를 보냈습니다."

"무슨 편지 말이냐?"

"내용은 모릅니다. 본디 까막눈이어서 읽지도 못하고요."

그 말을 들은 나도일은 품에서 편지를 꺼내 들었다.

"그 사내가 보냈다는 편지가 이것이냐?"

"네, 그겁니다. 그걸 어떻게……."

"잔말 말고 왜 그 사내가 아씨를 해쳤다는 건지 그 이유나 말해보거라."

올봄 뒷산에 나무를 하러 간 먹쇠는 우연히 피리를 부는 사내와 마주쳤다고 한다. 피리 소리가 하도 곱고 아름다워 그 뒤로도 가끔 그를 찾아가곤 했다는 것이다.

그러던 어느 날, 사내가 먹쇠에게 말을 걸어왔다. 그는 산 밑에서 들리는 거문고 소리가 어디서 나느냐고 물었고, 먹쇠는 자랑스레 자기 집 아씨가 연주하는 소리라고 대답했다.

며칠 후, 먹쇠를 다시 만난 사내는 자신을 김 아무개라고 소개하면서 아씨한테 편지를 전해달라고 했다. 잘 알지도 못하는 그의 청을 거절하려고 했지만 워낙 간곡하게 부탁을 하는 바람에 하는 수 없이 편지를 받아 들고 왔다는 것이다.

"아씨는 그 편지를 받고 뭐라고 하시더냐?"

"처음에는 별말씀이 없으셨습니다요. 그런데 며칠 후 조용히 절 부르시더니 편지를 보낸 자의 생김새와 만난 곳, 그리고 나이 등을 물으시더군요. 그러면서 답장을 썼으니 전하라고 하셨습니다. 그래서 품속에 간직했다가 다음 날 그놈한테 전해줬습죠."

"아씨가 네게 편지를 준 게 언제더냐?"

"두어 달 전쯤인가. 아무튼 주인어른 내외께서 큰댁에 가신 날이었습니다요."

아씨 방을 드나드는 먹쇠가 목격된 날짜와 정황이 거의 일치했다. 그렇다면 아씨의 부탁을 들으러 간 그를 사월이가 오해한 것이리라. 이런 생각이 든 나도일이 재차 다그쳐 물었다.

"편지 내용도 모른다면서 넌 왜 그 김 아무개라는 자가 아씨를 해쳤다는 것이냐?"

"변을 당하기 며칠 전, 아씨께서 또 편지를 주시면서 그놈한테 이런 말을 전하라 하셨습니다요."

"뭐라고 하셨느냐?"

"편지 안에 만날 날짜와 시간이 적어뒀다굽쇼."

죽은 처자 어머니의 짐작대로였다. 그렇다면 범인은 편지를 보냈다는 그 피리 부는 사내일까. 별채 마당을 비추던 해가 서산 너머로

뉘엿뉘엿 기울고 있었다.

5

"저녁 안 드십니까?"

밥상을 들인 홍주가 말을 걸어왔다. 눈길조차 주지 않은 나도일은 방바닥에 펼친 편지를 뚫어져라 들여다보고 있었다.

"뭘 그렇게 보고 계십니까요?"

"넌 몰라도 되니 어서 밥이나 먹거라."

"혹시 그 피리 불던 사내가 보내왔다는 편지입니까?"

궁금증이 나는지 홍주는 목을 길게 늘였다.

"뭐라고 적혀 있습니까? 저야 간단한 글자 밖에 못 읽어 모르겠습니다만."

"나도 모르겠구나."

나도일이 한숨 쉬듯 대꾸했다.

"과거에서 장원급제를 하신 나리도 모르는 글이 있습니까?"

"그나저나, 그 피리 불던 사내의 행방은 찾았다느냐?"

"이 집 아씨가 돌아가신 뒤부터 뒷산의 피리 소리가 뚝 끊겨 다들 모른다는뎁쇼. 먹쇠가 들었다는 그 김 아무개라는 이름만 갖고 어디 찾을 수가 있겠습니까?"

나도일은 실망스러운 표정을 지었다. 이래서야 뒷산에서 다시 피리 소리가 날 때까지 기다려야 할 판이었다.

"먹쇠란 놈도 참. 칠칠치 못하게 그 남자 사는 곳도 안 물어봤다니. 답답할 따름입니다요."

홍주가 밥을 다 먹어갈 즈음, 조온이 문을 열고 들어섰다.

"어떻게 됐나?"

"제 예상이 빗나가지 않았습니다."

"자세히 말을 해보게."

재촉을 받은 그가 나도일과 마주 앉았다.

그의 말에 따르면 스스로 목을 매 죽은 시신과 죽임을 당한 후 목을 매달은 시신은 목에 난 상처의 깊이와 빛깔이 완전히 다르다고 한다. 전자의 경우 목을 감은 줄에 체중이 실려 숨이 끊어지는 탓에 상처의 깊이가 깊고 검붉은 색을 띠는 게 보통이지만, 후자의 경우는 상처의 깊이가 얕고 흰 자국만 나타난다는 것이다.

나도일의 청을 받은 이 집 안주인의 허락으로 살펴본 처자의 시신은 후자와 비슷했다. 더불어 숨통 아래 줄이 교차한 흔적이 검게 남아 있었다. 이는 줄로 목이 졸려 살해된 경우를 기술한 '무원록'의 기록과 일치했다. 마을 존위에게서 받은 줄과 대조한 결과 꼬인 모양과 줄의 굵기가 일치한다는 사실을 알아냈다. 조온은 시신의 다른 부위 역시 살폈다. 이를 통해 손톱이 깨져 있는 걸 발견했다. 목이 졸릴 당시 줄을 풀기 위해 발버둥을 친 탓이리라.

"누군가에게 죽임을 당한 게 틀림없군. 문제는 그게 누구냐는 것인데……."

"처자에게 편지를 보냈다는 사내가 한 짓이 아니겠습니까?"

"먹쇠라는 놈의 말만 어찌 믿는가? 놈도 사월이 년 때문에 죽다 살았는걸."

나도일은 바닥에 펼쳐 놓은 종이로 눈길을 떨궜다.

"여기 적힌 뜻만 알아낸다면 처자가 살해된 이유를 짐작할 수 있을 터인데. 조온이, 자네 혹시 이 글의 의미를 알겠는가?"

나도일의 시선을 좇은 조온이 고개를 저었다.

"형조의 검관 노릇이나 하던 제가 나리도 모르시는 글을 어찌 알겠습니까?"

"두 분 나리 다 모르신다니 혹시 변말 같은 건 아닐까요?"

어느 틈에 다가앉은 홍주가 끼어들었다.

"왜 그런 말 있잖습니까. 속인들이 자기들끼리 쓰는."

"네가 뭘 안다고 나서는 것이냐?"

나도일이 짜증 섞인 목소리를 냈다. 방 안 공기가 무거워졌다. 분위기를 의식한 홍주가 다시 입을 열었다.

"기분들도 그러신 거 같은데, 재미난 얘기 하나 해드릴깝쇼?"

그러고는 넉살좋게 입담을 늘어놓기 시작했다.

"어느 날, 소경이 집에 있는데 동네가 소란스러워졌답니다요. 밖에 나갔다가 돌아온 아내가 헐레벌떡 뛰어오더니 소경의 가슴 사이에 사람 인 자를 써줬다지 뭡니까. 그랬더니 소경이 하는 말, 사람인(人) 자 양변에 점이 있으니 불이 났군, 하더랍니다."

짐짓 안 듣는 척을 한 나도일은 붓을 꺼내 들었다.

"이번에는 아내가 입을 맞추자 여 씨 집에 불이 났다고, 하면서 놀라더랍니다. 마지막으로 아내가 소경의 양물을 만지작거려 세워주자 쯧쯧, 다 타고 기둥만 남았구먼, 했다던데……"

저도 모르게 종이 위에 여 자(呂)를 적고 난 나도일이 무릎을 탁
쳤다.

"옳거니, 편지의 의미를 알았네!"

"갑자기 무슨 소리십니까?"

대답 대신 나도일은 붓을 놀렸다.

"유반월삼성. 반월과 삼성을 합하면 이렇게 마음 심(心) 자가 되고."

그러고는 그 곁에 다시 뭔가를 적었다.

"목변양인개. 나무 곁에 사람 인 자 두 개를 벌려 적으면, 올
래(來)가 되지 않나."

"심래… 그럼, 앞에 적힌 유(有) 자는……."

"유심래(有心來) 즉, 마음이 있으면 오라는 뜻이지."

"두 이(二) 자로 시작되는 이 편지의 뜻은 뭡니까요?"

지켜보던 홍주가 신기하다는 표정으로 물었다.

"그건…… 어디 보자, 그렇지. 알고 나니 의외로 간단하군."

입가를 끌어당긴 나도일이 종이 위로 손을 뻗었다.

"실 사 변(糸) 가운데 말씀 언(言)을 넣고, 그 아래 마음 심(心) 자
를 적으면."

"그리워할 연(戀)이 되는군요!"

조온이 그제야 알았다는 것처럼 소리쳤다.

"그렇지. 이건 연서라네. 분명 그 피리를 불었다는 사내는……."

나도일이 편지에 대해 설명하려고 할 때, 갑자기 문밖이 시끄러워
졌다.

"나리."

윤 초시 댁 청지기의 목소리였다.

"왜 그러는가?"

"사람들 말이 저 아랫동네에서 피리 소리가 들렸답니다."

"그게 정말인가?"

"네, 방금 하인들더러 소리가 난 곳으로 가보라고 일렀습니다."

"알았네."

나도일이 조온과 홍주를 돌아봤다.

"드디어 이 편지를 쓴 자와 만나게 될 모양이군."

"그자가 처자를 해쳤을까요? 이렇게 연서를 보내고도?"

"그건 본인한테 물으면 될 일이 아닌가."

말을 마친 나도일은 자리에서 일어섰다. 방을 나서는 그를 조온과 홍주가 뒤따랐다.

하인들에게 붙잡힌 사내는 분한 얼굴이었다.

"이놈들, 내 비록 홀어머니를 모시고 한미하게 살기는 하나 어엿한 양반가의 후손이거늘 어찌 욕을 보이려 드는 것이냐!"

"죄 없는 처자의 목숨을 빼앗고도 어찌 귀천을 논하는가?"

그의 말을 되받은 나도일이 초가 마당으로 들어섰다.

"댁은 또 뉘시오?"

"지나가던 선비요. 윤 초시 댁 안주인의 부탁으로 당신을 잡으러 왔소."

"윤 초시 댁?"

"그렇소. 그대가 종놈을 통해 연서를 보낸 처자의 집 말이오."

사내는 말문이 막힌 듯 나도일을 노려봤다.

"저자가 네게 편지를 줬다는 피리 불던 사내가 맞느냐?"

"예, 바로 저놈입니다요."

횃불은 든 하인들 틈에 서 있던 먹쇠가 대답했다. 집 안을 뒤지고 나온 다른 하인들 중 하나가 나도일에게 다가왔다.

"방에서 이런 게 나왔는뎁쇼."

"이래도 발뺌을 할 작정이신가?"

나도일은 하인이 건넨 피리와 편지를 들어 보였다.

"처자의 목숨을 빼앗다니 그게 무슨 소리오?"

"네 이놈!"

나도일의 노한 음성이 마당을 울렸다.

"그래도 양반가의 자제라고 조용히 관원들한테 넘기려고 했더니, 끝까지 지은 죄를 잡아뗄 셈이냐? 관아에 가기도 전에 몽둥이찜질부터 당하고 싶은 게로구나!"

"모르는 일을 모른다고 하는데, 왜 겁박을 하는 것이오!"

사내 역시 지지 않고 목소리를 높였다.

"네가 쓴 편지가 내 품 안에 있다. 편지 심부름을 한 하인 놈도 여기 데려왔고. 거기다 처자가 보낸 답장 역시 네 집 안에서 찾았느니라. 이래도 부인을 할 작정이냐?"

"편지를 주고받았다는 것만으로 어찌 내가 윤 낭자를 해쳤다고 하는 것이오?"

"나리, 마당 구석에서 이걸 찾았습니다요."

다가선 홍주가 나도일에게 뭔가를 내밀었다. 혈흔이 묻은 동아줄이었다. 조온이 가져온 것과 비교하자 길이만 다를 뿐 굵기와 모양이 똑같았다.

"이렇게 물증까지 나왔는데도 처자를 해치지 않았다고 할 테냐?"

"그, 그건……."

"그렇다. 숨진 처자의 목을 조른 줄이니라. 네가 죽림정 난간에 묶었다가 가져온 것이렷다."

"억울하오! 난 줄을 가져오지도, 윤 낭자를 해치지도 않았소!"

"닥쳐라, 이놈. 구차한 변명은 관아에 가서 하여라."

무너지듯 주저앉은 사내는 억울하다는 말만 되풀이했다.

"끌고 가 가뒀다가 관원들이 마을에 당도하거든 넘기거라."

"…난 윤 낭자를 사모했을 뿐이요. 믿어주시오!"

"뭣들 하느냐, 어서 저놈을 끌어내지 않고!"

호통을 친 나도일이 몸을 돌릴 때였다.

"뭔가 이상합니다."

내내 말 없이 서 있던 조온이 고개를 갸웃했다.

"저자가 한동안 불지 않던 피리를 오늘에서야 불었다는 것도 그렇고, 무엇보다 스스로를 고변하듯 거기 맞춰 처자의 목을 조른 줄을 마당에 놓아뒀다는 점이 어쩐지 수상쩍습니다."

그의 귀띔을 들은 나도일이 우뚝 멈춰 섰다.

"…억울하오! 편지를 받긴 했지만 나는 윤 낭자를 만난 일이 없소이다!"

"그게 무슨 소리냐?"

사내를 돌아본 나도일은 눈을 치켜떴다.

"낭자가 쓴 편지를 보시오."

나도일은 손에 든 편지를 펼쳤다.

一點三口 牛角不出.

"일점삼구, 점 하나(ヽ)와 석 삼(三), 거기다 입 구(口)라. 이건 틀림없이 말씀 언(言) 자를 가리키는 것이리라. 그리고 우각불출, 뿔이 돋지 않은 소라……."

나뭇가지를 집어 든 나도일은 바닥에 쪼그려 앉았다. 홍주가 다가와 횃불을 비췄다.

"…이것은 낮 오(牛) 자를 이르니 두 자를 합치면 허락할 허(許)가 되는구나. 이 글은 처자에게 마음이 있으면 오라고 꾀어낸 네 편지의 답장이렷다."

"아니, 다른 편지 말이오."

나도일은 다른 봉투에 든 편지를 꺼내 들었다.

籍.

거기에는 단 하나의 글자만이 커다랗게 적혀 있었다.

"적? 이건… 무슨 뜻인가?"

"나도 의미를 몰라 윤 낭자와 못 만났다지 않소."

"네 이놈, 지금 날 희롱하는 것이냐?"

"저, 정말이오. 하인 놈을 통해 낭자가 했다는 말을 듣긴 했지만,

도대체 언제 어디서 만나자는 건지 알 수가 없었소. 그래서 얼굴조차……."

울먹이는 남자를 외면한 나도일은 손에 든 편지를 들여다봤다. 그러나 다른 편지들과는 달리 아무런 설명이 없어 그 의미를 도통 알아차릴 수가 없었다.

"이게 무슨 의미인지……. 혹시 자네는 알겠는가?"

미간을 모은 나도일과 조온이 머리를 맞댔다.

"헤헤, 이렇게 쉬운 걸 모르신다니."

"뭐라? 네놈은 안다는 소리냐?"

나도일이 홍주를 노려봤다.

"나리가 하시는 걸 봐뒀습죠. 자, 이건 대나무 죽(竹)이요, 그 아래 왼쪽은 올 래(來)라. 그리고 이건 열 십 두 개(十十)와 한 일(一), 그 밑에 날 일(日) 자를 붙인 게 아닙니까요?"

"이런 무식한 놈. 이자는 올 래(來)가 아니라 쟁기 뢰(耒) 자이니라. 그리고 이건……."

코웃음을 치던 나도일의 얼굴이 별안간 굳어졌다.

"그러고 보니… 대나무, 올 래, 이십일……?"

순간 나도일은 편지의 의미를 깨달았다. 그건 대나무 숲(竹)으로 이십일 일(十十一日) 저녁(昔=夕)에 오라(耒=來)는 뜻이었다. 처자의 시신이 발견된 게 22일 아침이라고 했으니, 변을 당한 건 그보다 앞선 21일 저녁부터 밤사이였으리라.

한편, 홍주가 잘못 읽은 쟁기 뢰 자는 흘려 적을 경우 올 래 자와 비슷하다. 그리고 예 석과 저녁 석은 음이 같다. 이런 점을 이용해 약속 장소와 날짜, 그리고 시간을 은밀히 알린 편지였다. 편지를 들여다보고 있는 나도일에게 조온이 속삭였다.

"나리, 저자의 손이나 팔에 상처가 없는지 살펴보십시오."

"그건 왜?"

"죽은 처자의 손톱 밑에 피가 말라붙어 있었습니다. 목이 졸릴 때 발버둥을 치다 범인을 할퀴었을지도 모를 일입니다. 게다가 난간에 묶었던 이 줄에도 혈흔이 묻어 있지 않습니까."

나도일이 몸을 일으켰다.

"여봐라. 저놈의 옷을 벗겨 몸에 상처가 있는지 보아라."

명을 받은 하인들이 우르르 사내에게 달려들었다. 하지만 이내 고개들을 저었다. 실망한 나도일의 시선이 마루 위에 놓인 밥상으로 향했다.

"네 어미는 어디 가셨느냐?"

"이웃 마을 친척 집에 제사가 있어 가셨소."

"그렇다면 밥은 누구와 먹었는가?"

"저녁때 벗이 왔었소."

나도일은 조온이 했던 말을 떠올렸다.

"한동안 불지 않던 피리를 분 까닭은 무엇인가?"

"윤 낭자한테 그런 일이 생기고 흥을 잃었는데, 마침 저녁을 먹고 난 벗이 모처럼 한 곡조 들려달라고 졸라서 그랬다오."

순간 나도일의 머릿속에 무언가가 스쳤다.

"그 벗이라는 자에게 이 편지를 보여준 일이 있는가?"

사내가 머리를 끄덕였다.

"편지의 뜻을 몰라 도움을 청하느라 그랬소만."

"뭐라고 하였는가?"

"쟁기 뢰 자를 풀면 이십팔, 즉 그믐이 아니냐면서 그날 윤 초시 댁으로 가서 기다려 보라고 했소이다. 하나 그전에 낭자한테 변이 생겼으니 헛수고만 한 셈이지요."

쟁기 뢰(耒) 자를 이십팔(二十八)로 풀이해 줬다면 파자에 대해 알고 있었던 게 틀림없다.

"그자의 몸에 상처가 나 있지 않던가?"

"어찌 아시오? 그렇지 않아도 살쾡이한테 팔뚝을 할퀴었다던데."

나도일의 눈썹이 꿈틀거렸다.

"벗이라는 자의 집은 어디인가?"

"요 앞 재 너머 서당골이오. 그건 왜 물으시는 거요?"

"그곳으로 안내하게."

하인들에게 사내를 데려오라고 눈짓한 나도일은 앞장서 대문을 나섰다. 초가를 나선 횃불 행렬이 마을 길을 따라 이어졌다.

6

아침 햇살을 받은 마을은 밤새 무슨 일이 있었느냐는 듯 평화로워 보였다. 그 광경을 내려다보던 나도일이 대나무 향이 배인 공기를 가슴 깊숙이 들이마셨다.

"이랴."

산길로 오르지 않으려고 버티는 말을 끄느라 홍주가 가쁜 숨을 몰아쉬었다.

"어서 가자, 이놈아. 꾀 좀 그만 부리고."

"홍주야."

"예, 나리!"

"꾀 하면 널 당할 자가 없을 텐데, 어찌 짐승한테는 쩔쩔매는 것이냐?"

"그게 무슨 소리십니까요?"

말과 함께 정자로 다가온 홍주는 의아한 표정을 지었다.

"어제 네 파자 풀이가 그럴듯하더구나."

"아, 그거 말입니까?"

되물은 홍주가 머리를 긁적거렸다.

"나리가 하시는 걸 보고 흉내를 내본 것뿐입니다요."

"그나저나 참 용하지 않은가?"

나도일이 곁에 선 조온을 돌아봤다.

"가끔 저 녀석 덕에 일이 술술 풀리니."

"그러게 말입니다. 사당패를 따라다니던 걸 데려다 키우셨다고 하셨을 땐 솔직히 좀 그랬는데 가만 보니 제 밥값은 하는 놈이지 않습니까."

마주 본 두 사람이 껄껄 웃었다.

"자네 공이 크네."

"아닙니다."

"빈말이 아닐세."

나도일이 정색을 했다.

"자네 도움이 아니었다면 엉뚱한 자를 범인으로 몰 뻔했지 않은가."

"여기저기 다니면서 참혹한 시신을 봐온 탓에 얕은 지식을 얻었을 뿐입니다."

조온이 머리를 숙였다.

"나도 그 김 아무개라는 자의 벗이 처자를 살해한 범인일 줄은 미처 예상하지 못했네. 편지를 훔쳐보고 약속 장소에 대신 나가 순진한 처자를 겁간하려 했다니."

나도일은 안타까운 듯 고개를 저었다.

"정절을 지키려는 처자를 살해한 뒤 자진한 것처럼 꾸민 것도 모자라 그 죄를 김 아무개에게 덮어씌우려 했을 줄 누가 상상이나 했겠는가."

범인의 간악함을 떠올린 조온은 저도 모르게 눈살을 찌푸렸다.

"그래도 다행인 것은 자네 덕분에 범인을 잡아 죽은 처자와 그 부모의 한을 풀어준 것이네. 어디 그뿐인가. 먹쇠와 김 아무개, 그리고 마을 사람들이 겪었을 고통까지 미리 막아준 셈이지. 나 혼자였다면 그러지 못했을 거야."

"말씀이 지나치십니다. 나리께서야말로······."

입술을 들썩이는 조온을 가로막은 나도일이 말을 이었다.

"내게 암행어사를 제수하신 주상께서 이런 분부를 하신 적이 있네. 무의처기의(無疑處起疑) 즉, 더 이상 의심할 바 없는 곳에서 다시 의심을 일으키라고."

"과연 주상다우신 말씀이군요."

"그래. 이치를 따질 때는 반드시 깊이 생각하고 힘써 구해야 된다고 하시면서 백성들을 살필 때도 마찬가지로 하라 하셨네. 요 며칠 자네와 홍주를 보면서 나는 그 의미를 새삼 깨달았어."

"황송할 따름입니다."

"앞으로도 내가 늘 의심을 일으키도록, 그래서 신중하고 집요하게 진실을 파헤칠 수 있도록 조언을 아끼지 말아주게."

"명심하겠습니다."

정자 아래 있던 홍주의 뱃속에서 돌연 꼬르륵 하는 소리가 들려왔다.

"아침밥 먹은 게 벌써 꺼진 게냐?"

"헤헤, 그런가 봅니다요. 그러게 윤 초시가 돌아오면 모르긴 몰라도 한상 거하게 차려줄 터인데 왜 이리 급하게 떠나십니까?"

"갈 길이 멀다, 이 녀석아. 먹는 타령 그만 하고 어서 가자."

씩 웃은 나도일이 계단을 내려섰다. 때마침 불어온 바람에 대나무들이 잎을 부스스 떨었다. 마치 잘 가라는 인사를 건네듯이.

성형 살인

김주동

〈계간 미스터리〉에「동성로」로 데뷔한 이후「귀향」,「탈출」등
비슷하면서도 다른 소설들을 여러 편 써왔다.

"그 선생님이 건물 앞에 서 있었을 때거든요. 노란 우비에 우산 쓴 여자가 나타났어요. 그러더니 메스로."

"메스요?"

"예! 그걸 쳐들더니 선생님 얼굴로 막 휘둘렀어요. 선생님이 얼굴을 가리며 쓰러졌고요. 얼굴에서 손을 뗐을 때 목을 찌르고 도망갔어요."

신고를 한 여자는 건물 2층, 치과에서 근무하는 젊은 간호사였다. 간호사는 목격자이기도 했다. 엘리베이터를 놓친 데다 2층이어서 계단으로 해서 내려왔다고 했다. 그러다가 출입구로 통하는 복도에서 뜻밖의 장면을 보고 만 것이다. 간호사는 모든 게 눈 깜짝할 새 일어난 일이라 지금도 꿈을 꾸고 있는 것 같다고 했다.

형사 진수는 그 여자의 인상착의에 대해 더 생각나는 건 없는지 물었다.

"잘 기억이 안 나는데, 아, 그러고 보니 머리가 무척이나 길었던 거 같았어요."

"길어요?"

"예. 그거 때문에 얼굴을 잘 못 봤어요."

"확실해요?"

"예. 사실 여자가 내 쪽을 안 본 게 다행이죠. 여자가 내 쪽을 볼까 봐 얼마나 무서웠는데요. 소리가 날까 봐 움직이지도 못했고요. 그 여자가 날 보기라도 했다면."

간호사는 상상만으로도 끔찍하다는 듯 어깨를 떨었다.

막연한 기분으로 치과를 나와서 살인이 일어났던 건물 출입구 앞에 다시 섰다.

"선배님, 어떻게 생각하세요?"

"글쎄."

"뭔가 감이 오는 것 같지 않아요?"

진수는 동의한다는 뜻으로 고개를 끄덕였다.

피살자는 3층에서 성형외과를 운영하고 있는 원장 임현태였다.

"수술 결과에 불만을 품은 환자 중 한 명이 아닐까요. 왜, 수술 뒤에 부작용이 생겼고 의사는 무시해 버렸다. 그래서 앙심을 품었다."

"그럴듯해."

사건은 오늘 저녁 8시경에 발생했는데 그때는 비가 억수같이 퍼붓고 있었다. 그러다 보니 범행 현장은 빗물로 말끔히 씻겨 나갔다. 다행히 목격자가 있었으니 망정이지 그렇지 않았다면 참으로 난감

할 뻔한 사건이었다. 건물 밖에서도 목격자를 찾아봤지만 한결같이 모른다는 말뿐이었다. 몇몇 가게는 장사에 방해되니 빨리 사라져 달라는 눈치까지 주었다. 하늘에 구멍이라도 뚫린 듯 지금도 비는 그칠 생각을 하지 않았다. 한여름에 퍼붓는 빗줄기라 짜증만 더하는 후덥지근한 비였다. 폴리스 라인 안에서 우비를 입은 경찰들이 바삐 움직였다. 주인 잃은 파란 우산은 제 혼자 뒹굴고 있었다.

다음 날, 진수와 후배는 성형외과 간호사 둘을 만났다. 간호사들은 아침에 출근했다가 청천벽력 같은 소식을 듣게 되었을 것이다. 졸지에 다른 병원을 알아봐야 하는 신세가 된 것이다.

"저기, 최근에 환자들 중에서 말이죠. 수술 결과에 불만을 품고……."

간호사들은 진수가 던진 질문의 요지를 잘 알고 있었다. 하지만 다들 쉽게 입을 떼지 못하는 눈치였다.

"그런 환자가 있었다면 얘기해 주시죠."

"그게요. 그런 환자가 있긴 있었어요."

간호사 중 한 명이 답했다.

"그게 누굽니까?"

"잠깐만요."

단호한 목소리가 등 뒤에서 들렸다.

"제가 말씀드리죠."

키는 작달막했지만 덩치가 있는 편으로 살집도 두둑했다. 대장부 같은 인상을 풍기는 오십 대 정도 될까 싶은 여자였다. 성우만큼이나 목청이 낭랑했다.

"제가 간호사들을 관리해요. 제가 말씀드리는 편이 나을 거예요."

여자는 눈치를 살피던 간호사들을 보았고 그들은 시선을 피했다.

"예. 맞아요. 그런 환자가 있었습니다. 하지만 먼저 알아두셔야 할 건 우리 측에는 그 어떤 과실도 없다는 점입니다."

"예예. 그건 알겠으니까 그런 환자가 있었다는 거죠?"

"여기요. 이 환자예요."

수간호사는 환자의 신상이 기록된 카드를 내밀었다. 진수는 주소와 전화번호를 수첩에 베낀 뒤 돌려줬다. 일단 오늘 찾아온 용건은 끝난 셈이었다.

병원을 나와 엘리베이터 안에서 후배가 농담했다.

"그 수간호사, 여기숙사 사감 분위기 같던데요?"

"그러게."

진수는 후배를 보고 피식 웃었다.

환자의 이름은 최나영. 허름한 고층 아파트에서 가족과 함께 살고 있었다. 최나영에 대해 물었을 때 그녀의 엄마는 도리어 딸의 행방에 대해 물었다.

"찾았나요?"

진수는 무슨 소린가 했다. 원하는 답을 듣지 못하자 최나영의 엄마는 무척이나 실망하는 얼굴이었다.

"집 나간 지 오래됐어요. 신고를 하긴 했는데도 아직 어디 있는지도……."

말을 흐리다가 걱정스레 물었다.

"그럼 무슨 일로?"

진수는 별일 아니라고 답했다.

"나영이 걔가 한 번도 말썽 일으킨 적이 없는 아이거든요."

"자세히 말씀해 보시죠."

"모든 게 전부 수술 때문이었어요. 말짱한 코를 세운다고. 코 수술을 받았는데, 부작용이 생겼어요. 콧대가 울퉁불퉁해지고 삐뚤어졌어요. 그걸로 고민을 많이 하다가 몇 주 전 새벽에 집을 나갔어요. 걱정이 돼서 신고를 했는데 경찰들은 단순 가출로 여기지 뭐예요."

그러면서 수술 전 사진을 보여주었다. 최나영은 은은한 미소를 짓고 있었다. 호감형의 귀여운 얼굴로 수술할 곳도 없어 보이는 얼굴이었다.

화장실 옆에 붙은 방에서 누군가 나왔다. 작은 키에 어깨가 그리 넓지 않은 왜소한 남자였다. 낮은 콧대 때문인지 얼굴은 둥글넓적한 편이었다. 머리는 스포츠형으로 무척 짧았다. 최나영의 두 살 어린 남동생 최은호였다.

진수는 최은호에게 질문을 했다.

"저기, 혹시 누나한테 연락 온 거나 뭐 그런 거 없었나요?"

최은호는 말없이 고개를 저었다.

"누나 행방을 알 사람은요? 누나한테 친한 친구 없었습니까? 어머니는 잘 모르시는 거 같던데."

그제야 최은호가 입을 뗐다.

"있긴 있어요. 연락은 해봤지만."

"그 친구 연락처 있으면 좀."

"근데 무슨 일로 그러시는데요?"

"아뇨. 특별한 건 아니고."

진수는 불안해하는 동생에게서 최나영의 친구 연락처를 얻어 바삐 집을 나왔다. 후배가 내려오는 엘리베이터 안에서 말했다.

"아무리 봐도 최나영이 짓 같은데."

진수는 섣불리 그렇다고 동의하지 않았다.

친구는 지하철 역 부근에서 액세서리를 팔고 있었다. 사람 한 명 앉으면 꽉 찰 듯한 건물과 건물 사이에 가게를 열어놓았다. 늘어놓은 액세서리 앞은 한산했다. 그녀는 동글한 얼굴에 약간 침울한 분위기를 풍기는 키가 큰 여자였다. 최나영에 대해 묻자 그녀는 당황했다. 그러나 아는 게 없다며 말을 흐렸다. 일말의 기대를 품고 찾아온 진수와 후배는 막막한 느낌이었다. 헛되이 발길을 돌리려는데 그녀가 입을 열었다. 들릴 듯 말 듯한 힘없는 목소리였다.

"저기요. 나영이가 죽은 건 아니겠죠?"

진수는 얼른 돌아보았다.

"무슨 말입니까?"

"그게요. 실은 나영이한테서 문자가 하나 왔거든요. 죽고 싶다는."

"그 문자 볼 수 있습니까!"

그녀는 휴대폰을 만지작거리더니 내밀었다.

'세상이 싫고 살기 힘들다' 라는 요지의 문자였다.

"문자 받고 통화해 봤는데 전화가 안 됐어요."

"정확히 언제였죠?"

"보름 전 밤에요. 한 10시쯤 됐나. 가게 문 닫고 있는데 왔거든요."

"확실합니까?"

"예에. 근데 나영이가 정말로 죽은 건 아니죠? 나영이가 죽었다고 조사하러 오신 건 아니죠?"

후배가 나섰다.

"아닙니다, 그런 건. 그리고 나영 씨한테서 그런 문자가 온 건 그냥 한번 해본 소리겠죠."

"그렇겠죠? 수술이 잘못돼서 괴로워하긴 했지만, 그냥 해본 소리겠죠?"

"그럼요. 그렇다니까요. 너무 걱정 마세요."

"그럼 왜 오신 건데요?"

그녀는 의사가 피살된 걸 모르고 있는 것 같았다. 몇천 원짜리 액세서리를 팔아 근근이 살아가는 입장에서 신문이나 뉴스를 볼 여유는 없는 것 같았다. 후배가 말했다.

"의사가 칼에 찔렸는데, 죽었습니다."

"의사라뇨?"

"왜, 나영 씨 수술한 의사 있잖습니까."

그녀는 놀라는 것 같았다.

"근데 그게 나영이하고 무슨."

그러면서 시선을 피했다.

"나영 씨가 의사에 대해 뭐 얘기한 거 없었습니까?"

후배가 물었다.

그녀가 항변했다.

"그 새끼가 나쁜 놈인 건 틀림없지만 나영이가 그럴 리는 없잖아요."

"그렇긴 하죠."

후배가 그녀의 말에 쉽게 동조해 줬다. 진술을 더 끌어내기 위해서였다.

"절대 나영이가 그럴 리는 없어요. 얼마나 착한 앤데. 뭘 잘못 아신 거겠죠."

"저희도 그렇게 생각합니다. 그냥 형식적인 조사에 불과해요. 나영 씨가 그랬다는 증거도 없고요."

진수와 달리 후배는 끈덕지게 붙었다.

"의사 때문에 괴로워하거나 뭐 그런 거는요?"

"그거야, 왜 그러지 않았겠어요. 의사 지는 잘못 없다고 딱 잡아떼는데. 뭐, 나영이가 엄청 재수가 없는 특이 체질이라나 뭐라나. 다른 환자들은 다들 멀쩡하다면서요. 그러면서 시간이 지나면 붓기도 완전히 가라앉고 괜찮아진대요. 그냥 기다리고 있으래요. 시간이 해결해 준다고. 그게 말이나 되는 소린가요? 당연히 그 의사 새끼 때문에 무척 힘들어했죠."

그러면서 후배를 보고 확실히 덧붙였다.

"하지만 절대로 나영이는 그럴 애가 아니에요."

후배는 입을 닫았다.

"혹시 나영 씨한테 연락이 온다거나 하면 이쪽으로 좀."

진수는 수첩 한 장을 찢어 연락처를 써주고 돌아섰다.

후배는 감이 잡혔다는 얼굴로 차를 몰며 말했다.

"아무리 봐도 최나영이 짓 같은데요. 최나영이 행방만 찾으면."

"정말 자살이라도 했다면?"

"에이, 선배님. 그걸 믿습니까? 저도 하루에 몇 번씩은 죽고 싶은 사람이에요. 요즘 세상에 그렇지 않은 사람이 몇이나 될까요? 그냥 친구한테 한번 그래본 거지. 그걸 진짜로 믿으면 어떡합니까?"

"아니, 내 말은 최나영이가 의사를 죽이고 자살했으면 어쩔 거냐고?"

"예에. 아니, 듣고 보니 그럴 수도 있겠네요. 아, 그리되면 참 허무한데요."

"그러지 않길 바라야지."

후배는 한동안 말없이 차를 몰다가 그 얘길 꺼냈다.

"근데, 메스 있잖아요. 메스로 그랬다면 나름 치밀하게 준비한 거같은데요."

진수는 후배의 말이 일리가 있다고 보았다.

그 소식을 듣게 된 건 며칠 뒤 동료 형사로부터였다.

시체 한 구가 강기슭에서 발견되었다는 것이다. 얼굴은 알아보기 힘들 만큼 퉁퉁 부어터져 있었지만 신원을 밝혀내는 데 큰 어려움은 없었다. 지문 조회 결과 최나영으로 밝혀졌다. 그 소식을 들은 후배는 황망한 표정을 지었다.

"그럼, 뭐야. 정말 의사를 죽이고 자살한 건가?"

최나영을 범인으로 철석같이 믿고 있던 후배는 김이 빠진 얼굴로 혼잣말을 뱉었다.

목덜미와 등줄기, 허벅지 안쪽에서 타박상이 보이긴 했지만 타살로 단정 지을 순 없었다. 강에 빠졌을 때나 아니면 물속에서 돌이나 교각에 부딪혀 생긴 상처일 수 있었다. 문제는 최나영이 언제 죽었느냐 하는 것이다. 의사가 피살되기 전이냐 그 이후냐. 피살되기 전이라면 최나영은 당연 의심을 벗게 되지만 그 이후라 해도 심증만 있을 뿐 최나영이 죽었다는 결정적인 증거 같은 건 없었다.

최나영의 시체가 발견되기 전에 진수는 피살된 의사 주변인에 대한 조사에 착수하고 있던 중이었다. 의사의 집을 조사한 결과, 책상 서랍에서 영문 이름의 카페 명함 하나를 발견했는데 '미스티'란 카페였다.

'미스티'는 5층 건물의 지하에 위치해 있었는데 특별할 건 없는 그저 평범한 카페였다. 밤 9시가 훌쩍 넘은 시간이었지만 테이블에는 손님이 없었다. 여주인은 들어서는 진수와 후배를 반갑게 맞았다. 즉각 신분을 밝히지는 않았다. 가볍게 생맥주를 시키고 앉아 있으려니 손님들이 왔다. 그리고 그 뒤로 누군가가 다급히 따라 들어왔다. 손에는 기타를 들고 있었다. 여주인이 그를 보고 인상을 찌푸렸다.

"죄송합니다."

장발에 뿔테 안경을 쓴 젊은 남자는 숨을 뱉으며 어쩔 줄을 모르고 있었다.

"빨리 준비나 해요."

"예에."

무명 가수인 듯싶었다.

작은 스테이지 의자에 앉은 그는 잠시 뒤, 기타를 치며 지나간 발라드를 애잔하게 부르고 있었다.

들어온 지 십여 분 됐을까, 진수는 결국 여주인에게 다가섰다.

"혹시 임현태라고 압니까? 성형외과 의사였는데."

동글한 얼굴에 오똑한 콧날을 가진 여자였다. 쌍꺼풀도 짙었고 눈
도 큰 편이었다. 그러나 짙은 화장으로도 지울 수 없는 주름이 눈가
에 비쳤다. 표정으로 봐서는 임현태가 이 세상 사람이 아니란 걸 알
고 있는 것 같았다. 답변 대신 여주인이 조심스레 물었다.

"왜 그러시는데요?"

진수는 자기 신분을 밝혔다.

"여기 자주 왔습니까?"

"가끔 들르는 정도였어요."

환한 불빛 밑에서 여주인의 얼굴을 보고 있자니 문득 떠오르는
게 있었다.

"혹시 성형 수술 받은 적 있습니까?"

물론 불쾌한 질문일 수 있었다. 짐작대로 여주인이 정색했다.

"그건 댁이 상관할 바가 아닌 거 같은데요?"

"하지만 임현태한테 받은 거라면 얘기가 조금 달라지겠죠."

"그 사람한테 받은 게 뭐가 잘못인데요!"

"여러 번 만났을 테니까 임현태하고 관계해서 뭐 아는 거라도 없
을까 해서 그러는 거죠. 왜 이리 흥분하실까?"

"내가 언제 흥분했다고 그래요!"

여주인은 홱 고개를 돌렸다.

"문제 될 건 없으니까 아는 거 있으면 아주 사소한 거라도 말씀해

보시죠."

후배까지 붙어 귀찮게 하니 비협조적으로 나오던 여주인이 한마디 했다.

"김미정이라고 여기서 일하던 앤데, 임현태 씨가 죽은 걸 알고는 그만뒀어요."

"왜죠?"

진수가 물었다.

"사귀는 눈치였으니까."

김미정은 무척 노곤한 얼굴로 하나 있는 일인용 소파에 앉아서 턱을 괴고 후배를 물끄러미 바라보고 있었다.

"그 언니가 그러던가요? 내가 그 사람하고 사귀었다고."

"아닙니까?"

진수가 되물었다.

아침 일찍 찾아왔는데 좁은 방바닥에는 방금 벗어놓은 것처럼 보이는 옷가지들이 흐트러져 있었다. 굳이 묻지는 않았지만 새벽 늦게 들어온 것 같았다. 집 안에는 지독한 향수 냄새가 진동하고 있었다. 진수는 머리가 지끈거려 환기라도 시킬 겸 베란다 문을 열었다. 먼지 낀 창문으로 종합 병원 간판이 흐릿하게 보였고, 그 옆에는 병원의 이름을 딴 전문대학이 있었다. 여자는 학교 인근에 원룸을 잡았지만 대학생 같지는 않았다.

"휴학했어요. 얼마 전까지 창밖으로 보이는 학교 다녔죠. 요즘 등록금 장난 아니잖아요?"

"그래서 그 카페에서 아르바이트한 거고."

후배가 덧붙였다.

그녀는 고개를 끄덕였다. 이목구비가 뚜렷한 것이 시원스레 생긴 여자였다.

"근데 그 남자 죽은 거하고 나하고 무슨 상관인데요?"

"아무 상관도 없다?"

"그럼요. 잠깐 만나다 만 거예요."

"근데 카페는 왜 그만뒀죠?"

"상심이라도 해서 그만뒀을까 봐요?"

그녀는 가당치도 않다는 표정을 지었다.

"페이가 너무 시원찮아서 그만뒀어요."

김미정의 뒤로는 길쭉한 전신 거울이 비스듬히 서 있었다. 그녀는 자기 말만 하고는 소파에서 일어섰다. 거울로 돌아서더니 자기 몸을 보았다. 흰 셔츠가 올라가더니 폭 꺼진 배꼽이 노출됐다. 스키니진을 입고 있어서 몸 선이 드러났다. 거울로 그녀와 눈이 마주친 후배가 민망했던지 즉시 시선을 돌렸다. 김미정이 그런 후배를 비웃는 시선으로 보았다. 그러더니 거리낌 없이 머리로 손을 가져갔다. 뒷머리를 한 번 틀어서 올려 보이는가 싶더니 머리를 앞으로 잡아당겼다. 그러자 새까맣고 긴 머리는 눈 깜짝할 새 사라지고 빗어 넘긴 짧은 머리가 드러났다. 가발을 쓰고 있었던 것이다. 아니나다를까, 후배는 뜻밖의 장면에 놀라는 것 같았다. 진수 역시 놀라기는 마찬가지였다. 어쨌거나 긴 머리였을 때보다는 날카롭고 세련된 이미지를 풍겼다. 시원스레 드러난 이마와 또렷한 이목구비에 진수도 잠깐이었지만 눈을 떼기 어려웠다. 그녀는 그런 두 남자의 시선을 즐기는 듯 보였다.

김미정은 가발을 벗은 짧은 머리를 여러 번 툭툭 털고 나더니 거울에 걸려 있던 수건을 자신의 어깨에 걸쳤다.

"이제 가 주시죠. 씻어야 돼요. 그리고 그 사람하곤 잠깐 만난 게 다예요. 그게 큰 죄는 아니잖아요?"

김미정은 욕실 쪽으로 걸음을 옮겼다. 보란 듯이 셔츠를 벗어버리는데 불쾌한 이방인들을 쫓아낼 생각으로 그러는 것 같았다. 나가지 않으면 홀라당 다 벗어버릴 기세였다.

"빨리 가죠."

후배가 부리나케 나갔다.

진수는 굼뜨게 움직이다가 그녀가 거울에 걸어둔 가발을 눈여겨 보았다.

진수는 생각에 잠긴 얼굴로 터벅터벅 건물 계단을 내려왔다.

"무슨 생각을 그렇게 하세요?"

"가발."

"가발? 그게 뭐 어쨌는데요?"

후배가 물끄러미 보았다.

"느낌 안 와?"

"뭐가요?"

후배는 여전히 감이 오지 않는다는 눈치였다.

"왜 그걸 몰랐을까."

진수가 혼자 중얼거렸다.

진수와 후배는 사건이 발생한 건물, 2층의 치과를 찾아 목격자의 진술을 다시 확인했다. 가발로 얼굴을, 우비로 몸을 가린 작은 체구의 남자라면. 그랬다. 여자라는 보장이 없었다.

의사가 피살된 지점으로 돌아왔다.

"떠오르는 놈 없어?"

"있긴 있는데."

진수와 후배는 그 즉시 최나영의 집으로 차를 몰았다. 집에는 최나영의 엄마뿐이었다.

"또 무슨 일이시죠?"

딸의 죽음으로 삶에 지친 여자는 부쩍 늙어 보였다.

"죄송합니다. 잠깐 확인할 게 있어서요."

진수는 동생의 방을, 후배는 최나영의 방을 조사했다. 진수가 한참 동생 방을 조사하고 있는데 후배가 불렀다. 돌아보니 후배가 한 손에 가발을 들고 있었다. 진수가 방을 나와 최나영의 엄마에게 물었다.

"아드님, 어디 갔죠?"

"그, 그게. 그냥 바람 쐰다고 나갔는데."

"어디로요?"

"그건, 잘."

후배가 안타까운 표정으로 진수를 보다가 뭔가 떠오른 듯 말했다.

"참, 휴대폰 가지고 갔습니까!"

"아마도."

"그럼, 전화해서 언제쯤 오냐고 물어봐요. 우리가 찾는다는 말은 말고요."

"근데, 왜 그러시는데요?"

진수가 후배 대신 답했다.

"아드님이 오고 나면 설명드리죠."

최나영의 엄마는 아들에게 전화를 걸었다. 짧은 대화가 오갔다. 수화기를 내려놓자마자 성미 급한 후배가 물었다.

"언제쯤 온대요?"

"그게, 좀 늦는다네요. 친구하고 있다는데."

"친구 누구요!"

"그것까지는."

최나영의 집을 나와 그 앞에서 최은호를 기다리기로 했다.

그날 밤늦도록 차 안에서 최은호를 기다렸지만 최은호는 나타나지 않고 있었다.

"그 아줌마, 최은호한테 다시 전화한 건 아니겠죠? 우리가 찾더라고."

"모르지."

사실 그럴 가능성은 꽤나 컸다. 그리되면 여기서 이렇게 최은호를 기다리고 있는 건 부질없는 짓일 수 있었다. 후배가 답답한 마음에 차에서 내리더니 담배를 꺼내 피웠다. 진수는 밖을 응시하며 팔짱을 끼고 있었다. 후배가 다시 차에 타며 말했다.

"어떡하실 건데요? 우리 있는 거 알고 안 올 거 같은데."

"좀만 더 있어봐."

후배는 무거운 한숨을 내쉬며 시선을 돌렸다. 말없이 버티기를 십여 분.

후배가 먼저 입을 뗐다.

"출출하지 않아요?"

진수가 흘깃 후배를 봤다.

"뭐 좀 사올게요."

후배는 차에서 내려 차 뒤편, 상가 쪽으로 걸음을 옮겼다. 진수는 창으로 다시 시선을 고정시켰다. 만일에 최은호가 이대로 나타나지 않는다면. 진수는 최은호라는 이름을 머릿속으로 되씹었다. 후배가 오는 게 사이드미러로 보였다. 황소걸음으로 걸어오던 후배가 갑자기 후닥닥 차 앞으로 달려 나갔다. 땅에 떨어진 검은 비닐봉지에서 빵과 우유가 흘러나왔다. 최은호가 나타난 것이다. 최은호는 아파트 동 안으로 들어가려 하고 있었다. 후배가 부리나케 최은호에게 달려 갔고 최은호는 달려오는 후배를 보고는 잽싸게 몇 발짝 뒤로 물러섰다. 최은호의 목덜미를 후배가 세게 낚아챘다.

"야, 새끼. 네가 도망간다고 못 잡을 줄 알았어!"

"내가 뭘요!"

"이 새끼가! 어디서 거짓말이야!"

최은호는 적당한 답변을 하지 못했다.

진수는 차에서 내려 냉담한 눈길로 그를 보았다. 차 앞으로 끌려 올 때까지 최은호는 여러 번 자기가 한 짓이 아니라고 부인했다.

후배가 윽박질렀다.

"잔말 말고 차에 타."

"내가 안 죽였다는데 도대체 왜 그래요!"

"아니, 그래도 이 새끼가. 인마, 네 심정은 다 알아. 누나 사랑하는 맘에서 그런 거지? 맞지?"

최은호는 묵묵부답이었다.

조사실에서도 부인하기는 마찬가지였다.

"그럼 가발은 어떻게 된 거야?"

진수가 책상을 사이에 두고 물었다.

"그건 누나 겁니다. 누나가 얼굴 가린다고 썼던 겁니다."

후배가 역시나 끼어들었다.

"네가 가발 쓰고 그런 거잖아!"

"무슨 말씀 하시는지 모르겠네요. 아닙니다."

진수가 후배를 말리고 나서 차분히 물었다.

"가발이야 누나 거지만 네가 쓰지 말라는 보장이 없잖아?"

"그냥 호기심에 한번 써본 적은 있어요. 근데 벌써 범인으로 점찍어두고 조사하는 거 같네요. 계속 이런 식으로 물으시니까 말인데, 예. 제가 죽였습니다. 제가 누나 복수했습니다. 됐습니까?"

"이 새끼. 인제 자백하네. 그래, 좋아, 좋아."

"그만해."

"아니, 이 새끼가 빠져나가려고 잔머리 굴리잖아요."

후배가 신경질을 냈다.

그때 다른 형사가 조사실로 들어왔고, 후배가 나갔다 잠시 후 들어와 진수에게 눈짓을 했다. 진수는 복도로 나왔다.

"최은호 엄마한테 확인해 봤는데요. 우리가 집 앞에서 잠복할 때 최은호한테 우리가 찾더라는 전화를 다시 했답니다."

"그걸 알면서도 집에 온 거네."

후배가 인상을 찌푸리며 고개를 끄덕였다.

"그리고 최나영이는 의사가 피살되기 전에 사망한 거 같답니다."

진수는 무거운 한숨을 내쉬었다.

"근데, 그보다 최나영의 팔에서 이상한 게 나왔답니다."

진수는 침묵으로 물었다.

"바늘 자국요. 주사 바늘 같답니다."

최나영의 팔에는 예리한 바늘 자국이 여럿 있었다. 바늘 자국이 클로즈업된 사진을 진수는 자기 책상에 내려놓았다.

정확한 건 최종 결과가 나와봐야 알겠지만 마약 성분을 주사한 건 아닐까 하는 의심이 들었다.

후배가 말했다.

"최나영이가 처지를 비관해서 약을 하고 강에 뛰어들었다. 그렇담 자살이란 건데?"

"누군가 약을 주사한 뒤에 강에다 빠뜨렸을 수도 있잖아."

"듣고 보니 그렇기도 하네요."

진수는 조사실로 다시 가서 최은호를 만나 조심스레 그 일에 대해 물었다.

"누나가 약을 해요? 말도 안 됩니다!"

당연 최은호는 펄쩍 뛰었다.

진수는 그날 밤, 후배와 함께 최나영의 친구를 다시 찾았다. 손님이 없기는 오늘도 마찬가지였다. 중학생인 딸아이에게 머리핀이라도 하나 사줄까 봤지만 고르기가 쉽지 않았다. 그녀는 핀 하나를 건넸다. 진수가 요리조리 살펴보니까 그녀가 설명을 붙였다.

"요즘 심플한 게 잘 나가요."

밋밋하기만 한데. 어쨌거나 진수는 권해주는 핀을 구입했다.

"핀 사려고 여기까지 오신 건 아닐 테고 무슨 일이시죠?"

그녀가 냉랭하게 받았다.

진수는 핀을 바지 주머니에 넣으며 물었다.

"저기, 최나영 씨가 마약 같은 걸 하지는 않았나요?"

"예?"

오히려 반문했다.

진수가 가만히 보았다.

"절대 그럴 애가 아니에요!"

"저희 생각으론, 수술 부작용에 대한 고통을 잊으려고 약물에 의존한 게 아닌가 싶은데요."

"그럼 약이라도 하고 자살했다는 말씀이세요?"

"아니, 그게 아니라요."

후배가 진정시켰다.

"혹시 그런 낌새 같은 걸 못 느꼈나 해서요."

"아뇨. 특별히."

그러다가 뭔가 생각난 듯 말을 이었다.

"그러고 보니 주사 얘길 했어요. 다이어트 주사였거든요."

"다이어트 주사요?"

"예. 아 참, 나영이가 몇 개 준 게 있거든요. 제가 일을 마치고 출출해서 야식을 즐기는 편인데 살이 쪄서 푸념을 했거든요."

말은 그렇게 해도 여자는 사실 꽤 마른 편이었다. 어쨌거나 가게 안으로 들어가서 뒤적거리더니 짙은 노란색 알약 몇 알을 가져왔다.

"주사는 아니고요. 약인데, 그래도 한번 보세요. 나영이가 준 거니."

후배가 알약을 받아 살폈다.

"약 먹는 게 몸에 안 좋을 거 같아서 받기만 하고 안 먹었거든요. 근데 그러길 잘한 거죠. 요즘 다이어트 제품에 마약 성분이 들었다고 그러잖아요."

'마약 성분?'

"혹시 어디서 샀다는 말은 안 했습니까?"

"예에. 그러니까 그게 거기 나영이 수술한 병원 간호사한테서 샀다는 거 같았어요."

임현태가 죽은 뒤 병원은 폐업 상태였다. 간호사들의 인적 사항을 알아내었고, 다음 날 해가 뜨는 즉시 간호사들의 집으로 찾아가 보기로 했다.

마침 일요일이었다. 오전에 만난 간호사들은 자신들은 그런 걸 판 적이 없다고 극구 부인했다. 그러면서 자신들에게도 약을 권한 적이 있다는 간호사 한 명을 공통적으로 지명했다.

그 간호사가 살고 있다는 아파트를 찾아갔을 때 그녀의 나이 든 모친이 나왔다.

"누구신데요?"

"경찰입니다. 물어볼 게 좀 있어서요."

그 모친이 걱정스레 딸을 불렀다. 간호사가 자다 일어난 얼굴로 자기 방에서 나왔다. 작은 키에 통통했다. 다크서클 짙은 얼굴은 시무룩해 보였다. 집은 불편할 것 같아 계단 복도로 나왔다.

"약 팔았다며?"

진수가 물었다.

"무슨 약을요? 전 그런 거 안 팔아요."

"그래? 내가 잘못 말했네. 다이어트 제품."

간호사는 대꾸하지 않았다.

"거기 마약 성분 든 거 알고 있었지?"

"아뇨. 몰랐어요."

후배가 간호사를 쏘아보았다. 그녀가 움츠러들었다.

진수가 달래듯 말했다.

"최나영이 몸에서 마약 성분이 나왔는데, 네가 판 다이어트 제품이 원인인 거 같은데."

"아니에요! 난 몰랐어요. 억울해요."

"억울해?"

간호사의 얼굴에서 당혹감이 읽혔다.

"똑바로 말 안 해!"

후배가 버럭 소리를 지르자, 화들짝 놀란 그녀가 입을 열었다.

"의사 선생님요."

"의사 선생?"

진수가 반문했다.

간호사가 고개를 끄덕였다.

"자세히 말해봐."

"그게, 선생님이 돌아가시기 전까지 마약류 진통제를 투약하셨거든요."

"그래서!"

후배가 재촉했다.

"최나영 씨가 수술이 잘못된 거 같다고 계속 찾아왔고요. 한 날은 인터넷에다 병원에 대한 악의적인 글을 올릴 거라고 협박을 했어요. 그래서 선생님이 최나영 씨한테 붓기를 가라앉히는 주사라면서 제게 주사를 놓게 했어요."

"그 주사가 마약류 진통제?"

"예. 그 뒤에 중독이 됐는지 최나영 씨가 매일 찾아오다시피 했어요. 그러니까 선생님도 어쩔 수 없이."

"어쩔 수 없이 뭐?"

"선생님이 자기 차로 퇴근길에 최나영 씨를 태우고 어디론가 가는 걸 봤거든요."

진수와 후배는 간호사를 뚫어질 듯 보고 있었다.

"그런데 그날 뒤로는 최나영 씨가 병원에 오지 않았어요."

후배가 천천히 고개를 돌려 진수를 보았다.

최나영을 죽인 자가 누군지 밝혀지는 순간이었다.

"이걸 아는 사람은 또 누가 있는데!"

진수가 물었다.

"그게, 수간호사님요. 제가 말씀드렸거든요. 그리고 그 동생 있잖아요."

"동생?"

"예. 최나영 씨 동생요. 최나영 씨가 병원에 오지 않고 다음 날인가 동생이 병원을 찾아와 누나 어떻게 했냐며, 어디 있냐며 난리를 치고 간 적이 있었어요. 근데 전 이 일하고 아무 관계없거든요. 이 일에 휘말리고 싶지 않다고요. 아시겠어요?"

"보세요. 제 말이 맞잖아요. 최은호 이 새끼, 머리 굴릴 때부터 알아봤다니까요."

후배가 중얼거렸다.

최은호의 집으로 전화를 걸어 친구라 속이고 집에 있는지 없는지 그의 엄마로부터 확인했다. 집에 없었고 그들은 그의 집 앞에서 최은호가 나타날 때만을 기다리고 있었다.

"혹시 어디로 완전히 날라 버린 건 아니겠죠?"

후배가 불안한 눈길로 물었다.

진수는 대꾸도 하지 않고 최은호가 나타나는가, 주의 깊게 살피고 있었다. 그렇게 시간은 흘러갔고 후배는 점점 지쳐가는지 하품을 하며 몸을 뒤틀었다.

"안 되겠다."

진수는 최은호의 집으로 곧장 가서 벨을 눌렀다. 별 뾰족한 수가 없었던 후배도 진수를 말리지 않았다. 확대경으로 최은호의 엄마가 지켜보고 있단 걸 느꼈다. 진수는 문 앞에서 발걸음을 돌리지 않았다. 한참 만에야 조용히 문이 열렸다.

성형외과 의사의 죽음에 아들이 관련되어 있다는 얘기에 최은호의 엄마는 고개를 떨궜다.

"착한 앤데 지 누날 끔찍이 생각하다 보니."

"어딨습니까?"

그래도 아들을 보호하려는 심정에서인지 쉽게 입을 열려고 하지 않았다.

오랜 설득 끝에야 결국 떨리는 목소리로 최은호가 있는 곳에 대해 입을 열었다. 작은 수첩을 서랍에서 가져왔는데 거기 전화번호가 하나 적혀 있었다. 최은호의 고등학교 동창 번호였다. 최은호의 엄마는 아들에게 전화를 넣었다. 집에 일이 있으니 빨리 오라고.

진수와 후배는 아파트 밖에서 최은호를 기다렸다. 그로부터 삼십여 분쯤 뒤에 최은호가 모습을 드러냈다.

"아, 저기."

후배가 가리키는 곳을 보았다. 최은호가 바지 주머니에 두 손을 찔러 넣은 채 집 쪽으로 오고 있었다. 가로등이 희미해서 얼굴은 잘 보이지 않았지만 최은호란 느낌이 왔다.

"최은호!"

최은호가 걸음을 멈추었다. 놀란 얼굴이었다. 후배가 잽싸게 최은호에게 다가서서 그의 셔츠 깃을 낚아챘다.

"왜 이래요!"

최은호는 예상대로 강하게 반발했다.

"이 새끼 봐라. 이번에도 수작 부릴라고."

"내가 뭘요? 조사받을 거 다 받았잖아요."

"너, 알고 있었잖아?"

후배가 몰아붙였다.

"뭘요!"

"병원 찾아가서 난리 피웠다며? 누나 어디 있냐고!"

"그게 뭐 어쨌는데요!"

"그때 의사가 뭐라고 하대?"

최은호는 '의사'라는 말에 눈에 불을 켰다.

"말해봐. 그 새끼가 뭐라고 하대?"

"자기는 모른다고 하죠. 누나는 사라지기 직전까지 병원만 다녀온 날엔 들뜬 사람처럼 그러다가 잠만 잤어요. 그러다 날이 밝으면 병원에 간다면서 나갔고요."

"의사 새끼, 죽이고 싶었겠네? 네 심정 다 이해한다."

최은호가 후배를 노려보며 독기를 품고 말했다.

"하지만 난 안 죽였어요."

"동창 집에 숨어 있었으면서."

"누가 그래요? 숨어 있었다고. 그냥 머리가 복잡해서 가 있었어요."

"데려가."

진수가 냉랭하게 말했다.

"내가 뭘 어쨌는데 그래요! 진짜!"

"조사하면 다 나오겠지."

후배가 차로 최은호를 밀어 넣었다.

그렇게 끌려온 최은호는 조사실에서도 계속 부인했다.

"내가 안 그랬다니까요. 그 의사 새끼 죽이고 싶었지만 죽이진 않았다니까요!"

진수는 한 걸음 물러났지만 후배는 아니었다.

"거짓말 마! 네가 죽였잖아. 가발까지 뒤집어쓰고."

"가발요?"

"그래. 네 누나 가발."

최은호는 기가 찬다는 표정을 짓다가 짜증을 냈다.

"내가 가발을 써요?"

"위장도 되고 누나를 대신해서 복수를 한다는 의미도 있으니까. 네놈이 메스 들고 섰을 때 임현태도 첨엔 네 누나로 착각했겠지."

최은호가 홱 시선을 돌려 버렸다.

그러다 항변했다.

"전에도 말했잖아요. 누나 가발은 호기심에 딱 한 번 써본 거라고. 하여튼 난 죽이지 않았어요!"

쉽게 끝나지 않을 것 같아 한숨 돌리려고 진수가 먼저 복도로 나왔다. 잠시 뒤 후배가 따라 나왔다.

"어떻게 생각하세요?"

"동기는 충분한데."

"그러니까요! 계속 발뺌하지만 이놈 짓이 맞다니까요."

"진정하고, 우선 그 수간호사, 그 여자나 만나보자고."

다음 날 아침 일찍 수간호사의 집을 찾았다.

여자는 단층 아파트에서 혼자 살고 있었다. 2층 계단 창문으로 본 하늘은 자살하기 딱 적당한 짙은 회색빛 하늘이었다.

"열렸는데요."

벨을 눌러도 인기척이 없어 그냥 돌려본 손잡이가 돌아간 것이다.

낌새가 이상했다. 조심하며 집 안으로 들어갔다. 정면으로 보이는 곳에 화장실 문이 있었는데 살짝 열려 있었다.

화장실 문을 밀었을 때 구역질이 밀려왔다. 물이 차지 않은 붉은 욕조에 수간호사가 처박혀 있었다. 가벼운 원피스 차림이었는데 흰 팬티가 비쳐 보였다. 시선은 물끄러미 천장을 향하고 있었다. 한 팔은 욕조에 힘없이 걸쳐져 있었다. 피로 범벅된 얼굴은 알아보기 힘들 정도로 수십 군데 칼자국이 어지럽게 그려져 있었다.

잠시 뒤, 거실과 화장실은 도착한 경찰들로 시끄러웠다. 이번에도 사용된 범행 도구는 메스였다.

진수는 공부방으로 들어왔다. 책꽂이에는 의학 서적, 특히 성형과 관련된 책들이 여럿 꽂혀 있었다. 책상 쪽을 뒤지다가 책상 아래 칸막이에서 파일들을 발견했다. 파일을 하나하나 살펴 나가던 중, 특이한 걸 발견했다. 사람 이름, 수술 부위, 그리고 액수가 적힌 서류가 발견된 것이다. 그런데 그 이름들 중에는 뜻밖에 최나영이 있었다.

"또 무슨 일이신데요? 다이어트 제품에 약 든 거 몰랐다잖아요!"

간호사가 진수를 보자마자 까칠하게 덤볐다. 그녀의 노모는 집을 비우고 오늘은 그녀 혼자였다.

"수간호사가 죽었어."

그녀는 크게 놀라는 것 같지 않았다.

"그 여자 방에서 서류를 발견했는데, 거기 환자 이름 같은 게 발견됐거든. 이상한 건 거기 최나영이도 있었다는 거고."

그녀가 뚱한 얼굴로 입을 뗐다.

"전에 말씀드렸잖아요. 의사 선생님이 진통제 투여하셨다고. 몇 번인가 그 상태로 수술실 들어가시곤 했는데, 그날은 집중이 안 된다며 그냥 나오신 거예요. 맞아요. 그날 최나영 씨 수술은 수간호사님이 했고요. 됐어요?"

"의사가 약 처먹고 수술실에 들어갔다고? 환장하겠네."

후배가 기가 막힌 듯 한마디 했다.

"이제 됐죠. 안녕히 가세요."

그러면서 그녀는 문을 세게 닫아버렸다.

"진술 좀 더 확보해야겠는데."

진수는 죽은 수간호사의 서류에 적힌 명단을 살펴 나갔다.

날이 흐리다 싶더니 여지없이 추적추적 비가 내렸다. 진수는 달리는 차 안에서 비 내리는 밖을 보았다. 후배가 라디오를 켰다. 신나는 댄스곡이 나왔는데 채널을 바꿨다. 축 가라앉는 우울한 기타 연주곡이 흘러나왔다.

"이런 날씨에 신나는 곡은 되레 독이거든요."

진수는 앞 유리를 닦고 있는 와이퍼로 시선을 옮겼다. 후배가 침울한 분위기를 깨듯 물었다.

"동일범 짓일까요?"

진수는 뜸을 들이다 대답했다.

"수간호사 얼굴도 메스로 그런 걸 보면 그런 것 같기도 하고."

"매스컴에 메스 얘기가 났으니까 모방 범죄는 아닐까요?"

"모르지."

진수는 딱 떨어지는 답을 하지 못했다.

어느덧 차는 '미스터' 앞에 도착했다. 저녁 8시를 조금 넘은 시간이었다. 카페 여주인은 카운터에 앉아 생각에 잠겨 있었다. 들어서는 그들을 본 여주인이 일어섰다. 아무 곳에 자리를 잡고 앉으니 여주인이 다가왔다.

"맥주나 좀 주시죠."

여주인이 생맥주를 가져왔다. 후배가 진수 잔에 따르고 자기 잔에도 따랐다. 답답한 마음만큼이나 목이 말랐던 차여서 진수는 단번에 반 정도를 마셨다. 술잔을 내려놓는데 후배가 말했다.

"임현태의 병원에서 근무하던 수간호사가 죽었습니다."

여주인은 그렇다고 고개를 끄덕였다.

"봤어요. 텔레비전으로."

진수가 물었다.

"전에 얼굴 수술했다던데, 누구한테 받은 겁니까?"

"그게."

"거짓말할 생각 마요. 의사한테 받은 거 아니죠? 죽은 수간호사한테 받았죠?"

여주인은 굳이 부인하지 않았다.

"자기한테 받으면 싸게 할 수 있다면서. 실력도 좋고 또 비밀이라면서, 의사 대신 수술한 적도 많았다고 떠벌려서."

"다른 사람한테 소개 같은 것도 해줬어요?"

여주인이 마지못해 인정했다.

"수술받은 사람들 중에 잘못된 사람 없어요? 그 여자한테 앙심 품고."

"아뇨!"

여주인은 강하게 받아쳤다.

"정말요?"

"예."

"성형 부작용 환자가 여잘 죽였을 수도 있잖아요."

"그건 그렇지만, 내가 아는 한은. 그리고 내 얼굴 함 봐요. 말짱하잖아요."

쪼글쪼글 주름이 비치는 어색하기 짝이 없는 화장기 진한 얼굴.

후배가 한심한 눈으로 여자를 보다가 시선을 돌렸다.

"됐어요. 가봐요."

여주인은 진수의 그 말을 기다렸다는 듯 물러나려 했다.

그런데 아까부터 스테이지에서 가수가 기타를 치며 노래를 부르고 있었는데 그때 그 가수가 아니었다.

"사람이 다르네요?"

진수가 물었다. 가수를 보던 여주인이 말했다.

"예에. 문제가 좀 있어서."

"문제라뇨?"

"노래 부르다 손님하고 시비가 붙어 싸움이 났거든요. 술에 떡이 되서 노래를 불렀지 뭐예요. 게다가 손까지 막 떨고."

"손을 떨어요?"

"전에는 착실한 거 같았는데, 임현태가 죽고부터 부쩍 그러는 거 같더라고요."

"임현태가 죽고부터요?"

"예. 좀 친하게 지낸 거 같던데, 그 사람이 죽고부터는 가사도 잊

어먹기 일쑤고 손을 떠는 바람에 기타도 잘 못 치고. 그래서 별수 없
이 잘랐죠."

"그 가수 만날 수 있습니까?"

"예에. 연락처가 있긴 한데."

"좀 보여주시죠."

여주인이 연락처를 가지러 간 사이에 후배가 물었다.

"그 사람은 만나 뭐 하시게요?"

"뭐 좀 물어보려고."

무명 가수는 도심에서도 한참 떨어진 곳의 어느 허름한 반지하 방
에 세 들어 살고 있었다. 집주인 말로는 하루 종일 집에 처박혀 있는
날이 많다고 했다. 문을 열어봤을 때 방은 엉망이었다. 음습한 기운
마저 느껴졌다. 흐트러진 이불하며 빨지 않고 방치해 둔 옷가지하며.
개수대에는 라면을 끓여 먹은 것 같은 양은 냄비가 아무렇게나 놓여
있었다. 기타는 엎어져 있었고 재떨이에는 담배꽁초가 수북했고 소
주병도 구석에 쌓여 있었다. 진수는 문지방에 걸터앉았고 후배는 벽
에 기대어 서 있었다.

그렇게 대문 안 어둠 속에서 이십여 분 기다리는데, 대문에서 기
척이 들렸다. 물에 젖은 우산을 접으며 가수가 들어오고 있었다. 비
닐봉지에는 라면과 소주 따위가 들어 있었다. 그는 뜻밖의 방문객을
보고는 놀라서는 무작정 비닐봉지를 떨어뜨리고는 달아나려 했다.
하지만 대문을 나서기도 전에 후배한테 붙잡혀 들어왔다.

이불을 구석에 치워놓고 간신히 세 명 앉을 자리를 마련했다. 가

수는 불안한 눈치였다. 그도 그럴 것이 한눈에 봐도 중독자처럼 보였다.

"병원 같은 데는 절대로 안 갑니다. 난 작곡하는 사람인데 악상이 잘 떠올라서 그만."

"그건 당신 문제고."

후배가 툭 뱉었다.

"그럼 무슨 일로?"

후배가 계속 말했다.

"당신, 임현태 잘 알지?"

"예?"

"그놈이 약 준 거냐?"

"그게요. 그러니까 임현태가 죽고 나서는 약을 잘 못했습니다. 처음부터 너무 독한 걸 해놔서. 웬만한 건 성에 차지도 않고."

그는 눈물을 글썽였다.

"그럼 의사하고 같이한 거야?"

"예."

"또 누가 같이했는데?"

"예에. 셋이서 임현태 집에서 같이했죠. 그 여자, 약을 하곤 임현태하고 관계도 가지곤 했거든요. 임현태하고는 꽤 깊은 사이였는데 몸 준 대가로 임현태보고 성형해 달라고 조르곤 했죠. 근데, 그 여자, 약 중독도 중독이지만 사실 것보다 더 지독한 건 성형 중독이란 거거든요. 눈을 해달라, 코를 해달라, 턱을 깎아달라, 가슴을 해달라, 그렇게 해주고 나면 어딘지 삐뚤어진 거 같다면서 재수술을 요구하는 게 하루 이틀이 아니었거든요. 그래서 미친년이라고 임현태가 그랬다가 그 집에 있던 메스를 막 휘두르고 그랬죠. 분을 못 참고 한 번은 자기 얼굴을 메스로 그으려는 걸 말리기까지 했죠. 내가 볼 때는 예쁘기만 하더구면. 임현태가 죽고 나서는 못 봤는데. 막 기분이 좋았다가 우울해하는 게 조울증을 앓는 거 같았어요. 그러다 보니 우울할 때 약물을 찾게 되고 그러다가 성형 중독도 더 심해진 거고. 한마디로 악순환이죠. 흐리거나 비 오는 날은 증세가 더 심해지는 거 같기도 했고. 자기 얼굴 보는 게 짜증 난다면서 가발도 쓰곤 했어요."

"가발?"

후배가 반문했다.

가수가 어리둥절한 얼굴로 고개를 끄덕였다.

후배가 진수 쪽으로 고개를 돌리며 중얼거렸다.

"가발이면."

후배가 진수에게서 뭔가 확인하려는 듯 진수를 보고 있었다.

진수 역시 떠오르는 사람이 있었다.

거울 앞에서 가발을 벗던.

지하철 매표소로 향하고 있는데 사람들이 흘끔흘끔 자신을 쳐다보는 것 같은 불쾌한 기분에 휩싸이고 말았다. 김미정은 매표소 앞에서 표를 끊은 뒤 젖은 우비를 툭툭 손으로 털면서 돌아섰다. 마침 엄마 손을 붙잡고 가던 여자아이가 올려다보면서 웃었다. 아이의 비웃음이 견디기 어려웠다. 미정은 얼굴 어디에 이상한 구석이라도 있는가 싶어 자기 눈과 코, 입술을 조심스레 더듬었다. 엄마 손을 잡고 가던 아이가 어깨를 숙이는 엄마에게 무엇인가 속닥거렸다.

"참 못생겼다."

흘끔 돌아보며 인파 속으로 사라지는 아이를 보며 미정은 절망에 사로잡혔다. 남들이 자기 얼굴을 볼까 두려운 마음에 죄인처럼 고개를 푹 숙이고 곧장 화장실 쪽으로 종종걸음 쳤다. 화장실 입구에는 잔주름 하나 없는 생머리의 여자가 새하얗고 길쭉한 얼굴을 반쯤 기울인 채 미정을 비웃고 있었다. 못생긴 년이라고 비웃고 있었다. 미정은 모욕을 당한 것에 수치심을 느끼고는 얼른 화장실로 몸을 숨겼다. 생머리 여자의 클로즈업된 얼굴 아래에 M 성형외과라는 글자가 빨갛게 새겨져 있었다. 화장실로 들어온 미정은 두근거리는 마음으로 거울 앞에 섰다. 그렇지만 거울을 마주 보기가 두려워 눈을 질끈 감았다. 끔찍한 얼굴이 자신을 바라보고 있을 것 같았다. 미정은 꽉 감은 눈을 억지로 떴다. 하마터면 비명을 지를 뻔했다. 전에도 마주친 적 있는 괴물이 슬그머니 보였다. 수술 자국이 선명한 쌍꺼풀에 심하게 주름진 눈매. 더구나 반쯤 감겨 버린 눈. 울퉁불퉁 뒤틀린 콧대에 비뚤어진 콧구멍. 불거진 광대뼈. 귓불에 들러붙은 듯 경사가 심한 왼쪽 턱까지. 분명 거울에는 괴물이 자리하고 있었다. 미정은 얼른 새까만 머리칼을 잡아당겨 얼굴로 내렸다. 대충이나마 그렇게 흉한 얼굴을 가렸다. 다시 거울을 보았을 때 바로 옆에는 너무도 아름다운 얼굴이 있었다. 볼일을 보고 나온 여자는 미정의 옆에서 흐르는 물에 손을 씻고 있었다. 부드럽게 쌍꺼풀 진 눈을 깜빡이며 거울 속 자신의 얼굴에 도취되어 있었다. 미정은 그 얼굴을 가만히 두고 볼 수 없었다. 바지 주머니에 있는 메스를 꼭 거머쥐었다. 여자가 가볍게 화장을 고치고 있었다. 미정은 조용히 메스를 꺼냈다. 여자는 거울에 비친 메스를 보았다. 여자가 미정에게로 시선을 옮겼다. 미정은 여자의 얼굴로 메스를 크게 한 번 휘둘렀다. 여자가 하얀 타일 벽으로 물러났다. 여자의 왼쪽 볼에 진한 피가 흘러내렸다. 또 한 번 미정이 메스를 휘둘렀다. 얼굴을 막던 여자의 손바닥이 피에 젖었다. 그 손바닥으로 자신의 얼굴을 막던 여자가 핸드백을 집어던지고 밖으로 뛰쳐나왔다. 갈라진 볼에서 흐르는 피를 손바닥으로 틀어막은 채 여자는 M 성형외과 광고판 앞에서 미친 듯이 비명을 질렀다. 미정은 넋 나간 얼굴로 거울을 들여다보고 있었다. 멀리서 비명이 들려왔다. 자기 맘속에서도 그런 비명이 터져 나오고 있었다. 이 거울 속 괴물이 진정 나란 말인가. 미정은 더 이상 버틸 재간이 없었다. 괴물을 도려내야 했다. 미정은 메스를 쳐들었다. 그리고 자기 얼굴을 깊숙이 베어나갔다.

김미정의 원룸으로 숨 가쁘게 달려왔지만 그녀가 없는 바람에 애를 태우며 발을 구르던 진수에게 구원과도 같은 한 통의 전화가 걸려왔다. 연락을 받고 한걸음에 지하철 화장실에 도착했을 때 김미정은 바닥에 반듯이 죽은 듯 누워 있었다. 반쯤 벗겨진 가발은 온통 피범벅이었다. 어깨가 드러난 노란 우비에도 덕지덕지 핏자국이 들러붙어 있었다. 펼쳐진 손바닥 위로는 피를 머금은 메스가 얌전히 놓여 있었다. 이마 정중앙에서 시작된 칼자국은 콧등을 지나 왼쪽 턱까지 자리하고 있었다. 붉은 볼에서는 쉴 새 없이 피가 흐르고 있었다. 타일의 금을 타고 피가 바닥을 적셨다. 바비 인형을 연상시킬 만큼 매력적인 얼굴이었는데 자신의 눈에는 그렇지 못했던 모양이었다. 진수는 쪼그려 앉아 김미정의 얼굴을 살폈다. 그러다 갑자기 들려온 인기척에 입구 쪽으로 고개를 돌렸다.

"선배님!"

놀란 후배가 김미정을 보고 있었다. 진수가 그녀에게로 다시 시선을 돌렸다. 김미정은 눈을 똑바로 뜬 채 진수를 보고 있었다. 김미정이 메스를 거머쥐었다. 피할 새도 없이 진수는 김미정이 휘두른 메스에 그만 오른쪽 볼을 휙 베이고 말았다.

"자기 얼굴을 망쳤다고 생각해서 임현태와 수간호사를 가만히 내버려 둘 수 없었던 겁니다. 그 가수 말대로 평소 조울증을 앓고 있었는데, 비가 온 날 범행을 저지른 건 날씨 영향이 컸던 거 같습니다. 가발 쓴 건 꼭 위장하려고 쓴 거 같지는 않고요. 남한테 자기 얼굴을 보이는 게 싫었던 겁니다. 우리한테도 얼굴 보이는 게 싫었을 텐데, 우리가 원룸으로 찾아갔을 때는 기분이 괜찮았나 봐요. 약을 한 바로 그 직후였으니까. 그때는 자기가 세상에서 가장 예쁘다는 과대망상에 빠져 있었으니까. 그래서 선배하고 나 보는 앞에서도 그렇게 당당했던 거고, 태연스레 가발까지 벗었던 거죠."

후배가 그렇게 돌아가고 나서 아내와 딸이 오후에 병문안을 왔다. 그런데 별생각 없이 딸아이 얼굴을 흘깃 보다가 깜짝 놀라고 말았다.

'어, 얼굴이 이상한 거 같은데?'

"아빠. 알아챘어?"

딸아이가 환히 웃었다. 어찌 된 일이냐고 아내를 보니까 아내가 진수의 눈치를 살피며 입을 열었다.

"얘가 자꾸 쌍꺼풀 수술을 해달라고 해서."

"누가 멋대로 얼굴에 손대라고 했어!"

아픔이고 뭐고 버럭 고함을 내질렀다. 놀란 아내가 진수를 진정시키려 들었다. 그러자 딸아이가 삐친 듯 끼어들었다.

"집에도 잘 안 들어오면서 어떻게 허락을 받아? 그리고 전신 성형도 하는데 요즘 쌍꺼풀 수술은 수술도 아니란 말야. 우리 반 애들도 얼마나 많이 했는데. 잘 알지도 못하면서 괜히 그래. 쌍꺼풀 없는 것도 다 유전이래. 아빠 닮아서."

그러면서 딸아이는 아직 붓기도 가라앉지 않은 두툼한 눈두덩을 연방 끔뻑거렸다.

유일한 범인

공민철

2014년 〈계간 미스터리〉 신인상 수상.
2015년에 「낯선 아들」로 추리작가협회 황금펜상을,
2016년에 「유일한 범인」으로 황금펜상을 수상했다.

1

실내로 들어오자 따뜻한 공기가 훅 끼쳤다. 부드러운 커피 향이 코끝에 닿았다. 약속 장소에 먼저 도착한 것은 나였다. 종업원이 이쪽으로 오세요, 하고 자리를 안내해 주었다. 나는 잠시 머뭇거리다 더 안쪽의 창가 자리로 향했다.

"한 사람 더 오기로 했습니다. 그때 주문하지요."

종업원은 가볍게 목례를 하고 자리를 떴다. 나는 손가락을 튕겨 테이블을 두드렸다. 그 소리가 카페 안에 흐르는 클래식과 불협화음을 이루었다. 초조할 때 무의식적으로 나오는 습관이었다.

일주일 전 S시 '무연고자 추모의 집'에서 연락이 왔다. 노인의 유가족이 찾아왔다는 소식이었다. 3년 넘게 컨테이너 창고 안에 보관된 노인의 유해는 비로소 가족의 품으로 돌아갈 수 있게 되었다. 직원은 내가 남기고 온 연락처를 유가족에게 전해주었다고 했다. 몇 시간 뒤 유가족이란 사람에게 전화가 걸려왔다. 노인의 손녀딸이라고 했다.

혹시 장항덕 씨의 유가족이 나타나면 이 돈을 전해주실 수 있습니까? 3년 전 나는 직원에게 19만 원이 담긴 봉투를 내밀며 부탁했다. 물론 직원은 단박에 거절했다. 특별한 이유가 있다면 검토해 줄 수도 있다고 말했다. 노인은 나를 이용했다, 돈을 받았지만 사용하고 싶지 않다, 가지고 있는 것만으로도 화가 나 미칠 것 같다. 그렇게 머릿속에 맴도는 말을 쏟아내고 싶었다. 하지만 나는 아무런 말도 하지 못하고 돌아섰다.

지갑 안에 늘 간직하고 다니는 쪽지를 꺼내 펼쳐 보았다. 오래된 복권이다. 여섯 개의 숫자 위에 정갈하게 그려진 동그라미를 보니 또다시 알 수 없는 감정이 차올랐다. 나는 복권을 다시 지갑 안에 넣곤 창문으로 고개를 돌렸다. 가로등 불빛 아래 무언가 반짝반짝 빛났다. 거리에는 어느새 눈이 내리고 있었다. 분명 아침 뉴스에서 올해 겨울 가장 큰 눈이 내린다고 했었지. 멍하니 그런 생각을 할 때였다.

문득 잔잔한 선율이 점차 격렬해진다. 웅장한 선율이 테이블을 두드리는 손가락 박자와 점점 맞아떨어져 간다. 창문 주위가 어둠으로 물들고, 심장이 소리 높여 뛴다. 눈앞의 창문이 점점 멀어지는 것 같은 착각에 휩싸인다. 어느새 칠흑 같은 밤이다. 3년 전, 유독 눈이 많이 내리던 그 겨울날이었다.

나는 한 달 내내 원룸 베란다에 서서 노인의 방 창문을 바라봤다.

소름끼치도록 차가운 새벽 공기. 어렴풋한 가로등 불빛, 몸부림치듯 흩어지는 하얀 입김, 시간이 멈춘 듯 인적 없는 골목, 살아 있는 생물처럼 살랑살랑 움직이는 커튼, 아마도 그 정도의 속도로 썩어가는 노인.

그즈음 나는 자살을 생각했다. 하지만 노인의 죽음 앞에서 나는 점점 살길 바랐다. 앞으로의 미래를 그리며 행복감에 젖었다.

"저, 혹시 할아버지 지인분 맞으신가요?"

누군가의 조심스러운 목소리에 나는 화들짝 고개를 돌렸다. 한 명의 여자아이가 서서히 복구되는 배경의 한가운데 서 있었다. 미소 지을 때 눈가가 가늘어지는 것이 노인을 조금 닮았을지도 모른다고 생각했다. 하지만 돌이켜 보면 나는 노인이 웃는 모습을 단 한 번도 본 적 없었다.

2

아영의 기억 속 할아버지는 굉장히 가부장적인 사람이었다. 아영이 다섯 살 때 아영의 부모님은 이혼을 했다. 이혼의 원인이 아빠의 바람기에 있었음에도 할아버지는 늘 엄마를 비난했다. 여자가 제 구실을 못한다는 것이 이유였다. 그런 태도가 엄마와 언니를 늘 분노케 했다. 반면 할아버지는 '자기 사람'이라고 생각한 이에게 아낌없이 퍼주었다. 엄마가 밤낮으로 일해 모은 목돈을 동향 사람에게 선뜻 건네기도 했고, 친구를 위해 집문서를 담보로 보증을 서기도 했다. 낯선 사람들이 여관처럼 집을 이용했던 기억도 있다. 10년 전, 더 이상 참지 못한 엄마는 언니와 아영을 데리고 도망치듯 집을 나왔다. 언니가 열다섯, 아영은 열 살 때였다. 이후 아영은 단 한 번도 할아버지를 만나지 않았다.

무연고자 추모의 집에서 할아버지의 유해를 인수받으며 아영은 한 사람의 연락처를 받았다. 3년 전 할아버지의 유해가 보관된 직후 찾아온 사람이라고 들었다. 일단 이야기나 들어보자는 마음으로 전화를 걸었다. 수화기 너머의 남자는 정중했다. 남자는 만나서 꼭 건네주고 싶은 게 있다고 말했다. 평일 저녁 남자의 직장 근처에서 만나기로 약속을 정했다.

약속 장소에 도착하기까지 시간이 좀 더 걸릴 것 같았다. 아영은 흔들리는 버스의 리듬에 몸을 맡겼다. 눈을 감자 몇 번이나 다시 본 다큐멘터리의 영상이 눈꺼풀 위에 그려졌다. 한 노인의 죽음에 관해 말하는 남자 성우의 내레이션은 담백했다.

-2년 전 겨울, 서울 외곽 달동네의 한 원룸에서 쓸쓸히 생을 마감한 71세 노인이 있습니다. 빌라 주인은 당시의 일을 기억하고 있었습니다.

-1월 말이었나, 2월 초였나. 그때 맞은편 빌라에 사는 사람이 저를 찾아왔어요. 자기 집에서 할아버지 방이 바로 보이는데 겨울인데도 창문을 계속 열어놓은 게 뭔가 이상한 것 같다고요. 둘이서 찾아갔죠. 그 남자가 먼저 들어갔고 저는 잠깐 복도에 있었어요. 복지센터에 전화를 걸고 있었거든요. 그런데 그 사람이 욕지거리를 뱉으면

서 뛰쳐나오더라고요.

　-장항덕. 이제 다시는 불릴 리 없는 고인의 이름입니다. 시신은 사후 한 달 동안 원룸에 방치되어 있었습니다. 고인의 옆에는 돌돌 말려 끈으로 묶인 이불이 뉘어 있었습니다. 어쩌면 고인은 이불을 사람 삼아 껴안으며 외로움을 달랜 것인지도 모릅니다.

　날 가장 먼저 발견하는 사람에게 이 돈을 꼭 전해주시길 바랍니다.

　-노인은 짧은 유서를 남겼습니다. 유서 옆에는 19만 원이 담긴 하얀 봉투가 놓여 있었습니다. 봉투 옆에는 이상하게도 슬리퍼 한 짝이 놓여 있었습니다. 당시 경찰은 국과수에 부검을 의뢰했습니다. 사인은 음독사, 자살이었습니다.

　-당신은 옆집에 누가 살고 있는지 아시나요? 옆집의 누군가가 죽는다면 알아차리실 자신이 있으신가요?

　-솔직히 누가 조용히 죽으면 몰라. 알 수가 있나? 벌레가 득실거리거나, 썩은 내가 나거나, 그러면 살펴보는 거지.

　-왜 하필 우리 집 근처에서 죽은 거야 생각하지. 그렇게 생각해버리지. 죽어도 민폐야, 민폐.

　-주민들은 냉담했습니다. 인근 슈퍼의 주인은 생전 장항덕 씨의 모습을 기억하고 있었습니다.

　-술이랑 라면을 사가곤 했지. 동네 친구는 없었어. 유일하게 어떤 젊은이하고는 이야기를 한 것 같기도 한데. 요기 앞에서 막걸리도 한 잔씩 마시고 그랬지. 그 젊은이도 그 노인네 죽은 다음에 사라졌

지, 아마.

　―장항덕 씨에게도 가족이 있었습니다. 하지만 가족들은 지난 8년 간 장항덕 씨를 만나지 않았고, 경제적인 어려움도 겪는 상황이었습니다. 유가족은 시신의 인계를 거부했습니다. 시신은 무연고 사망자 장례대행업체의 손으로 넘어갔고, 화장 후의 유해는 시에서 운영하는 유해보관소에 보관되었습니다. 끝끝내 고독한 죽음을 맞이한 장항덕 씨. 그것이 2년 전의 일입니다. 장항덕 씨의 유해는 아직 같은 곳에 보관되어 있습니다.

　아영이 카페에 들어왔을 때 손님은 한 사람뿐이었다. 남자는 가장 안쪽의 테이블에 앉아 있었다. 나이는 삼십 대 중후반 정도일까? 날카롭고 예민한 인상의 남자였다. 갓 스무 살이 된 아영에게는 많은 나이지만 할아버지와 비교하면 굉장히 젊은 나이일 터였다. 그는 고통스럽게 얼굴을 일그러뜨리며 창밖을 바라보고 있었다. 아영은 잠시 서성이다 그에게 말을 걸었다.

　남자는 당황한 듯 어색한 미소를 지으며 아영에게 정중히 자리를 권했다. 자신을 김수종이라 소개한 남자는 눈이 내리는데 오느라 힘들지 않았는지, 혹시 배는 고프지 않은지 물으며 아영을 배려해주었다.

　"유해는 어떻게 하셨나요?"

　수종의 질문에 아영은 사흘 전 할아버지의 고향인 속초에 다녀온 이야기를 했다. 아영은 한 번도 가본 적 없는 곳이었다. 부둣가에서 만난 선장은 이전에 할아버지에게 신세를 진 적이 있는 사람이었다.

할아버지에게 큰 도움을 받았다고, 아영은 대신 감사 인사를 받았다. 덕분에 배를 얻어 타고 조금 먼바다로 나갈 수 있었다.

아영은 뱃머리에 서서 반짝이는 바다와 마주했다. 불어오는 바람을 등지고 할아버지의 골분을 조심스레 흩뿌렸다. 골분은 하얀 잔영을 그리며 바다 위로 빨려 들어가듯 사라졌다. 그 잔영마저도 바람에 금세 지워졌다. 언젠가 엄마, 언니와 함께 이곳에 올 수 있으면 좋겠다고 생각했다.

수종은 한쪽 눈썹을 치켜세웠다.

"그럼 할아버지의 유해를 되찾은 건 아영 양 혼자서 결정한 건가요?"

아영은 고개를 끄덕였다.

"엄마랑 언니는 끝까지 반대했지만요. 저도 성인이 되었고 그 정도 결정할 권리는 충분히 있다고 생각했어요."

3년 전 아영이 갓 고등학교에 입학할 무렵이었다. 경찰서에서 할아버지가 죽었다는 연락이 왔다. 할아버지의 시체는 그가 지내던 원룸 안에 한 달 동안 방치되어 있었다고 했다. 그 사람은 외롭게 죽어도 할 수 없다고 당시 엄마와 언니는 의견을 합했다. 두 사람은 경찰서에 출두하여 시신의 양도를 포기하는 서약서를 썼다. 할아버지의 시신은 그렇게 무연고자 처리가 되었다. 당시 미성년자였던 아영은 두 사람의 의견에 따를 수밖에 없었다.

"아영 양은 할아버지를 많이 좋아했나 보군요. 혼자서라도 유해를 되찾을 정도로."

"아니요. 저도 할아버지를 미워해요. 지금도 아마 엄마나 언니보다 더 미워하고 있을 거예요. 3년 전, 만약 제가 성인이었어도 똑같이 시신 양도를 포기했을 거예요."

수종은 고개를 갸웃거렸다. 그리곤 의아하다는 듯 물었다.

"그럼 왜 이제 와서 유해를 되찾은 거죠? 그럴 이유가 전혀 없을 텐데……."

아영은 1년 반 전쯤 방송국 PD라는 사람이 찾아온 이야기를 꺼냈다. 그는 '고독사'라는 주제로 다큐멘터리를 제작하고 있다고 말했다. '장항덕 씨의 죽음에는 이상한 점이 있습니다. 알고 싶지는 않으신가요?', PD는 그렇게 말하며 인터뷰를 하고 싶다는 의사를 표했다. 엄마는 그를 문전박대했다. 우리와 상관없는 사람이니 다시 찾아오면 가만 안 두겠다 엄포를 놓았다.

이상한 점이 뭘까? 경찰서를 방문한 엄마와 언니는 분명 알고 있었을 것이었다. 하지만 아영은 두 사람에게 물어볼 수 없었다. 가족들에게 있어 할아버지에 대한 화제는 암묵적인 금기였다.

그로부터 10개월 후, '현대사회와 고독사'라는 제목의 3부작 다큐멘터리가 방영되었다. 할아버지의 이야기는 2부의 '고독사와 미스터리' 안에서 만날 수 있었다. 아영은 할아버지가 얼마나 고독하게 죽어갔는지 충분히 느꼈다. 할아버지의 인생을 그렇게 만든 책임이 자신에게 있는 것 같은 착각이 들었다. 경찰서를 직접 방문한 엄마와 언니는 더 큰 죄책감을 느끼고 있을 것이었다.

왜 이제 와서 할아버지의 유해를 되찾은 것인가. 수종의 질문에 대한 답은 정해져 있었다.

"행복해지기 위해서예요. 할아버지란 사람을 영영 떨쳐 버리고 엄마랑 언니랑 제가 행복해지기 위해서요."

아영은 정식으로 할아버지를 배웅하려 했다. 그 첫걸음을 자신이 시작해야 한다고 생각했다. 수종은 더 이상 깊게 묻지 않았다.

"할아버지에게 좋은 감정이 없는 건 저랑 같네요. 오늘 만나고자 한 것은 전화로 말했다시피 건네 드릴 게 있어서예요."

수종은 코트 안주머니에서 하얀 봉투를 꺼내 테이블 위에 올려놓았다. 아영은 조심스레 봉투를 받아 들었다. 안에는 현금 19만 원이 담겨 있었다.

"아영 양의 할아버지가 제게 남긴 돈입니다."

아영은 고개를 갸웃했다. 19만 원. 기억에 남는 액수였다. 문득 머릿속에서 다큐의 일정 부분이 다시 한번 재생되었다.

−발견 당시 장항덕 씨는 바닥에 엎드린 채 사망해 있었습니다. 창문은 열려 있었고 그 상태로 커튼이 닫혀 있었습니다. 사체의 부패는 그리 심하지 않았습니다. 방 안은 유독 추웠던 그해 겨울처럼 싸늘했습니다.

−제작진은 2년 전 장항덕 씨의 자살을 취재한 모 케이블 방송국의 기자를 만날 수 있었습니다.

−발견 당시 고인의 상태는 어떠했나요?

−처음에 경찰은 타살을 의심했어요. 목 주변으로 멍 자국이 있었거든요. 끈으로 졸린 것처럼요. 현장에선 어떠한 끈도 발견되지 않았고요. 범인이 살인을 저지르고 흉기를 가져갔다. 그렇게 보였죠. 하지만 침입의 흔적은 없었어요. 현관문은 안에서 잠겨 있었고요. 창

문은 열려 있었지만 외부에서 3층 높이의 방에 침입하는 건 사실상 불가능했죠. 또 살인자는 어느 정도의 폭력을 쓸 수밖에 없는데요. 사체에선 몸싸움의 흔적이 전혀 발견되지 않았습니다. 되레 깔끔했습니다.

　-현장에서 이상한 점은 없었나요?

　-아무래도 눈에 가장 띄는 건 방 한가운데에 떡하니 설치된 스탠드 옷걸이였습니다. 기둥을 늘려 바닥과 천장에 단단하게 고정시키는 'H'형의 행거죠. 빌라 주인의 말로는 본래 벽 쪽에 설치되어 있었다고 합니다. 고인이 일부러 벽에서 떼어내 방 중앙에 설치한 것 같았어요.

　-고인의 사인을 무엇인가요?

　-사체 발견 이후 경찰은 국과수에 부검을 의뢰합니다. 부검 결과 고인의 시체에서 장기가 손상된 흔적이 발견되었다고 하더군요. 또한 고인의 방에서 빈 술병과 소독용 에탄올, 살충제가 발견되었습니다. 경찰은 그것을 섞어서 마셨을 것이라 결론내립니다. 방에서는 고인의 토사물로 추정되는 얼룩도 발견되었고요. 교살에 대한 의혹도 사라지는데요. 누군가 끈을 이용해 교살을 시도했다면 목 전체적으로 일정한 힘이 가해졌을 거라고 합니다. 하지만 멍은 아래턱 밑 부분에 강하게 남아 있었다고 하더군요. 목을 매어 허공에 몸을 띄운 증거라고 합니다. 앞서 말했다시피 몸싸움의 흔적은 없었고요. 고인의 주검은 1월 31일에 발견되었는데요. 빌라 입구의 CCTV를 확인한 결과 그 이전으로 특별히 수상한 외부인의 침입은 찾아볼 수 없었습니다. 아마 고인은 한 번 행거에 목을 매었다가 실패한 것 같습

니다. 사용했던 끈은 실패 후에 처분을 한 모양입니다. 어쨌든 사건은 그렇게 종결됩니다. 자살이 확실한 이상 더 이상 수사를 진행할 필요가 없었던 거예요.

 −해가 떨어지면 기온도 영하로 내려가는 추운 날. 장항덕 씨는 얼어붙듯 아주 서서히 죽어갔을 것입니다. 장항덕 씨의 인생은 행복했을까요? 고인의 죽음을 보며 그의 인생에 대한 질문을 던져봅니다. 어쩌면 죽음보다 더욱 고통스러운 것은 도무지 기댈 곳 없는 삶은 아니었을까요.

 영상을 보며 아영은 생각했다. 할아버지는 정말 자살을 한 것일까. 다큐멘터리를 본 직후 아영은 할아버지의 자살을 다룬 일간지와 주간지, 인터넷 기사를 모두 찾아보았다. 그리고 다큐멘터리에는 나오지 않은 몇 가지 새로운 정보를 추려낼 수 있었다. 하지만 사건과 관련이 있을지는 알 수 없다.

「첫 번째. 인근 철물점 직원은 크리스마스 다음 날 할아버지가 7미터짜리 등산용 로프를 구입한 것을 기억하고 있었다. 할아버지는 몇몇 철물 부품을 추가로 구입했다.」

「두 번째. 12월 31일 오전 5시, 할아버지의 원룸 바로 아랫집에 사는 자영업자 B씨는 늘 이른 새벽에 출근했다. 그날도 어김없이 나갈 채비를 하는 도중 B씨는 무언가 창문을 톡톡 두드리는 소리를 들었다. B씨는 창밖의 어둠 속에서 무언가 뱀 같은 것이 스르르 올라가는 듯한 착각을 받았다. 잠시 뒤, 출근을 하려 건물 밖으로 나간 B씨는 자신의 방 창문 쪽을 올려다보지만 특별히 이상한 점을 발견하진 못했다. 대신 골목 사이에 여성의 원피스가 떨어져 있는 것을 발견했다. 이 원피스는 맞은편 빌라의 옥탑방에 살던 여대생의 옷으로 밝혀졌다. 여대생은 건조대에 널어놓은 옷이 밤사이 바람에 날아간 것 같다고 말했다.」

「세 번째. 3년 전 A유업은 가까운 시의 독거노인에게 무료로 우유를 배급하는 사업을 진행 중이었고, 12월 31일은 우유 배급 사업의 마지막 날이었다. 배달부는 오전 5시 즈음 할아버지가 사는 301호 우유 투입구로 우유를 넣었다. 그런데 문득 현관문 너머에서 둔탁한 소리가 들려왔다. 배달부는 무릎을 꿇고 투입구 안을 살폈다. 마침 바닥에 누워 있던 할아버지가 아주 천천히 몸을 일으키고 있었다. 배달부는 훔쳐본 것이 민망하여 서둘러 자리를 떴다고 진술했다.」

「네 번째. 빌라 건물 주인의 아들, 초등학교 1학년인 아이는 종종 빌라 주민들의 우유에 손을 대곤 했다. 1월 1일 오전 10시경, 그날 할아버지의 집을 찾아간 아이는 우유 투입구 안으로 팔을 집어넣어 주변을 더듬거렸다. 그때 갑자기 아이는 우유가 스르르 밀려서 손에 닿는 것을 느꼈다.」

「다섯 번째. 경찰은 수사가 끝난 후 앞집의 K에게 19만 원을 전달했다. 하지만 K가 돈의 양도를 거부하며 한바탕 실랑이가 일어났다. 또한 K는 음독자살로 처리된 할아버지의 죽음에 대해 타살의 가능성은 없는지 반문했다.」

「여섯 번째. 12월 31일 오전 4시경, 집으로 향하던 취객은 허공 5미터 정도 위에서 하얀 옷을 입은 귀신을 목격했다. 귀신은 치맛자락을 펄럭이며 허리를 직각으로 꺾은 채 취객을 내려다보고 있었다. 취객은 정신없이 도망쳤다.」

아영은 수종이 건네준다는 물건만 받고 돌아갈 참이었다. 하지만 19만 원이라니. 너무 딱 맞아떨어지는 액수였다.

"혹시 아저씨는 할아버지가 돌아가실 때 할아버지 맞은편 방에 살던 사람이신가요?"

수종은 부정하지 않았다.

"네. 맞아요. 저는 그때 맞은편 건물의 방에 살고 있었어요. 작은 베란다가 딸린 원룸이었죠. 베란다에 나가면 장항덕 할아버지의 방이 바로 보였어요."

아영은 심장의 고동이 점차 빨라지는 것을 느꼈다. 진정하기 위해 빨대에 입을 대고 오렌지주스를 크게 쭉 들이켰다. 아영은 수종의 눈을 똑바로 바라보며 자신이 본 다큐멘터리의 이야기를 들려주었다. 동시에 자신의 생각을 한 번 더 정리해 보았다.

3

커피 위로 요동치듯 파문이 일었다. 나는 살짝 들어 올렸던 잔을 다시 내려놓았다. 손아귀에 축축한 땀이 배어나왔다. 설마 그런 다큐가 있었을 줄이야.

다큐는 전반적으로 고독사라는 사회현상의 문제점에 대해 다룬 것 같았다. 그것뿐이라면 안심할 수 있다. 하지만 그녀는 노인의 죽음에 관해 의심스러운 정황만 추려낸 것 같다. 게다가 3년 전의 사건에 대해 나름대로 조사를 해본 듯하다.

"3년 전의 일을 알아보면서 생각했어요. 맞은편 방에 사는 사람은 할아버지의 죽음과 관련이 있을 것 같다고요."

그녀는 테이블 위에 팔꿈치를 올리고 손깍지를 꼈다. 그 상태로 기도하듯 나를 바라보았다.

"하지만 할아버지의 죽음은 음독사가 아닐지도 몰라요. 목을 매고 자살하신 건지도 몰라요. 왜 그런 방법을 택하신 건지는 모르겠지만요."

"잠깐만요. 아영 양은 할아버지를 미워하던 게 아니었나요? 이제 와서 굳이 되짚어볼 필요가 있나요?"

긴장을 감추기 위해 비꼬듯 툭 내뱉은 말이었다. 나도 모르게 목소리가 높아지고 말았다. 그녀는 시선을 떨어뜨리며 어쩔 줄 몰라 했다. 나는 괜스레 얼굴이 화끈거렸다.

"미안하지만 아무것도 묻지 말고 그냥 이 돈을 받아주실 수는 없나요? 지금으로선 아영 양 할아버지가 남긴 유일한 유품일지도 몰라요."

나는 부드럽게 그녀를 설득했다. 하지만 그녀의 눈빛은 결연했다.

"그날의 일을 확인하기 전까지 죄송하지만 이 돈, 받을 수 없어요."

말을 끝낸 그녀는 입술을 굳게 다물며 봉투를 다시 나의 쪽으로 밀어냈다. 절로 한숨을 나왔다.

여기서 이 돈을 건네주지 못하고 돌아서면 나는 앞으로도 계속 돌덩이를 삼킨 것처럼 위가 더부룩한 기분을 떨쳐내지 못할 것이다.

나도 모르게 또다시 과거의 그 시점으로 빨려 들어가는 일을 반복할 것이다.

이야기를 이어갈 수밖에 없다. 나도, 그녀도 마찬가지다. 지금 이 자리에서 노인과의 사슬을 끊어내려 하고 있었다.

"그래서 아영 양은 어떻게 생각하시는데요? 제가 어떻게 연관이 있나요?"

"할아버지는 자살하기 전에 직접 등산용 로프를 샀어요. 목에는 로프 자국이 남아 있었어요. 다큐에선 집 안이 어질러진 흔적이나 할아버지의 몸에 상처가 없었다고 했고요. 외부인의 침입은 없었던 거예요."

나는 그녀가 들려준 이야기를 떠올렸다.

"하지만 현장에 로프는 없었잖아요."

"아랫집에 사는 사람이 끈 같은 걸 봤다고 했어요."

"잘못 볼 수도 있는 거잖아요? 그리고 방 안에서 목을 매고 자살했다면 그 줄을 아랫집 사람이 보는 것도 이상하지 않나요?"

최대한 머리를 굴려 빈틈을 찔러보았다. 하지만 그녀는 무언가 확신한 눈치였다.

"12월 31일 새벽, 한 취객이 귀신을 봤어요."

"사건이랑 상관이 있나요?"

"할아버지 아랫집에 사는 B씨는 밖에 나가서 건물 주변을 살펴요. 물론 줄을 발견하지 못했어요. 하지만 바닥에 떨어진 원피스를 찾아요. 이건 어디서 나온 걸까요?"

나도 모르게 뺨 한쪽이 움찔거렸다. 글쎄요, 하고 턱을 쓰다듬는

척 손바닥으로 뺨을 가렸다.

"3년 전 아저씨께서 지내시던 원룸 빌라에는 옥탑방이 있었어요. 당시에 그 옥탑에는 여대생이 한 명 살고 있었다고 해요. 여대생은 외부 건조대에 빨래를 널어놓았어요. 바람에 날려 원피스 하나가 빌라와 빌라 사이의 골목으로 떨어져요. 그게 공중에 떠서 펄럭이게 된 거예요."

"아영 양, 지금 말이 굉장히 이상한 거 아시죠? 옷이 공중에 어떻게 뜬다는 거예요."

나도 모르게 오른쪽 다리가 떨렸다. 얼른 테이블 아래로 손을 뻗어 무릎을 감싸 쥐었다. 확실히 공중에서 나풀거리는 여성의 옷은 취객의 눈에 사람이 아닌 형상으로 보였을 수도 있었을 것이다. 그럼에도 나는 끝까지 발악을 해보았다.

"걸린 거예요. 무언가 받침 위에 있는 것처럼요. 그리고 그날 유일하게 받침이 될 수 있었던 건……"

"로프밖에 없었다?"

"네. 그날 새벽, 할아버지의 방과 아저씨의 방 사이에 허공을 가로지르는 줄이 생겼어요. 로프는 아저씨께서 회수하셨을 거예요. 그래서 할아버지의 방에서 로프가 발견되지 않은 거고요. 아저씨가 할아버지의 죽음과 연관이 있다고 말한 것도 그 때문이에요. 줄을 설치하는 건 할아버지 혼자서, 그리고 아저씨 혼자서는 절대 못할 일이에요. 두 분이 함께 꾸민 일이에요."

정곡이었다. 아무런 대꾸도 할 수 없었다. 그녀는 주머니에서 머리끈을 하나 꺼냈다. 그것을 양손 검지에 걸고 좌우로 쭉 당기며 기세

좋게 말을 이었다.

"줄은 이렇게 길쭉하게 둥근 모양으로 걸렸을 거예요. 로프를 가지고 계신 할아버지가 아저씨께 로프 끝을 던져요. 아저씨는 받은 로프를 어딘가에 감아 고정시켜요. 그리고 다시 로프 끝을 할아버지께 던져요. 할아버지는 받은 로프의 끝을 남은 로프 끝과 묶었어요. 그렇게 공중에 두 가닥의 줄이 생긴 거예요. 건물 사이는 3미터 정도였어요. 줄을 던져서 주고받기란 그리 어렵지 않았을 거예요."

"왜 두 줄이라고 생각하신 거죠?"

"아저씨께서 로프를 회수하는 과정을 생각해 봤어요. 할아버지의 집으로 직접 갈 필요는 없었어요. 아저씨는 두 가닥의 로프 중 한쪽 끝을 잘라내었을 거예요. 잘린 로프 끝은 맞은편 빌라 쪽으로 떨어졌어요. 아저씨는 남은 한쪽을 잡고 쭉 당겼어요. 줄을 당기면 떨어진 로프는 서서히 올라갔을 거예요. 아랫집의 B씨는 그때 줄을 본 거예요."

나는 식은 커피를 한 모금 마셨다. 손은 더 이상 떨리지 않았다. 그녀가 그날 밤의 일에 대해서 얼마나 많이 그려보았을지 상상이 되었다.

"눈치채셨군요."

"전부는 아니에요. 저도 알 수 없는 부분이 있어요. 우유 배달부가 할아버지가 몸을 일으키는 모습을 봤다는 건 잘 모르겠어요. 만약 목을 매셨다면 할아버지는 그때 분명 숨이 끊어졌을 텐데……."

"줄이 사라지는 걸 본 아랫집 사람, 할아버지가 몸을 일으킨 것을 본 배달부. 두 사람이 목격한 시간대가 정확히 일치한다면, 그 부분은 짚이는 데가 있네요. 정말 놀라운 우연으로요. 하지만 그전에 먼저 아영 양 할아버지에 대한 이야기를 들려 드릴게요. 그래야 아영 양이 이 돈을 받아주시겠죠."

가을이 한창 무르익어 가는 10월 즈음 나는 그 원룸으로 이사했다. 얼마 되지 않는 짐을 주섬주섬 풀어놓고 있을 때 문득 시선이 느껴졌다. 노인은 창가에 서서 나를 가만히 지켜보고 있었다.

눈이 마주친 이상 무시할 수도 없는 노릇이었다. 나는 베란다로 나가 노인에게 인사를 건넸다. 3미터 정도의 거리였다. 대화는 어렵지 않았다. 노인의 방은 어디에 어떤 물건이 있는지 알 수 있을 정도로 한눈에 들여다보였다. 이 방 역시 그렇게 들여다보일 것이라고 생각했다.

"거기서 사는 거요? 그 방에서 있었던 일 알고 있습니까?"

"예, 들었습니다."

차 한 대 올라오지 못하는 좁고 가파른 달동네. 1평 남짓한 베란다가 딸린 6평 원룸이었다. 베란다로 나가면 맞은편에 선 빌라 탓에 채광은 그리 좋지 않았지만 통풍은 나쁘지 않았다. 전적으로 월세가 싼 동네였고 그 방은 조건에 비해 월세가 더욱 저렴했다. 이유를 묻자 중개인은 잠시 머뭇거리다 전 세입자가 죽었다고 대답했다. 바닥과 벽지를 전부 갈아엎은 것이니 걱정할 필요 없다고 말했다. 나는 고개를 끄덕이며 설득당한 척 연기를 했다. 그런 건 아무런 상관없었다.

"어르신도 알고 계셨나요?"

"아니요. 난 몰랐습니다. 그 사람이 죽고 나서 한참 지난 후에야 알았다오. 매일 그쪽 방을 내다봤는데 전혀 눈치채지 못했지. 불쌍한 노인네."

노인이 자신은 그런 식으로는 죽고 싶지 않으니 혹시라도 자신이 죽으면 얼른 신고를 해달라 말했다. 노인이 먼저 천천히 등을 돌렸고 나도 방으로 들어갔다.

우리는 거의 방에 있었고 서로 종종 눈을 마주치곤 했다. 아니, 서로의 생사를 확인하곤 했다는 게 더 정확할 것이다. 노인의 얼굴에는 짙은 죽음의 그림자가 드리워져 있었다. 노인도 내게서 똑같은 느낌을 받았을 것이었다.

죽기 전까지 시간을 때울 방편이 필요했던 우리는 자연스럽게 술친구가 되었다. 인근 슈퍼의 평상에서 안주 없이 술을 마시기도 했고, 각자의 방으로 올라가 노인은 창가에 서서, 나는 베란다의 난간에 기대어 마시기도 했다. 그러나 특별히 대화를 나눈 기억은 없다. 무기력하게 각자의 술잔을 비웠다.

크리스마스이브 전날이었던 걸로 기억한다. 날씨는 그리 춥지 않았다. 슈퍼 앞 평상에서 술을 마시던 중 노인은 돌연 가족 이야기를 꺼냈다. 노인에게는 딸 한 명과 손녀 두 명이 있었다. 하지만 아주 오랫동안 만나지 못했다. 노인은 그녀들을 향해 욕설을 퍼부었다. 노인은 과거 자신의 인맥에 대해 자랑을 늘어놓았다. 지금은 남아 있는 사람이 아무도 없다고 말했다. 노인은 눈시울을 붉혔다.

당시 나의 가장 큰 문제는 돈이었다. 부모로부터 물려받은 빚이 있었고, 친구라 믿었던 이에게 큰 사기를 맞았다. 돈이 궁하니 주변의 인간관계가 모두 사라졌다. 노인에게는 다 말해도 상관없었다. 말은 안 했지만 서로 알고 있었다. 머지않아 눈앞의 상대가 자살을 할 것이라고. 저 사람은 나를 죽게 내버려 둘 것이다, 나에게 아무런 상관도 하지 않을 것이다. 그런 생각을 하자 작은 안도감이 들었다.

"가진 돈도 다 떨어졌고요. 이제 한계예요. 더는 못 버틸 것 같습니다. 저는 내년 1월 1일에 끝내려고 합니다."

내 말에 노인은 아무런 말도 하지 않았다. 우리는 그렇게 말없이 남은 술잔을 비웠다. 적당한 취기가 오를 때쯤 노인이 함께 갈 곳이 있다며 자리에서 일어났다. 노인에게 이끌려 간 곳은 근처 복권 판매점이었다.

"술은 내가 샀으니 이번엔 자네가 돈 좀 내주게나."

노인은 내게도 억지로 구입을 시켰고, 나는 복권값을 지불했다. 돈을 지불하는 데에는 큰 거부감이 들지 않았다. 복권값 만 원 정도야, 앞으로의 일을 생각하면 사실상 아무런 의미도 없었다.

주말이 되었고 당첨 번호를 확인할 시간이 찾아왔다. 예상대로 내가 산 복권은 당첨되지 않았다. 팔백만 분의 일의 확률에 잠시나마 기대를 걸었던 스스로가 바보 같았다. 나는 더욱 절망했다. 나는 이때 노인이 왜 내게 복권을 사게 했는지 의심해 봤어야 했다.

12월 31일 저녁 9시 즈음, 담배를 피우러 베란다에 나왔을 참에 노인의 방 커튼 위로 그림자가 떠올랐다. 그림자는 무언가를 밟고 올라섰다 다시 내려오기를 몇 차례 반복하고 있었다.

"어르신, 어르신."

나는 목소리를 높였다. 커튼이 열리고 그날따라 유독 비쩍 마른 노인이 얼굴을 비췄다. 노인은 방 한가운데에 행거를 설치하고 있었다. 저곳에 목을 매는구나. 노인이 죽는다고 생각한 나는 특별히 의심하지 않았다.

"오늘이신가요?"

나는 조용히 물었다. 잠시 말이 없던 노인은 내게 잠시 밑에서 볼 수 있느냐는 말을 건넸다. 우리는 빌라 사이의 골목에서 만났다. 노인은 죽기 전 마지막으로 부탁이 있다고 말했다.

"이게 뭔지 알겠나?"

나는 노인이 준 종이쪼가리를 받아들었다. 반이 접힌 복권이었고, 마지막 줄의 여섯 자리의 숫자에 동그라미가 쳐져 있었다. 놀랍게도 며칠 전 복권을 확인할 때 본 머릿속에 있는 여섯 자리의 숫자가 그곳에 있었다. 제대로 숨을 쉴 수 없었다. 손이 부들부들 떨렸다.

노인은 내 손에서 복권을 낚아채 파카 품속에 깊숙이 집어넣었다.

"설마, 그때 제가 사드린 복권? 다 맞은 거예요?"

노인은 긍정도, 부정도 하지 않았다.

"내 부탁을 들어주면 이걸 주겠네."

자네의 돈으로 산 거니까 자네 것이나 마찬가지야. 노인은 그렇게 속삭이듯 중얼거렸다. 그리고 내가 해야 하는 일을 하나하나 알려주었다. 심장이 두근거렸다. 이명 때문에 머리가 지끈거려 노인의 말이 잘 들리지 않을 정도였다.

"자네도 알고 있지? 난 어차피 죽을 사람이었어. 방법만 다른 것뿐이야. 자네가 도와주는 것뿐이지."

알고 있었다. 그러나 한 가지 의문이 따라붙었다.

"어르신, 왜 굳이 이런 방법을……"

노인은 잠시 나를 가만히 바라보다 입을 열었다.

"나한테도 가족이 있어. 내가 혼자 죽어도 그들은 모른 척하겠지. 하지만 살해당했다고 하면 얘기가 달라질 거야. 조금은 불쌍하게 볼지도 모르지. 어쩌면 나를 만나러 와줄지도 몰라. 죽어서는 가족 품으로 돌아가고 싶어."

이 말이 나를 속이기 위한 거짓말이란 것을 나는 한참 뒤에야 알 수 있었다. 노인은 가족들에게 기대지 않았다. 어쩌면 자신이 죽은 후 장례를 치러주지 않으리란 것도 알고 있었지 않았을까. 그러나 그때의 나는 알 수 없었다.

노인은 기다리고 있겠다는 말을 마지막으로 남기곤 자신의 방으로 올라갔다. 나는 하얀 입김을 뿜어내며 한동안 골목을 떠나지 못했다.

그래, 저 노인은 원래 죽으려던 사람이었어. 새벽 4시가 가까울 즈음 결심을 할 수 있었다. 베란다로 나가자 노인이 나를 기다렸다는 듯 커튼을 열어젖혔다. 우리는 다시 한번 말없이 서로를 마주 보았다. 우리는 얼마나 오랫동안 이렇게 서로를 마주 보았을까. 문득 그런 궁금증이 들었다.

시작하시죠. 나는 낮은 목소리로 속삭였다.

나는 먼저 노인이 던진 로프의 끝을 받아 베란다의 배수 기둥에 감았다. 하나의 줄이 허공을 가로질렀다. 나는 로프의 끝을 다시 노인에게 던졌다. 노인은 몇 번이나 헛손질을 하며 로프를 놓쳤다. 잠시 고민한 나는 베란다에 있는 슬리퍼 한 짝에 로프를 묶어 노인의 방 안으로 힘껏 던져 넣었다. 그렇게 두 개의 줄이 허공을 가로질렀다. 로프의 끝과 끝을 묶은 노인은 로프를 방 중앙에 설치한 행거 위로 걸어 넘겼다.

노인은 이어진 로프 안에 목을 넣고 손짓으로 신호를 보냈다. 나는 두 줄의 로프를 모아 잡아 힘껏 당겼다. 정면에서 노인의 몸이 허공으로 두둥실 떠올랐다. 무게중심 탓일까. 노인의 몸은 곧 한쪽 방향으로 빙글빙글 돌기 시작했다. 노인은 발버둥 쳤다. 나는 다급히 줄을 놓았다. 노인은 제법 큰 소리를 내며 두 발로 바닥에 떨어졌다.

깊은 새벽, 혹시 누가 들은 건 아닌지 나는 심장이 철렁했다. 줄은 꽤나 세게 노인의 목에 감긴 듯 보였다. 우스꽝스럽게도 노인은 제자리에서 몇 바퀴 돌며 꼬인 줄을 풀어냈다.

노인은 칵칵거리며 창가로 다가왔다. 목소리도 내기 힘들었는지 연신 턱을 문질렀다. 노인의 언성은 아주 작았지만 세상은 너무도 고요했다. 한마디, 한마디가 귓가로 흘러들었다.

"줄 길이는 내가 조정하겠네. 얘기한 대로 이따가 자네 쪽에서 줄을 거두면 돼."

"복권은 제가 어떻게 찾아가죠?"

한 사람의 죽음 직전, 나는 그런 것밖에 관심이 없었다. 노인은 잠시 고민하다 냉장고 밑에 깊숙이 숨겨놓겠다고 말했다. 노인은 자신이 죽은 다음의 일도 내게 지시했다.

"다른 사람이 내가 죽은 걸 발견하기 전까지 남에게 알려서는 안 돼. 먼저 찾아와도 안 돼. 자네가 의심을 받을지도 모르니까."

목이 졸린 시신, 사라진 흉기. 노인은 누군가에게 살해당한 것처럼 보일지도 몰랐다. 나는 수긍했다. 경찰이 괜스레 나를 범인으로 의심하면 곤란했다. 그것은 곧 복권이 내 손에 들어오지 않을지도 모른다는 말과 같았다. 아니, 죽는 걸 도와줬다고만 하면 어떨까? 그러나 사람의 죽음을 돕는 것 역시 엄연한 범법 행위다. 자살 방조라고 했던가. 나는 끝내 복권을 차지할 수 없을 것이었다.

노인은 로프 위쪽으로 올려놓듯 커튼을 쳤다. 커튼이 들려 어느 정도 노인의 방이 보였다. 그 상태로 내가 줄을 회수하면 커튼은 그대로 떨어져 창문 전체를 가리게 될 것이었다. 곧 노인의 방에 불이 꺼졌다.

방으로 들어온 나는 어둠 속에 쪼그려 앉았다. 이후 얼마나 시간이 흘렀는지 제대로 알 수 없었다. 정신이 또렷했던 것 같기도 하고 깜박 잠든 것 같기도 했다.

지금쯤 목을 매고 죽었을 거야.

이윽고 베란다로 나간 나는 조금 당황했다. 노인과 나의 방을 잇는 로프 위에 여성의 옷이 걸려 있었다. 하지만 문제될 것은 없었다. 나는 로프의 한쪽 끝을 잘라내었다. 잘린 로프는 어둠 저편으로 사라졌다. 나는 배수 기둥에 감긴 로프 한쪽을 잡고 있는 힘껏 당겼다. 한겨울이었지만 땀으로 온몸이 후끈거렸다. 곧 여성의 옷이 골목으로 떨어졌다. 노인의 방 창문에 커튼이 완전히 드리웠다. 나는 그렇게 로프를 회수할 수 있었다.

"목을 맨 할아버지의 몸은 한 방향으로 빙글빙글 돌았어요. 로프는 꼬여서 할아버지 목에 감겼을 거예요. 여기서 제가 베란다에서 남은 로프를 잡고 당기면 어떻게 될까요? 할아버지의 몸은 들어 올려져요. 활차처럼요. 아랫집 사람이 줄이 올라가는 걸 본 시간. 배달부가 할아버지가 몸을 일으키는 것을 본 시간. 두 사람은 제가 로프를 잡아당길 때 각각의 상황을 목격했어요. 만약 배달부가 끝까지 보고 있었다면 눈치챌 수밖에 없었을 거예요. 할아버지의 몸이 천정을 향해서 올라갔을 테니까요. 그리고 꼬인 로프가 풀리면서 천정에서 빙글빙글 돌았을 거예요. 그다음엔 할아버지의 시신이 바닥으로 떨어졌을 거예요.”

여기까지 말을 마친 나는 눈앞의 그녀를 바라보았다. 그녀는 미간을 찌푸리며 석연치 않은 표정을 짓고 있었다.

“그때 할아버지는 확실히 목을 매었나요?”

“깜깜해서 잘 보이지는 않았지만, 줄을 회수하기 전에 커튼이 살짝 들려 어렴풋한 형체 정도는 볼 수 있었어요. 그때 전 허공에서 할아버지가 흔들거리고 있는 걸 봤어요. 또 제가 줄을 회수할 때 뭔가 바닥으로 떨어지는 걸 봤어요. 손에 무게감도 있었고요.”

나는 확신할 수 있었다. 그럼에도 그녀는 잘 모르겠다는 듯 한쪽 볼에 바람을 넣고 고개를 갸우뚱거렸다.

4

아영은 수종의 말을 들으며 할아버지의 행동을 하나하나 되짚어 보았다. 다소 번거롭다는 것이 솔직한 감상이었다. 할아버지는 왜 그렇게까지 하며 죽은 것일까.

"저는 거의 1달 내내 할아버지의 방에서 눈을 떼지 않았어요. 혹시 누군가 먼저 들어가는 사람이 있으면 복권을 뺏길 수도 있다고 생각했어요. 그렇다고 먼저 들어갈 수는 없었어요. 저는 할아버지의 죽음에 관여했으니까요. 경찰이 수사를 시작하면 꼼짝없이 잡힐 것 같았어요. 복권을 못 받을 수도 있다고 생각했어요."

"할아버지 시신을 처음 발견한 건 아저씨였죠?"

아영은 수종이 어째서 마음을 바꿨는지 물어보았다.

"저는 새해가 넘어가면 자살할 생각이었어요. 그래서 원룸도 짧게 계약했고요. 이후의 일은 생각하지 않았죠. 그런데 1월 말 즈음 빚쟁이가 숨어 있던 저를 찾아왔어요. 걱정은 없었어요. 저한테는 막대한 돈이 들어오니까요. 할아버지는 다른 누군가가 자기를 발견하기 전까지 모른 척해 달라 했지만 그런 약속은 아무 소용없었어요. 맞은편 빌라 주인에게 연락을 하고 당장 찾아갔죠. 방으로 들어갈 때는 빌라 주인보다는 앞장서서 들어갔어요. 목표는 복권이었어요. 들어가니 할아버지는 방 가운데서 엎드린 채 죽어 있었어요. 그 옆에 탁상이 있었고요. 저는 자연스럽게 탁상 위를 보게 되었어요. 거기에 뭐가 있었는지 아세요? 복권이 있었어요. 그것도 두 장, 578회 복권과 579회 복권이. 579회 복권의 여섯 개의 숫자 위에 동그라미가 쳐져 있더군요. 탁상 위에는 그날 새벽 로프에 묶은 채 할아버지 방으로 던진 슬리퍼 한 짝, 그리고 유서가 있었어요. 거기서 눈치챘죠. 제가 할아버지에게 사드린 건 578회 복권이었어요. 할아버지는 579회 복권을 다시 구입한 거예요. 578회 당첨 번호를 써서. 저는 복권을 들고 방을 뛰쳐나왔어요. 화가 나서 참을 수 없었어요.”

“거짓으로 복권이 당첨되었다고 한 거라고요?”

아영은 역시 할아버지의 행동을 이해할 수 없었다.

“저를 움직이기 위해서였겠죠. 그냥 부탁하면 제가 거절했을 테니까요. 당시의 전 그런 말도 안 되는 거짓말에 속을 만큼 절박했었어요. ‘578’과 ‘579’의 두 숫자도 구분하지 못할 정도로 미친 듯이 간절했어요. 그리고 아영 양 할아버지는 그걸 꿰뚫고 있었고요.”

수종은 잠시 말을 잇지 못했다. 짧은 한숨을 한 번 내쉬곤 손가락으로 관자놀이를 짚었다.

“전 화가 나서 미칠 것 같았어요. 방법만 있다면 한 번 더 죽이고 싶다는 생각이 들 정도였으니까요.”

괜스레 죄책감이 든 아영은 아무 말도 할 수 없어 깍지 낀 손과 수종의 얼굴을 번갈아 쳐다보았다. 수종은 아영을 슬쩍 보더니 끄응, 하고 앓는 소리를 냈다.

“미안합니다. 제가 또 불편하게 했군요. 그렇게 주눅들 필요 없어요. 어쨌든 전 그 19만 원을 받게 되었어요. 빚을 갚을 수도 없는 적은 돈이죠. 거기까지 가니 역으로 헛웃음이 나오더군요.”

“할아버지는 왜 그런 불편한 공작을 한 걸까요? 혹시 짐작 가는 부분이 있으세요?”

수종은 또 한 번 크게 한숨을 쉬며 고개를 저었다.

“아니요. 솔직히 잘 모르겠어요. 아마 사후에 자기 시신을 발견해 줄 사람을 필요했던 게 아닐까 하고 굳이 추측을 해봐요. 아무도 찾아주지 않은 채로 몇 달 동안 썩어가고 싶지 않았던 거겠죠. 그래서 자기 마지막 길을 배웅해 줄 사람으로 저를 택한 것 같아요. 죽은 이후에도 고독하기 싫어서요. 저는 복권을 위해 어떻게 해서든 할아버지의 방을 찾아갈 수밖에 없었으니까요."

수종은 몸을 움직여 테이블 위의 봉투를 아영 가까이 쓱 밀었다.

"이제라도 건네줄 수 있어서 다행이에요. 혹시 아영 양이 제게 자수를 요구한다고 해도 소용없어요. 경찰이 왜 그런 결론을 내렸는지 모르겠지만 할아버지의 사인은 음독사였으니까요."

음독사……. 천천히 음미하듯 되뇌어 보았지만 대답할 말이 마땅히 생각나지 않았다. 가슴이 답답했다.

"이제 이 돈 받아주세요. 할아버지는 제게 자살을 도와주고, 또 시체를 발견해 준 데에 대한 보상금으로 이 돈을 남겼어요."

아영은 받아 든 봉투를 두 손으로 꼭 쥐었다.

밖으로 나오니 거리에는 아직도 눈이 내리고 있었다. 시선이 닿는 모든 곳이 하얀 눈으로 가득했다. 수종은 지하철역으로 가면 된다고 말했다. 아영은 근처의 버스 정류장으로 향하면 되었다. 수종과 아영은 잠시 말없이 걸었다. 때때로 지나가는 자동차의 불빛에 눈발이 반짝반짝 도드라졌다.

수종과 아영은 횡단보도 앞에 멈췄다. 수종은 횡단보도를 건너면 되었고 아영은 보도를 따라 지나치면 되었다. 아영은 그에게 마지막으로 물어보고 싶은 게 있었다.

"3년 전에는 안 좋은 생각을 하셨잖아요. 지금도 그런 생각을 하시나요?"

조심스럽게 수종의 얼굴을 쳐다보았다. 수종은 손가락으로 뺨을 긁적이곤 이제 그런 생각은 안 한다고 말했다.

"갚을 빚이 아직 산더미지만 하루하루 버티면서 살아가고 있어요."

수종은 씁쓸하게 웃었다. 횡단보도 반대편에 서 있는 신호등 불이 바뀌었다. 몇몇 행인들이 두 사람을 스쳐 지나갔다.

"그때 왜 마음을 바꾸셨는지 물어봐도 될까요?"

수종은 점멸하는 녹색등을 가만히 바라보다 입을 열었다.

"처음에는 분노 때문이었던 것 같아요. 할아버지가 저를 이용했다고 생각하니 화가 나서 죽고 싶어도 죽을 수가 없었어요. 억지로 살아졌다고 해야 하나. 그런데 살려면 돈이 필요하잖아요. 정신을 차려보니 수중에 남은 돈이 19만 원이더라고요. 그것만큼은 열이 받아서 도저히 쓸 수가 없었어요. 결국 미친 듯이 일을 했죠."

"아직도 할아버지가 많이 미우세요?"

수종은 아영을 지그시 바라보았다.

"아영 양은 어떤데요? 할아버지가 미워요?"

아영은 생각해 보았다. 엄마와 언니, 그리고 자신을 불행하게 만든 사람이었다. 아영은 고개를 끄덕였다. 수종 역시 아영과 같다고 말했다.

"저는 한 달 동안 할아버지 방을 감시하면서 행복한 꿈을 꾸었어요. 빚을 갚고 남은 돈으로 어떻게 새 출발을 할까 고민했죠. 빨리 시체가 발견되기를 바랐어요. 그 순간 저는 누구보다도 살고 싶었어요. 미련 없이 죽을 수 있을 줄 알았는데 한번 그런 꿈을 꾸니까 도저히 죽을 수가 없었어요. 전 말이죠, 아영 양의 할아버지가 저한테 그런 꿈을 꾸게 한 게 가장 원망스러워요."

수종은 목이 메는지 잠시 말을 잇지 못하고 깊은 한숨을 내쉬었다. 하얀 입김이 허공에서 빠르게 사라져 갔다.

"아저씨, 행복해지고 싶은 건 당연해요. 그건 저도 마찬가지고요."

아영은 수종을 위로하고 싶었다. 하지만 수종은 고개를 저었다.

"맞아요. 그게 당연한 거겠죠. 하지만 전 마냥 행복할 수는 없어요. 한번 살아보자고 생각하니까 그런 생각이 들더군요. 난 이렇게 꾸역꾸역 살아가려는데 그 사람은 왜 살 수 없었을까. 거기까지 생각이 미치니 알겠더군요. 3년 전 그날, 제가 어떻게 행동했느냐에 따라서 결과가 달라졌다는 것을요. 오직 저만이 할아버지의 자살을 말릴 수 있었어요. 어쩌면 할아버지는 그날 제게 살려달라 구조 요청을 하고 있었는지도 몰라요. 결과적으로 저는 돈에 눈이 멀어 사람을 죽게 한 거예요. 저는 할아버지를 죽인 범인과 다름없어요. 유일하고, 오직 저일 수밖에 없는……. 아영 양, 전 지금 죄책감으로 살고 있어요. 이 죄책감이 차라리 죽는 게 나은 지독한 삶을 살아가는 이유예요."

정류장 의자에 홀로 앉아 아영은 하염없이 내리는 눈을 바라보았다.

아영은 할아버지가 음독자살을 한 것이 아니라 가정하고 수종과 이야기를 풀어나갔다. 의문점을 던지고 퍼즐을 맞추듯이 연결하자 3년 전 새벽에 무슨 일이 일어났는지 그려볼 수 있었다. 하지만 전부 알 수 있었던 건 아니다. 여전히 몇 가지 의문점이 남는다.

12월 31일 새벽, 우유 배달부는 할아버지가 몸을 일으키는 장면을 목격했다고 했다. 1월 1일 오후, 빌라 건물 주인의 아들은 할아버지의 원룸에서 우유를 꺼내 먹었다고 말했다. 그때 아이는 방 안의 누군가가 우유를 건네줬다고 말했다. 수종은 31일 새벽에 이미 할아버지가 죽었다고 말했다. 배달부가 목격한 건 수종이 들어 올린 시신이라는 것이다. 그렇다면 1월 1일에 아이가 느낀 인기척의 정체는 무엇일까? 단순히 혼나기 두려웠던 아이의 거짓말이었을까?

아영은 경찰이 내린 음독자살이라는 결론을 생각해 보았다. 경찰은 시신의 부검을 통해 사인을 결론지었다. 현장검증도 충분히 실시했을 것이다. 수사 결과가 잘못되었으리라 생각하지 않았다. 그럼 12월 31일 새벽 5시, 이부자리에서 스르르 몸을 일으킨 사람은 누구인가? 1월 1일 오전 10시, 투입구에 손을 넣어 더듬거리는 아이에게 우유를 건네준 사람은 누구인가? 아영은 둘 다 할아버지였으리라 생각했다. 할아버지는 하루라는 시간 동안 더 살아 있던 것이다. 그 시간 동안 무엇을 했을까? 조용히 음독자살을 준비했을 것이다.

아영은 할아버지가 어떤 삶을 살았는지 알 수 없다. 하지만 할아버지의 성격은 알고 있다. '자기 사람'이라고 생각한 이를 위해서 아낌없이 퍼주는 사람이다. 그들을 위해 가족을 버리면서까지 자기 고집을 꺾지 않은 사람이다. 3년 전, 수종은 할아버지에게 분명 자기 사람이었다. 자기 사람을 끔찍이 아끼는 할아버지가 수종을 범죄자로 만들 리는 없다. 수종은 할아버지의 자살과는 상관없는 사람이다. 그저 로프를 연결하고 다시 그 로프를 회수한 것뿐이 된다. 할아버지는 그 누구에게 어떤 도움도 받지 않고 홀로 자살을 한 것이다.

그렇게 된 거구나. 진실을 알게 된 순간 아영은 눈물이 날 것 같았다.

"결국 성공하셨네요, 할아버지."

아영은 넌지시 중얼거려 보았다. 세상이 조용한 탓인지 방금 내뱉은 말이 허공에서 은은히 울리는 착각이 들었다.

원룸 가운데에 행거를 설치하고, 복권을 위조하고, 로프를 이용해 목을 매는 시늉까지 했다. 즉흥적으로 실행한 것으로 보이지 않는다. 할아버지는 아마 며칠 동안 고민했을 것이었다. 할아버지가 속이려고 했던 사람은 단 한 사람, 수종뿐이다. 다큐멘터리에서는 할아버지의 시신 옆에 돌돌 만 이불이 놓여 있었다고 말했다. 할아버지는 이 이불을 이용했다. 아영은 머릿속에서 그날 새벽의 일을 재구성해 보았다.

창가의 커튼을 닫은 후 할아버지는 이불을 로프에 매어둔다. 수종은 새벽의 어둠 속에서 공중에 매달린 이불을 할아버지로 착각한다. 로프를 회수한 이후 방 안은 커튼에 가려서 보이지 않는다. 그렇게 수종은 자신이 할아버지의 죽음과 관련이 있다고 철석같이 믿게 된다.

할아버지는 수종에게 그의 손을 통해 자신이 죽게 되었다는 인상을 심어줄 필요가 있었다. 할아버지는 자신이 죽어도 자기 사람인 수종을 죽게 하고 싶지는 않았던 것이다. 그래서 돈에 눈이 멀어서 사람을 죽이고 말았다는 죄책감을 주었다. 그렇게 해서라도 수종을 살리고 싶었다.

할아버지의 시체가 발견되면 수종은 자신이 속았다는 것을 눈치채고 만다. 물론, 이후에 수종은 자살을 결심할 수도 있다. 할아버지는 그래도 좋다고 생각했을 것이다. 적어도 그 시간 동안만이라도, 조금이라도 더 길게 살아주기를 바란 것은 아니었을까?

수종은 할아버지에게 1월 1일에 자살을 하겠다고 말했다. 하지만 1월 1일 수종은 자살하지 않았다. 할아버지는 커튼 너머로 수종이 살아 있는 것을 보곤 안심했을 것이다. 그리고 기쁜 마음으로 음독을 시도했을 것이다. 한 번에 편하게 죽지는 않았을 것이다. 겨울의 혹독한 추위 속에서 아주 천천히 죽어갔을 것이다. 그 와중에 바랐을 것이다. 맞은편 젊은이가 부디 조금이라도 더 오래 살아가도록.

아영은 가슴이 뻥 뚫린 것 같았다. 진상을 알게 되어 통쾌하거나 시원하다는 감정이 아니었다. 정말로 가슴에 커다란 구멍이 난 것 같았다. 아영은 할아버지에게 화가 났다. 왜 우리는 할아버지에게 '자기 사람'이 아니었던 걸까. 왜 우리를 위해서 어떤 희생도 하지 않은 걸까. 아영은 수종을 만나고 싶었다. 우리가 가지지 못한 것을 가진 그에게 전하고 싶었다. 할아버지를 원망하는 사람은 엄마와 언니, 그리고 자신만으로도 충분하니까 할아버지를 미워하지 말아달라고. 벌을 받듯 살아가지 말아달라고.

아영은 지하철역 방향으로 달렸다. 발걸음에 점차 힘이 실렸다. 숨이 차올랐다. 토해내듯 뱉은 하얀 숨결이 등 뒤로 춤추듯 멀어져 갔다.

주인 없는 양복

김재희

연세대학교 졸업. 추계예술대학교 문화예술경영대학원 영상시나리오학과 석사 학위를 받았다.
시나리오작가협회 뱅크 공모전 수상, 엔키노 시놉시스 공모전에서 대상을 받았으며
강제규 필름에서 시나리오 작가로 활동하였다.
2006년 데뷔작 『훈민정음 암살사건』으로 '한국 팩션의 성공작'이라는 평가를 받으며
베스트셀러 작가가 되었다. 역사 미스터리에 몰두, 『백제결사단』, 『색, 샤라쿠』, 『황금보검』 등을
출간하였다. 경성을 배경으로 시인 이상과 소설가 구보가 탐정으로 활약하는
『경성 탐정 이상』(2012)은 그해 한국추리문학 대상에 선정되었다.
『봄날의 바다』로 범죄 피해자와 가해자를 소재로 한 서정 스릴러를 썼으며
『경성 탐정 이상 2』를 2016년에 발표하였다.
현재 한국 추리작가협회에서 회원으로 활동하고 있으며, 『경성 탐정 이상 3』과
김성호 프로파일러 시리즈 『섬, 짓하다』 후속작 『층간 이웃(가제)』을 집필하고 있다.

구보는 종로 거리에 새로 생긴 양복점을 요 며칠 새 눈여겨보았다. 제비 다방과 그리 멀지 않은 종로 네거리에 생긴 양복점인데 이름은 '이태리 양복점'이었다. 가게의 크기는 그리 크지 않았지만 쇼윈도에 걸려 있는 두 점의 양복은 무척이나 고급스러워 보였다. 왼편의 양복은 유럽의 최신 유행을 그대로 따른 폭이 넓고 원단이 두툼한 깃이 짙은 잿빛의 모직 소재로 만들어져 있었다. 오른편의 양복은 평범한 감색에 미색의 스트라이프가 가느다랗게 들어간 것으로 깃이 날아갈 듯 뾰족하게 빠진 것이 세련되고 샤프하게 보였다. 구보는 오른편의 양복이 무척 마음에 들어 날마다 다방에 가기 전에 쇼윈도를 유심히 살피고 갔다. 오늘은 팔렸을라나 보았지만 그 감색 양복은 아직도 쇼윈도에 걸려 있었다.

얼마나 하려나.

이제 늦가을에 겨울이 다가왔다. 구보에게는 신문사에서 불러주어도 미팅하러 나갈 때 입을 만한 모직 양복이 없었다. 단벌 양복은 구멍이 나서 기웠거나 해서 왠지 입어도 폼이 나지 않았고 또다시 구멍이 날까 염려되었다. 게다가 엉덩이 부분이 닳아서 반들거려 영 품위가 없어 보였다.

쥐꼬리만 한 고료로 비싼 양복은 턱도 없었다. 하지만 혹시 오른쪽 양복이 팔렸는가 싶어서 늘 들여다보기만 할 뿐 한 번도 그 양복점에 들어가 보지 않았다. 그런데 그렇게 몇 주가 지난 아침에 구보는 쇼윈도에 걸린 왼편 양복이 바뀌어 있는 것을 보고 놀랐다. 오른편 양복은 계속 그 자리에 있었지만 왼편 양복은 벌써 서너 번은 바뀌곤 하였다.

혹시 오른편에 걸린 감색 양복은 하자가 있어서 못 파는 물건인가 싶어서 그날은 꼭 가보고자 마음을 먹어보았다. 오전엔 다방에 가서 글을 쓰는 둥 마는 둥 하다, 오후엔 상에게 다녀올 데가 있다고 하고는 얼른 '이태리 양복점'으로 내달렸다. 다행히 양복점 문이 열려 있었다. 구보는 다급하게 문을 열면 촌스러워 보일까 싶어 짐짓 점잖은 척 처음 와보는 데인 것처럼 뒷짐을 지고 어험 헛기침을 하며 들어섰다. 문에 걸린 방울 소리가 울렸다. 양복점 안에서는 쇼팽의 피아노곡이 은은하게 흘러나왔다. 가게 안은 넓지 않았지만 벽의 선반에는 수백 종류의 원단이 빼곡하게 들어차 있었다.

"어서 오십시오."

여직원이 정중하게 인사를 하였다.

"양복 좀 보러 왔는데, 언제 가게가 오픈을 한 것이오?"

이미 지난달에 생긴 것을 알면서도 모른 척하였다.

"한 달이 조금 되었습니다. 어서 오세요, 손님."

안쪽에서 휘장을 걷고 키 작은 중년 남자가 나와 인사를 하였다. 재단사인 모양으로 고급 양복을 입고 콧수염을 멋들어지게 기르고 있었다. 남자는 작은 체구였지만 무척 진중해 보였다.

"저는 김대훈이라고 합니다. 마음에 드시는 물건을 차근차근 둘러보시지요."

구보는 남자가 안내하는 토르소에 걸쳐진 재킷들과 원단을 꼼꼼하게 훑어본 후에 검은색 양복을 골랐다.

"이 재킷을 한번 입어보죠."

"잘 고르셨습니다. 이태리 최고급 원단으로, 결혼식 양복으로 맞추는 고급 양복인데 평상에서도 입으시는 일류 신사분들이 계시죠."

김대훈이 재킷을 입혀주는 와중에도 구보의 눈은 쇼윈도에 있는 스트라이프 양복으로 향했다.

"좀 작으시군요. 어차피 맞추셔야 됩니다. 가봉을 하여서."

이때 와지끈 소리가 났다. 구보는 깜짝 놀랐다.

"어디 뜯어진 겁니까?"

"숨 크게 쉬셨죠? 괜찮습니다. 고치면 되는데요."

"저어기 이건 얼마입니까? 상하의 다 합치면요?"

"70원입니다. 하지만 할인하여 65원에 드리죠."

구보는 낙담하였다. 그 값을 치를 형편이 안 되었다. 하는 수 없이 되도 안 되는 감 찔러나 보자는 심정으로 쇼윈도를 가리켰다.

"저어기 밖에서 볼 때 오른편에 걸린 감색에 미색 스트라이프가 들어간 양복은 얼마 정도 합니까?"

구보는 속내를 감추지 못하고 드러냈다. 김대훈은 잔잔하게 웃으면서 콧수염을 찡긋하였다.

"안목이 높으시군요. 그 양복은 저희가 가게를 명치정에서 이곳으로 이전하여 열었을 때 단골 고객이 맞춰놓고 찾아가시지 않는 물건인데 꽤 고급이죠. 이태리에서 직수입한 200수 이상 되는 고급 원단으로 마치 실크처럼 부드러우면서도 100퍼센트의 모직이라 따뜻한 기능성을 지닌 양복입니다. 하지만 특별하게 염가에 10원 정도에 드리겠습니다. 원래는 그 이상을 훨씬 웃도는 값어치를 합죠."

구보는 깜짝 놀랐다. 저 정도의 옷이라면 30원, 아니면 50원을 주고서도 사가는 사람이 허다할 것이다.

"아하, 놀라시는군요. 실은 저 양복도 원가가 50원은 하지만 그 사이즈에 맞는 분을 구하기 힘들어 팔 수 없었던 것이지요. 한번 시착해 보시지 않으시겠습니까?"

"근데 왜 임자 없는 옷입니까?"

"그게 저, 양복 주인이 계약금을 걸고도 계약을 파기하고 안 찾아가셨죠. 자아, 입어보시죠."

구보는 홀린 듯이 주인이 쇼윈도에서 빼내온 감색 양복을 입었다. 이상하리만치 구보의 몸에 맞춘 듯 딱 맞았다.

"안성맞춤이군요. 어찌 선생님의 몸에 그리 잘 맞습니까? 바지도 한번 입어보시겠습니까?"

구보는 탈의실 휘장을 걷고 들어가서 바지도 입어보았다. 길이가 길어 수선을 하여야 했지만 허리 사이즈나 밑위길이는 딱 맞았다.

실제로 맞춰 입으래도 이렇게 잘 맞을 수 없어 보였다.

늘 저렴한 양복점에서 대충 맞추는 옷을 입느라 품이 크고 헐렁한 양복만 입었던 그로서는 더할 나위 없이 행복한 일이었다.

"바지 밑단 길이를 한 뼘 정도 줄이면 되겠습니다. 1시간 정도 기다리시면 줄여서 내오겠습니다. 그동안 돈을 준비해 주실 수 있는지요."

구보는 고개를 끄덕이고는 미친 듯이 양복점을 나갔다. 누가 옷을 채가지는 않을까 불안하고 급한 마음이 들어 얼른 달려 나가서 은행에 들어가 돈을 찾았다. 마침 저녁에 신문사에 들러 인세를 받기로 하여 도장을 들고 나온 터라서 돈을 쉬이 찾을 수 있었다. 인출 관련 서류에 도장을 찍고 돈을 받고 나오자마자 '이태리 양복점'으로 다시 다급하게 내달렸다. 바지가 수선이 되어 재킷과 함께 가게 중앙에 걸려 밝은 전등 빛을 받고 빛나고 있었다.

"저기 갈아입고 가겠소."

"그렇게 하십시오."

구보는 탈의실에서 양복을 갈아입고 거울에 몸을 비춰 보았다. 아침에 쇼윈도에 서성이던 후줄근한 남정네는 어디론가 갔고 이태리 젠틀맨이 늠름하게 서 있었다. 소매를 보니 'JK KIM'이라고 새겨져 있었다. 그게 좀 마음에 걸렸으나 그래도 남이 보기에는 그 이니셜 자수 덕분에 수제 양복으로 근사하게 보일 터였다.

구보는 돈을 건네고 쇼핑백에 낡은 옷가지들을 넣어 들고서 가게를 나왔다. 다방에 바로 가기 머쓱하여 신문사를 먼저 들러 인세를 수령하고 나와 다방으로 향하였다. 발걸음이 어찌나 신이 나던지 보무도 당당하게 종로 거리를 활보하였다.

"상이, 일 보고 왔네."

구보는 미닫이문을 드르륵 열었다. 다방에는 손님이 거의 없었는데, 카운터 뒤에 서 있던 금홍이 구보의 옷이 달라진 것을 눈치채고는 놀란 표정을 지어 보였다.

왜, 금홍 마담. 이태리 원단 양복은 처음 보는 모양이지?

구보는 속으로 웃으면서 팔자걸음을 당당하게 걸으며 안쪽 상이 앉은 테이블에 다가가 천천히 조심스레 앉았다. 어딘가 걸려 찢어지기라도 하면 실연당한 것보다 더 큰 아픔이 있을 터기에 무척 몸을 사렸다.

"부드럽기가 어찌 이리 부드러운지, 원."

상은 원고에 코를 박고 작품을 들여다보다 그제야 고개를 들어 구보를 보았다.

"어? 옷 바꾸어 입었는가? 아침하고 달라."

"그렇다네. 어떤가?"

"언제 옷을 맞췄지? 자네 몸에 딱 피트되는데?"

"그렇게 보이나? 사실은 완전히 헐값에 양복을 손에 넣었다네."

"얼마나 하는데?"

"알아맞혀 봐."

"글쎄, 한 15원?"

"자네, 장난하나? 이거 기분 나쁜데?"

"그래? 그럼 20원?"

"허허허, 잘 생각해서 상상해 보게나. 후후후."

구보는 역시 양복을 잘 샀다는 생각을 하였다. 고급 옷값을 잘 모르는 상도 20원을 불렀을 정도면 역시 이 양복이 무척이나 비싸 보이는가 싶었다. 이 정도의 고가품을 10원 정도에 사오다니, 절로 배가 부를 지경이었다.

"가격은 퀘스천 마크로 마무리 짓겠네, 어흠."

그날 밤 구보는 양복을 잘 벗어 벽에 옷걸이에 걸어서 모셔두고 잠을 청하였다. 그는 양복을 올려다보면서 이불을 덮고 두 손으로 배를 두드렸다. 그리고 만족한 얼굴로 혼잣말을 되뇌었다.

"땡잡았네! 오늘 운수 좋은 날이지 뭔가. 후하하."

구보는 잠자리에 누워 양복을 스르르 감기는 눈 사이로 보면서 잠에 빠져들었다.

꿈속에서 구보는 논두렁을 걷고 있었다. 그런데 발걸음이 불편하였다. 자세히 보니 신발은 고무신인데 이태리 고급 양복을 입고서 논두렁을 걷고 있는 중이었다.

"아니, 이럴 수가."

구보는 꿈에서 무척 당황하였다. 질척거리는 흙에 고무신이 파묻히면서도 바지 밑단을 정강이까지 들어 올려 바짓단에 흙이 묻지 않게 조심하였다. 왜 이런 시골 한복판에서 고급 양복을 입고 있는지 꿈에서도 이상한 일이었다.

얼른 논두렁을 벗어나려 걸음을 서두르는데 바로 앞쪽에서 걸어오는 한 남자가 보였다. 키가 작고 마른 체구의 남자가 중절모를 깊이 눌러썼는데 얼굴이 잘 보이지 않았다. 남자는 허둥지둥 구보의 앞으로 다가와 길을 비켜주지 않았다. 구보가 이상하여 사내를 위아래로 훑는데 이럴 수가, 그는 구보와 똑같은 감색에 미색 스트라이프가 그려진 양복을 걸치고 있었다.

"아니, 선생님, 그 양복 어디서 사신 게요?"

사내는 중절모를 천천히 벗었다. 사내의 얼굴이 희미하여 잘 보이지 않았는데 구보가 얼굴을 자세히 살피려는 순간 그가 중절모를 쥔 손을 배에 가져가더니 몸을 굽히고 비명을 질렀다.

"선생님, 왜 그러시오?"

남자가 두 손을 펴서 구보 앞에 천천히 내미는데 손에 뻘건 피가 범벅이 되어 있었다. 구보가 흠칫 놀라 뒤로 몰러나는데 사내의 배에서 피가 솟구치더니 사내가 갑자기 구보에게 달려들었다.

"엄마얏! 으아악!"

구보는 엉겁결에 벌떡 일어났다. 그렇게 꿈에서 깨었다. 새벽 4시였다. 동도 트지 않은 시각, 구보는 온몸에 땀범벅이 되어서 잠에서 깼다. 그의 눈에 벽에 걸린 시커먼 물체가 들어왔다.

"으앗!"

괴한인가 귀신인가 싶었는데 바로 어제 자기 전에 잘 걸어둔 양복이었다. 간밤에 잠을 설친 구보는 다방에 나와 하루를 어떻게 허위허위 보냈고 저녁에는 상과 작별도 하는 둥 마는 둥 하고 집으로 돌아왔다. 이태리 양복을 잘 벗어서 이번에는 서랍장 위에 두었다. 벽에 걸었다가는 또 꿈자리가 사나울 것 같았다. 상은 여전히 옷이 멋지다 칭찬하였지만 구보는 옷을 입고 벗자마자 보기가 싫어져서 서랍장 위로 얼른 올려두었다.

다음 날 어김없이 새벽에 구보의 눈이 번쩍 떠졌다. 이번에는 어제와는 다른 악몽이었으나 구보와 똑같은 양복을 입은 사내가 배에 상처를 입고 비명을 지르며 다가오는 꿈이었다. 구보가 눈을 번쩍 뜨니 벽의 서랍장 위에 둔 양복이 눈에 선연히 들어왔다.

보통 꿈들이 아니었다. 분명히 양복을 가져오고 나서 잠을 며칠 설쳤고 불안하였고 소설 집필 일도 손에 잡히지 않았다.

아침에 다방에 나가는 것을 포기하고 집에서 칩거하다가 겨우 저녁나절에 일어나 종로 거리에 나가보았다. '이태리 양복점'에 들러 뭐라도 물어볼까 하다 포기하고 다방으로 향하는데 길 한복판에 안 보이던 점집 천막이 들어서 있었다. 구보는 갑자기 발걸음을 천막으로 향하여 휘장을 열고 들어섰다. 안에는 젊은 남자가 점사를 보고 있었다. 눈이 신기가 있어 보이는 게 신이 내린 듯 보였다. 남자가 구보를 보고 심상치 않게 말하였다.

"어이구, 선생님. 얼굴에 수심이 가득한 게 아무래도 액운이 끼었나 봅니다."

구보는 용하다는 생각에 얼른 남자 앞으로 다가가 앉았다.

"아무래도 그렇습니다. 사실은 며칠간이나 자꾸 아프고 악몽을 꾸고 불안합니다."

"그러세요? 혹시 집안에 요절한 사람이 있지 않습니까? 제 눈에 선하게 보이는 듯한데."

점쟁이는 갑자기 목을 붙잡고 괴로워하는 표정을 지었다.

"그게 저어, 뭔 친척인데 당숙 어른의 아드님이 일찍 갔다고 들었습니다."

"그러시죠? 에흠."

그는 자신감 있는 표정으로 덧붙였다.

"혹시 어릴 적에 죽을 뻔한 적이 있지 않습니까?"

구보는 어릴 적 기억을 떠올렸다. 고열에 시달렸던 경험이 있었다.

"그렇기도 합니다."

그는 무릎을 탁 치더니 갑자기 큰 소리를 냈다.

"그 친척 아드님의 천도재를 지내면 됩니다."

"네에? 저는 사실 양복을 한 벌 장만한 뒤부터 악몽에 시달려서 힘도 없고 그래서 그러는 건데요?"

"아하, 천도재 지내면 그 문제도 해결됩니다. 가격은 30원인데 특별히 20원에 해드리리다."

구보는 고개를 저었다.

"아, 아닙니다. 다음번에 생각 있으면 다시 오겠소."

남자가 갑자기 다급해졌다.

"저기 혹시 집안에 아기가 어릴 적 죽은 적은 없습니까? 사돈 집안도 살펴보시면… 아니면 양복에 붙은 액운을 떼어드릴깝쇼? 부적을 쓰면 되는뎁쇼."

구보는 부랴부랴 천막을 나와서 다방으로 향하다가 그냥 집으로 발걸음을 돌렸다. 다리에 힘이 없어 집에 가서 누워야겠다는 생각뿐이었다.

그날 밤에도 구보는 어김없이 양복과 관련된 악몽을 꾸고 벌떡 일어났다.

다음 날 구보는 퀭한 눈을 하고 이리저리 뻗친 머리에 정신없이 자꾸 손과 발을 헛발질하면서 다방에 간신히 나가 앉았다. 원고지를 펼쳤고 만년필을 잡았지만 잉크 방울을 원고지에 떨어뜨리고 손에 잉크가 묻고 작품도 안 나가고 말이 아니었다. 상이 보다 못하여 한 소리하였다.

"구보, 커피라도 마시고 정신 차려 집필하게나. 산만해 보이네."

"그, 그렇지? 요 며칠간 잠을 푹 못 자."

"무슨 일이라도 있나?"

"그게 새로 생긴 점집에 다녀왔는데 말이지. 액운이 꼈다고는 하던데 그래서 그런가, 악몽에 시달리고 방에서 헛것이나 보고 몸이 이유 없이 아프고 다리에 힘도 없고 그렇단 말이지."

"그으래? 거기 천도재 지내라고 하지 않나? 30원을 20원으로 깎아준다고 하면서. 금홍이가 다방 장사가 파리 날려 다른 장사나 할까 물으러 갔더니 먼 시골 친척 아주머니 돌아가신 것을 알아맞히면서 천도재 올리라고 하였다는데? 천도재가 정찰 가격이더군. 20원으로 가격이 정해져 있단 말이지. 그것보다는 방에서 거울이나 인형을 치워봐."

"왜?"

"인형이나 거울 속 자신을 보고 헉 하고 놀라게 마련 아닌가."

"그래?"

구보는 듣는 둥 마는 둥 하다가 본론을 이야기하였다.

"근데 말이지. 나, 나 좀 요 앞 양복점에 다녀오겠네. 다녀와서 말해주지."

"무슨 일인데? 급한 일이면 같이 가줄까?"

"아, 아냐. 나 혼자 얼른 다녀오지. 아암."

구보는 얼른 양복을 걸쳐 입고 다방을 나섰다. 이대로는 안 될 것 같았다. 입성도 중요하지만 무엇보다 사람이 안정되고 살아야 했다. 이 옷을 입고 다닌 후부터 악몽에 시달리는 게 분명히 맞는 것 같았다. 구보는 '이태리 양복점'으로 바삐 걸어갔다. 도중에 돌부리에 넘어질 뻔하면서도 걸음을 멈추지 않고 허위허위 손을 휘저으며 달리듯이 걸어갔다. 양복점에 도착하여서 쇼윈도 안으로 들여다보니 다행히 김대훈이 나와 있었다. 구보는 얼른 문을 잡아채듯이 열고 들어갔다.

"어서 오십시오. 안녕하십니까, 손님."

김대훈이 매너 있게 정중한 인사를 하였지만 구보는 인사도 받지 않고 다짜고짜 그에게 다가가 양복 재킷을 벗어서 건넸다.

"저어, 이 양복 말이죠. 얼마 안 입었으니 되팔고 싶은데 되겠습니까?"

김대훈이 얼굴에서 미소를 싹 거두고 진중하게 말하였다.

"네에? 손님. 절대 불가합니다. 저희 양복점은 최고급 양복을 파는 곳이지, 중고품을 파는 곳이 아닙니다. 저- 짝 남대문 시장에 취급하는 가게가 있으니 알려 드릴까요?"

"뭐라고요? 얼마 입지도 않은 것인데? 게다가 그런 가게에서는 완전히 헐값에 사려고 들 게 아니오. 여기서는 손님들에게 얼마든지 다시 되팔 수 있으니 여기서 되사주시오."

"대체 무슨 일 때문에 그러시는지요. 제품에 하자가 있으면 얼마든지 무료로 수선을 해드리죠. 하지만 반품은 절대 불가합니다."

"이 옷을 입고 나서 이상하게 기분이 안 좋고 그래요. 꿈자리도 사납고. 점쟁이는 액운이 꼈다고도 하는데 말이죠."

"대체 무슨 말씀이시죠? 선생님이 무슨 연유인지 모르겠으나 절대 안 됩니다."

"그럼 알려주시오. 정말 궁금합니다. 이 양복 임자는 어떤 사람이오?"

"아, 그분은 영화를 제작하시는 분으로 참으로 좋으신 분이죠. 그런데 왜 묻죠?"

"그분 찾아가서 이 좋은 양복 맞춰놓고 안 찾아간 이유를 직접 물어보고자 해요. 그분 성함하고 회사 연락처나 주소 알려주시오."

"그게 저, 찾아뵙는 게 불가합니다."

"아니, 불가하다니?"

"외, 외국에 있습니다."

김대훈이 당황하더니 둘러대듯이 답하였다.

"똑똑하게 사실을 대시오. 그 남자 어디에 있소? 무슨 외국이라고 핑계를 대오? 왜 나한테 헐값에 팔았소? 어서 진실을 대시오."

구보가 호통을 쳤더니 김대훈이 머뭇거리다 말을 뱉었다.

"돌, 돌아가셨소."

"뭐어?"

구보는 김대훈의 멱살을 잡아챘다.

"뭐라고? 아니, 이 양반아 죽은 사람의 옷을 팔았다고?"

"아, 아니. 그게 저 오해입니다. 저도 사실 그분이 돌아가신 줄 모르고 있다가 뒤늦게 소식을 들었고 그러던 차에 이렇게 된 것입니다. 작정하고 속여 판 것은 아닙니다. 그리고 그분이 한 번이라도 옷을 입어보았다면 말을 안 해요. 안 찾아간 것뿐이오."

"흥, 내가 그 말을 믿을 줄 알고? 나 이 양복 무섭고 찜찜하고 밤마다 악몽 꿔서 안 되겠소. 얼른 돈으로 환불해 주시오."

"뭐라고요? 아니, 선생님처럼 다리가 짧은 사람이 흔한 줄 아시오? 절대 안 되오! 바짓단을 수선했으니 이제 그 옷으로 국을 끓여 먹던 반찬을 해먹던 맘대로 하시오. 어서 나가요, 나가!"

구보는 쫓겨나듯이 가게를 나왔다. 옷은 그대로 손아귀에 들려 있었다. 악덕 상인이 맘보를 믿게 쓰면 절대로 이길 수 없다더니 그 말이 딱 맞았다. 도저히 싸움으로 돈을 돌려받을 수 있는 상대가 아니었다.

감히 죽은 자의 물건을 말도 하지 않고 팔아?

괘씸은 하였지만 헐값에 더 물어보지도 않고 얼른 채가듯이 사간 자신도 한심하였다. 하기야 가난한 문인이 이태리제 양복이 웬 말인가 싶었다. 어깨가 처진 구보는 하는 수 없이 다방으로 돌아와서 양복을 옷걸이에 걸어두고 한숨을 팍팍 쉬었다. 오늘따라 금홍의 입술은 빨갛고 눈두덩은 파란 아이새도로 범벅이었다.

"무슨 고민이라도 있는가?"

"저기기 상이. 나와 같이 옷가게 가서 같이 싸워주지 않을 텐가?"

"어? 무슨 말인가? 우리가 아낙들도 아니고. 옷가게 가서 왜 싸워?"

"아니면 금홍 씨라도 같이 가게 해주지 않을 터인가? 금홍 마담은 충분히 이길 수 있을 것 같은데."

구보는 답답한 마음에 옷을 입고 나서부터 악몽을 꾸게 되었다는 사실을 이실직고하고 양복을 손으로 가리켜 보았다. 상은 천천히 일어나서 옷걸이로 가 양복을 들어서 유심히 살폈다.

"죽은 사람이 입었던 옷도 아니고 안 찾아간 것인데 뭐가 그리 찜찜한가. 그냥 입게."

"자네가 살래? 10원만 받을게."

"난 체구가 다르잖아."

"에휴, 내가 미쳤지. 팔자에도 없는 이태리 원단은."

"가만있자. 여기 소매 부분에 JK KIM이라고 적혀 있는데 그 죽었다는 사람 이니셜이겠지?"

"말도 마. 더 찜찜해. 며칠간 꿈도 사납고. 내가 교회당 안 나간 지 오래지만 매일 악몽 꾸다 끝자락에는 하느님께 기도드리고 그러지."

"그럼 됐네. 기도드린다면서. 믿고 응답이 올 때까지 기다려."

구보가 난처한 표정을 지었다.

"하느님도 내가 이 일을 적극적으로 알아보기를 기다리시는지 몰라. 그러지 말고 자네가 좀 도와주게나. 그럼 하느님도 더 도와주실지 아나?"

상이 호기심 가득한 표정을 지어 보이며 말하였다.

"지난달부터 쇼윈도에 있었던 옷이라면 최근 사망한 사람일 거고. 그래도 이 정도의 고급 양복을 맞춰 입는 사람이라면 꽤나 재력가겠지. 한번 신문사에 알아볼까나? 부고 기사가 났을 거 아닌가."

"에이, 뭐 하러 그렇게. 나는 그냥 같이 가서 싸워달라니까."

"어떻게 죽었는지 알아보고 횡사가 아니면 그냥 입게나. 자연사이면 좋을 것 아닌가."

"근데 말이지, 상이. 이 양복은 노인용 디자인은 아닌 것 같은데? 젊은 사람이 맞추어놓은 게 맞는 거 같아."

"그래도 모르지. 내가 전화를 해보겠네."

"아, 아냐. 괜찮아. 그, 그냥 살지. 뭐."

"그럼 앞으로 양복 입고 불안해하거나 걱정하지 말게나. 이 양복 일에 적극적으로 개입하고 알아볼 게 아니라면 말이지."

구보는 조금 생각해 보다 다시 말하였다.

"그렇지? 그럼 알아보기나 할까나?"

상은 구보와 함께 카운터로 가서 신문사에 전화를 해보았다. 기자는 전화상으로 지난달에 죽은 사람을 불러주었는데 그중에 이니셜에 일치하는 사람은 영화 제작자 김종건으로 나이는 43세였다.

"뭐어? 이 양복 주인이 김종건이었다고?"

"그 사람 꽤 유명한 제작자이지, 아마? 화신 흥행 사장이잖아."

김종건은 수십 편의 영화를 제작한 제작자로 충무로의 영화계 종사자뿐 아니라 문화 예술계 종사자치고 그를 모르는 사람은 없었다. 구보도 김종건은 못 만났지만 그 밑의 직원과 영화감독을 같이 만나서 작품 원작 판권에 관하여 미팅을 한 적이 있었다.

"유명한 사람 옷이니 그냥 입게."

"근데 그 사람이 언제 그렇게 왜 죽었어? 우린 그것도 모르고 있었네? 요즘 글쓰다 보니 부고 기사에 한눈팔 시간도 없었나?"

상이 입가에 의미심장한 미소를 지어 보였다.

"43세라고는 하지만 병사일 수도 있고. 어때, 옷에 관한 미스터리라도 풀까? 아무래도 자네 꿈에 나온 사람이 김종건이 아닐까 싶은데. 얼굴은 어때?"

"얼굴? 몰라. 꿈에서는 안개에 가린 것처럼 희미하게 나와서. 근데 김종건 그 사람 웃는 모습이 북청사자처럼 화통하고 활짝 핀 사람 좋은 인상이잖아. 사진에서 배우들과 늘 어깨동무를 하고 찍고 말이지. 근데 왜 죽었을까? 영화가 망해서 투자금 회수를 못 하여 화병에 갔나?"

"할리우드 영화 제작자들 사인 넘버원이 권총 자살이지. 일리가 있는 말이네. 한번 알아볼까나?"

"그, 그럴까?"

구보는 의심쩍은 얼굴을 해 보였다.

"나한테 도움되라고 조사하는 것 맞지?"

"그러엄."

상은 미소를 지으며 구보를 안심시켰다. 구보는 확인을 해보고자 양복점에 전화를 걸어서 김종건이 맞는지 대답만 해달라고 하였다. 김대훈은 잠시 망설이다 맞다고만 하고 전화를 끊었다.

구보는 씩씩대다가 이내 그냥 상과 함께 진실을 캐보고자 결심하였다. 그날 오후 신문사의 염상섭 선배에게 화신 흥행 촬영 현장을 취재하고 싶다고 부탁을 하였다. 염 선배는 화신 흥행에 전화를 걸어서 약속을 잡았고 장소를 일러주었다.

상과 구보는 곧 택시를 잡아타고서 영화를 찍는다는 현장에 도착하였다. 다행히 다방에서 그리 멀지 않은 곳이었다.

영화 스튜디오는 수많은 사람으로 북적북적댔다. 너른 기와집을 빌려서 대감댁으로 만들어놓고 그 안에서 벌어지는 양반 부부 사이의 갈등과 시어머니 노마님의 숨겨진 내연남과의 갈등을 그린 작품이라는데, 경성 시대에서 퍽 파격적인 소재라고 생각이 들었다.

비쩍 마르고 키가 훤칠한 30대의 영화감독이 와서 인사를 꾸벅 하였다.

"구보 선생님. 작년에 왜 판권 문제로 찾아뵌 김수완 감독입니다."

"아, 기억나요!"

구보는 작년에 작품 판권 문제로 영화사 관계자들을 서너 번 만 난 적이 있었다. 그중에 한 명이었다. 계약이 체결되지는 않았지만 무척 고무적으로 미팅에 응하였다.

"어떻게 무슨 일로 찾아오셨는지요. 신문사에서 전화가 왔다며 회사 사장님이 저보고 나가보라고 하셔서요. 지금은 이 회사 전속 감독으로 근무하고 있어요."

구보가 어떻게 말하나 고민하는데 상이 대신 답하였다.

"그냥 이것저것 작품 소재를 얻고자 취재하러 왔습니다. 바쁘신데 죄송합니다."

"물어보고 싶으신 것에 성심껏 대답해 드리죠."

"바쁘시지는 않습니까?"

"잠깐 촬영한 내용 콘티랑 비교 중이었는데 빨리 복귀해야 되기 는 합니다."

구보는 메모지와 연필을 빼 들고 물어보았다.

"소설 집필하는 데 영화감독이 주인공이어서요. 먼저 요번 촬영 영화 줄거리 잠깐 들을 수 있을까요?"

김수완 감독이 비교적 상세하게 줄거리를 말해주는데 구보는 듣 는 척 메모를 하였다. 상은 여기저기 현장을 살펴보며 누군가를 찾 는 듯 보였다.

"저어기, 등장인물로 영화 제작자도 나오는데 여기 영화사 제작자님 좀 만나뵐 수 있을까요?"

"대표님은 지금 저보고 만나보라고 하셔서요."

"화신 흥행이 아마 김종건 대표님이시죠?"

구보가 떠보자 감독은 놀란 얼굴로 부정하였다.

"그게 저어, 사고로 돌아가시고 지금은 한은주 대표님이 계세요."

"아니, 사고라뇨?"

이럴 수가! 구보는 깜짝 놀랐다.

"무슨 사고를 당하였습니까?"

"그게 음……."

김수완이 얼버무리는데 상이 단도직입적으로 말하였다.

"우리는 사실은 그 부분이 궁금해서 왔습니다."

"네에?"

"그 사건에 관하여 취재를 하고 있습니다."

김수완은 잠시 주저하였다.

"보다시피 스태프들이 제 지시만 기다리고 있고 배우들도 빨리 작업을 끝냈으면 해서요. 오늘 해가 떨어지면 더 이상 찍기 힘들거든요. 현재 경성에 변변하게 조명이나 실내 스튜디오가 제대로 된 게 없어서 영화 촬영 현장은 늘 이 모양입니다."

"잠깐이면 됩니다."

하는 수 없이 김수완은 상과 구보와 함께 촬영 현장의 뒤꼍 마당으로 가서 긴히 이야기를 나눴다.

"김종건 대표님 사인이 왜 궁금하시죠?"

"그건 제가 맡은 사건과 관련 있어 그렇소."

상이 강한 어조로 말하였다.

"아, 구보 선생님 몇 년째 탐정 일을 하신다더니 그런 일 관련인 가요?"

구보는 고개를 주억거렸다.

"취재한다고 둘러댔지만 김 대표가 돌아가신 경위를 알고 싶소."

"김종건 대표님 굉장히 열정적인 분이셨죠. 영화에서 쓰이는 소품을 실제 사용해 보시는 등 열정이 대단하였어요. 가족 영화를 만들 때는 임산부가 등장하는 신에서는 배에 베개를 넣어보고는 걸음 걸이를 흉내 내어서 여배우가 그대로 따라하게 해 실제와 비슷한 설정을 시뮬레이션으로 보여주셨고요. 범인이 칼을 들고 주인공을 찌르는 신을 찍기 전에는 실제 칼을 들고 직접 찌르는 방향과 방법을 설명해 시연하다 손목에 상처를 입기도 하셨죠. 그런데 여름부터 촬영해서 찍다 제작 중단한 영화가 있어요. 제목은 '도둑들을 해치우다' 라는 산속으로 들어간 화적들과 싸우는 경찰의 이야기입니다. 이 영화 클라이맥스 신에서 화적이 주인공인 경찰의 배에 총을 쏘는 장면이 나오는데 그만 그 장면을 시연하다가 돌아가셨죠."

구보는 깜짝 놀랐다.

"아니, 실제 칼로 찔러 상처가 났다더니 실제 총으로 배를 쏜 것이오?"

"아뇨. 분명히 소품 담당이 점검을 했을 때에는 공포탄이 들어 있다고 하였는데 그게 그만 일이 그렇게 돼서 돌아가신 것입니다."

김수완 감독이 갑자기 놀라면서 벌떡 일어났다.

"아, 대표님."

구보와 상이 동시에 뒤를 돌아보았다. 단정한 투피스 정장을 입은 키가 크고 늘씬한 여자가 서 있었다. 나이는 30대 후반 정도로 보였고 꽤나 단정한 이목구비에 화려한 분위기가 풍기는 여성이었다. 긴 머리가 파마를 하여 굽이져 흘러내렸다.

"저는 한은주 대표입니다. 신문사에서 작가님들 취재 오신다기에 감독님과 약속을 잡기는 했는데 무슨 일이시죠?"

아, 이 여자가 바로 김종건 대표가 죽자 사장 자리에 취임하였다는 김종건의 부인 한은주이구나 싶었다. 구보는 촬영 현장에 오기 전에 김종건에 대하여 신문사에 알아보았는데 그의 사후 부인이 회사를 물려받았다고 하였다.

한은주는 김수완 감독을 촬영장으로 보내고 구보와 상과 마주 섰다.

"김종건 대표님의 사인에 대하여 궁금하여 이렇게 찾아와 보았습니다. 잠깐 앉아서 말씀 나누시죠."

"아니요, 촬영장 지켜봐야 돼요. 그런데 어디에서 나오셨죠? 경찰 조사는 다 끝났는데요."

"개인적으로 부탁하신 분이 계십니다."

상이 또렷하게 말하였다. 구보는 놀라 상을 보았다. 내심 어떻게 말하여야 되나 고민하였는데 상은 쉽게 둘러댔다. 기실 구보가 부탁한 셈이기도 하니까.

"정말 시댁 쪽에서 사건 조사를 맡긴 것이군요? 시아버님이 부탁하시던가요? 시아주버님이신가요?"

"아니오. 의뢰인에 대해서는 함구하겠습니다."

"남편은 일에 미친 사람이었어요. 집에도 한 달에 한 번도 못 들어왔죠. 그런 사람이니 어떻겠어요. 매일같이 정신없이 영화에서 벌어지는 신을 그대로 재현해 보다가 그렇게 간 거예요."

"김수완 감독에게 듣기로는 총상을 입는 과정을 공포탄으로 재현해 보다가 갔다는데 어떻게 된 것이죠?"

한은주가 팔짱을 끼고 고개를 끄덕였다.

"네, 맞아요. 가죽 복대를 두르고 이중 삼중의 장치를 하고 공포탄을 쏘았는데 그만 소품 팀의 실수로 공포탄이 든 권총과 실탄이 든 권총이 뒤바뀌어서 그렇게 사고사로 가게 된 것이죠. 이제 해명이 되었나요? 소품 담당자들이 조사받고 보름 정도 구류 살다 풀려났고요. 저도 무척 노력했어요. 그들이 밉기는 하였지만 그래도 영화 산업을 위해 일하다 그렇게 됐으니까요. 남편 상 치른 후 대표 맡을 사람 없고 제작 관련 빚 떠안을 사람 없어 어쩔 수 없이 제가 이렇게 나오게 됐어요. 그러니 비극적인 일 더 캐묻지 마시고 이제 그만 돌아들 가 주세요."

"이태리 양복점이라고 아십니까? 종로 네거리에 있는 가게인데요?"

한은주의 눈썹이 잠깐 파르르 떨렸다. 그녀는 눈을 몇 번 깜박이더니 눈물이 고였다.

"아, 알아요. 남편이 거기서 옷을 맞추곤 했죠."

"감색에 미색 스트라이프가 들어간 고급 양복을 안 찾아가셨다고요?"

"시아주버니가 그런 정보도 주셨나요? 대단히 치밀하시군요. 그래요, 양복점하고 대판 싸웠죠. 인수 못 해간다고요. 계약금도 포기했어요. 20원이나 걸었는데요. 하지만 입을 사람이 저세상으로 떠났고 저는 지금 빚에 쫓겨요. 형편이 안 돼요. 이제 궁금한 점은 다 풀리셨나요? 이만 촬영장으로 가봐야 해서요."

한은주는 기와집을 돌아서 현장으로 갔고 구보와 상은 촬영장 주변을 둘러보다가 나왔다. 한은주가 저만치 현장에서 김수완 감독에게 이것저것 지시를 하는 모습이 눈에 들어왔다.

"대단한 여성이네. 경성에서 여류 영화 제작자라니. 그나저나 상이. 아무래도 그 양복은 입기를 포기하고 누구에게 넘기거나 아니면 그냥 눈 딱 감고 입고 다니거나 선택을 해야겠지?"

"양복을 깔끔하게 입기 위해서는 김종건의 죽음의 원인을 확실하게 캐고 나가는 게 좋아. 그걸 알아보고 싶네."

"아니, 실수이고 과실이라잖아? 난 이제 그만두고 싶어. 입성 한번 욕심내다가 이 무슨 꼴인가. 돈은 돈대로 쓰고."

"사람의 목숨을 건 일이야. 권총이 함부로 뒤바뀔 리가 없지. 이 영화사 주소지가 종로니까 관할이 종로 경찰서지. 기무라 형사한테 물어보겠네."

구보는 상의 고집이 절대로 꺾일 리가 없다는 것을 잘 알고 있다. 그냥 내버려 두고 지켜보는 수밖에. 양복은 그동안 집에 잘 모셔두고자 하였다.

다음 날 기무라 형사를 통하여 김종건 대표 사고사하던 날 총기 관리를 하였던 소품 스태프 중 책임자를 만날 수 있게 되었다. 상은 전화로 주소를 받아 적고서 그날 저녁에 찾아보고자 하였다.

소품 스태프는 동대문 전차역 인근에 살고 있었다. 전차역 번화가를 지나서 동묘 방향으로 걸어가다 허름한 골목에 접어들자 초라한 초가에 도착하였다. 가장 뒤쪽의 집이 스태프의 주소와 일치하였다.

"박동구 기사님, 기사님 계십니까?"

초가집 마당에 들어서서 상이 크게 불렀다. 초가 안채 문이 열리면서 술에 취한 마른 체구의 남자가 상반신에 속옷만 걸친 채 혀가 꼬부라진 소리로 답하였다.

"게 누구쇼?"

"저희는 김종건 사장님 사건을 조사하는 탐정들입니다. 여쭤볼 것이 있어서 왔습니다."

"내가 박동구라는 놈팽이는 맞지만 돌아들 가슈! 난 영, 영화의 영 자도 모, 모르는 사람이외다!"

박동구가 화를 버럭 냈다.

"썩 꺼지슈!"

문이 닫혔고 구보는 상에게 어찌할지 물어보았다.

"조금만 기다려 보자고. 다시 오기가 쉬운 것은 아니고 만난다는 보장도 없잖아."

하는 수 없이 상과 구보는 초가집 마당에 앉아 기다리기로 하였다.

"정신 좀 차리시면 나와 이야기나 나눕시다."

상이 문틈으로 넌지시 말하고는 마당에서 저물어가는 해를 보았다. 1시간여가 지났을까 구보가 답답하여 돌아가자고 하였다.

"내일 다시 오자고. 잠든 것 같네."

상이 생각해 보다 일어나려는데 다시 안채 문이 삐걱 열리고 박동구가 술이 조금은 깬 정신으로 말을 하였다.

"들어들 오슈. 초면에 실례했수다. 누추하지만 들어들 오슈."

상과 구보는 방으로 들어갔다. 방 안엔 술병이 뒹굴고 낡은 옷가지와 쓰레기들이 그득하였고 퀴퀴한 냄새가 가득하였다.

"내올 것이 술밖에 없는데."

"저희는 괜찮습니다. 몇 가지 여쭤볼 것이 있어서 왔습니다."

"김종건 그렇게 가고 그놈의 영화사 멀쩡하려나 몰라."

"지금은 아내이신 한은주 대표님이 맡고 있습니다."

구보의 말에 박동구는 한숨을 내셨다.

"김종건 대표 그렇게 갔는데 내가 실수해싸서 그렇게 됐다니 내가 반 미쳐 술 중독되는 것도 무리는 아니지, 암. 선생들 계시는 동안은 안 마시다. 어서 정신 조금이나마 차렸을 때 묻고 싶은 것 물어보고들 가슈."

"경찰서에는 스태프 실수로 공포탄이 든 총과 실탄이 든 총이 뒤바뀌어서 김종건 대표가 과실로 사망하였다는데, 당시 경황을 말씀해 주시죠."

"형사 말 그대로야. 내가 소품 총괄 기사라 공포탄이 든 총을 김종건에게 가져다주었는데 그게 그만 야외 촬영에서 실감나게 총성과 영상 살려보려고 준비해 둔 실탄 총일지 누가 알았겠어."

"그렇다면 두 개의 권총이 같았다는 말씀입니까?"

"두 개가 똑같았지. 모두 러시아에서 들어온 구경 7.6 미리 토카레프 권총인데 겉보기에는 똑같았지만, 나는 그래도 실탄과 공포탄을 구분해 놓으려고 분명하게 실탄 총에는 실을 매달아 놓았단 말이야. 그런데 그 실이 공포탄이 든 총에 매어져 있어서 그런 사고가 난 것이지."

구보가 의아하다는 듯 고개를 갸웃하였다.

"정말 그런 실수가 가능합니까?"

"그게 나도 수백 번 기억을 더듬어봐도 실수한 것 같지 않은데, 그런 사고가 났어. 영화 현장이 워낙 바쁘고 어지러이 돌아가다 보니 실수도 사고도 빈번하기는 하지."

"그래도 공포탄이 든 권총이라도 인체에 직접 시험하기에는 워낙 위험하지 않습니까?"

"에구야, 김종건 그 양반은 칼도 푹 쑤셔보는 사람인데 공포탄쯤이야. 공포탄은 두꺼운 옷 위에 쏘면 배에 약한 화상 입는 정도의 위력이지."

"그렇다면 그 사건으로 영화사를 나오게 되신 겁니까?"

"나, 총기 과실로 경찰서 유치장에서 구류 살다 나왔지. 그리고 꿈이 무너졌어. 원래 김종건 대표 젊어서부터 같이 현장에서 죽 일하다가 내가 영화감독 할 차례가 돌아왔는데 새파란 신인에게 영화를 넘겼지. 나의 감각을 못 믿는 거야. 아무리 촬영이다 소품이다 내가 돕고 같이 찍기도 하고 현장에서 살았어도 결국 김수완이 그 젊은 놈이 감독 되고 나는 요 모냥 요 꼴이 된 거야."

상이 질문을 던졌다.

"한은주 대표와 김종건 씨는 사이가 어떻든가요?"

"뭐 그리 나쁘지는 않았을걸. 아내가 아무리 좋은 가구를 사도 남편이 다 영화 현장에 끌고 나와서 고물로 만들어 폐품이 되지. 그

래도 어떡해. 김종건은 그게 안 되면 안 되는데. 게다가 처가 재산도
꽤 끌어와서 빚을 메꾼 적도 있고, 하여간 아내가 희생 많이 하였지.
김종건 그 양반이 영화에 미친 것은 누구나 다 알아. 그 사람은 잠
도 없는지 새벽에도 귀찮게 사람을 보내고 전화질이야. 근데 또 히
트한다는 영화 줄거리를 들으면 사람이 새벽에도 벌떡 귀가 열리거
든. 그래서 나가 그 양반을 당장에 만나지. 그러면 또 일이 엄청 잘
될 거 같거든. 그래서 나도 그토록 모시고 그랬는데 이렇게 되고, 그
양반은 그렇게 가버렸지. 필름에 미친 순수한 양반이어서, 미워할
수도 없어."

상은 이야기를 경청하다 질문을 던졌다.

"혹시, 촬영을 하다 또 다르게 죽을 뻔한 적은 없습니까? 김종건
대표가 가기 얼마 전에요."

박동구가 이상하다는 듯 눈빛을 빛냈다.

"있었어. 그게 말이지. 산속에서 폭탄을 터뜨리는 신에서도 김종
건 대표 옆에서 폭탄이 터져 다리를 다쳤지. 왜 그게 거기 장치되었
는지 나도 모르겠어. 분명히 다른 곳에 설치를 했는데 말이지. 그렇
게 일이 연달아 있으니 김종건 대표도 분명 느낌은 다른 때보다 남달
랐을 텐데 그렇게 무리한 실험을 하다 그렇게 안타깝게 간 것이지."

박동구는 하품을 하면서 말하였다.

"이제 가봐들. 난 술을 먹든가, 잠을 자든가 해야지. 정신 사나워.
그래도 고맙네. 얼마 만에 나를 사람이 찾아준 거야?"

"이제 다시는 영화 일 안 하시는 겁니까?"

"에휴, 배운 게 이거라고 뭐 할 일이 따로 있나? 지금은 좀 쉬다가

입질 오면 슬슬 나가봐야지. 술을 끊어야 되는데 영 쉽지 않네."

"건투하시길 바랍니다."

상과 구보는 인사를 정중히 하고 박동구의 집을 나섰다.

"구보, 부부 사이가 어땠을까?"

"동반자적 관계였겠지. 영화 사업이라는 게 어찌 한 사람의 의지로 이끌 수 있겠어. 빚도 지고 크게 사업도 벌이고 사람도 수없이 만나야 하고 가정에 소홀할 수밖에 없는데."

"혹시 가구를 상하게 하고 친정의 재산을 끌어다 쓰고 빚만 잔뜩 지고… 이런 게 말이지, 원한이 될 수 있을까?"

"글쎄, 근데 부부 사이이고 또 아내가 남편 사업을 이어서 하는데 말이야. 난 모르겠어."

상은 골똘히 생각하였다.

"근데 상이, 그래도 아껴서 모은 돈으로 산 세간살이를 밖으로 끌어다 못 쓰게 하면 여자들은 엄청 열받고 화가 날 거야. 재력가 남자들도 차를 사면 흠집이 날까 안달복달하는 것과 같은 이치 아닐까?"

"그렇기도 하겠지?"

구보는 작품 판권 관계나 시나리오 집필 문제로 영화 관계자들을 여럿 만난 적이 있었다. 모두 한결같이 영화에 미쳐 있었으면서 어떻게든 돈을 끌어오지 못해 안달들이었다. 구보에게도 집필 고료를 투자하라는 등 솔깃한 소리를 했는데 결국 고료를 안 주겠다는 말들이었고, 구보는 그 정도에서 하던 일을 정리하고 손을 떼 뒤돌아선 적도 많았다. 수중에 돈 한 푼 없으면서 막대한 돈을 어떻게든 끌어들여서 영화에 올인한다는 게 어지간한 열정 없이는 힘들 것 같아

보였다.

"상이, 이제 어떻게 한다?"

"힌트를 하나 얻었지. 시아주버님, 시아버님, 시댁에서 보낸 자들이라고 오해하는 한은주 대표의 말에서 뭔가 그쪽하고 불편하겠다는 생각은 진즉에 하고 있었지. 내일 아침에 그들 쪽을 만나러 가자고. 염 선배를 통하여 알아보지."

다음 날 구보가 다방에 이른 아침 도착하자 상은 얼른 중산모를 쓰고 재킷을 걸친 후 지팡이를 팔에 걸고 앞장섰다. 빠르게 걸어 본정(충무로)에 도착하여 좁은 골목으로 들어가자 사채업자들이 주로 사무실로 쓰는 2층짜리 건물들이 나왔고, 상은 그중에 일본식 집을 개조하여 사무실로 만든 건물로 들어섰다. 계단을 올라 어두컴컴한 복도를 걷자 자그마한 사무실 문들이 나왔는데 그중에 가운데 사무실 앞에 멈췄다.

사무실 앞에는 의자 하나가 있었고 그 의자에 한 사내가 앉아서 신문을 보고 있었다. 사내는 매우 덩치가 크고 중절모에 고급 양복을 걸치고 있었다.

구보가 그 앞에 먼저 다가서서 무언가 말하려 하자, 남자가 거칠게 말하였다.

"잡상인들은 썩 꺼져!"

"아닙니다. 고 김종건 대표님 형님을 만나뵈러 왔는데요."

구보가 말을 진중하게 건네자 사내가 신문을 잘 접어서 무릎에 두었다.

덩치 남자는 상과 구보의 말에 얼른 일어나서 고개를 숙이고 말을 높였다.

"무슨 일로 오셨습니까?"

"김종건 대표님 사건을 조사하는 탐정입니다."

덩치 사내는 사무실 안에 들어가더니 잠시 후 나와 90도 각도로 정수리가 보이게 인사를 하였다.

"형님께서 기다리고 계십니다. 들어가시죠."

상과 구보가 들어가자 아주 작은 사무실에 키가 작고 머리가 벗겨진 쉰은 넘어 보이는 남자가 일어나서 앞으로 나와 인사를 정중히 하였다. 사내는 작은 체구였지만 강한 눈빛을 지녔다. 게다가 매우 단단한 체격에 빈틈없이 딱 맞는 하얀색 양복을 입고 있었다. 붉은색 행커치프가 돋보였다. 남자는 눈에 눈물을 보이며 다정하게 말하였다.

"종건이 사건을 캐고 다니신다뇨. 대체 어떻게 된 겁니까? 저는 종건이 형 김재건이라고 합니다."

구보와 상은 그간 있었던 일을 간략하게 말하고 탐정이라고 소개하였다. 남자는 곰곰이 듣고 있다가 코를 훌쩍이더니 한탄을 하였다.

"그 녀석 그렇게 사고로 가고 아버지도 드러누우시고 병이 나셔서, 저는 그 아내 되는 사람하고 영화감독이라는 녀석을 만나 을러도 보고 사건 진상을 캐어도 보고 하였지만 아무리 주먹을 쓰는 건달이라도 함부로 협박을 할 수는 없잖습니까? 게다가 경찰도 사고사로 단정 짓고 그렇게 마무리되니 더 이상 알아볼 도리도 없었죠. 늘 뭔가 의심은 되었지만서도요."

"아내 되는 사람이라, 한은주 대표 말씀하시는 겁니까?"

"이제는 그 사람 제수씨라고 부르지도 않아요. 남이야. 그동안 아이도 안 낳고 사는 것도 사실은 조선 시대 같으면 소박맞을 일이지만, 이제 개화됐으니 아버님도 모른 척하고 그러셨는데. 우리 종건이가 영화가 좀 망하고 그러면 항상 시댁에 와서 푸념을 하고 돈을 달라고 하고 그랬지. 내가 사채를 돌려주어도 이자를 안 물려고 하고 왜 그래야 되느냐고 그리고 좀 안하무인이죠. 일이 안 되면 무조건 종건이 탓을 하는데 이번 사건도 조금은 의심이 됐지만 어쩔 수 없이 묻었어요. 저번에는 종건이 살아생전에 우리한테 와서 난리를 치던데. 뭐라더라, 현장에 집안 가구를 끌고 나가서 잃어버렸다고 그렇게 무섭게 우리한테 와서 지청구를 하는데 아주 보기 싫더라고. 사실 종건이 가고 나서 그 여자와 인연 끊긴 것은 속 편해. 솔직허니."

"그렇다면 부부 사이에 반목이 있었다는 말씀이십니까?"

"종건이가 영화에 미쳐 사는 게 못마땅했겠지. 하지만 사내가 그렇지 않으면 경성 바닥에서 한 주름 잡지 못하잖아."

"소품 팀에서는 권총이 뒤바뀌는 실수를 알아채지 못했다고 하던데 어찌 생각하십니까?"

"그야 워낙 복잡하니까 그럴 수도 있겠지만 증거가 없어요. 부디 부탁이니 잘 조사해 주시면 후사도 하고 아버님도 쾌차하실 수 있으니 알아보고 연락을 주시오."

상은 김재건이 건네는 돈 봉투를 사양하고 구보와 함께 사무실을 나서 거리로 나왔다.

"상이, 이제 어쩐다. 한은주 대표가 남편과 사이가 안 좋았다는 증언들이 계속 나오는데?"

"한은주 대표가 불리하네. 하지만 증거가 없어."

"만약에 권총을 바꿔치기하고자 한다면 감독이나 스태프 누구나 한 대표 지시에 따를 수 있지. 아니면 한 대표가 직접 할 수도 있고. 상, 현장을 보았겠지만 누가 어쩌고 다녀도 모를 정도로 바쁘게 돌아가잖은가?"

"그렇긴 하지. 경찰서로 가자고. 그 증거품인 권총을 보여 달라고 요청해 놨네."

종로 경찰서에 도착하여 기무라 형사를 만났다. 그는 김종건 사건과 관련하여 자료철과 증거를 보여주었다.

"아쉽게도 오늘 오전에 증거품은 모두 검찰에 넘겨져서 보실 수가 없게 됐어요. 수사 종결해서요. 대신에 권총을 확대한 사진은 있죠. 이것 좀 보세요. 여기 루페로 확대해 보세요."

상은 구보와 함께 사진을 자세히 보았다. 구보는 안경을 고쳐 쓰고 유심히 들여다보았다.

"아니, 상이. 이 권총 밑 부분에 묶인 실 말이야. 조금 이상한데? 분명히 매듭 윗부분이 자연스럽지 않아."

상은 구보가 내민 실이 묶인 권총 사진을 기무라가 건네는 루페로 유심히 들여다보았다.

"매듭 위로 실이 잘렸다가 다시 묶인 흔적이 있군."

"그렇다면 실을 풀려고 하였지만 안 풀려서 날선 가위로 살짝 잘라 권총을 바꿔 다시 묶은 다음 매듭에 새로 묶은 부분을 숨겼다는 말이 되는데."

기무라가 고개를 갸우뚱하였다.

"이 부분은 우리 경찰도 다시 들여다보겠습니다. 역시 선생님들은 미세한 부분을 오늘도 짚어주시네요. 참, 그리고 권총 노리쇠와 총신 사이에서 이런 게 발견되었습니다. 여성의 손톱 조각이라는데요."

"이게 손톱 조각이라고요?"

기무라는 종이봉투에서 작은 조각을 꺼내 보여주었다.

"네, 우리 경찰서에 법과학자 한 분이 오셨거든요. 미국 FBI에서 유학하신 분인데 도쿄 경시청에서 파견되어 교육시켜 주시는 박사님이세요. 그분 말씀으로는 손톱 조각이라고 합니다."

구보가 루페로 조각을 열심히 보면서 갸우뚱하였다.

"손톱에 핑크색의 반짝거리는 것은 무엇입니까?"

"그분 말씀으로는 서양 여인들은 1880년대부터 손톱에 필름 같은 걸 붙이는 귀부인이 많다는데요? 그걸 매니큐어라고 한다네요. 저도 몰랐는데 알게 되었습니다."

구보는 깜짝 놀랐다. 경성 여인들은 아무리 사무직에 봉사하는 사람이 많다지만 그래도 집에서는 살림을 해야겠기에 손톱이 뭉개지고 거친 살결의 사람도 꽤 있었다. 정말 상류층 여인의 손이 아니고서야 물일을 하다 보면 이렇게 고운 손톱을 가질 수 없다. 매니큐어라는 걸 바르면 이렇게 고운 손톱을 가지는가 싶었다.

"이에 관해 자세히 알아보고 싶은데."

"박사님, 만나보시겠어요?"

"만나고 싶소."

상은 흥미를 보였다. 기무라 형사는 경찰서 2층으로 안내하였다. 2층 가장 구석진 자리에 작은 사무실이 있었는데 문을 열고 들어가자 독한 약품 냄새에 구보는 코를 그러쥐었다.

"독하죠? 근데 금방 익숙해져요."

실험 테이블이 여러 개 놓여 있고 각종 화학 약품과 실험 도구들이 수도 없이 유리 진열장 안에 들어 있었다. 그리고 처음 보는 기계들이 있었는데 그중에 구보가 알아볼 수 있는 것은 현미경과 비커, 그리고 등사기, 원심분리기 정도였다. 사람은 없어 보였는데 기무라는 큰 소리를 냈다.

"헨리 량 박사님. 손님들이 오셨습니다."

량 씨라 중국인인가 싶었다. 유리 진열장 뒤에서 안경을 끼고 머리를 포마드로 발라 단정하게 넘긴 키 작은 동양인 남자가 나왔다. 나이는 40 정도 되었을까?

기무라는 상과 구보를 소개해 주고 찾아온 이유를 설명해 주었다.

그리고 권총에 묶인 실 사진을 루페로 확대하여 상과 구보가 찾아낸 새로운 묶인 자국을 보여주었다. 기무라는 그러고 나서 손톱 증거가 든 종이봉투를 넘기고 나갔다.

"선생들 덕분에 이 사건의 놓쳤던 부분을 다시 보게 되었습니다. 진심으로 감사드립니다. 사실은 다른 바쁜 사안이 있어서 그 사건에 대하여 사고사라는 일률적인 증언을 먼저 접하니 제가 선입견을 갖고 실수를 하였군요."

헨리 량은 겸손한 태도를 보이며 고개를 숙였다.

"손톱에 대하여 묻고 싶소."

"아, 노리쇠 틈에서 발견된 것을 말씀하시는군요."

"그렇소. 그리고 이 손톱으로 특정 인물이 권총을 만지고 뒤바꿔

사고가 일어나게 하였다는 것을 알아낼 수 있는지 궁금하오."

"물론 알아낼 수 있습니다. 하지만 영화사 관계자 중에 손톱에 네일아트를 한 사람은 없더군요. 손톱이 발견되고 그것을 알아보라 시켰죠."

"네일아트요?"

구보가 되물었다.

"아, 서양이나 중국에서는 이미 5,000년 전부터 네일아트가 있었죠. 손톱에 헤나 염료나 기름, 물감을 발랐는데 19세기에 서양에서 네일 관리가 귀부인에서부터 중산층 부인에게까지 전파되었고 1920대부터 에나멜이 개발되어서 판매되어 각 집에서도 네일아트를 손수 하는 주부들이 있죠."

"그렇다면 매니큐어인가 하는 걸로 어느 제품인지 알아낼 수도 있나요?"

헨리 량은 고개를 저었다.

"아직은 불가입니다. 원심분리기는 있지만 그런 미세한 차이는 구별해 낼 기술이 없죠."

상이 헨리 량에게 진지하게 물어보았다.

"경성에서도 그런 제품을 파는 곳이 있는지 알아보았소?"

"네. 하지만 없었어요. 아직 경성에는 숍이 없죠. 게다가 이 손톱은 가짜예요."

구보는 화들짝 놀랐다.

"가짜라뇨?"

"네. 인조 네일이 미국에서 유행 중인데요. 인조 조형물에 매니큐어를 발라 손톱에 접착제로 고정시키는 겁니다. 이런 가짜 손톱을 사서 붙였던 사람이라면 굉장히 상류층이거나 외국 수입 제품 관계자일 확률도 높아요."

법과학자는 진열장 뒤에서 권총을 꺼내 왔다. 구보는 약간 놀라 슬그머니 뒤로 물러났다.

"진짜지만 총알은 없으니 걱정 마세요. 이 총은 김종건 씨가 사용한 토카레프 권총과 동일합니다. 권총 증거는 검찰에 있고 이것은 아닙니다. 그런데 이 부분 노리쇠와 총신 사이에서 손톱 조각이 나왔습니다. 그리고 사진에서 보다시피 실은 노리쇠에 걸쳐져 있었고 선생들이 찾아낸 또 다른 증거로는 원 매듭 위로 부드럽게 잘려서 다시 세밀하게 묶은 흔적이 있습니다. 그렇다면 손톱을 붙인 누군가가 매듭을 다시 묶어 공포탄과 실탄이 든 각각의 권총을 바꿔치기하였다는 추정도 가능한데 연구해 보고 다시 상부에 보고할 예정입니다. 두 분 덕분입니다."

"자세한 법과학적 증거가 나오면 기무라 형사를 통하여 연락을 주시기 바랍니다."

상의 간곡한 부탁에 헨리 량은 고개를 끄덕여 보였다.

"아직은 우리가 많이 부족해요. 좀 더 연구가 진행되어야 하죠. 혈액형에서 더 나아가서 피 안의 세포나 유전자 등의 미세한 성분까지도 분석해 내는 기술, 혈액이나 토사물 안에서 그 어떤 독극물도 분리해 알아낼 수 있는 기술, 미세 증거로 범인이나 범행 도구를 구별해 내는 기술이 아쉽죠."

구보는 상과 함께 경찰서를 나왔다. 이로써 어쩌면 김종건이 타살로 죽었다는 증거가 될 만한 것을 건졌다고 볼 수 있을 것이다. 이제 앞으로의 결과에 따라, 혹은 또 다른 증거에 의하여 김종건의 죽음의 비밀을 캘 수 있을 것이다.

구보는 집으로 돌아와 방에 걸린 양복을 보았다. 악몽을 꾸었던 때보다는 그래도 옷이 친근하게 여겨져 간만에 꺼내서 걸어보았다. 김종건 관련하여 주변을 캐고 다니니 한층 더 그에게 친근한 느낌이 들어서인지도 모르겠다. 단지 죽었다는 이유만으로 그를 꺼릴 것은 없었다.

그도 한 인간이었고 한 남자였으며 한 남편이었고 열정적인 제작자였다. 부디 억울함 없이 진실을 캐나갔으면 하는 바람이었다. 구보는 피곤함에도 원고지와 펜을 붙잡고 집필을 해나가다 잠깐 졸았는데 집에 전화가 왔다.

김수완 감독이었다. 감독은 사안이 시급하다면서 구보에게 긴급하게 부탁을 하였다.

"영화 시나리오를 손봐달라고요?"

"네, 그렇습니다."

김수완 감독이 간절하게 부탁하였다. 구보는 난감하였다.

"아니, 내가 시나리오 라이터도 아니고 곤란한데요."

"그래도 작가시고 저는 선생님의 소설에서 영화적인 신 바이 신 구성을 보고 무릎을 친 적이 있습니다. 충분히 도움 주실 능력이 되십니다. 게다가 지난번에 영화 줄거리도 들으시고 현장도 보셨잖습니까?"

"그건 그렇지만 이 야밤에 갑자기 이렇게 부탁을 하시니."

"내일 당장 영화 환경에 맞게 시나리오를 수정하여야 되는데 원 시나리오 작가는 시골에 집안일로 내려갔고, 아는 작가들도 급하게 연락이 안 되고… 저야 아직은 시나리오를 다듬을 능력에 미치지 못합니다. 선생님이 생각나서 급하게 도움을 요청하는 것입니다. 고료는 원고당 5원 드리겠습니다. 영화 끝나고 각색자로 이름도 올려 드리겠습니다."

구보는 이 밤에 갑자기 급하게 나와 달라는 요청이 조금은 불편하였지만 고료를 후하게 쳐준다는 말에, 그리고 각색자로 이름을 올린다는 말에 즉시 승낙을 하였다. 게다가 시나리오는 써본 경험이 있기도 하였고 늘 영화로 표현된 내 작품은 어떨까 상상을 해보던 시절도 꽤 있었다.

"좋습니다. 어디로 가면 좋소?"

"지난번 방문하신 현장에 오시죠. 집 앞으로 차를 보내 드리겠습니다."

구보는 펜과 원고지 등을 챙기고 무슨 옷을 입고 나갈까 하다가 밀쳐두었던 그 양복을 보았다. 지금 입은 허름한 평상복 위에는 그래도 새 재킷이 나을 것 같았다. 감독 앞에서 후줄근한 모습을 보이느니 차라리 꺼림칙해도 입고자 하였다.

나갈 준비를 하고 대문 밖으로 나서는데 집 앞에 저만치 헤드라이트도 켜지 않은 차가 조용히 다가와 섰다. 검은색 뷰익이었는데 택시 회사가 아니라 개인적으로 운영하는 고급 택시 같아 보였다.

구보가 문을 열고 탔는데 기사가 말없이 차를 몰았다.

"현장으로 가는 겝니까?"

기사는 여전히 말이 없었다. 차가 천천히 가다가 갑자기 종로 방향을 벗어나서 경복궁과 구파발을 지나 북한산이 보이는 산길을 마구 달렸다.

"기사 양반, 어디를 가는 게요? 여기는 반대 방향이잖소!"

구보가 창가에 달린 손잡이를 잡고 고함을 쳐도 기사는 막무가내로 차를 거세게 몰더니 기어이 산길도 끊어진 절벽에 잠깐 멈춰 섰다. 차가 절벽에 걸쳐져서 뒤뚱거리는데 갑자기 기사가 차 안에서 나왔다. 구보도 나오려는데 양복 재킷이 차 좌석 뒤쪽에 깊숙이 껴서 도저히 빠져나갈 수가 없었다. 이때 차바퀴가 점차 절벽을 넘어 차가 기어이 절벽 길로 떨어져 내렸다. 바퀴에 자갈이 튀고 나무가 걸리는 소음이 요란하였다. 덜커덩거리는 소리에 구보는 정신을 잃을 지경이었다.

"으아아아아아————!"

한참이 지나 구보가 눈을 뜨니 차가 뒤집혀 있는 가운데 자신은 차 좌석에 양복이 끼어 거꾸로 매달려 있었다. 어느덧 동이 저만치 산 중턱에서 터오고 있었고 날이 밝았다. 구보는 간신히 양복을 벗고 차를 빠져나왔다. 얼굴에 피 줄기가 맺혀 있는 것을 제외하고는 전반적으로 멀쩡하였다. 그냥 뒤도 안 보고 산길을 빠져나오려다가 뒤돌아서서 차 안 좌석에 낀 재킷을 억지로 빼내 몸에 걸쳤다. 이 옷 덕분에 목숨은 건진 셈이었다. 어깨가 욱신거렸고 두통이 엄습하였다.

"김수완! 개자식!"

구보는 입으로 욕을 바가지로 하면서 북한산을 내려와 얼른 인가로 접어들어 가까스로 상점을 찾아내서 전화를 빌려 쓰고 택시를 불러 종로 방향으로 향하였다.

구보는 다방 앞에서 택시에서 내려 고함을 치며 들어섰다.

"상이! 상이 나 죽을 뻔하였네!"

상은 깜짝 놀라 벌떡 일어나서 구보를 맞았다.

"이게 대체 다 무슨 소리인가?"

"어젯밤에 급하게 김수완 감독이 시나리오를 고쳐달라며 전화가 와서 그가 보낸 차를 타고 나갔는데 차가 거칠게 운전을 하더니 절벽으로 굴러 버리는 것이 아닌가."

"뭐라고? 근데 어떻게 이렇게 멀쩡하게 이곳까지 온 것인가?"

"내가 워낙 겁이 많아서 차가 거칠게 구를 때 몸을 수그렸는데 이 양복 재킷이 뒷좌석 등받이 아래 사이에 단단하게 끼이면서 그만 목숨을 건졌네. 차가 구를 때 튕겨 나가지 않았어."

"기사는 어찌 되었나."

"그게 말이지. 할리우드 영화에 나오는 배우처럼 차가 구르기 전에 미리 나갔다고! 나 완전히 죽다 살아났어!"

상은 잠깐 생각하다 말하였다.

"오전에 일찍 김수완이 전화해서는 자네와 밤에 만나기로 하였는데 연락이 안 된다고 하던데 이거 완전히 속았군!"

"왜 갑자기 나한테 그런 흉계를 꾸몄는가 곰곰이 생각해 봤는데 우리가 사건 조사한다고 할 때부터 불편해하던 게 걸려!"

"차를 운전한 사람은 분명히 액션 배우일 게야. 대역 배우거나 모험에 능한 이지. 그렇지 않고 그렇게 자연스레 탈출할 수가 없어. 김수완이나 아니면 다른 누군가 시켜서 꾸민 함정인데, 이렇게 설레발을 쳐서 못 잡아먹어 안달들이지?"

구보가 흥분하자 상이 진지하게 말하였다.

"이제는 범인을 어서 빨리 잡지 않으면 우리가 위험하게 될 거야. 우리가 먼저 나서는 게 좋아. 그동안은 확실한 증거를 잡기 위해 사렸지만."

구보는 상에게 물어보았다.

"짚이는 사람이 있지? 여러 증거를 조합해 보면 나도 의심스러운 사람은 있어."

"손톱에 거스러미가 나면 뜯고 싶지. 그건 강박증이나 초조한 사람, 불안에 시달리는 사람은 더 그래. 그런데 완벽주의적인 성격이라면? 거스러미 뜯어낸 보기 흉한 손톱을 가리고 싶지. 그렇다면 외국을 다니면서 최신의 네일아트를 접하고 또한 완벽주의적 성격에 이 사건과 밀접한 관련이 있는 사람은?"

"글쎄, 여배우일 수도 있지만 한은주 대표도 상당히 근접한데? 영화를 수입하고 영화 관련 소품이나 장비를 구매하려면 당연히 외국에 자주 나가겠지. 일반인보다야. 게다가 김 감독을 시켜서 나를 위험에 몰아 넣는다, 충분히 그럴 만한 위치에 있지."

"만약 한 대표가 완벽주의적인 성격이라면, 뭔가 하나가 자신의 생각에 맞지 않으면 거기에 천착하여 안 저지르던 실수를 저지를지 몰라. 우리 재미나는 실험이나 해볼까?"

상은 구보의 귓가에 뭐라고 작은 목소리로 말하였다. 구보가 발끈하였다.

"뭐어? 그 양복을 입고서 김종건 흉내를 내달라고? 상이 자네 미쳤나?"

"미치기는. 다 이유가 있네."

"난 싫어. 가뜩이나 기분도 안 좋아지고 그 양복 때문에 여기까지 오게 됐는데. 고인을 흉내 내라니!"

"진실을 캐내는 일에 큰 도움이 되는데도 마다하겠는가?"

"싫어!"

"어쩌면 그 양복을 꺼림칙하게 입지 않아도 될 좋은 기회가 될지도 몰라."

"그건 또 무슨 말인가?"

"사건이 말끔하게 해결되면 더 이상 옷에 대한 의문점이나 껄끄러운 게 덜하게 될 테니 그 옷을 아무렇지도 않게 입을 수 있게 되지 않겠나?"

썩 조리에 맞지는 않았지만 양복이 아까운 구보로서는 묘하게 설득당하는 부분이 없지 않아 있었다.

"그럼 대체 내가 어떻게 하면 되는데?"

"그냥 영화 촬영장이나 사무실, 혹은 저녁에 한은주가 가는 곳마다 줄곧 그 양복을 입고 그녀 앞에서 알짱거리게."

"내 얼굴 알아볼 텐데?"

"그러니 중절모를 푹 눌러쓰고서 얼굴을 마주치지 말고 약간 거리를 두게. 그녀가 말 걸려고 하면 슬쩍 피하고 그런 동작을 연출해야 되네."

"아니, 내가 배우도 아닌데 어떻게 해?"

"내일은 배우가 되어야 해. 김종건이라는 사람을 표현해야 돼. 신문사에 들러 신문 기사에 난 김종건 사진을 내가 스크랩해 왔으니 이것을 찬찬히 보고 그의 행동이나 동작, 표정을 연구해 봐."

상이 건네는 기사 사진들은 김종건이 촬영장에서 지시를 내리는 모습, 제작 발표회에서 웃는 모습, 배우들과 어깨동무를 한 모습 등이 담긴 사진들이었다. 자신만만한 모습, 만면 가득히 웃음을 띤 모습, 그리고 밝은 표정으로 기뻐하는 모습 등이었다. 언제 이런 사진을 다 찾아왔는가 그의 사건에 대한 열정에 새삼 감복하였다.

"해낼 수 있을까?"

"충분히. 자네만 믿네. 내일은 그녀의 회사로 가면 되네. 세트장신이라 사무실 옆에 자그마한 방을 만들어놓고 촬영을 한다고 하네. 신문사 기자한테 들었어."

구보는 사진을 집으로 가지고 가서 밤에 양복을 걸쳐 입고 김종건의 흉내를 거울 앞에서 내보았다. 여러 번 연습해 보자 제법 느낌이 나 태가 났다.

다음 날 구보는 상과 함께 사무실 인근 촬영장으로 가 스태프들 사이에 섞여서 알짱거리면서 한은주를 흘끔 보았다. 상은 촬영장 밖의 카페에서 기다리고 있었다. 한은주는 구보를 주의 깊게 보는 것 없이 일에 매달렸고 사람들과 대화를 나누었다. 구보는 한은주가 세트장을 나와서 그 옆의 사무실로 갈 때에도 괜히 근처를 얼쩡거렸다. 한 번은 한은주와 눈이 마주쳤고 구보는 얼른 중절모를 푹 눌러썼다.

그녀가 사무실을 나와서 제작 발표회를 여는 만찬장에 갈 때에는 멀리서 쫓아갔다. 만찬장은 종로에 있는 고급 중식당에서 열렸는데 구보는 맨 뒤에서 조용히 서 있기만 했다. 한은주는 기자들에 둘러싸여 배우들과 인터뷰를 하였다. 한은주가 질문에 답을 하고 있다 우연찮게 구보와 눈이 마주쳤다. 구보는 상이 미리 언질을 준 대로 자연스럽게 중절모 위로 손을 들어서 어디론가 손가락으로 지시를 하는 흉내를 내보였다. 김종건의 사진 중에 그 포즈가 많았다. 한은주가 당황하는 모습을 잠시 보였다. 그녀는 구보를 신경 쓰면서 다음 질문에 답을 하고는 하였다. 발표회가 끝나기 전에 구보는 만찬장을 나왔고 한은주가 자신을 찾았는지 알 수 없었다.

구보는 얼른 다방으로 가서 상을 만났다. 상은 구보가 한은주를 쫓아다니던 중간에 다방에 가 있겠다고 하였다.

"상이, 자네가 시키는 대로 했네. 이제 어떻게 되는 것인가?"

"이제 한은주가 하는 행동을 지켜보면 되네."

"정말 관련이 있을까?"

"자네가 오늘 수고한 값도 있는데 일단 그녀의 사무실로 가세나. 아마도 거기에 있을 거야. 집 근처에 잠복 중인 경찰이 아직 자택에는 안 들어왔다고 하니."

"집 근처에 경찰이 잠복 중이라니?"

"사실 김수완 감독이 불러내서 자네가 죽을 뻔하였다는 걸 기무라에게 언급을 하니 그가 김수완을 불러다 자백을 받았네. 한은주 대표가 시켜서 자네를 불러냈다는 거야."

"나한테 만나면 그치는 죽은 목숨이야!"

"그러니 한은주 대표가 용의자 선상에 올랐고 나는 기무라와 긴밀히 연락을 취해 그녀의 동선을 파악하여 자네에게 수시로 알려주었지. 자아, 어서 가보자구."

구보와 상은 긴급하게 한은주의 회사로 달려갔다.

밖에서 보기에 영화사 사무실에는 불이 훤하게 켜져 있었다. 구보와 상이 들어서자 김수완 감독이 일어나 맞이하였다.

"이상 선생님, 이렇게 늦게 무슨 일이시죠? 아, 아니, 구보 선생님!"

구보가 김수완에게 달려가서 멱살을 잡으려는데 그가 발뺌을 하였다.

"아, 아닙니다. 저는 시키는 대로 했지 무슨 일이 벌어졌는지 꿈에도 몰라요. 이렇게 풀려난 것 보시면 모르겠습니까? 그냥 대표님이 불러달라고 했고 저는 그 전화만 한 통 한 거라고요. 무슨 일인지 저도 몰라요."

"긴 말은 뒤에 하고 한은주 대표를 만나러 왔소."

"지금 업무 시간이 끝나서 곤란할 것 같은데요?"

"감독님은 무슨 일을 하고 계시던 것 같은데요?"

"저야 영화 시나리오를 조금 고쳐볼라고 들여다보고 있었죠."

"그렇다면 아직 회사가 업무를 하는 시간이 맞죠. 누군가는 일을 하고 있었으니 조금 있다가 형사들이 올 것이오. 먼저 한은주 씨를 만나보아야 합니다."

김수완은 걱정을 담은 눈으로 안내를 하였다.

"영상실에 계세요."

김수완은 사무실 안쪽 자그마한 방 앞에서 노크를 하였다.

"대표님, 손님이 오셔서요."

"들어오게 해요."

한은주의 목소리가 나지막하게 들렸다.

상과 구보는 문을 열고 조용히 들어갔다.

어두컴컴한 작은 방에 의자가 십여 개 놓여져 있고 가로세로 각각 3미터가 넘지 않는 스크린에서 영상이 흘러나오고 있었다.

상은 한은주의 옆자리에 가서 앉았다. 한은주는 상을 보고 미소를 지었다.

"10년 전에 남편은 배우를 쓸 형편이 안 되어서 저를 영화에 출연시켰죠. 15분짜리 필름도 영화라고 부를 수 있다면요, 필름 살 형편도 안 되던 시절이거든요."

영상에서 한은주는 웃고 있었다. 젊어 보였다. 그리고 생기가 넘쳤고 사랑을 가득 담은 눈으로 카메라를 보고 있었다. 그녀는 노래를 나지막이 부르기도 하였고 김종건이 묻는 말에 대답을 사랑스럽게 하였다.

구보는 멀찍이서 영상을 보는 한은주를 살폈다. 그녀의 눈빛은 아련하게 영상 속 본인의 모습을 보고 있었다.

"그때만 해도 남편을 사랑했어요. 무척 좋아했죠. 그가 머리를 조금만 쓰다듬어 주어도 설렜고 낮은 목소리로 다 잘될 거라 안심을 주었을 때도 마음이 놓였죠. 그와 함께 전 세계 오지 어디라도 갈 수 있을 것 같은 느낌을 주었어요. 아무것도 없이 시작하였지만 친정아버지가 도와주셔서 영화를 연달아 만들 수 있었고 히트도 몇 번 하였고 큰돈도 벌었어요. 그는 달라진 건 없었어요. 영화에 대한 열정도 똑같았고 나에 대한 사랑도 변함없었어요. 오히려 달라진 것은 저죠. 저는 남편이 영화에 미쳐서 친정의 재산을 가져가 날리고

도 아무렇지 않게 영화 예술을 위해서 그랬다는 말이 점점 듣기 싫어졌어요. 그리고 함부로 제가 아끼는 가구들을 저 몰래 촬영 현장에 가져가서 못 쓰게 만들어 버리는 것도 싫었어요. 늘 10원짜리 소품과 100원짜리 소품은 찍어놓으면 1,000배 이상 화면의 질이 달라진다고 하였죠. 친정아버지 아플 때 촬영과 겹쳐서 병원에 못 와본 것은 그렇다 쳐도 아버지 가고 나서 아버지가 그렇게 아끼던 프랑스에서 들여온 고가구를 함부로 제 허락도 없이 촬영장에 가지고 나간 날, 저는 그를 드디어 증. 오. 하. 게. 되었어요."

한은주의 눈에서 눈물이 흘러내렸다. 상은 손수건을 건넸다. 한은주는 손수건을 사양하고 손바닥으로 눈물을 쓸어내렸다.

"그 의자는 프랑스 국왕이 앉았다고 고가구상이 소개해서 샀던 거죠. 아버지가 25년간 쓰시던 의자로 아버지만 앉을 수 있는 그런 권위 있는 의자였어요. 정말 프랑스 국왕이 앉았는지는 모르겠지만 저에게는 그보다 더 신성한 의자였죠. 늘 서재에서 그 의자에 앉아 집무를 보던 아버지 모습이 자랑스러웠으니까요. 저도 몰래 앉아본 적이 세 번도 되지 않는 그런 의자를, 아버지 분신과도 같은 의자를 가져다, 그것도 아버지 가신 지 얼마 되지 않아 촬영장에서 그렇게 험하게 굴리다 결국 잃어버렸어요. 난 그 남자를 용서할 수 없는 지경에 이르렀어요."

한은주는 눈물을 걷어내고 방긋 웃었다.

"결국 내가 빚을 떠안고 영화를 만들고 있지만 이제 자신감이 점점 없어져 가더군요. 그이만큼은 못하겠다 하는 생각. 그리고 이해가 조금 갔어요. 미치다 보면 가장 소중한 물건도 영화를 만들다 불살라 버릴 수도 있겠구나 하는 그런 생각들. 그리고 그는 나를 어쩌면 정말 영화만큼은 사랑하고 있었을지도 모른단 생각도 들고요. 왜냐고요? 10년 전에 만든 저 필름을 그이가 최근까지도 봤다는 것을 이제야 알았으니까. 이 방에서 마지막으로 영화를 튼 것은 그이가 죽기 3일 전이었죠. 그이 혼자 필름을 봤어요. 그이가 그렇게 가고 나서는 저는 이 방에 들어온 적도 없었죠. 그에 대한 죄책감으로 들어올 수 없었죠. 근데 이제 와 영사기에 걸린 필름을 틀어보니 바로 저 영상이었어요. 그이는 그렇게 가기 3일 전에 제 얼굴을 찬찬히 보고 있었던 거예요. 그가 남긴 건 저 필름과 빛이네요."

상은 묵묵히 이야기를 들어주다가 말을 꺼냈다.

"영화에 대한 열정도 한은주 씨에게 남겼습니다. 아마 김종건 씨는 알고 있었을지 모릅니다. 권총의 총알이 공포탄에서 실탄으로 바뀌었다는 사실을. 이미 그전에도 폭탄이 터져 다친 적이 있잖습니까. 그것도 당신이 한 일입니까?"

상은 넌지시 한은주를 떠보았다.

한은주가 깜짝 놀라 상을 보았다. 그녀는 잠시 침묵하다 서서히 고개를 끄덕였다.

"그럼에도 불구하고 그대로 총을 쏜 것이죠. 진짜 실제 상황을 연출하기 위해서라기보다는 그냥 한은주 씨의 마음을 받아주기로 한 것 같습니다. 그렇게 괴로움을 주던 사람을 이해해 줘야 하겠구나 하는. 그래서 한은주 씨의 마음이 더 힘들고 괴로운 것이겠죠. 그런 남편을 속속들이 알고 있었고 죽어가는 상황을 그대로 보고 있었으니."

한은주가 갑자기 소리를 높여 엉엉 울었다.

"저, 저도 왜 그랬는지 몰라요. 그때 정말 그렇게 실을 바꾸어서 매어놓아야 하였을까. 그냥 모른 척 지나가거나 아니면 차라리 내 손으로 쏘아 죽이지 왜 그렇게 비열한 짓을. 제가 남편을 시험해 본 걸까요? 그래요. 남편의 눈빛이 말해주었어요. 미안하다, 용서해 달라. 그리고 영화를 마저 끝내달라. 그는 진심으로 속죄하고 있었어요, 흑흑흑. 남편이 죽으면 이 돈에 쫓기는 영화에 미친 인생이 조용해질 줄 알았죠. 근데 이거 알아요? 끝나도 끝나지 않는 것. 영원히 고통을 받아야 인생이 흘러간다는 것, 그리고 그래야 오히려 마음이 편해진다는 것, 흑흑."

한은주는 과거를 되돌아보았다. 남편이 그렇게 가면 사업을 정리하고 파산을 하려고 하였다. 하지만 그럴 수 없었다. 그녀의 완벽주의적인 성격은 차라리 남이나 가족이 아닌 자신이 모든 것을 떠맡았을 때 마음이 편하였다. 남편의 영화도 빚도 사업도 자신의 관리 안으로 들어오니 오히려 마음이 편했다. 그동안 강박적으로 다듬던 손톱도 더 이상 다듬지 않고 매니큐어도 지워 버렸다. 거스러미가 나도 뜯지 않고 그냥 지나쳤다. 조금씩 안정을 찾아가던 중에 남편의 죽음을 캐는 이들이 나타났고, 한은주는 김 감독을 시켜 구보를 불러내서 돈을 주고 액션이 가능한 신인 배우를 기용해 죽이고자 하였다. 그러다가 이렇게까지 되어버린 것이다.

기무라 형사가 조용히 들어와 방의 불을 켰다. 영상이 끝났다. 침묵이 잠시 흘렀고 기무라가 와서 한은주의 손에 수갑을 채웠다.

"당신을 김종건 살인 혐의로 체포합니다."

한은주가 일어나서 기무라를 따라 나가는데 그녀는 잠시 구보가 감색 양복을 입은 것을 보고 멈췄다.

"그 옷이 맞죠? 남편이 입어보지 못하였던 옷. 제가 인수를 거절한 옷이군요. 남편이 영화가 완성되면 시사회 날 입으려던 옷. 양복점에선 가져다가 유품으로 간직하라는데 난 싫었죠. 그 옷을 가져오기 싫었어요. 남편에 대한 죄책감을 멀리 떨쳐 버리고 싶어서."

"용케 알아보시는군요."

"그이가 좋아하던 옷 스타일을 모를 리가 없잖아요. 그 옷을 입고 저에게 남편에 대한 기억을 떠올리게 해서 이 방에 들어와 영상을 틀어보게 하도록 자백을 유도하려던 계획을 세웠다면 성공하신 거네요. 그가 남긴 것은 저 양복도 있었네요. 이제 갈까요?"

한은주는 구보를 지나쳐 기무라와 같이 방을 나갔다.

그날 밤 구보는 집으로 돌아와 양복을 벗어서 벽에 걸어놓고 누워서 한참이고 쳐다보았다. 구겨진 양복, 오늘 그 옷을 입고 김종건 살인 혐의를 받던 한은주가 자백을 하게 해서 사건을 해결하였다. 구보는 그녀에게 죄책감을 안겨주기 위해 잠시나마 김종건으로 살아 있었다. 마음이 놓이면서도 착잡하였다. 김종건은 아내가 잡히기를 바랐을까, 아니면 그냥 묻히기를 바라였을까. 구보는 의구심을 품고 잠에 빠져들었다.

구보는 꿈에서 양복을 입고 밤바다에서 돛단배 하나에 몸을 의지한 채 이리저리 출렁이고 있었다. 구보는 눈을 감았다 떴다. 달도 자취를 감춘 어두운 밤, 찰랑이는 검은 물결에 돛 하나를 붙잡고 위태위태하게 오가고 있었다. 아무도 없었다. 와줄 이도 없고 와줄 배도 없었다. 무서운 검푸른 파도는 끊임없이 돛단배를 흔들리게 하였다. 절망 또 절망. 구보는 주변을 돌아보았으나 빛도 없이 사방이 캄캄하였다. 물결치는 소리만이 귓가를 어지럽혔다.

"누구 없습니까? 여보쇼? 어디 누구 없소?"

몇 번 말하던 그는 그대로 돛을 붙잡고 주저앉고 드러누웠다가 혹시나 하여 다시 몸을 일으켜 돛에 등을 대고 먼 바다를 보았다.

"구보, 내가 왔어."

구보는 어깨에 누군가 손을 살포시 얹어서 뒤를 보았다. 상이었다. 이 어둠, 일랑일랑거리는 검은 물결 사이에서 상이 와준 것이었다.

"상이."

구보는 눈에 눈물이 그렁그렁한 채로 일어났다. 아침이었다. 김종건은 아마도 꿈속의 구보와 같은 심정으로 절박하게 망망대해에서 헤매었을 것이다. 영화들이 줄지어 망하고 제작비에 쫓기면서도 영화를 완성하겠다는 열망에, 희망을 가지고 양복도 맞춰서 시사회 날 입으려고도 하고 무리하게 영화 장면도 연출했던 것이었다. 밤하늘 아래 밤바다에서 돛단배에 몸을 맡긴 외로운 김종건에게도 상과 같은 친구가 하나쯤 있었을까. 한은주가 그런 역할을 해줄 수는 없었을까. 한은주 입장도 이해는 되었다. 부인으로서는 남편이 삶의 안정을 해치는 영화 산업에 매달리는 것도, 세간살이를 다 내다 사용하는 것도, 아버지의 유품도 헛되게 버려지게 하는 것도 모두 괴로운 일들 투성이었을 것이다. 미친 사람과 제정신인 사람이 싸움을 하게 되면 항상 제정신이 사람이 지기 마련이므로. 한은주는 영화 제작을 냉정하게 바라보는 입장에서 김종건이 이해가 안 되었을 것이다.

　김종건은 한은주가 경찰에 붙잡히기를 바랐을 수도 있을 것 같았다. 왜냐면 사건이 묻혀도 죄책감은 남아서 그녀를 평생토록 종신형으로 괴롭혔을 테니까.

　구보는 아침에 일어나서 양복을 잘 다려놓았다. 이제는 좋은 날 좋은 기분으로 입고 나설 수 있겠다는 생각이 들었다. 그만큼 후련하였다. 한 사건의 진실이 밝혀짐으로써 억울한 죽음의 진상을 캤고 범인에게는 죄책감 대신 정당하게 형을 언도받고 살 수 있는 자유를 주었으니 말이다.

크리스마스의 주검

양수련

〈계간 미스터리〉에 「14시 30분의 도둑」을 발표하면서 미스터리소설을 쓰기 시작했다.
「현관 앞 방문객」, 「유령작가」, 「G빌라」, 「어떤 킬러」, 「그는 왜 나를 궁지로 몰았을까」 등의
단편을 발표했다. 「그리고 예외는 없다」와 「호텔마마」가
KBS 라디오독서실 드라마로 방송되기도 했다.
장편소설 『도깨비 홍제』, 『은둔여행자』, 『우리 살아온 미스터리한 날들』,
『간이역, 나의 서른다섯』, 어른동화 『용화에서 숨바꼭질하다』,
대중 예술 입문서 『시나리오 초보작법』, 『시나리오 Oh! 시나리오』 등.
모바일영화시나리오 공모 대상, 제6회 대한민국영상대전 우수상을 받은 바 있다.

크리스마스이브에도 광장은 촛불로 일렁였다. 사람답게 살고 싶
다, 나라다운 나라에서. 촛불이 그런 세상을 가져다줄 수 있을지는
의문이지만 열망이 응집되어 있던 것만은 분명해 보였다. 더는 물러
날 곳도 없고 더는 물러나 있지 않겠다고 다짐하던 그 밤. 촛불의 숫
자만큼 새로운 내일을 속삭이던 그 밤이다.

진희와 향자, 그리고 상구. 그 세 사람은 경찰서에 있었다. 더는 도
망칠 수 없는 사람들처럼, 형사 앞에 고개만 푹 숙인 채였다. 서로
눈치를 보는 것 같지도 않았다. 살인죄를 피하기 위해 둘러대는 말
은 조금도 하지 않았다.

"그러니까 결론적으로, 당신들 셋이 공범이란 소리잖습니까?"

공차일 형사는 쐐기를 박듯 말했다.

"제가 죽였다는데, 형사님은 왜 같은 말을 반복하게 만듭니까? 제

가 죽였어요, 제가!"

상구였다. 스물한 살의 공익 근무 요원. 그의 말이 끝나기도 전에 또 한 사람이 나선다.

"선생님이 제 앞에서 사라지게만 할 수 있다면… 선생님이라 부르기도 소름 돋는 남자를 제가 어떻게 했을 것 같아요?"

"그래서 죽였다는 겁니까?"

"죽은 사람의 주머니에 큐티클 니퍼가 있었다죠. 그런 도구를 쓸 사람은 저밖에 없는걸요."

진희였다. 아파트 단지 앞 사거리에서 네일숍을 운영하는 스물여섯의 아가씨. 사람을 죽일 만큼 강단이 있어 보이지는 않았다.

"이 사람들이 하는 말은 다 거짓말이에요, 형사님! 남편을 죽인 건 나예요."

서른일곱의 향자는 손목을 내밀며 말했다. 어서 수갑을 채우고 지금의 상황을 종료시켜 달라는 듯이.

"이봐요. 시체는 하나인데 세 분이서 자신이 범인이라고 우기면 어쩌자는 겁니까?"

차일은 단독 범행을 주장하는 그들 때문에 답답함을 지우지 못했다. 차라리 범행을 부인했으면, 범인이 아니라고 발뺌하면 좋겠다 싶었다.

진실로 범인이라면, 눈앞에 증거가 버젓이 있다 해도 순순히 죄를 인정하지 않는다. 속내를 털어놓기까지도 시간이 걸린다. 그런데 이들은 하나같이 자신이 죽였다고 말하고 있다. 타인의 죄를 자신의 것으로 만들어야만 살아남을 수 있는 이들처럼.

죄를 서로에게 떠넘기는 것이었다면, 차일은 형사로서 어떻게든 범인을 밝혀냈을 것이다. 지금은? 다람쥐 쳇바퀴 도는 것도 아니고 닭이 먼저냐 달걀이 먼저냐를 놓고 논쟁을 벌이는 것도 아니다.

한 사람은 목숨을 잃었고 또 한 사람의 인생이 나락으로 떨어지는 고통을 맛봐야 하는 상황이 아닌가 말이다. 만약, 그들이 공범이라면 한 명이 뒤집어써 준다면, 남은 둘에게는 그나마 다행스러운 일이 아닐까. 평생 죄책감을 안고 살아가기는 하겠지만.

어쨌든 그들이 부모 자식 간이거나 형제자매였다면, 이해가 조금은 가능했을지 모른다. 그렇다고 해도 살인죄를 뒤집어쓰는 일은 아무나 할 수 있는 일이 아니다.

용의자 셋은 앞날이 창창한 이들이다. 살인죄를 뒤집어쓸 이유가 없다.

"다들 감방에 못 가서 안달인 모양인데, 좋습니다. 셋이서 사이좋게 콩밥 먹는 것도 나쁘지 않겠네. 언제까지 자신이 죽였다고 고집하는지, 한번 가봅시다."

차일은 조소 어린 투였다.

촛불이 광장에서 일어나던 그 시각의 사건이다. 시체는 다음 날인 크리스마스에 발견됐다. 부동산 사무실을 찾은 손님의 신고였다.

수사관들이 현장을 점거하고 차일이 탐문 조사에 나서려던 무렵이었다. 범인은 제 발로 찾아와 자수했다. 문제는 그다음부터였다. 부동산 중개인 살인사건이 수월하게 마무리될 줄만 알았던 차일은 어리둥절했다. 자수한 상구의 조서를 채 끝내기도 전에, 또 다른 범인이 경찰서에 들이닥쳤다.

"제가 사람을 죽였어요. 부동산 사장이요."

차일은 뒤통수를 가격당한 기분이었다. 혼란이 정리되기도 전에 세 번째 용의자가 나타났다. 크리스마스의 기적이 참으로 기묘한 형태로 찾아왔다. 하나의 시체에 공범 아닌 세 명의 살인자가 제 발로 등장한 것을 기적이라고 한다면 말이다.

범인의 자수에도 차일의 수사는 원점을 벗어나지 못했다. 그들의 단독 범행 주장에 차일은 기가 막힐 따름이었다. 휴일의 휴식은 물 건너갔다. 전날부터 이뤄진 촛불 집회는 크리스마스 오전에도 계속됐다. 그들의 기적이 나타나기를 바라면서.

"그럼, 누구부터 범행을 털어놓으시겠습니까?"

차일은 용의자들 앞에 의자를 끌어다 앉았다. 신이 인간을 갖고 노는 방법은 다양했다. 이들의 얘기를 듣자면 야근을 감수해야 할지도 모른다. 간밤에도 잠은 턱없이 부족해 머리가 띵한 상태였다.

* * *

상구는 네일숍 앞에서 멈칫했다. 단춧구멍 같은 그의 눈이 토끼 눈처럼 휘둥그레졌다. 공익 요원으로 구청 보건소에 복무하는 상구는 매일 같은 시각에 그 앞을 지난다. 여느 날과 다름없이 그날도 그 앞을 지나던 차였다.

네일숍은 보건소 앞 사거리 대로변에서 우측으로 꺾어 들어간 세 번째 건물 1층에 위치해 있었다. '블링블링'이라는 저렴한 티가 팍팍 나는 간판 네일숍 안쪽에 그녀가 있었다. 혼자서 차를 마실 때도 있지만 상구가 지나는 무렵이면 늘 손님과 함께였다.

지금도 손님과 함께 있다. 그것도 남자 손님. 남자라고 네일숍을 이용하지 말라는 법은 없지만 뭔가 석연찮다. 젊어서 모양을 내자는 것도 아닌 듯했다. 독특한 취향을 즐기게 생기지도 않았다.

저런 남자가 네일숍엔 무슨 일이지? 상구는 좀 더 자세히 보기 위해 유리 벽에 작은 눈을 갖다 댔다.

"일부러 그런 거지? 진희 너, 내가 가만둘 줄 알아?"

네일숍 안의 남자는 오른손 검지를 왼손으로 감싸 쥐고 있었다. 남자의 표정은 험악했다.

그녀는 벽에 기대어 서서 떨어질 줄을 몰랐다. 눈을 내리깔았고 남자의 시선과 마주치지 않기 위해 애쓰는 게 뚜렷했다.

상구는 네일숍 안의 상황을 짐짓 짐작했다. 손톱 손질을 하다가 실수를 조금 했을 것이다. 그렇더라도 저리 화를 내는 남자는 선뜻 이해되지 않는다. 실수를 좀 했다 쳐도 남자가 그만한 일로 얼굴까지 붉힐 일은 아닌 것 같다. 그녀의 이름을 부르는 걸 보면 그들이 전혀 모르는 사이도 아닌데 말이다.

상구는 꼬박 일백 일을 네일숍, 그 앞을 지나다녔다. 그녀의 이름을 알게 된 건, 한 달 전쯤이다. 그녀보다 나이가 좀, 아니, 훨씬 들어 보이는 여자가 숍 앞에서 '진희 씨' 하고 불러서였다. 그녀에 대해 하나씩 홀로 알아가던 참이었다.

그녀가 비교적 늦게 숍의 문을 연다는 것과 종일 혼자서 일한다는 것. 상구가 아는 전부다. 숍 앞에서 여자가 그녀의 이름을 불렀을 때, 상구는 얼굴이 화끈거렸다. '진희 씨'라는 소리가 마치 '사랑해' 라는 말처럼 들려서였다.

"진희! 진희였어. 이름도 참 예쁘네."

상구는 홀로 달떴다. 공익 요원이 되어 보건소로 출근하던 첫날에도 그녀를 보았다. 셔터 문을 열기 위해 혼자 끙끙대고 있었다. 상구는 그냥 봐 넘기지 못했다. 더구나 공익 요원이지 않은가 말이다. 시민을 돕는 일이야말로 공익 요원이 해야 할 일이라고 소리쳤다.

"비켜 보세요! 제가 얼른 열어드릴게요."

상구는 다짜고짜 그녀를 밀쳤다. 셔터 문을 단박에 위로 올렸다. 의기양양하게 손을 털며 말했다.

"이제, 됐죠!"

상구는 그녀를 바라보았다. 적잖이 당황했다. 기대했던 것이 있기라도 했던가? 아니었다. 애초부터 그런 것은 없었다. 본능적인 행동에 목적이 있을 리도 없었다. 시민의 일이었기에 도운 것뿐이다.

뭐지? 징그러운 벌레를 보는 듯한 저 경계의 눈빛은?

그녀의 표정은 분명 그랬다. 당신 같은 사람의 도움은 필요 없는데… 남의 일에 왜 끼어들고 야단이야.

상구의 의기양양은 풀 죽었다.

"죄송합니다."

고맙다는 말을 듣기는커녕 상구는 사과의 말을 건넨다. 혼란스러웠다. 거들먹거리지 못했다. 설명하기 힘든 그녀의 눈초리에 상구는 안절부절못했다. 상구는 그녀 앞을 총총히 벗어났다. 호의가 한순간에 결례가 되다니, 부끄러웠다.

그때부터였을 것이다. 정색하던 그녀가 상구의 뇌리에 박혔다. 네일숍 인근을 지나자면 상구의 심장은 쿵쾅거렸다.

상구가 알고 지내던 여느 여자들과는 확연하게 달랐다. 남자의 호의를 받은 여자는 화사한 웃음으로라도 그 대가를 치렀다. 웃는 낮에 침 못 뱉는다고 했는데, 호의에 정색하는 것은 상식적이지 않았다.

"낯선 사람이 자기 일에 느닷없이 끼어들어서 그런 걸 거야."

상구는 그날의 멋쩍은 상황을 그렇게 정리했다. 그녀의 눈에 띄지 않게 에둘러 다녔다. 그럴수록 알 수 없는 그리움 같은 게 쌓였다. 보고 싶다. 봐야겠다.

상구는 공익 요원의 모자를 눌러쓰거나 반대편에 시선을 두고 그녀의 네일숍 앞을 지나다녔다. 당신에게 관심이 없다. 얼마나 무심한 사람인지 증명이라도 해보이겠다는 태도였다. 그녀의 곁에 조금이라도 더 오래 머물기 위해 느려지는 걸음과 행동은 이율배반적이었다.

"진희야, 제발!"

벼락처럼 화를 내던 남자가 그녀의 짧은 치맛자락을 붙잡고 애원했다.

"…제발요, 제발!"

그녀는 징그러운 거머리가 달라붙기라도 한 듯 치를 떤다. 엉덩이를 뒤로 빼고 고개를 외로 꽜다. 남자와 마주치지 않기 위해. 그녀는 숍 안을 들여다보고 있던 상구와 눈이 마주쳤다.

헉! 그녀를 보고 있었던 게 아닌 듯 굴어야 했지만 그러지 못했다. 상구는 그 순간 온몸이 얼어붙은 것 같았다.

그녀의 표정이 도와달라는 것인지, 당혹감인지 구분되지 않았다. 하지만 그녀가 겁을 집어먹고 있다는 것만은 확실했다. 그녀의 두려움에 이입된 상구는 숍 안으로 뛰어 들어갔다.

"그 손, 놓지 못합니까?"

"뭐야, 넌?"

"나는, 나는요……."

상구는 대꾸할 말이 선뜻 떠오르지 않았다.

"남 일에 상관 말고 그냥 가던 길 가시지."

"제, 제 남자 친구예요."

"뭐?"

그녀의 말에 놀란 것은 남자만이 아니었다. 상구는 입이 떡 벌어졌다. 그 짬에도 헤벌쭉했다.

"맞아요. 남자 친구! 여기서 안 나가면 경찰을 부를 겁니다."

상구는 휴대폰을 꺼내 들었다.

"내 어이가 없어서… 지금은 그냥 간다만, 진희, 너! 나중에 보자."

남자의 말은 거칠었다. 숍을 나가면서는 상구를 향해 과격한 스윙을 날렸다.

상구는 피했다.

제 분통을 이기지 못하는 남자는 또 진희를 향해 달려들었다.

상구가 가로막았다.

분에 못 이겨 하던 남자가 나갔다. 한 몸처럼 벽에 달라붙어 있던 그녀가 허깨비처럼 쭈르륵, 벽을 타고 무너졌다.

＊　＊　＊

향자는 네일숍 앞을 서성거렸다.

며칠 전, 밥상머리에서 마주한 남편이 향자의 거친 손을 쳐다보던 게 떠올라서였다. 마누라가 안쓰러워서 보나 싶은 생각에 잠시나마 속도 없이 좋아했다.

"남의 손은 왜 그렇게 보는 건데? 내 손을 보니까, 막 측은한 마음이 들어?"

대번에 남편의 콧방귀가 돌아왔다. 정나미가 뚝 떨어진다.

그래, 이심전심이다. 쳇! 향자는 내심으로 쏴붙였다. 자신이 봐도 참, 못생긴 손이다. 눈가의 잔주름이나 콧방울 옆의 진한 팔자주름이 간혹 신경에 거슬리기는 했으나 손까지는 아니다. 누가 그렇게 손까지 일일이 신경 쓰고 산단 말인가. 남편의 눈길이 못생긴 손에 자꾸 닿으니 무심할 수가 없다. 페티시즘을 즐기는 것은 아닌지, 이상한 생각도 든다.

"취향이 그렇다면야, 할 수 없지, 뭐."

향자는 혼잣말을 하며 네일숍으로 들어섰다. 세 평보다 좀 넓을까 싶은 공간. 고객의 손톱에 작품을 그려 넣으며 인사를 건네는 네일숍 여자는 상냥했다.

"다 끝나가는데, 잡지 좀 보고 계실래요?"

"……."

향자는 의자에 앉는 걸로 기다리겠다는 의사를 전달했다.

네일숍 여자는 씽긋 눈웃음을 짓더니 다시 작업에 열중했다. 색을 입힌 고객의 손톱에 큐빅을 하나씩 정교하게 붙여 나갔다. 여자의 세심한 손길이 거쳐 갈 때마다 고객의 손톱이 예쁘게 치장됐다.

"손이라고 다 같은 손이 아니네."

고객의 손톱을 바라보던 향자의 혼잣말이 무심히도 쏟아져 나왔다.

"우리 언니 손도 물 안 묻히고 사는 그런 귀한 손으로 만들어 드릴게요."

주인 여자가 빙그레한 얼굴로 말했다.

"귀한 손이 되면 집안 살림은 누가 하고?"

"그거야, 고무장갑이 하면 되죠."

네일숍 여자는 말끝에 활짝 웃음을 지었다.

'언니'라 부르며 스스럼없이 대해줘서 그랬는지 모른다. 대뜸 나간 향자의 반말은 전혀 이상하지 않았다. 네일숍 여자가 한참 어려 보인 까닭도 있었다. 그녀가 손톱을 작품으로 둔갑시키는 동안 향자는 쉴 새 없이 질문을 던졌다. 월세가 얼마냐, 장사는 잘되냐, 숍을 운영한 지는 얼마나 오래됐냐, 어디에 사냐, 결혼은 했냐, 등등.

여자는 대답을 하다가도 곤란한 대목에선 환한 미소를 지었다.

"내가 별걸 다 묻네. 설마 이상한 여자 취급하는 건 아니지?"

"그럼요."

"우리 집 양반이 저쪽 은행 옆에서 부동산을 운영하거든. 가게를 옮긴다거나 할 때, 얘기하면 목 좋은 곳을 소개받을 수 있을지 몰라."

향자는 무안함을 그렇게 면했다. 이번엔 남편에 대해 또 한참을 떠들었다. 여자들끼리 모이면 자식 얘기 아니면, 시댁, 남편에 관한 얘기가 절로 새 나왔다.

네일숍 여자가 호응을 했냐면 아니다. 부동산을 한다니 솔깃한 반응을 보였지만 그게 다였다. 향자는 여자에게 손을 맡겼다. 여자는 스팀 타월로 향자의 손을 닦았다. 오일을 바르고 마사지를 했다.

"관리만 잘해도 고운 손인데."

"남편 잘못 만나 그러지. 손에 물 안 묻히게 해준다더니 이젠 완전 부엌데기 취급이지. 그래도 내 거친 손이 보기 안쓰러웠는지 한참을 뚫어지게 보더라고. 아가씨, 아니, 사장님이라고 불러야 되나?"

말문이 터진 향자는 쉴 새가 없었다.

"진희예요. 그냥, 이름 불러도 돼요, 언니."

"언니? 진희라는 이름도 마음에 들어. 내 입에 아주 착착 달라붙네. 자주 와야겠어. 그래도 되지, 진희 씨?"

"안 오시면, 서운해할 거예요."

향자는 자신이 하는 말마다 반응을 보이는 여자가 고마웠다. 진심으로. 살림만 하는 자신의 손을 고귀한 그 무엇처럼 다뤄주니 여왕이라도 된 기분이었다.

향자의 손은 비단처럼 보드라워졌고 손톱은 감상용이 되었다. 호박에 줄 긋는다고 수박이 되는 것은 아니지만, 못생긴 손을 귀하게 만져주니 향자는 기분이 좋았다. 자신의 손을 보고 남편이 무슨 말을 하게 될지 기대된다.

"오늘은 남편한테 외식하자고 해야겠어. 이 예쁜 손을 구정물에 담기는 좀 그렇잖아."

향자는 자신의 손을 보고 또 봤다.

"남편분이 좋아하셨으면 좋겠어요."

"블링블링하네. 어떤 반응을 보일지 나도 무척 궁금해."

속내를 잘 드러내지 않는 남편이 무슨 생각으로 걸핏하면 향자의 손에 눈길을 주는지, 알 수 없다. 향자를 귀찮게 하는 일도 없이 홀로 조용한 남편. 말 상대를 해주지 않으니 서운한 처사이긴 했다.

남편은 부동산 사무실에서 종일 손님을 상대했다. 휴대폰이 귀에서 떨어져 있는 시간도 별로 없다. 그러니 집에 오면 쉬고 싶은 것이라고. 향자는 남편의 침묵을 밥벌이의 고달픔쯤으로 이해하고 받아들였다. 말수 적은 남자가 훨씬 듬직하다고. 향자는 그래서 결혼도 했다. 아이도 없이 몇 년을 살다보니, 집은 어느새 절간 같은 곳이 되었지만 말이다.

"딸이든, 아들이든 자식이 하나만 있었어도 좋았을 텐데……."

"네? 지금 뭐라고 하셨어요?"

"나 혼자, 한 소리야."

향자의 아쉬운 마음이 저도 모르게 입 밖으로 나왔다. 여자는 또 환한 미소를 흘렸다.

* * *

진희는 경찰의 출두 명령서를 받았다. 학길이 그녀를 상해죄로 고소한 까닭이다. 나아가 살해 의도가 있었다고 떠들어댔다. 벌써 아물고도 남았을 손끝을 베인 상처에 깁스를 하고 나타난 것부터가 작심한 양태였다.

작당한 학길 앞에서 진희는 어떤 말도 하지 못했다. 사색이 된 얼굴로 마냥 있었다.

"손톱 손질하다 보면 그런 일이 생길 수도 있는 거죠. 고의도 아닌 거 같은데, 그만 합의하고 마무리합시다."

경찰은 하품 나는 사건에 시큰둥했다.

"뭐, 그런 일? 절대, 합의 안 해. 한 번만 살려달라고 무릎 꿇고 싹싹 빌어도 시원찮아!"

경찰이 화해하고 끝내자 들면 학길은 더 길길이 날뛰었다.

"거, 참! 얼마나, 큰 상처인지 한번 봅시다. 거, 깁스 한번 풀어봐요?"

"나를 해치려고 한 건 저 여자야. 근데, 나를 치한 취급하는 거야?"

"……."

학길의 분노는 쉽게 가라앉지 않았다.

경찰은 진희에게 사과하고 빨리 끝낼 것을 권유했다. 그녀의 사과에 학길은 뻣뻣하기만 해서 고소사건은 좀처럼 수습되지 않았다. 죄송하다고 하면 말뿐이라고 토를 달았고, 무릎을 꿇으면 손은 빌지 않는다고 트집을 잡았다.

학길의 고소는 죽을죄를 지었다고 진희가 한참을 읍소하고 나서야 유야무야한 일이 됐다. 네일숍으로 돌아온 진희는 기진맥진했다. 아침나절부터 괜한 일로 실랑이를 겪었으니 일이고 뭐고 다 귀찮았다.

예약 손님만 없다면 쉬고 싶었다. 예약을 다른 날로 연기하자고 전할 짬도 없이 손님은 이미 들어와 있었다. 눈앞을 오락가락하는 손님의 손을 보고서야 진희는 정신을 차렸다.

"이런, 완전 넋 놓고 있잖아! 무슨 안 좋은 일이라도 있었어?"

"일은 무슨 일이요? 아무 일도 없었어요."

말은 그렇게 하면서도 진희의 표정은 심상치 않았다.

"아무 일도 없는 게 아닌데, 누가 괴롭혀? 얼굴에 다 쓰여 있어."

"오늘은 뭘 해드릴까요? 매니큐어? 패디?"

"말하고 싶지 않은 모양이네… 큐티클 제거부터 해줘. 그새 많이 자랐어. 그리고 지퍼 올리다가 그동안 기른 손톱이 부러졌지 뭐야. 엉망이 돼서 모양이 안 날 텐데, 어쩌지?"

"패디를 붙여보는 건 어때요?"

"인조 손톱 말하는 거야? 음식에 들어가기라도 하면 어떡하게? 아, 고무장갑이 있었지!"

"아뇨, 이번엔 일회용 비밀 장갑이요."

희미한 웃음이 진희의 입가에 번졌다.

"이왕이면 우아하고 세련되고 품위 있는 걸로… 크리스마스이브에 여고 동창 모임이 있는데 그때까지 유지가 될까?"

"그때는 손에 물 한 방울, 안 묻히고 사는 귀부인 손으로 만들어드릴게요. 부러워서 다들 뒷목 좀 잡을 만큼."

"진짜다?"

"당연한 말씀!"

진희는 조금이나마 생기를 되찾았다. 큐티클 제거용 젤을 꺼내 손님의 손톱에 듬뿍 발랐다. 죽은 살이 불어나는 동안 진열장의 패디를 골랐다. 따로 볼 때는 다 괜찮다. 하지만 저마다의 손에 어울리는 패디는 따로 있다.

오늘 손님의 손에는 정직함이 배어 있다. 어떤 게 정직한 손이냐고 묻는다면, 딱히 설명하기는 어렵다. 직업상 손님의 손을 오래 보아온 진희만의 느낌에 따른 감정이었다.

손님의 진실된 손은 손톱의 모양이 손과 어울렸고, 피부색도 정직했다. 보고 있자니, 어릴 적 자신을 돌봐주던 엄마의 손을 보는 듯했다.

진희는 니퍼로 젤에 불은 큐티클을 제거해 나갔다. 행여, 손끝에 상처라도 낼까 봐 도구를 조심스럽게 다뤘다. 죽은 살들을 발라내고 소프트 버퍼로 손톱을 매끈하게 정돈할 때였다.

"무슨 일이 있었는지, 정말, 말 안 해줄 거야?"

"……"

진희는 손님의 걱정스러운 눈빛과 마주했다. 이내 고개를 숙이고 소프트 버퍼질에 열중했다.

"혼자 속 끓이지 말고, 속이나 시원하게 얘기해 보라니까."

"……"

진희는 손님의 얼굴을 건너다보았다. 마음이 무겁게 내려앉았다. 입술은 착 달라붙었다. 지금껏 누구에게도 해본 적 없는 얘기다.

말을 한다고 해도 자신의 편이 되어줄지는 의문이었다. 남 얘기에 입방아 찧기를 좋아하는 이들. 그들은 매번 여자에게 문제가 있다고 화살을 돌렸다. 먼저 꼬리를 쳤겠지. 여자가 그렇게 실실 웃어대니 그런 사달이 나지. 옷차림이 저 모양이니 그런 일을 당하지.

충분히 괴로웠다. 아니, 과하게 고초를 겪었다. 얼마나 더 버텨야 이 희망 없는 시간들을 끝낼 수 있을지 진희는 알 수 없다. 막막함. 때때로 빛이 통하지 않는 먹이 그녀의 사방에 놓인 듯했다.

흉허물 없이 지내는 손님이라지만 썩은 속내를 내보이고 싶지 않다. 그럼에도 한 번은 누군가에게라도 털어놓고 싶다. 해묵은 고통을 조금은 덜어내고 싶다. 덜어지지 않는다고 해도 진희는 꽉 막힌 먹 같은 답답함을 조금은 지우고 싶었다.

"있잖아요, 실은……."

달라붙은 입술을 진희는 겨우 뗐다. 역시 쉽지 않았다. 땅이 꺼지는 한숨이 나왔다.

"언니라며? 친언니다 생각하고 편하게 말해봐. 친언니가 싫으면 옆집 언니도 괜찮아. 난 무조건 진희 씨 편이야."

"……."

진희는 무조건 자신의 편이라는 말에 참았던 눈물이 왈칵했다. 버퍼질을 멈췄다. 눈물을 삭이지 못한 채였다. 오래도록 홀로 간직했던 지난날이 봇물 터지듯 쓸려 나왔다.

"벗어나기 위해 그토록 노력했는데, 애원도 했는데… 내 인생은 달라진 게 전혀 없어요. 겨우 도망쳤다고 여겼는데, 모든 게 도루묵이 됐어요. 남자 하나 때문에 제 인생은 어디에 있어도 감옥이나 마찬가지였어요."

"사연이 억수로 많은 아가씨였군. 얼마나 힘들었을까나."

손님은 쯧쯧, 혀를 찼다. 말보다 눈물이 먼저 나오는 진희를 끌어안았다. 아이를 달래듯 그녀의 등을 토닥토닥했다. 울음은 쉬이 그치지 않았다. 서러움이 번졌다. 뿌리가 깊어 쉽게 뽑히지도 않았다.

진희의 슬픔이 어디서부터, 어떻게 오는 서글픔인지 손님은 명료히 알지 못했다. 짐작은 하고도 남았다. 진희의 가녀린 어깨가 한동안 들썩거렸다.

"죄송해요, 정말 죄송해요."

"뭐가 죄송해? 그놈이 나쁜 놈이지. 진희 씨, 잘못 하나 없어. 내가 괜한 걸 물은 거야… 엎어진 김에 쉬어간다고 운 김에 실컷 울어. 괴로움이, 고통이, 서러움이 다 빠져나갈 때까지 그렇게 울고 나면 새사람이 되는 거야."

"제 인생을 분질러 놓은 것도 모자라 악마처럼 따라다녔어요."

진희는 맹맹해진 코를 화장지로 팽, 풀어내고 말했다.

＊　＊　＊

향자가 현관에 들어섰을 때였다.

"어디를 쏘다니다가 이제 들어와? 요즘 집에도 통 안 붙어 있고 말이야."

평소보다 이르게 귀가한 그녀의 남편은 짜증 어린 말을 던졌다.

"해가 동쪽으로 졌나? 내가 뭘 하고 다니던, 어딜 가던 관심도 없는 사람이 내 거동을 관찰씩이나 하고… 내가 그렇게 보고 싶었어요?"

향자는 남편의 팔에 매달려 애교를 부렸다.

"손톱은 그게 또 뭐야?"

"아, 이거. 암튼 젊은 아가씨가 솜씨가 좋다니깐. 우리 아파트 단지 앞 사거리에 있는 네일숍에서 한 건데 어때요? 예쁘죠?"

향자는 남편의 눈앞에 양손을 펼쳐 보였다.

남편은 얼어붙은 듯 꼼짝하지 않았다. 왜 그러냐는 듯이 향자의 '여보?'가 건너갔다. 을씨년스럽게도 빙판 갈라지는 듯한 소리가 들려왔다.

"당장, 지워!"

향자는 뜨악했다. 집에서는 큰소리 한번 내지 않고 얌전하기만 하던 남편이다. 밥 줘. 아는? 자자. 이 세 마디가 집에서 하는 전부라는 무뚝뚝한 경상도 사내의 전형. 아이가 없으니, 남편이 퇴근해 내뱉는 말은 밥 줘, 자자. 이 두 마디가 거의 다인 것도 같다.

향자에게는 너무도 무심한 남편. 헤어스타일을 바꿔도 선정적인 란제리를 입어도 말 한마디 보태지 않는다.

"왜 그렇게 화를 내는 건데?"

향자는 기어들어 가는 목소리로 말했다.

"그 손으로 뭘 하겠단 거야? 밥맛 떨어지게시리."

생전 하지 않던 언행이다. 적어도 향자 자신과 만나 결혼해서 사는 오늘날까지 이런 모욕적인 언사는 없었다. 향자는 놀라 벌어진 입을 다물지 못했다.

사람이 곁에 있거나 없거나 본인만의 생각에 젖어 있는 남자. 향자는 마음이 설렜다. 그녀가 만난 남자들의 대부분은 껄떡거리거나 거들먹거리는 면모가 짙었다. 남편은 무심한 듯 점잖았고 그녀의 눈길을 끌었다.

그래서였다. 향자는 조용한 남자의 눈에 들기 위해 심혈을 기울였다. 어떤 때는 꽉 닫힌 그 입으로 학생들 앞에서 수업은 어떻게 하는지 궁금하기도 했다. 호기심을 참지 못해, 결혼 전 남편이 근무하는 학교에 몰래 찾아간 적도 있었다. 수업을 진행하는 남편의 모습을 훔쳐봤다. 그와 결혼해야겠다고 작정했다.

말수가 적기로 치자면 향자도 마찬가지였다. 쓸데없는 일에 미주알고주알 하는 이들을 그녀는 탐탁지 않아 했다. 지금의 남편이 워낙에 말이 없으니, 상대적으로 수다스러운 그녀가 됐을 뿐. 결혼을 주도한 것은 향자였다.

싫었다면 거부했을 것이라고. 식을 올리고 신접살림을 차리고, 남편은 결혼 전과 별반 다르지 않았다. 그게 문제였다. 결혼은 실생활이니까. 아이가 생기면 말없는 남편도 조금은 달라지겠지.

결혼을 하고 수년이 흐르도록 아이 소식은 들려오지 않았다. 병원에 가자는 말이라도 꺼낼라치면 얌전한 남편은 살벌한 눈빛으로 거리를 뒀다.

"결혼하기 전엔 듬직하니 말없는 게 매력이었는데… 정말로 좋았는데, 지금은 왜 이렇게 내 가슴을 찢고 싶으냐."

향자는 다 저녁에 집을 나가 버린 남편이 못내 미웠다. 자신의 손에 관심을 주니, 그것으로라도 마음을 잡아보고 싶었다는 말은 차마 나오지 않았다.

남편은 자정이 넘도록 돌아오지 않았다. 외박하는 날이 잦아졌다. 그래 봐야 사무실 소파에서 자는 거겠지. 향자는 더 깊게 신경 쓰지 않았다. 이혼하자는 말이 나온다면 진지하게 고려해 볼 심산이다.

* * *

네일숍은 밖에서도 그 안이 훤히 들여다보였다. 학길은 매번 손님이 없는 틈을 타 네일숍에 나타났다.

진희는 혼자 있는 시간을 줄였다. 가급적 손님을 오래 붙들어두었다. 다음 손님이 나타날 때까지. 차를 권하고, 알고 있는 네일아트 지식을 늘어놓고, 나아가 단장한 손에 어울리는 패션까지 상세하게, 장황하게 풀어놓기 일쑤였다.

진희의 그런 꼼수를 눈치챈 것일까. 학길은 어느 순간부터 손님이 있어도 막 들어왔다. 뒷전에 앉아 차례를 기다리는 손님처럼 굴었다.

"새 손님이 왔으니 나는 이제 그만 가야겠네. 좋은 얘기 고마워!"

진희는 서둘러 나가는 손님을 붙잡지 못했다. 학길이 손님을 쫓아냈다고 해도 과언은 아니었다. 그녀는 마른침을 꼴깍 삼켰다. 학길과 마주치지 않기 위해 시선을 아래로 놓았다. 능구렁이 한 마리가 네일숍 바닥을 기어다니는 것만 같다. 소름이 진희의 팔을 타고 오소소 번진다.

학길의 시선은 진희가 움직일 때마다 따라서 움직였다.

"이렇게 매일 너를 볼 수 있다니, 꿈만 같아."

"……?!"

"나도 손 관리를 받을까 해. 해줄 거지? 아니, 해줘!"

학길은 관리대 위에 막무가내로 손을 올려놓았다.

진희는 거부하지 못했다. 싫다고 하면, 안 된다고 하면 학길이 또 어떻게 나올지 알 수 없었다. 가게 안에는 그와 자신, 둘뿐이지 않은가 말이다. 그녀는 떨리는 손으로 학길의 손톱에 젤을 발랐다. 초보자처럼 그녀는 서툰 실수를 연발했다.

큐티클 제거를 매일 할 수 없음에도 학길은 거의 매일 네일숍에 나타났다. 여성용 패디 구입을 빌미로 머물고 또 말을 걸었다.

"오빠야, 삼촌이야? 애인인가? 손톱 관리받는 남자는 처음인걸."

네일숍에서 학길과 마주친 손님들은 저마다 한마디씩 했다. 나중에는 학길이 먼저 손님들에게 농담을 건넸다. 우리 여사님 손은 집에만 있기 아깝네. 이런 손은 예술을 하셔야 되는데. 어머나, 그래요. 지금부터라도 그림을 배워야 하나? 나는요, 나는요? 우리 사모님 손은 사업가 손이네. 사업하시죠? 귀신이네, 귀신. 제가 한 손 좀 봅니다. 학길은 농담이 끝나고 나면 패디를 진희의 손님들에게 선물하기까지 했다.

"선생님한테는 팔지 않아요."

진희는 말했지만 학길은 제멋대로 가져갔다. 뻔뻔하고 능글맞았다.

"나도 손님이야. 그럴 순 없지."

학길은 그렇게 네일숍의 손님들과 어울려 놀았다. 진희의 네일숍은 어느 틈엔가 학길의 놀이터가 된 듯했다. 번질나게 드나들었다.

진희가 영업을 마치는 시간이 되면 또 어김없이 나타났다.

"이제, 그만 오세요. 나를 그만 놔주세요. 더는 이렇게 살 수 없어요."

진희는 젖 먹던 힘까지 짜내 겨우 말했다.

"살 수 없다니? 너 때문에 웃고, 너 때문에 마음 아파하는 내가 안 보이니? 너도 알잖아. 내겐 너밖에 없어. 요즘, 나 무척 행복하다. 그 행복 깨지 마. 네가 내 앞에 나타난 그날부터 넌 나의 전부였어."

"선생님, 제발!"

더는 견딜 수 없었다. 진희는 버럭 소리를 질렀다.

"그때 널 고소한 건 널 감방에 넣자고 한 게 아니야. 설마하니 내가, 너를 감방에 보내겠니? 안 될 말이지. 네가 사라진 몇 년 동안 정말이지 죽고 싶었다, 너를 볼 수 없어서… 내 삶이 텅 빈 기분이었어. 근데, 이렇게 또 만난 거야. 네게 좋은 남자가 될게!"

학길은 사랑 앞에 작아진 남자처럼 말했다.

"제발! 제발이요!"

"아니, 얘가 왜 이래?"

"……!"

그때 사과를 하는 게 아니었다. 잘못했다고 용서를 구하는 게 아니었다. 진희는 후회막급했다. 상해죄로 처벌을 받았어야 했다. 차라리 교도소에 들어가 있는 편이 나았을지 모른다.

진희는 초등학생일 때, 부모를 모두 잃었다. 교통사고였다. 그 후로 이모와 함께 살았다. 학교도 옮겼다. 전학한 학교는 작아서 전체 학생 수도 그리 많지 않았다. 학길을 만난 건, 그곳에서였다.

진희는 담임 학길의 학생이었다. 수업 중에 선생의 눈길을 학생이 받는 건 당연한 일이다. 특히, 칭찬받을 일이 있다거나 수업을 방해하는 일을 했다거나 했을 때는 더욱이. 부모를 갑자기 잃은 탓도 있었지만 진희는 슬퍼 보이는 아이였다.

있는 듯 없는 듯 학교생활을 유지했지만 작은 학교에서 전학생은 눈에 띄었다. 진희의 존재감은 그래서였을 것이다. 담임 학길이 세심한 배려를 아끼지 않았던 것도 그래서라고 치부했다. 학기 말의 전학이었고 진희의 겨울방학은 금방 다가왔다.

방학식이 있던 날. 종무식을 마친 학길은 진희를 교무실로 따로 불렀다.

"진희는 휴대폰 없니? 기분 상하게 하려고 하는 말 아냐. 방학 동안 연락할 일이 생길지도 모르잖니. 그래서 물어본 것뿐이니까, 그렇게 정색하지 않아도 돼."

"이모 휴대폰 번호 알려 드려요?"

"나는 진희 네 휴대폰에 대해 물어보는 거야. 없으면 선생님이 하나 사줄까?"

"중학생이 되면 사준다고 했어요, 이모가. 지금은 필요 없기도 하구요."

진희는 거부감을 드러냈다.

"그럴 줄 알았다. 진희는 좀 특별한 숙녀니까. 옛다!"

"이게 뭐예요?"

"방학 동안 읽어보렴. 내가 주는 거니까 꼭 읽어야 된다."

"네."

진희는 얼떨결에 대답했다.

누군가의 관심과 배려를 받는다는 것은 나쁘지 않았다. 담임의 '특별한 숙녀'라는 표현은 마음에 들기까지 했다. 다른 아이들과는 다르다는 것이고 진희의 남다름을 담임이 인정한다는 뜻일 터였다. 한편으로 담임의 남다른 배려가 부모를 잃은 아이라서 그런 것이라는 생각도 지울 수 없었다. 그럴수록 진희는 태연하게 굴었다.

책 읽는 것을 좋아했다면 학길이 건넨 책을 읽었을 것이다. 진희는 들춰보는 것도 마다한 채, 책상 서랍에 방치했다.

방학 중에 담임을 만날 일은 없었다. 동네를 오가자면, 진희는 담임 학길과 종종 마주쳤다.

"안녕! 내가 준 책은 어떻게 다 읽었니?"

몇 번을 마주치고 난 다음이었다.

"그거 방학 숙제인가요?"

"숙제가 아니면 안 읽을 생각이니? 그렇다면 일단, 숙제라고 해두지."

"독후감을 써야 하나요?"

진희의 물음에 학길은 잠시 멍했다. 끝내 쓴웃음을 지었다.

"내가 바라는 건 그게 아닌데… 내가 뭘 하는 짓인지 모르겠다."

학길은 또 보자는 말을 남기고 사라졌다.

방학은 길었다. 동네에서 담임을 만난 뒤로 진희는 방치했던 책을 찾았다. 희곡 '로미오와 줄리엣'이다. 진희는 책을 읽은 다음에도 안 읽은 척했다. 읽었다고 말할 수 없었다. 그것은 담임이 책갈피에 끼워둔 편지를 읽었다는 뜻이니까.

나중에는 어딘가에 잘 둔 것 같은데, 책이 사라졌다고 둘러댔다.

"이모가 읽으려고 가져갔는지도 모를 일이죠."

담임의 기색은 좋지 않았다. 노여움이 깃드는 것도 같았지만 화를 내지는 않았다. 책을 읽고, 아니, 편지를 읽고 답장이나 대답을 기대했겠지만 진희는 내내 모르쇠로 일관했다. 학길의 편지는 수상쩍어서 두려웠다.

6학년이 된 뒤로도 학길의 편지는 계속됐다. 전보다 밀도 있는 내용들이 수시로 배달되었다. 진희가 전학을 왔던 날이나 생일을 챙겼다. 초등학생들이 챙기는 발렌타인데이나 화이트데이, 빼빼로데이, 크리스마스이브에도 편지와 선물을 안겼다. 진희가 받은 선물은 반 친구들에게 돌아갔다. 담임의 편지는 읽지도 않은 채, 쓰레기통에 버렸다.

진희는 중학생이 되어서야 알았다. '로미오와 줄리엣' 책 사이에 끼워 보낸 편지는 시작에 불과했다는 것을. 성인 남자가 그것도 유부남이 자신이 맡고 있는 초등학생에게 보내는 구애 편지라니. 진희는 소름이 돋았다. 마주칠까 조마조마하고 매일이 두려웠다.

학길은 중학생이 된 진희의 학교 앞에도 나타났다.

"진희야, 너는 내가 싫으니? 난 네가 너무 좋은데……."

학길은 수줍은 소년처럼 고백했다.

진희는 숨도 쉬지 않은 채 내달렸다. 학길로부터 도망쳤다. 그의 편지는 이모에게까지 전해졌다. 이혼할 테니 진희를 자신에게 달라는 웃기지도 않는 기막힌 내용이었다.

"미친 새끼!"

이모는 그렇게 한마디로 모든 것을 일축했다. 학길을 스토커로 고소했다. 학교 선생이라는 이유로 받아들여지지 않았다.

학길의 구애 아닌 구애는 진희가 고등학생이 되도록 징그럽게 계속됐다.

"설마, 내가 싫은 건 아니지? 네게 남자는 나 하나뿐이야. 그렇다고 말해봐, 어서!"

* * *

어스름한 골목. 향자는 멍하니 서 있었다. 진희와 함께 있는 남자는 분명 남편이다. 믿기지 않았다. 남편은 그동안 향자가 경험하지 못한 전연 다른 남자였다.

향자는 자신을 두고도 다른 여자에게 구애하는 남편 앞에 선뜻 나서지 못했다. 밤마다 골방에 틀어박혀 남편이 하는 일을 짐작은 했다. 자존심 상하는 일이지만 결혼은 그녀 자신의 선택이었다. 가슴속에 묻어둔 사랑 하나쯤은 누구나 있는 거 아닌가. 그렇게 치부하면서도 남편의 행동을 이해하는 건 쉽지 않았다.

밤마다 써대는 글의 내용은 알고 싶지 않았다. 언제부터인가 골방에 혼자 틀어박혀 있는 일이 줄어들었다. 걸핏하면 향자에게 트집을 잡고 외박하는 날이 잦아지면서였다.

"요즘은 그 글인가, 뭔가 안 쓰나 봐?"

"내 사생활이야."

향자는 사생활이란 말에 상처를 받았다. 부부지간에 사생활이라니. 하지만 남편의 말은 싸늘해서 따지고 싶어도 그럴 수 없었다.

"저 방문을 여는 그날이 당신과 내가 법원에 가는 날인 줄로만 알아."

늘 잠겨 있는 문. 그럼에도 남편은 향자에게 으름장을 놓았다.

부부라고 해도 각자의 비밀 하나쯤은 있다. 향자는 존중해 주고 싶었다. 청소하게 열어달라는 말에도 남편은 그럴 필요 없다고 손을 내저었다.

향자는 그날에 작심했다. 열쇠를 들고 남편의 골방 앞에 섰다. 남몰래 나쁜 짓을 저지르는 사람처럼 심장이 쿵쾅댔다. 방에는 책장 하나에 앉은뱅이책상 하나가 전부다. 아니, 라면 박스만 한 종이 상자 세 개가 더 있었다. 그녀는 상자의 뚜껑을 열었다. 편지가 한가득이다. 그것도 형형색색 봉투에 담긴 편지가.

그중의 하나를 꺼내 읽었다. 남편이 몰래 쓰던 글들은 소설이나 잡글이 아닌 연서였다. 죄 남편이 쓴 것이고 보면 부치지 못한 편지였다. 다행이라고 해야 하나? 버젓이 아내인 자신이 있는데? 향자의 모멸감은 한순간에 들이닥쳤다.

편지에 등장하는 진희는 향자가 아는 네일숍의 진희와 이름이 같았다. 진희가 세상에 한 명만 있는 것은 아니잖은가. 그들의 나이차를 생각하면 웃어넘길 일이다. 구구절절한 연서는 향자를 남편으로부터 뚝 떼어놓았다.

낯선 남자의 흔적이 골방에 있었다. 향자는 그곳에 머물지 못했다. 집을 뛰쳐나왔다. 열불이 나서 그대로 있을 수가 없었다. 네일숍 진희에게 들은 얘기가 남편의 편지와 중첩되었기에 더욱이.

그 진희가, 진희가 아니기를 잠시나마 절실하게도 기원했다. 하지만 나쁜 예감은 왜 그렇게 항상 비껴가지 않는지. 향자는 남편과 진희가 함께 있는 것을 목격하고야 말았다.

"이러지 말라구요. 계속 이러면 선생님 경찰에 신고할 거예요!"

진희의 새된 소리가 향자의 귀에 닿았다.

향자의 머릿속이 수세미처럼 뒤죽박죽으로 얽혀들었다. 한 걸음도 더는 그들 가까이 가지 못했다. 향자는 뒤돌아섰고 몸을 숨겼다. 유령의 다리로 걸음을 떼기 시작했다.

"손톱 관리를 받으러 왔을 거야. 여자만 손톱 관리를 받으란 법은 없잖아. 남자한테도 손톱이 있잖아. 가만, 진희가 내 남편더러 선생님이라고 했던 것 같은데……."

향자는 실성한 사람처럼 홀로 중얼중얼했다.

*　*　*

크리스마스이브. 상구는 중요한 결심을 하나 했다. 홀로 키워온 감정이지만 오늘은 필히 고백이라도 해봐야겠다. 꽃집에 들러 붉은 장미 한 다발을 샀다. 어떤 꽃을 좋아하는지 알 수 있다면 좋으련만 몰라서 아쉬웠다. 초콜릿 케이크와 와인도 샀다.

"오늘은 크리스마스이브잖아. 사람들은 광장에서 촛불 집회를 하겠지만 난 그녀의 네일숍에서 케이크에 촛불을 붙일 거야. 어떤 촛불이든 촛불의 소원이 이뤄지면 좋겠다."

상구는 혼잣말과 함께 네일숍으로 향했다. 불이 켜져 있는 것을 확인한 후였지만 서둘렀다. 그사이 네일숍을 닫기라도 한다면 모든 계획이 수포로 돌아갈 것이다.

상구는 숍의 문 앞에서 심호흡을 했다. 그리고 그때였다. 진희의 새된 비명이 안에서 들려온 것은. 화들짝 놀란 상구는 안으로 급히 들어갔다. 진희가 자신을 덮치려는 학길을 향해 큐티클 니퍼를 마구 휘둘러댔다.

학길이 쓰러지자, 혼비백산한 진희는 도망쳤다. 큐티클 니퍼를 바닥에 내동댕이치고서였다. 학길과 상구, 그들은 주인 없는 네일숍에 있었다.

"이봐요! 이제 그만 일어나시죠?"

상구는 운동화 발로 그를 툭툭 찼다. 몇 번을 반복했지만 학길은 꿈쩍하지 않았다. 축 늘어졌다. 죽기라도 한 걸까, 이렇게 쉽게?

피 묻은 큐티클 니퍼가 그의 머리 옆에서 뒹굴었다. 이대로 두면 여자가 곤란한 일을 겪게 될 것이다. 상구는 시체를 부축했다. 그렇지 않아도 네일숍을 뻔질나게 드나드는 학길이 마뜩치 않던 참이었다.

상구는 사람들의 눈을 피해 최대한 자연스럽게 부동산 사무실로 그를 옮겼다. 학길이 숍에서 그리 멀지 않은 곳에서 부동산 중개업을 하고 있다는 사실은 벌써부터 알고 있었다. 그가 한 여자의 남편이란 것도, 상구 자신이 사랑하는 진희가 그를 징그러운 벌레 보듯한다는 것도. 자칫, 스토커로 오해받을 수 있지만 대수는 아니었다.

진희가 숍으로 다시 왔을 때, 학길은 보이지 않았다. 그가 흘린 피 대신, 깨진 와인 병에서 흘러나온 붉은 와인과 망가진 케이크가 바닥에 얼룩을 만들었다.

"신고해야 해요, 안 그럼 그 남자가 날 또 고소할 거예요."

장미 다발을 들고 상구가 네일숍에 다시 나타났을 때였다. 진희는 휴대폰을 손에 쥐고 있었다.

"제가 와인 병을 깨뜨려서 바닥을 좀 더럽혔기로서니, 신고까지 할 일은 아닌 것 같습니다만, 제가 말끔히 치워놓겠습니다."

상구는 그녀의 손에서 휴대폰을 뺏어 들고 말했다. 그러고는 깨진 병 조각들을 주워 담기 시작했다. 화장실에 있는 대걸레를 가져다 와인이 쏟아진 바닥을 말끔히 닦았다.

"뭐 하는 거예요, 이게?"

"진희 씨는 그 남자를 본 적 없는 겁니다… 그 남자는 오늘 여기

오지 않았으니까. 시체는 제가 치웠습니다."

"…시, 시체라고요? 죽, 죽었단 거예요?"

시체라는 말에 진희는 사색이 됐다.

*   *   *

"남편이 집에 들어오지 않았어요. 크리스마스이브이긴 했으나 찾고 싶은 마음은 없었어요. 다툼이 좀 있었거든요. 새벽이 되어도 들어오지 않기에 부동산 사무실로 갔어요. 천연덕스럽게 소파에서 자고 있더군요. 나도 모르게 쿠션으로 손이 갔어요. 그걸로 남편의 얼굴을 짓눌렀어요. 술에 취했는지 세상모르고 자고 있었던 거예요."

향자는 차분했다. 하룻밤 새 배신의 강을 건넌 남편이었다. 그의 죽음에 애도나 죄책감 따위는 드러내지 않았다.

"선생님이 언니의 남편인 줄은 몰랐어요."

진희는 비교적 담담했다. 어젯밤만 해도 하얗게 질려 뭘 어떻게 해야 되는 것인지 당혹스럽기만 했다. 크리스마스의 아침이 밝아오고 진희의 머릿속도 정리되어 갔다. 감시당하고 쫓기는 것 같은 불안하고 고통스러운 하루하루를 버텼다. 학길이 없으니, 교도소에 있더라도 마음만은 평온하지 않을 것인가.

"선생은 무슨 얼어 죽을 놈의 선생!"

"언니한테는 죄송해요."

"진희 씨가 나한테 죄송할 건 없어. 이제와 생각하니 그 인간, 나랑 결혼할 때도 이혼남이란 걸 밝히지 않았거든. 학교에 사표를 냈을 때도 나랑 상의 한마디 없던 인간이지. 내가 지금껏 누구랑 살았는지도 모르겠어."

향자는 정을 떼듯, 서운함만 드러냈다.

"그런 놈은 죽어도 쌉니다. 사랑한다는 굴레를 씌우고 어린 제자의 미래를 암흑으로 물들인 놈이니까."

상구는 어금니를 앙다물고 말했다. 시체를 옮기고 큐티클 니퍼를 학길의 손에 쥐어주고 온 이는 상구였다. 진희의 흔적을 지우기 위해.

의식을 잃었을망정 그의 면상에 통쾌하게 주먹을 날려주었다. 사랑을 받아주지 않는 여자로 인해 자해를 한 모양이라고 둘러댈 변명거리가 있어야 했다.

"지금, 세 분 다 내가 김학길을 죽였다고 시인하는 거죠?"

차일은 확인조로 되물었다. 진희와 향자, 그리고 상구는 '네'라는 대답과 동시에 일제히 고개를 주억거렸다.

"당신은 큐티클 니퍼로 머리를 가격했고, 당신은 면상을 날려 사건을 위장했고, 당신은 쿠션으로 남편의 숨통을 막아서 죽인 겁니다. 나중에 내가 죽인 게 아니라고 번복하면 안 됩니다."

이번에도 그들의 대답은 똑같이 '네'였다. 차일은 긴 말을 하지 않았다. 그들을 살인범으로 유치장에 가뒀다. 신문은 아직 끝나지 않았다. 이제 시작이다. 크리스마스의 밤을 경찰서에서 그들과 함께 보내고 싶은 마음은 없었다.

어차피 부검 결과가 나와봐야 확실한 결과를 알 터였다. 서로가 범인이라고 우기니 급할 것도 없었다. 차일은 잠깐이라도 집에 들어가 눈을 붙이고 다시 나올 생각이었다.

1박 2일의 촛불 집회는 오전 중에 이미 끝나 있었다. 이름 없는 이들의 고통과 염원이 한데 섞였다가 물러간 자리. 광장은 비었고 거리는 쓸쓸했다. 뜨거운 광장의 열기만큼 개혁의 바람을 몰고 올 수 있을까?

　차일은 답답했다. 크리스마스에 마주한 사건 때문인지, 광장의 촛불 때문인지 알기 어려웠다. 잘못된 지난 생과의 이별은 피를 봐야만 끝낼 수 있는 것인지도 모를 일이다. 버텨온 시간은 참혹하고 가해자로 변하는 그 순간은 참으로 얄궂다. 그의 무거운 마음은 쉬이 풀리지 않았다.

　집에 들어와 차일이 씻고 나왔을 때였다. 시체가 사라졌다는 한 통의 전화가 걸려왔다.

　"시체가 사라졌다고?"

　참으로 묘한 일이다. 차일은 사라진 시체가 어디에 있는지, 누가 가져갔는지 궁금하지 않았다. 다만, 종일 답답하던 체증이 뚫리는 것을 느꼈다.

　"시체가 살아서 돌아다니고 있다면 더 좋은 일이지. 모두의 크리스마스가 될지도 모르잖아."

　차일은 잠깐이나마 깊은 잠을 이룰 수 있을 것 같다는 생각을 하며 잠자리에 들었다.

Revenge by Blood

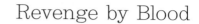

윤자영

추리소설 쓰는 생물 선생님. 학교에서 배운 과학 지식을 활용하여 추리소설을 쓰고 있으며,
물리학 지식을 이용한 단편소설 「피, 그리고 복수」로
제2회 엔블록 미스터리 걸작선 공모전에 당선되었다.
2015년 〈계간 미스터리〉에서 「습작소설」로 신인상을 수상하며 등단하였고,
발표한 작품으로는 단편 「시험지 빼돌리기 대작전」, 「안전 고리 밀실 살인」,
「20만 원은 어디로 갔을까?」와 장편 『십자도 시나리오』가 있다.

박병진이 눈을 떴을 때 주위에 하얀 옷을 입은 사람들이 많았다. 처음에 자신이 어디 있는지 몰랐지만 금방 병원이라는 것을 깨달았다. 멍한 눈을 몇 번 껌벅이다가 무슨 생각이라도 났는지 소리치며 발버둥 쳤다.

"여보! 형곤아! 악~"

박병진은 왼쪽 팔에 깁스를 하고 있었고, 머리에도 붕대가 감겨 있었다. 누가 보더라도 크게 다친 것을 알 수 있었다. 그의 발버둥에 팔에 연결되어 있던 링거 스탠드가 쓰러졌다. 소란에 주변에 있던 간호사가 달려와 박병진을 진정시켰다. 박병진은 떨리는 손으로 간호사의 팔을 거칠게 잡고는 물었다.

"내… 내 아내와 아… 아들은 어떻게 되었어요?"

간호사는 박병진이 잡은 팔이 아팠는지 인상을 찌푸리며 팔을 빼

냈다.

"둘 다 중환자실에 있어요."

그 말을 들은 박병진은 다행이라는 표정을 지으며 안도의 한숨을 내쉬었다. 중환자실에 있다는 것은 아내와 아들이 죽지 않았다는 것이기 때문이다. 긴장이 풀려서인지 깁스한 팔의 아픔이 전해져 팔을 가슴 안쪽으로 움츠리며 신음했다. 병실 안쪽의 소란을 들었는지 병실 문이 열리며 깔끔한 정장을 입은 사내와 검은색 가죽 잠바를 입은 사내가 들어왔다. 가죽 잠바를 입은 사내가 경찰 신분증을 박병진에게 내보였다.

"남부서 교통 조사계 추원석 경사입니다. 박병진 씨 이제 깨어나셨네요. 정신이 드세요?"

"네, 아내와 아들이 중환자실에 있다는데 괜찮은 거죠?"

추원석 경사는 신분증을 다시 안주머니에 넣었다.

"뭐 둘 다 중환자실에서 깨어나지 못하고 있지만, 아드님은 머리 외에 특별한 외상은 없어요."

"그래요? 다행이네요. 지금이 며칠이에요? 제가 얼마나 이렇게 있었죠?"

"교통사고가 난 지 이틀 만에 깨어났습니다. 박병진 씨는 크게 다치지는 않았어요. 한데, 머리에 충격이 있어 그런지 쉽게 깨어나지 못했어요. 천만다행으로 왼쪽 팔만 골절되었습니다."

추원석 경사는 손가락으로 박병진의 깁스한 팔을 가리켰다.

"그리고 머리가 조금 아프시죠? 검사 결과 뇌에 이상은 없는데 머리 피부가 찢어져 수십 바늘 꿰매서 그럴 겁니다. 교통사고가 났었는데 그때 상황이 기억나세요?"

박병진은 이틀 전 교통사고를 생각하는지 잠시 천장을 응시하다가 입술을 움직였다.

"네, 기억나요. 우리 가족은 알고 지내는 친구 집에 놀러 갔어요. 제가 술 한잔 걸친지라 운전하지 못하고 택시를 잡으려고 큰길로 나왔어요. 횡단보도를 건너는데 자동차가 달려왔어요. 맞아요. SUV 자동차에 교통사고를 당했네요."

검은색 정장을 입은 사내는 박병진이 하는 말들을 수첩에 적다가 궁금한지 질문하였다.

"박병진 씨, 그때 횡단보도 신호가 무슨 색이었습니까?"

박병진은 어이없는 질문을 한 사내가 불쾌한지 사내를 보며 쏘아붙였다.

"당연히 파란불이죠. 그런데 당신도 경찰입니까?"

"아! 제 소개를 깜박했네요. 저는 가해 차량의 보험사 직원인 백정훈입니다. 박병진 씨도 정확하게 협조 부탁드립니다. 그래야 빠른 시일에 보험금을 받을 수 있어요. 박병진 씨가 조금 전에 술을 마셨다고 했는데 파란불인 것을 어떻게 정확하게 기억하지요?"

박병진은 갑자기 분노가 치밀었다.

"야, 개새끼야! 사람이 이렇게 누워 있는데 돈 얘기를 해야겠어? 가해자 이 새끼 어디 있어? 가해자부터 데려와."

흥분한 박병진을 추원석 경사가 진정시켰다.

"박병진 씨, 진정하세요. 가해자도 가벼운 부상이긴 하지만 다른 병원에 입원하고 있습니다. 곧 병원을 찾아오겠죠."

"가해자는 누굽니까? 어떤 사람이에요?"

추원석 경사는 수첩을 꺼내 열었다.

"가해자는 39세 남성이고 이름은 한강철입니다. 이제 깨어나셨으니 사건 경위를 간략하게 설명해 드리는 것이 좋겠네요. 그동안 경찰이 조사한 결과를 말씀드리면 이틀 전 11월 23일 새벽 1시 10분경에 서장남로 햇빛 다세대 주택 앞 세 번째 횡단보도에서 박병진 씨 가족 3명이 건너는 것을 서장고등학교 쪽으로 한강철 씨가 운전하던 SUV 차량이 추돌한 사건입니다. 가해자의 음주 검사 결과 음주는 없었고 사고 직후 한강철 씨의 신고로 박병진 씨 가족이 이렇게 병원에 와 있습니다."

추원석 경사는 다 읽었는지 수첩을 접었다.

"그런데요. 한강철 씨의 진술로는 본인은 차량 신호가 초록 신호였고, 정상 주행을 하고 있었다고 합니다. 늦은 시간이라서 그런지 목격자가 한 명뿐이었어요. 골목에서 큰길로 나오고 있었는데 '끽~'하는 사고 소리가 나서 뛰어나왔대요. 목격자가 보았을 때, 보행 신호가 분명 빨간불이었다고 합니다."

박병진은 어이가 없었다. 술을 마셨지만, 분명히 기억하고 있었다.

"분명 파란불이었어요. 아이도 같이 있는데 신호를 어기겠습니까?"

이때 백정훈이 또 끼어들었다.

"지금 가해자도 생각해 주셔야 해요. 그분도 당신들의 무단 횡단 사고로 충격이 큽니다. 직장도 못 나가고 있어요."

박병진은 백정훈의 말을 듣고 있자니 머리가 아파지기 시작했다.

"분명 파란불이었다니까! 으~"

추원석 경사는 더 이상의 질문은 안 될 것 같다고 생각되었는지 김정훈에게 나가자고 눈짓하였다.

"이제 깨어나셨으니 일단은 몸조리 잘하시고 오늘은 이만 가보겠습니다. 또 찾아뵙겠습니다."

추원석 경사는 백정훈을 데리고 병실 밖으로 나갔다. 백정훈은 궁금증을 풀지 못해 아쉬웠지만 억지로 끌려 나갔다.

두 사람이 나간 후 박병진은 눈을 감았다. 그리고 그날의 일을 다시 기억해 냈다. 분명 아내, 아들과 함께 캐럴 '울면 안 돼'를 부르며 횡단보도를 건넜던 것이 기억났다.

'분명히 파란불이었어. 우리 잘못이 아니야.'

이때 박병진의 어머니가 울면서 들어왔다. 사고 소식을 접하고 시골에서 올라왔을 것이다.

"아이고 아범아, 이제 깨어났느냐? 엉~ 이제 어떡하면 좋으냐?"

"어머니, 이제 걱정하지 마세요. 깨어났으니까 이제 점점 좋아지겠죠."

박병진의 말에도 계속 흐느끼는 어머니가 이상했다.

"어머니! 무슨 일 있어요? 애한테 무슨 일 있는 거예요?"

"흐흐흑~ 애 엄마가 식물인간이 될 거란다."

* * *

가해자는 사고가 난 지 일주일 만에 병원에 나타났다. 가해자는 처음에 보았던 추원석 경사와 보험사 직원인 백정훈을 대동하여 병원으로 찾아왔다. 가해자 한강철은 왼팔에 깁스를 하고 있었다. 그는 오른손으로 양복 안쪽 주머니를 뒤지더니 명함을 한 장 꺼내 주었다. 명함을 보니 한강철은 인천 지방검찰청 검사였다. 검사다운 근엄한 목소리로 한강철이 말했다.

"몸은 어떠세요?"

박병진은 분노에 찬 얼굴로 한강철을 올려보다가 창문으로 얼굴을 돌리며 말했다.

"당신도 알겠지만, 아내가 아직 깨어나지도 못하고 있고, 깨어나도 식물인간이라고 합니다. 험한 꼴 당하지 않으려면 빨리 나가세요. 지금은 당신과 얼굴을 마주하고 싶지도 않아요."

한강철은 직업 때문인지 법원에서 구형을 내리는 듯한 목소리로 박병진의 등에 대고 말했다.

"제가 직업상 바쁜 관계로 앞으로 찾아뵙지 못할 것 같습니다. 앞으로의 보상 문제는 여기 보험 담당자와 이야기하십시오. 아무튼, 빠른 쾌유를 빕니다."

말을 마친 한강철 검사는 뒤돌아서 문 쪽으로 걸어갔다.

박병진은 한강철이 미안하다는 말 하나 안 하는 것에 분노가 치밀어 베고 있던 베개를 들어 던졌다. 포물선을 그리며 날아간 베개는 한강철의 머리에 맞고 바닥에 떨어졌다. 한강철은 제자리에 섰고, 박병진은 그의 뒤통수에 대고 소리쳤다.

"야 이놈아! 검사가 그렇게 잘났냐? 사람이 이 지경이 됐는데 미안하단 말 한마디 하는 것이 그렇게 어려우냐? 검사니 알 거 아니야? 너 같은 놈이야말로 콩밥 좀 먹어야 해!"

한강철은 몸은 그대로 두고 고개만 반쯤 뒤로 돌린 채 박병진에게 말했다.

"법에 대해 잘 모르는 것 같으니 말해 드리죠. 사망사고가 아니므로 형사상으로 기소되지 않습니다. 그리고 앞으로 볼 일도 없겠지만 이런 무례한 짓을 다시는 하지 마십시오. 저는 이런 대우를 받을 사람이 아닙니다. 오히려 제가 무단횡단 사고의 피해자예요."

한강철은 자기 할 말만 하고는 병실 밖으로 빠져나갔다. 뒤에서 쩔쩔매며 따라다니던 추원석 경사와 백정훈은 검사를 배웅했는지 잠시 뒤에 다시 병실로 들어왔다. 먼저 추원석 경사가 말을 꺼냈다.

"박병진 씨, 그동안 경찰에서 조사한 결과를 바탕으로 1차 결론을 내렸습니다. 저번에도 말했지만, 적색 신호 시 무단 횡단으로 결론이 났습니다. 한 명의 목격자가 결정적이었어요."

결과를 들은 박병진은 답답할 노릇이었다.

"정말 파란불이었다니까. 정말 아무 증거가 없어요? 목격자가 더 없어요? CCTV, 블랙박스 영상이 하나도 없어요?"

"박병진 씨도 알 거 아닙니까? 늦은 시간이기도 하고, 그 동네가 외져서 목격자 찾기가 힘들다는 것을요. 그리고 목격자를 찾는다는 현수막을 붙였어요. 사고 나고 일주일이 지났지만, 더 이상의 목격자가 나타나지 않는 것으로 보아 더 이상은 없는 것 같습니다. 또 햇빛빌라들 옆길이 제법 넓어서 주민들이 거기에 주차하는지 큰 도로에 주차된 차량은 없었습니다. 블랙박스 영상을 찾는다는 것도 현수막에 적혀 있으니 나타나면 추가로 알려 드리겠습니다. 그리고 박병진 씨가 술을 드신 것이 불리하게 작용한 것 같아요."

아직 깨어나지 못하는 아내와 7살짜리 형곤이 생각에 눈물이 흘렀다. 박병진은 몸을 창가로 돌려 흐느꼈다. 백정훈은 눈치 없게 그 뒤에 대고 말했다.

"저도 어쩔 수 없이 말씀드려야겠네요. 보통 적색 신호 시 사고가 나면 피해자의 책임이 70%가 됩니다. 경찰에서 스키드 마크를 분석한 결과 사고 당시 자동차의 속도가 60㎞ 후반 때였습니다. 정상 주행 속도가 60㎞인 도로이니 책임 경감 사유가 됩니다. 또한, 3명을 확인 못한 가해자의 책임도 증가하여, 50% 배상 책임이 결정 났습니다. 이는 경찰의 최종 판정에 따라 바뀔 수 있습니다."

로봇 같은 백정훈의 설명에 박병진은 뒤로 돌아 소리쳤다.

"파란불이었다고!"

"진정하세요. 보험사는 규정에 따라서만 처리하고 있습니다. 그리고 설사 파란불이었더라도 사망 사고가 아니므로 형사상으로 기소되지는 않습니다."

"그게 중요한 게 아니야! 그 검사 놈이 신호만 지켰어도 우리 가족은 이렇게 되지 않았다고! 당신도 꼴 보기 싫으니 당장 나가!"

백정훈이 더 무슨 말을 하려는 것을 추원석 경사가 제지하였다. 추원석 경사는 명함을 한 장 꺼내 탁자에 올리며 말했다.

"사모님과 아들의 정신이 들면 연락 한번 주세요. 당시 사건을 다시 조사하겠습니다. 그럼 몸조리 잘하십시오."

＊　　＊　　＊

그날 오후 아내와 아들이 깨어났지만 좋은 소식과 나쁜 소식이 있었다. 좋은 소식은 아내의 상태가 생각보다 괜찮아서 하체는 마비되었지만 팔은 움직일 수 있다는 것이고, 나쁜 소식은 아들이 머리를 심하게 다쳐서 정신지체를 갖게 될 가능성이 높다는 것이었다. 아내는 하반신 마비라는 자신의 상황을 받아들이기 힘들었는지 자해를 하는 등의 소란을 피웠다. 박병진은 아내를 진정시키고 말했다.

"여보, 진정해야지. 그래도 누구 하나 죽지 않았으니 다행이지 않아?"

"……."

아내는 대답이 없었다.

"여보, 그때 신호등 색깔 기억나?"

아내는 이불을 머리까지 올린 후 괴성을 지르며 다시 울부짖기 시작했다. 우는 아내와 눈만 껌벅이면서 천장을 응시하고 있는 아들을 보고 있자니 화가 치밀어 올랐다.

박병진은 어느 정도 몸을 움직일 수 있어서 퇴원 수속을 하였다. 아내와 아들을 일반 병실로 이동시킨 후 남부 경찰서 교통 조사계로 찾아갔다.

병원으로 찾아왔었던 추원석 경사는 자리에 앉아서 컴퓨터 화면을 보고 있었다. 박병진은 조용히 다가가 경사를 불렀다.

"저, 추원석 경사님!"

뒤를 돌아본 추원석 경사는 자리에서 일어났다.

"아, 박병진 씨, 퇴원하셨군요."

추원석은 박병진을 가운데 테이블로 안내했다.

"움직일 수 있으시니 다행이네요. 사모님이 깨어나셨나요?"

"네, 그렇습니다. 다행인지 전신 마비가 아니라 하반신만 마비되었네요. 아들은 머리에 충격이 큰지 인지 능력이 떨어질 것이라 합니다."

"차차 좋아지겠죠… 그런데 어쩐 일로 찾아오셨나요?"

"네. 사건에 대해 자세히 알고 싶은 것이 있어서요. 가해자를 형사처벌할 수는 없는 겁니까? 마누라랑 아들을 보고 있자니 화가 나서 미치겠어요."

추원석 경사는 가만히 생각을 하더니 몸을 앞으로 숙여 대답했다.

"사실 박병진 씨 사연이 안타깝기는 하나 저번에 말해드렸듯이 종합 보험에 가입하고 10대 중과실이 아니라면 형사처벌을 받지 않습니다. 이번 사고가 신호 위반도 아니고 규정 속도를 20㎞/h 이상 초과한 것도 아니고 사망사고도 아니므로 가해자는 형사처벌을 받지 않습니다."

박병진은 이런 개똥 같은 법이 있나 분노했다.

"맞아요. 가해자! 그 검사 놈의 차량에는 블랙박스가 없었나요?"

"그게 블랙박스가 중국 복제품이라서 고장이 나 있었어요. 차량을 살 때 서비스로 달아준 모양인데 가해자 본인도 고장난지 몰랐다고 합니다."

박병진은 저도 모르게 테이블을 주먹으로 내려쳤다. 사무실 형사들의 시선이 박병진에게 쏠렸다.

"죄송합니다. …당시 차가 굉장히 빠르게 오던 것이 느껴졌는데, 차량 속도 조사는 제대로 된 것입니까?"

"아시다시피 스키드 마크를 가지고 산출된 정확한 수치입니다. 이

건 명백한 사실이에요. 다만 박병진 씨는 파란불에 건넜다고 하니 그것을 증명해 보면 될 것 같아요. 하지만 더 이상의 목격자가 나오지 않고 있어요."

박병진은 더는 어쩔 수 없어 입술을 깨물었다. 이때 박병진의 전화벨이 울렸다. 어머님이었다.

"네, 어머님."

전화기 저편에서 어떤 말이 나오고 있는지 박병진의 눈은 초점 없이 흔들렸다.

"네?! 뭐라고요?"

박병진의 아내는 심각한 장애를 받아들일 수 없었는지 유리컵을 깨 손목을 깊게 찔러 자살하였다. 박병진은 장례 기간 내내 한강철에 대한 복수심이 커져만 갔다. 추원석 경사도 오고 보험사의 백정훈도 왔지만 뻔뻔한 한강철은 끝내 장례식장에 나타나지 않았다. 박병진은 화장터에서 아내의 관이 타는 것을 보며 다짐했다.

'한강철! 내 반드시 너를 그 자리에서 끌어내리리라.'

* * *

장례식을 마치고 박병진은 사고 현장으로 갔다. 사고를 직접 조사해 보기 위함이었다. 사고 현장에는 스키드 마크가 있었지만 뭔가 부자연스러웠다. 모양이 이상한 것이 인위적으로 지운 흔적 같아 보였다.

"그래, 스키드 마크를 조작했다 이거지? 내가 반드시 신호 위반임을 증명해 보겠어. 뭐 블랙박스가 중국산이라 고장이 나 있었다고?

지나가던 개가 웃겠다."

　박병진은 사고 당시 시간인 새벽 1시에 다시 현장으로 왔다. 사고가 난 횡단보도 바로 옆 골목을 보았다. 골목 양쪽으로 차량이 주차되어 있었다. 다행스러운 것은 이 지역 주민들은 묵시적으로 자신의 주차 자리가 있었다. 다음 골목도 마찬가지였다. 맨 바깥쪽에 주차된 차량의 블랙박스라면 사건 당시 영상을 볼 수 있을 것이다.

　"됐어. 잘하면 증명할 수 있겠어."

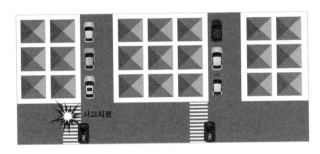

　박병진은 노트북을 가지고 새벽에 다시 와 가장 바깥쪽 차량의 주인이 출근하기를 기다렸다. 6시 40분쯤에 정장을 입은 20대 후반의 남자가 차에 타려고 하였다. 박병진은 그 남자에게 가서 말했다.

　"저기 죄송합니다."

　남성은 박병진을 위아래로 훑어보았다.

　"뭐죠? 혹시 경찰인가요?"

　"아닙니다. 경찰이 이미 왔었나요?"

　"네, 열흘 전쯤 사고에 관해 물어봤었죠. 블랙박스 영상에 대해서도 물어보고요. 저번에도 조사했었지만 제가 차를 뒤쪽으로 주차해서 큰길 차도 쪽 영상이 없었어요."

박병진은 실망했다.

"네, 그랬군요. 전 사고 피해자입니다. 죄송하지만 혹시 모르니 당시 영상이라도 좀 다운받겠습니다."

박병진은 사고 시각의 영상을 노트북에 다운 받은 후 사고지점에서 위로 50m쯤에 있는 다음 골목으로 갔다. 맨 바깥쪽 차량이 큰길을 향하고 서 있었다. 오전 9시까지 기다려도 차 주인이 나오지 않는 것으로 보아 차 주인은 가정주부일 것이다. 박병진은 차량 앞에 십자수로 놓은 전화번호로 연결을 시도했다. 통화 신호가 몇 번 울리자 전화기 저편에서는 예상대로 여성의 목소리가 흘러나왔다.

"네, 5979 차량 주인 되시죠?"

-네, 그렇습니다만 누구시죠?

여자의 까칠한 목소리로 보아 그냥 부탁하면 나오지 않을 것 같아 박병진은 경찰을 사칭하기로 했다.

"네, 남부서 교통조사계의 추원석 경사입니다. 교통사고 때문에 그렇습니다."

-교통사고가 있었나요?

여자가 교통사고에 대해 모르는 것으로 보아 경찰이 여기까지는 와보지 않은 것 같았다.

"차량 블랙박스 영상을 좀 확인해 보겠습니다. 잠시만 나와주실 수 있나요?"

잠시 뜸들이다 여자가 대답했다.

-잠시만 기다리세요.

잠시 뒤에 나온 여자는 박병진을 진짜 경찰이 맞는지 의문스러운 눈빛으로 보았다. 박병진은 이를 간파하고 주머니에 있는 추원석 경사의 명함을 건넸다. 명함을 받은 여자는 잠시 동안 명함을 보더니 차량 문을 열었다.

"고맙습니다. 잠시만 영상을 보도록 하겠습니다."

박병진은 블랙박스의 SD카드를 빼서 노트북에 연결하였다. 11월 23일 새벽 1시경으로 거슬러 올라가니 다행스럽게 영상이 남아 있었다. 영상을 재생하니 가해자의 SUV가 지나가는 것이 보였다. 요즘 블랙박스가 풀 HD 영상이라 선명한 화질이었다. 박병진은 영상 파일을 노트북에 다운받고 SD카드를 다시 블랙박스에 꽂았다.

"협조해 주셔서 감사합니다."

박병진은 영상을 분석하기 위해 주변 빵집으로 들어갔다. 아메리카노를 한 잔 시킨 후 한강철의 SUV 차량이 지나가는 장면을 여러 번 슬로우로 재생시켰다.

"오케이, 잘하면 증명할 수 있겠어."

박병진은 의문스러운 말만 되풀이하며 몇 번이고 영상을 재생시켰다.

박병진은 추원석 경사와 만나기로 약속을 한 후 오후에 경찰서를 방문하였다. 전화로 증거를 찾았노라고 말했었기에 만나자마자 추원석 경사가 궁금한 듯 증거에 대해 재촉하여 물었다.

"그래, 형사처벌할 수 있는 증거를 찾았다더니 뭡니까?"

"잠시만 기다리세요. 아, 이제 켜졌네요. 제가 블랙박스 영상을 확보했습니다. 이 영상의 위치는 사고 지점에서 위쪽으로 약 40m가량에 위치한 골목에 있는 첫 번째 차량의 영상이에요. 자, 여기를 보세요. 가해 차량이 지나가지요?"

추원석 경사는 가해 차량이 순식간에 지나가는 것을 보았지만, 영상이 의미하는 바를 몰랐다.

"그래요. 보이네요. 그게 어떻다는 겁니까?"

"제가 고등학교에서 물리를 가르치고 있어요. 간단한 물리 법칙입니다. 여기 영상의 시간을 같이 보세요. 차의 머리가 나온 후 머리가 골목 끝까지 가는 시간이 0.5초가량입니다. 아까 골목의 길이도 재봤는데요. 12m였어요. 물리에서 속도는 거리를 시간으로 나눈 값이니 이 차량의 속력은 24㎧라는 것입니다."

"전 그게 뭘 의미하는지 모르겠습니다. 그래서 어떻다는 것입니까?"

"24㎧를 시속으로 고친다면 86km/h가 된다는 겁니다. 이 도로의 규정 속도가 60km/h이니 규정 속도를 20km/h 이상을 초과했다는 겁니다. 10대 중과실에 해당하는 것이죠."

추원석 경사는 감탄의 눈으로 보며 말했다.

"그렇네요. 대단하십니다. 이 영상을 복사하도록 하겠습니다. 이 영상을 증거로 다시 심의를 올려보도록 하겠습니다."

박병진은 집으로 와서 또 다른 증거가 없을까 영상을 계속해서 돌려 보았다. 가해자 한강철의 SUV 차량이 지난 후 1초가량 후에 골목 옆 횡단보도에 파란불이 들어왔다. 갑자기 박병진의 심장이 쿵쾅거리기 시작했다. 박병진은 집 밖으로 튀어 나가 사고 현장으로 갔다. 한 시간을 사고 현장에 서서 신호등이 켜지는 것을 보았다.

'한 시간 동안 지켜본 결과 사고가 난 횡단보도와 40여 미터 위쪽에 있는 신호등은 신호체계가 연동되어 동시에 바뀐다. 아까 블랙박

스 영상에서 차가 지난 후 1초 후에 신호가 바뀌었어. 잠깐 침착하자.'

박병진은 수첩을 꺼내 볼펜으로 적어 내려갔다.

'두 횡단보도 사이는 정확히 43m. 내가 계산한 이 차량의 속도가 24㎧였으니까 차량이 횡단보도 사이의 중간쯤에 왔을 때 신호가 파란불로 바뀐 거야.'

"한강철 이 개새끼 누가 신호 위반을 했다고? 이 콧대 높은 검사야! 이제 진짜로 콩밥 먹을 준비나 하시지."

박병진은 이후 경찰서의 신호등 신호 체계를 관리하는 교통 안전계에 전화를 걸어 두 신호는 항상 같이 켜진다는 확답을 얻을 수 있었다.

박병진은 다음 날 아침 일찍 경찰서를 찾았다. 뱃속이 불편하여 화장실로 들어갔다. 어젯밤 새로운 증거를 찾았다는 기쁨에 소주를 몇 병 먹었더니 설사가 났다. 한참 볼일을 보고 있는데 밖에서 익숙한 목소리가 들려왔다.

"네, 검사님. 추원석 경사입니다."

"……."

"네. 다름이 아니라 어제 박병진이 블랙박스 영상을 하나 찾아왔어요."

"……."

"글쎄, 하기에 따라서는 검사님이 곤란해질 수 있을 것 같아서요. 박병진 이 사람이 물리 교사인지 그렇다는데요. 위쪽 골목의 영상을 가지고 검사님 차량 속도를 계산했는데 90㎞/h가 나오더라고요.

스키드 마크를 일부 지운 것도 금방 알아낼 거예요."

"……."

"네, 아직 보고하지 않았죠. 검사님께 가장 먼저 알려 드리는 겁니다."

"……."

"고맙긴요. 검사님은 제 고향 선배, 고등학교 선배인데 당연히 도와야죠."

박병진은 추원석 경사가 누구랑 전화하는지 금방 알 수 있었다. 갑자기 분노가 치밀어 밖으로 나갈 뻔했다.

'둘이 한패였어! 추원석 이 사람은 괜찮은 사람일 줄 알았는데. 역시 가재는 게 편이구나. 그놈의 고향 선배, 학교 선배……'

"네. 그렇게 하겠습니다. 또 연락드리겠습니다."

추원석 경사가 화장실 밖으로 나가는 소리가 들렸다. 그러고는 바로 박병진의 전화가 울렸다. 추원석 경사였다. 박병진은 마음을 침착하게 가라앉히고 전화를 받았다.

"네. 경사님."

―어제 속도 증거를 위로 올려봤는데요. 그게 기각을 당했습니다. 거리가 멀리 떨어져 있기 때문에 속도를 얼마든지 줄일 수 있다는 겁니다.

"네. 알겠습니다."

―인제 그만 잊고 일상생활에 전념하세요. 산 사람은 살아야 하지 않겠어요?

"또 다른… 아닙니다. 알겠습니다."

박병진은 또 다른 증거를 말하려다 그만두었다. 이미 추원석 경사는 우리나라에서 제일 이기기 힘들다는 고향 선배, 학교 선배로 한강철 검사에게 포섭되었기 때문이다.

'경찰도 포섭, 보험사도 포섭. 분명히 목격자도 만든 것일 것이다. 어떻게 해야 하지? 억울하게 죽은 내 아내의 원한은 어떡한단 말이냐!'

박병진은 인터넷의 힘을 빌리고자 핵심 영상을 캡처해서 A4 용지 한 장으로 사고의 상황을 알리는 유인물을 만들었다. 유인물은 다음과 같이 시작하였다.

자신이 한 신호 위반을 덮어씌우는 한강철 검사는 반성하라. 검찰의 개 추원석 경사는 자폭하라.

박병진은 일단 주요 포털사이트에 게시물을 올리고 유인물 수백 장을 인쇄해서 아침에 한강철이 근무하는 검찰청 앞으로 갔다. 검찰청으로 출근하는 이들에게 유인물을 나누어 주었다. 한강철도 이를 인지했는지 효과는 금방 나타났다. 요란한 사이렌을 울리며 경광등을 단 승용차가 나타났고, 차에서 내린 건장한 형사들이 박병진을 제지하러 달려왔다. 박병진은 손에 들고 있는 유인물을 공중에 뿌린 후 검찰청 안으로 달려갔다. 검찰청 정문에 올라서니 거기에 마침 한강철 검사가 있었다. 박병진은 한강철의 멱살을 잡고 소리쳤다.

"한강철 검사는 살인자다. 한강철 검사가 증거를 조작했다."

"이거 왜 이래?"

"한강철! 신호 위반 한 것을 내가 증명했다. 당신은 이제 끝이야."

따라온 형사들이 즉시 박병진을 제압하고 곧이어 수갑을 채워 경찰서로 끌고 갔다. 경찰서 유치장에 갇힌 다음 날 한강철 검사와 추원석 경사가 유치장을 찾아왔다. 박병진은 철창으로 다가와 소리쳤다.

"네가 죽인 거야. 블랙박스 영상을 보면 분명히 파란불이었어. 네가 신호만 지켰어도 우리 가족은 행복하게 살고 있었을 거야."

"박병진 씨, 왜 억지를 부리는 거예요? 사실이 아닌 것을 그렇게 떠벌리는 것도 죄가 되는 것을 모르겠어요?"

"왜 사실이 아니야? 내가 다 증명하겠어. 내가 물리 교사였던 것을 몰랐지? 물리학적으로 다 증명할 수 있어. 넌 이제 아웃이야."

한강철은 한심한 듯이 박병진을 보다가 가까이 와 미소 지으며 조용히 말했다.

"물리만 알고 법을 모르시네요. 기소권이 어디 있죠?"

한강철은 뒤로 물러나 추원석 경사에게 말했다.

"추원석 경사님, 설명해 주시죠."

추원석 경사가 한발 앞으로 나와 설명하였다.

"차량의 속도는 40m 떨어져 있기 때문에 얼마든지 변화 가능합니다. 그러므로 중간에 멈춰 있을 수도 있었죠. 박병진 씨가 포털사이트에 올린 증거는 효력이 없어서 검찰에서 기각하였습니다."

박병진이 분노에 차 소리쳤다.

"너도 한패잖아! 둘이 붙어먹은 것 다 알아! 증거를 당신이 위로 제시하긴 했냐?"

한강철 검사가 다시 나섰다.

"그 증거 올렸습니다. 하지만 제 동기생인 김동수 검사가 증거 불충분으로 기각하였습니다. 그리고 박병진 씨를 제가 명예훼손 및 폭행으로 고소하였습니다. 여기 목에 손자국이 보이죠? 전 어제 생명의 위협을 느꼈어요. 여기 보세요. 동기 검사가 이 사건을 맡았는데 이렇게 구속 영장도 받아주었어요."

한강철은 구속 영장을 박병진의 눈앞에 대고 흔들었다.

"야 이… 양심도 없는 놈들 내 반드시 너희 두 놈을 끌어내릴 테다."

"감방 안에서 뭘 어떻게 하겠어요. 할 수만 있으면 해보세요. 그럼 이제 보지 맙시다."

박병진은 뒤돌아가는 한강철을 불러 세웠다.

"잠깐! 한강철 검사! 혈액형이 뭐지?"

"하하하, 무슨 뚱딴지같은 소리예요? 또 쓸데없는 증거를 찾아보시게요? O형입니다."

한강철이 크게 웃으며 가던 길을 걸어갔다.

"나도 O형입니다."

추원석 경사도 마지막 질문이 재미있었는지 박병진에게 자신의 혈액형을 말하고 한강철 뒤를 졸래졸래 따라갔다.

오후에는 박병진의 어머니가 찾아왔다.

"아범아, 아범까지 이러면 어떡하느냐? 산 사람은 살아야지."

"저도 이렇게 될지 몰랐어요. 걱정하지 마세요. 죄가 없는데 오래 있지는 않을 거예요."

"저기 형사님한테 듣기론 아범 네가 검사님 목을 조르고 했다던데 사실이냐?"

박병진이 깁스한 팔을 들어 보였다.

"어머니, 팔이 이런데 어떻게 목을 조르겠어요."

"아무튼 아범아, 내가 검사님을 한번 찾아가 봐야겠다."

"찾아가서 뭐 어쩌시려고요. 그놈은 살인자예요."

"뭘 어째, 싹싹 빌어서라도 거기서 나와야지."

일주일 후에 추원석 경사가 와서 문을 열어주면서 말했다.

"어머님이 검사님을 많이도 찾아갔나 봅니다. 검사님이 고소를 취하하기로 했으니 이제는 조용히 잊고 사세요."

박병진은 추원식 경사의 얼굴에 당장에라도 한 방 먹이고 싶었지만, 유치장 안에서 세운 복수 계획을 생각하고 참기로 하였다. 먼저 간 아내와 앞으로 어떻게 살아야 할지 모르는 아들을 생각해서라도 그들에게 단죄를 내리고 싶었다.

* * *

박병진은 먼저 근무하는 학교에 가서 사직하였다. 사직서를 내고 과학부의 윤명신 선생님을 찾아갔다. 윤명신 선생은 박병진 선생의 사직 소식을 들었는지 걱정해 주었다.

"아이고 박 선생님, 참고 이겨내셔야죠. 사직이 웬 말입니까?"

"그렇게 되었습니다. 아들 때문에 시골로 내려가려고요."

"그래요. 그것도 좋은 생각이네요. 잘 이겨내세요. 이렇게 헤어지니 아쉽네요."

"네, 학교 학생들을 잘 책임져 주세요. 참, 선생님 저번 학교 축제 때 개구리 해부를 하셨잖아요?"

"네, 그랬죠."

"그때 개구리를 마취했던 것 같던데 마취는 어떻게 하는 거예요?"

"아, 에테르예요. 원래 에테르를 묻힌 솜을 넣고 기다려야 하는데 우리는 그냥 주사로 놓았어요. 근데 왜 그러시죠?"

"시골 내려가면 여러 가지 자연과 접하게 되잖아요. 아이 때문에 알아두면 좋을 것 같아서요. 우리가 거래하는 영재 과학사에서 구입 하면 되지요?"

"네, 그래요."

"그럼 진짜로 안녕히 계세요. 인연이 있으면 어디선가 또 만나겠죠."

박병진은 차례차례 복수의 준비를 하였다. 다음으로 아파트 전세 를 빼고 퇴직금을 합쳐 복수를 위한 자금을 만들었다. 그리고 한강 철의 감시를 위하여 검찰청 근처에 원룸을 얻고, 아들은 어머님과 함께 시골로 내려 보냈다. 복수의 본격적인 시작이었다.

[12월 13일: 오늘 학교에 가서 미련 없이 사직하였다. 이제 복수만이 나에 게 의미가 있는 일이기 때문에 온 에너지를 쏟아 복수할 것이다. 학교에서 마취제 정보를 얻었는데 구하기 어렵지 않아 다행이었다. 원룸으로 옮긴 후 한강철을 계속 감시했다. 일주일간 관찰한 결과 한강철은 독신이며 술을 무 척이나 좋아하는 듯하다. 이번 주에만 두 번의 회식이 있었는데 만취할 정도 로 마셨다. 한강철의 술 습관 때문에 쉽게 복수에 도달할 수 있을 것 같다.]

박병진은 검찰청 입구가 보이는 길에 자신의 자동차를 주차하고 있었다. 이렇게 한강철의 일거수일투족을 감시하는 것이 박병진의 일과가 되었기 때문이다. 오늘 한강철은 저녁 6시쯤에 나왔다. 주위에 직원들과 같이 있는 것으로 보아 오늘도 평소처럼 회식할 것이다.

박병진은 오늘 한강철을 미행해서 집을 알아내려고 하고 있었다. 평소 관찰대로 한강철 일행은 자주 가는 곱창집에 들어가서 1차를 하고, 9시쯤 곱창집을 나와 매일 그랬던 것처럼 옆에 있는 맥줏집으로 들어가 10시 반쯤에 나왔다. 한강철의 몸이 심하게 비틀거리는 것을 보니 오늘도 만취 상태인 것 같았다. 주위에 나이 지긋이 먹은 직원들이 한강철을 택시에 태우고 90도로 인사를 해댔다. 택시를 따라 박병진도 차를 출발시켰다.

'조금만 기다려라. 너의 그 거만함도 오래가지 못할 것이다.'

한강철을 태운 택시는 송도 신도시 쪽으로 들어가서 한 고급 아파트 단지 정문에 섰다. 박병진도 재빨리 길가에 주차한 후 비틀거리며 가는 한강철을 멀찌감치 따랐다. 한강철은 903동 출입구로 올라갔다. 고급 아파트인지라 공동 현관문을 들어가는데도 비밀번호를 눌러야 했다. 한강철은 만취했는지라 주위를 전혀 의식하지 않았다.

[1502# 2485#]

박병진은 수첩을 꺼내 공동 현관문 비밀번호를 재빨리 수첩에 적었다. 열린 문으로 한강철이 들어간 후 비밀번호를 누르는 곳을 보니 호수와 비밀번호를 누르는 방식이었다.

"1502호에 살고 있구먼. 당장에라도 따라 올라가 죽이고 싶지만, 아직 준비되지 않았으니 오늘은 여기까지 해야지."

다음 날 오전에 박병진은 한강철의 아파트를 찾았다. 어제 본 비밀번호로 공동 현관문을 지났다. 엘리베이터를 타고 15층으로 올라갔다. 고급 아파트인지라 현관에 터치패드 형식의 번호 키가 달려 있었다. 먼저 공동 현관문 비밀번호인 2485를 눌러봤다. 열리지 않는다. 다음으로 15022485를 눌러봤다. 열리지 않는다.

"그래, 쉽게 열리면 나도 복수할 맛이 나지 않지."

박병진은 밖으로 나와 번호 키 파는 상점으로 들어가 한강철의 현관문에 달려 있는 번호 키와 같은 제품으로 하나 샀다.

[12월 14일: 옛날이었다면 무작정 덤벼들어 또 철창에 들어가는 신세가 되었겠지만, 지금의 난 아니다. 오늘 한강철의 집에 달린 것과 똑같은 번호 키를 사왔다. 옛날에는 누르는 번호마다 소리가 미세하게 달랐었는데 요즘에는 번호 누르는 소리가 똑같다. 어떡하지? 어떻게 현관 비밀번호를 알아낼 수 있을까? 시간은 많으니 천천히 생각해 보자.

추원석 경사가 경위로 승진해서 계장이 되었다. 분명히 이번 사건을 도와준 것 때문에 승진했을 것이다. 추원석도 우리 가족을 이용한 죗값을 치를 것이다. 조금만 기다려라.]

박병진은 현관 비밀번호를 알기 위해 차에서 며칠째 한강철의 회식을 기다리고 있다. 무슨 바쁜 일이 있었는지 한강철은 거의 일주일째 회식을 하지 않고 있었다.

'오늘은 회식해야 할 텐데.'

저 멀리 한강철이 직원들과 나오는 것으로 보아 드디어 오늘 회식이 있나 보다. 한강철 일행은 지겹지도 않은지 오늘도 곱창집에 들어갔다가 나와서 옆의 맥줏집으로 들어갔다. 박병진은 잠시 맥줏집 내부를 살피고는 한강철의 집으로 갔다. 공동 현관문의 비밀번호를 알아낸 것처럼 현관의 비밀번호도 몰래 뒤에서 보기 위함이었다. 박병진은 15층 비상계단에서 창밖을 보며 한강철이 오기를 기다렸다. 11시쯤 되자 한강철이 비틀거리며 들어오는 모습이 보였다.

"오늘 현관 비밀번호를 알아내야 할 텐데."

잠시 후 엘리베이터가 올라오는 것을 확인하고 박병진은 비상계단으로 몸을 숨겼다. 엘리베이터가 열리고 걸음걸이 소리가 들리더니 현관 번호 키 누르는 소리에 머리를 조심히 빼고 번호를 보려 시도했지만, 몸에 가려서 보이지 않았다.

띠띠띠띠 띠띠띠띠.

"젠장, 몸에 가려 보이지 않네. 여덟 자리 번호라면 조합을 찾기는 사실상 불가능한데. 어떡하면 좋지?"

이후 박병진은 두 번 더 같은 방법을 시도해 봤지만 한강철의 몸에 가려 보이지 않았다.

[12월 23일: 현관 비밀번호를 알아내지 못해 며칠간 복수에 대한 절망에 빠져 있었다. 그런데 어제 뉴스를 보다가 현관의 비밀번호를 알아낼 수 있는 단서를 찾았다. 며칠 전 시중 은행에서 중국 사기단이 폰뱅킹을 통해서 1억 4천만 원을 빼가는 사건이 일어났다. 아직도 정확한 방법은 알 수 없지만

전문가들은 통화 버튼을 누를 때마다 흐르는 미세 전류가 달라서 보안 카드 번호를 알아내지 않았을까 추측한다고 하였다.

물리학적으로 일리가 있는 말이다. 곧바로 인터넷을 뒤져 미세 전류 측정기를 검색하자 다양한 제품이 나왔다. 과연 미세 전류를 측정할 수 있을까 걱정했는데 기우였다. 심지어 시중에서 구입할 수 있는 미세 전류계로 나노 암페어를 넘어 피고 암페어까지 측정할 수 있단다.

나노가 0.000000001 정도니까 그 정도면 현관 번호 키 번호를 누를 때마다 흐르는 미세 전류를 충분히 측정할 수 있을 것이다. 200여만 원에 미세 전류기와 미세 전극을 사와 전에 사두었던 현관 번호 키를 가지고 실험하였다. 전극은 비상시에 9볼트 전지를 대는 곳에 연결하고 번호를 누르는데 가슴이 떨리는 순간이었다.

번호마다 흐르는 미세 전류가 분명히 달랐다. 이제 희망이 보인다. 여기에 아두이노 컴퓨터와 블루투스 모듈을 연결하면 근거리 무선 통신으로 비상계단에서 미세 전류의 양을 볼 수 있을 것이다. 단, 센서를 안 보이게 숨기는 것이 중요한데 한강철이 만취한다면 천장 구석의 센서는 보지 못할 것이다.]

[1월 10일: 새해가 왔다. 그동안 복수를 위하여 많은 준비를 하였다. 에테르를 적신 손수건을 내 코에 직접 얹어 실험을 해보았다. 마취가 3시간 정도 지속되었다. 직접 개발한 기계 장치로 한강철의 현관 비밀번호도 알아냈다. 그리고 구하기 어려워 오래 걸렸지만 복수를 위한 스페셜 아이템도 확보했다. 이제 실제 복수만 실행하면 된다. 한강철의 다음 회식 날이 디데이가 될 것이다.]

박병진은 디데이를 잡고 한강철의 회식 날을 기다렸다. 초조한 마음에 자동차 뒷좌석에 있는 가방을 보았다. 가방에는 치밀한 복수를 위한 준비물이 들어 있었다.

　'기본적인 준비물은 차에 잘 실려 있고 한강철이 만취만 하면 되는데……'

　저 멀리 한강철이 직원들과 나오는 모습이 보였다. 드디어 복수의 디데이가 된 것이다.

　한강철은 평소와 마찬가지 회식 코스를 돌고 10시쯤 택시를 타고 집으로 돌아갔다. 박병진은 조용히 택시를 따라서 운전했다. 조용한 거리의 가로등이 긴장감을 고조시켰다.

　한강철이 비틀거리며 집 안으로 들어갔다. 박병진은 차를 주차하고 한동안 차 안에서 기다렸다. 계획대로 30분 기다렸지만 30시간이 간 것처럼 시간은 더디게 흘렀다. 손목시계를 보니 30분이 흘러 준비된 가방을 메고 아파트로 올라갔다.

　현관에 서자 심장이 요동치기 시작했다. 만일의 사태를 대비해서 전기 충격기를 오른손에 들고 왼손에는 손전등을 들었다.

　비밀번호를 누르고 실내로 들어갔다. 추운 겨울이었지만 손에서 땀이 솟아났다. 거실에 들어가 손전등을 켜고 둘러보니 한강철은 거실의 소파에 양복을 입은 채 누워 있었다.

　박병진은 가방을 바닥에 조용히 내려두고 안에서 에테르 병을 꺼내 손수건에 듬뿍 묻힌 후 한강철의 얼굴에 살포시 올려놓았다. 10분 정도 흐른 후 손수건을 치우고 뺨을 한 대 때렸다. 꿈쩍하지 않는 것으로 보아 마취가 잘된 것 같았다. 식탁 의자를 하나 가져와 한강철을 앉혔다. 움직이지 못하도록 양발은 의자 다리에, 손은 의자 뒤로 해서 전선을 정리하는 케이블 타이로 이용하여 묶었다. 그리고 빨랫 줄을 이용하여 몸통을 묶었다.

그런 다음 추원석 경위를 불러들이기 위해 한강철의 핸드폰을 꺼내 뒤졌다. 검색을 통해 추원석 경위와 주고받은 메시지를 찾았다. 그동안 보낸 메시지를 보니 형, 아우 하며 난리였다. 박병진은 한강철이 보낸 말투로 문자를 보냈다.

[추원석 아우님, 저번의 교통사고 건으로 박병진이 새로운 증거를 찾았나 봐. 사정이 급한데 지금 뭐 해?]

추원석 경위는 주인을 따르는 개처럼 바로 답장이 왔다.

[네, 형님. 오늘 야간 근무입니다. 어떤 증거입니까?]

[문자나 전화로 설명하기는 그렇고 지금 우리 집으로 올 수 있나?]

[형님 일인데 당연히 당장 달려가야죠.]

[우리 집은 송도의 벨라지오 903동 1502호야. 공동 현관문 비밀번호는 저번에 알려줬고 현관 앞에 와서 벨을 눌러.]

[네, 알겠습니다. 한 30분 걸릴 거예요.]

박병진은 현관문을 열고 나와 비상계단에서 창밖을 보며 추원석이 오기를 기다렸다. 20분쯤 후에 택시에서 내리는 추원석 경위를 보았다. 박병진은 에테르 병을 열고 손수건에 듬뿍 뿌린 후 왼손에 들고 오른손에는 전기 충격기를 들었다.

엘리베이터가 올라오고 있었다. 박병진은 비상계단 밑으로 몸을 숨기고 엘리베이터 소리에 귀를 기울였다. 엘리베이터가 열리는 소리에 이어 발걸음 소리, 벨을 누르는 소리가 났다.

박병진은 조용하면서도 빠르게 튀어나가 전기충격기로 목을 지졌다. 전기 충격으로 바닥에 주저앉은 추원석 경위의 입과 코를 에테르를 묻힌 손수건으로 한참을 덮어 마취시켰다. 마취된 추원석 경위를 한강철 옆으로 데려와 똑같이 묶었다. 단, 손은 풀릴지 모르니 추원석 경위가 가지고 있던 수갑을 꺼내 의자 뒤로 채웠다.

아침이 오자 먼저 일어난 것은 추원석 경위였다. 추원석 경위는 자신의 몸이 묶여 있는 것을 보고 어제 한강철 검사 현관 앞에서의 일이 생각났다. 앞쪽으로 박병진이 소파에 앉아 있는 것을 확인하고 이런 일을 벌인 것이 박병진이라는 것을 깨달았다.

"박병진 씨, 왜 그러세요? 사고는 안타깝지만 어쩔 수 없는 일이잖아요."

박병진은 아무 대답 없이 자리에서 일어나더니 부엌으로 가서 양푼에 찬물을 가지고 왔다. 그러고는 한강철의 얼굴에 세차게 뿌렸다. 물벼락을 맞은 한강철 검사는 깜짝 놀라면서 깨어났다. 아직도 상황을 인지 못 했는지 어리둥절하였다.

박병진은 가방에서 캠코더를 꺼내 그들의 앞에 설치하고 있었다. 이런 박병진을 본 한강철은 이제야 상황을 인지하고는 소리쳤다.

"너 뭐야, 인마. 너 이제 진짜 감방 갈 줄 알아. 너희 엄마가 하도 찾아와서 용서해 줬더니 빨리 이거 안 풀어?"

박병진은 캠코더 설치를 마치고 소파에 앉았다.

"한강철 검사님, 전 사실을 알고 싶을 뿐입니다. 사실을 말하고 하늘로 올라간 우리 마누라에게 용서를 비세요."

한강철은 주변에 도움을 요청하듯이 크게 소리쳤다.

"뭐가 사실이야? 법이 다 공정하게 해주었잖아. 빨리 안 풀어? 살려주세요. 사람 살……."

박병진은 소리치는 한강철의 입속으로 수건을 쑤셔 넣었다. 한강철 검사는 말을 못 했지만 눈에서는 독기를 뿜어냈다. 박병진은 별일 아닌 듯 추원석 경위에게 몸을 돌렸다.

"추원석 경위님은 어떠세요? 사실을 말할 수 있나요? 제가 경찰서 화장실에서 우연히 추원석 경위님과 한강철 검사 전화 통화를 들었어요. 형사님은 한강철의 고향 후배, 학교 후배라는 이유로 사건을 위로 보고도 안 하고 검사에게 연락하더군요. 그 대가가 승진이었겠죠? 자, 진실을 말해주세요."

추원석 경위는 경찰인지라 이렇게 막장까지 몰린 사람의 말을 잘 들어야 한다는 것을 알고 있었다.

"맞아요. 근데 어쩔 수 없었어요. 이해해 주세요. 승진에 계속 누락되다 보니 제가 학연, 지연에 넘어갔습니다. 그리고 계급이 낮은 것이 죄죠. 죄."

"좋아요. 대한민국에서는 학연, 지연 계급이 깡패라는 것은 인정합니다. 그럼 다르게 묻겠습니다. 그날 보행 신호가 무슨 색이었죠?"

"그건 진짜 몰라요. 목격자도 한 명밖에 없었고, 진짜 조사를 했는데 알 수가 없었습니다. 증거도 없이 박병진 씨 말만 믿을 수도 없잖아요."

옆에서 한강철이 버둥거리다가 옆으로 쓰러졌다. 박병진이 쓰러진 한강철을 일으켜 세웠다.

"어버버버."

박병진은 한강철의 입에서 수건을 뺐다.

"너 빨리 안 풀어? 진짜 죽여 버린⋯⋯."

다시 수건을 입속으로 쑤셔 넣었다.

"내 이럴 줄 알았습니다. 높은 것들은 반성이라는 것을 모르죠."

박병진은 가방을 뒤져 펜치를 꺼냈다.

"역시 사실을 말하게 할 때는 고문이 최고죠."

박병진은 펜치로 한강철의 새끼발가락을 끼우고 세게 쥐었다. 한강철은 고통에 버둥거렸다.

"음버버버."

"이제 조용히 할 겁니까?"

한강철은 고개를 재빠르게 끄덕였지만, 박병진은 용서할 마음이 없는지 반대쪽 새끼발가락을 펜치로 세게 쥐었다. 고통이 심했는지 한강철의 목에 핏대가 올랐다.

"이제 조용하고 존댓말을 하세요. 어린놈의 반말을 듣기 거북하군요."

박병진은 수건을 뺐다.

"으⋯ 이⋯ 이제 그만."

"그러니까 대답을 잘해야죠. 다시 묻죠. 그때 자동차 신호가 빨간불이었죠? 내가 찾은 증거를 보면 분명해요. 맞죠? 여기 카메라를 보고 말하세요."

"⋯⋯."

박병진은 다시 한강철의 입에 수건을 쑤셔 넣고 이번엔 새끼손가락을 펜치로 쥐었다. 한강철은 수건에 파묻힌 비명을 지르며 고개를 끄덕였다. 박병진은 수건을 뺐다.

"맞아요. 이제 그만하세요. 너무 아픕니다."

"그런 성의 없는 대답 필요 없어요. 당신은 검사니 제가 직접 조사한 증거를 보여주겠습니다."

박병진은 가방에서 노트북을 꺼내더니 전원을 켜고 마우스를 조작했다. 화면에서 영상이 나오자 노트북 화면을 한강철 검사와 추원석 경위에게 보여주었다.

"자 고귀하신 검사님, 경찰 나리 여기를 보세요. 이 영상은 사고 시각의 사고 지점에서 40m 위쪽에 있는 횡단보도예요. 여기 검사님 차가 지나가죠? 그리고 정확히 1초 후에 파란불이 켜집니다."

박병진은 마우스를 조작하여 슬로우 화면으로 차가 지나는 것을 다시 보여주었다.

"이 신호등과 사고가 난 횡단보도의 신호등은 연동되어 있어요. 자, 여기 다른 영상을 하나 더 보여 드리겠습니다. 이 블랙박스 영상은 사고가 난 횡단보도의 골목에서 골목 쪽을 비추고 있는 영상입니다. 지금! '끽~' 하는 소리 들리시죠? 사고 시각쯤에 급브레이크 밟는 소리가 녹음되었어요. 두 블랙박스 영상을 한 화면에 띄우고 시간을 맞추어 동시에 재생해 보겠습니다."

두 영상은 자동차가 지나가고 파란불에서 사고가 난 것을 증명한 셈이다.

"자, 어떠세요? 이렇게 증거가 확실한데도 발뺌할 겁니까?"

한강철은 고개를 푹 숙이고 체념한 듯 말했다.

"맞아요. 어겼습니다. 제가 신호를 어겼어요. 파란불일 때 사고가 났습니다."

한강철의 신호 위반 고백에 박병진의 가슴 깊은 곳에서 울분이 올라왔다.

"당신만 아니었어도. 우리 가족은 행복했을 텐데. 먼저 간 우리 마누라에게 사과해!"

"죄송합니다. 정말 죄송합니다. 용서해 주세요."

추원석 경위도 불통이 튈까 봐 덩달아 잘못을 빌었다.

"저도 죄송해요. 용서해 주세요."

박병진은 소파에 털썩 주저앉으며 목 놓아 울었다.

"엉엉~ 여보 저놈들만 아니었어도 당신 죽지 않았을 텐데… 엉~ 한강철 검사! 당신은 우리 마누라를 죽였다. 이에 살인죄를 적용한다. 추원석 경위 당신도 권력에 빌붙어 먹은 죄를 적용해 둘 다 고통스러운 사형을 선고하는 바이다. 엉엉~"

박병진은 판사처럼 형을 선고한 후 소파에 누워 한참을 울다가 어느 순간 조용해졌다. 복수를 위하여 밤을 샜고, 원하던 대답을 얻어서 긴장이 풀렸는지 잠이 들어버린 것이다.

잠이 든 것을 눈치챈 추원석 경위가 한강철을 향해 조용히 말했다.

"형님, 저놈 잠들었네요. 제 오른쪽 바지 주머니에 수갑 열쇠가 있어요. 제가 몸을 형님 손 쪽으로 할 테니 열쇠를 꺼내보세요."

"알았어. 저놈이 깨기 전에 서둘러."

추원석 경위는 몸을 반동을 주어 조금씩 움직여 갔다. 조금씩 이동 후 한참 후에나 주머니가 손 쪽으로 움직였고, 한강철은 열쇠를 손에 넣을 수 있었다. 다시 몸에 반동을 주어 수갑을 한강철의 손 쪽으로 움직였다. 추원석 경위는 땀이 비 오듯 쏟아졌다.

"형도 조금씩 움직여 보세요. 박병진이 깨어나면 무슨 일을 당할지 모릅니다. 서두르세요."

둘이 조금씩 움직여 드디어 손끼리 만날 수 있었고, 수갑도 곧 풀어낼 수 있었다. 추원석 경위는 손이 자유로워지자 자신을 묶고 있던 빨랫줄과 케이블 타이를 풀어냈다.

그러고는 손에 차고 있던 수갑을 들고 소파에서 자는 박병진에게 살금살금 다가갔다. 새근새근 자고 있는 박병진에게 몸을 날렸다. 그리고 수갑을 채웠다. 안전을 확보한 추원석 경위는 동료 경찰에게 도움을 청하고는 한강철을 풀어주었다. 한강철은 분노로 박병진에게 다가가 싸대기를 한 대 후려치고는 말했다.

"무단 침입에 감금, 신체적 폭행, 약물이용 넌 무조건 실형이야. 최소 10년은 썩을 준비를 해야 할 거다. 형은 내가 직접 선고해 주지."

박병진은 그래도 믿는 구석이 있는지 웃으며 말했다.

"내가 널 그 자리에서 끌어내린다고 했었지? 두고 봐라. 흐흐흐."

"네가 감금하고 폭행해서 만들어낸 자백은 아무 소용없어. 그것도 몰랐냐? 나의 모든 인맥을 동원해서 널 가석방 없는 최고형을 내릴 거야."

박병진은 그렇게 경찰서로 끌려갔고, 한강철 검사는 진짜로 자신의 인맥을 총동원하여 박병진에게 10년의 실형을 내렸다.

사건이 있은 후 6개월이 흘렀을 때 한강철 검사에게 편지 한 통이 왔다. 보내는 이는 박병진이었다. 편지 내용은 짧고 간결하였다.

[당신의 아파트 우편함 위쪽에 일기장을 붙여놓았음.]

한강철은 저녁에 집에 가서 우편함에 손을 넣고 천장 쪽을 만져보았다. 진짜 작은 일기장이 붙어 있었다. 첫 장을 펼쳐 보니 박병진이 자신에게 복수를 다짐하는 내용이 있었다.

한강철은 천천히 읽어볼 요량으로 집으로 들어갔다. 서두를 것 없이 샤워를 한 후 맥주를 가지고 소파에 앉았다. 맥주를 시원하게 마신 후 일기를 읽어 나갔다. 자신을 긴 시간 동안 따라다니며 현관 비밀번호를 알아낸 방법들을 보며 감탄했다. 이제 마지막 일기만 남았다. 사건이 있기 일주일 전쯤의 것이었다.

[2월 3일: 오늘 복수를 위한 마지막 재료를 확보했다. 이 재료가 복수의 마지막을 장식할 스페셜 재료이다. 집창촌을 돌아다닌 지 거의 한 달이다. 윤락업소에 가서 에이즈 양성 환자를 묻고 다녔다. 미친놈 소리도 많이 들었다.

다행스러운 것은 한강철 검사와 추원석 경위는 둘 다 O형이라는 것이다. 많은 돈을 써서 겨우 에이즈 양성 환자를 만날 수 있었다. 드디어 오늘 그 사람을 만나 에이즈 양성 판정 서류와 혈액형을 확인했다. 그리고 그 사람에게 1,000만 원을 주고 내가 전화했을 때 언제라도 달려와 혈액 200cc를 제공해 주기로 계약을 맺었다. 비싸긴 하였지만, 마지막 복수를 위한 재료이니 어쩔 수 없다. 이제 디데이만 잡으면 된다.]

일기는 여기서 끝났고, 뒷장에는 박병진이 자신에게 보내는 마지막 편지였다. 한강철 검사는 갑자기 구역질이 올라와 싱크대에 물을 틀고 구토를 했다. 마음을 다잡고 다시 마지막 편지를 읽어 내려갔다.

[한강철 검사, 당신을 도저히 용서할 수 없어서 어떻게 복수할까 많이 고민했지. 그냥 죽여 버릴까도 했지만 그러면 내 아내와 평생 바보처럼 살아야 하는 내 아들이 억울하기 때문에 너도 평생을 고통 속에서 살아야 할 방법을 찾아봤어.

'후천성면역결핍증(AIDS)'. 바로 에이즈야.

당신에게 복수했던 날 기억하나? 아마 이 편지를 읽을 때면 나의 모든 복수가 성공했을 테지. 당신 집에 들어가서 당신과 추원석 경사를 에테르로 마취시키고 에이즈 환자의 혈액을 각각 100cc 주입할 거야. 에이즈 잠복 기간이 3개월 정도라니 지금쯤 너희는 몸에서는 에이즈가 발현되고 있을 거야.

당신은 날 이긴 줄 알겠지만 그것도 복수의 과정이었어. 난 어느 순간 잠을 자서 너희가 이긴 것처럼 꾸밀 거야. 흐흐흐, 지금 이 순간 당신의 얼굴 표정이 어떨지 굉장히 궁금하군.

아마 내가 당신의 얼굴을 본다면 엄청난 쾌감이 있었을 텐데 아쉽군.

내가 당신을 그 자리에서 꼭 끌어내린다고 했지? 알아보니 에이즈 환자는 공무원을 못 한다고 하더군. 이제 추원석 경위와 어디 시골 같은 데로 내려가서 조용히 반성하며 살길 바란다. 에이즈도 관리만 잘한다면 30년도 산다고 하니…….]

〈제2회 엔블록 미스터리 걸작선 당선작〉